復活の日

小松左京

角川文庫
21091

目次

――K・Tおよび、疾病と闘う
すべての人々に。

プロローグ（一九七三年三月）

「ブロー！」艦長のマクラウド大佐がいった。

「はい《ダー》、艦長《カピタン》……」赤毛で獅子ッ鼻のイワン・ミハイロヴィッチ兵曹は、わざとロシア語でこたえて、ニヤッと笑った。――体つきも心も鞭みたいにきびしいアメリカ人の艦長に対する、それが彼のいやがらせだった。

しかし、大男の大佐は、大男のスラブ人の言葉を無視した。――で、兵曹はきびきびとエア・バルブをひらいて、メインタンクに、ほんのわずかの圧縮空気を吹きこんだ。彼の表現にしたがえば「コツンと一撃」してやったのだ。――かすかに床がゆらいだような気がした。

「はなれました」ミハイロヴィッチ兵曹は、今度は訛《なまり》の強い英語でいった。「深度八百五十……八百三十……八百十……八百……」

「前方障害物なし」航海士が水中レーダーと、水中テレビの受像器の双方を見ながら報告する。

「四十度の方角に海台、――大陸棚まで七マイル」

「針路そのまま、前進微速」艦長はぎゅっと眉をしかめていう。「上げ舵五度――深度五十へ」

ネーレイド号の舵は――このクラスの原子力潜水艦はみんなそうだが――飛行機の操縦桿そっくりになっている。方向舵をあやつる扇形の転把《ハンドル》のついた棒を、前後にかるくたおせば、そのまま艦首艦尾と司令塔にとびだした潜舵を動かす。――まるで旅客機をとばせてるみたいだな、と操舵手のオリンはいつもおもうのだった。――ちくしょう！一生に一度でいいから、この六千トンの化物を、水ン中で宙がえりさせてみたいもんだ。

水平儀と方位盤、それに深度計をにらみながら、オリンはわずかに操縦桿を手前にひいた。八ノットまで行きあしのついたネーレイドは徐々に艦首をもち上げ、わずかに前後にかたむいてピタリととまった。床に、ほんのかすかにつたわってくる機関の震動以外、艦内はまた静寂にかえった。しかしすぐまた、艦全体に震動がはしり、わずかなピッチングがはじまった。北赤道海流――黒潮が、大陸棚にぶつかって、上昇流をおこしているのだ。

「深度五十……」オリンはいった。

「水平にもどせ、――前進半速」

機関の震動が強くなったが、ピッチングの方はずっと少なくなった。――ネーレイド号は、十五ノットの水中速度でまっすぐ大陸棚の上にさしかかった。その速度で進んでいる間、中央司令室では、誰もしゃべるものはなかった。赤毛の、ニジニノヴゴロッド出身のソ連人――いや、ソ連という国はもうないのだから、スラヴ人だけが、低い、かすれた口笛で、「祖国」を吹いていた。

　はてしなく、つづく大地……
　祖国、わが祖国よ……

　だが――
　ミハイロヴィッチ兵曹の〝祖国〟は、もうないのだった。いや、ミハイロヴィッチだけでなく、もはや誰の〝祖国〟もないのだ。艦長マクラウド大佐は、もはやアメリカ海軍の軍人ではなかった。航海士ヴァンカークの祖国もオランダではなく、操舵手オリンの国籍も、イギリスではない。

　モスクワに高なる鐘、東に西に……
　はてしなきわが国に、平和をひびかせて……

「水道にはいりました」航海士がいった。「陸地まで一マイル……」
「エンジン停止」艦長はマイクにいった。「潜望鏡深度まで浮上して停止。シュノーケル用意、空気採取器《エア・サンプラー》始動用意……それから――」

艦長はちょっと考えてつけくわえた。

「ヨシズミをよこしてくれ……」

ネーレイド号は、潜望鏡深度で停止し、前後に海錨《シーアンカー》をいれた。やろうと思えば、重心点の左右に腕《アーム》をつき出して、平衡錘《バランサー》をおろすこともできたのだが、そんな必要もないほど、うねりはおだやかだった。

豚の鼻のようなシュノーケルが、海面に上げられる時、艦内はいつも異様な緊張につつまれる——といって、それは、「敵」の対潜レーダーを警戒してのことではなかった。レーダー波をつかって発見し、爆雷や対潜ミサイルでこの艦をしずめるような「敵」は、もうどこにもいない。

そのかわり、あらたな、奇怪で情容赦ない敵——常識をはるかにこえた「敵」が、緑色のなめらかな海面のすぐ外に、瀰漫《びまん》しているのだ。

「吉住です」雪やけのあとののこった、ほっそりした青年がはいってきて、司令室の机の横にたった。マクラウド大佐は、その平べったい、やや頬骨のはった、それでもすっきりととのった若々しい顔をちらとふりかえった。——日本人というやつは、どうしてこう三十すぎても子供みたいな顔をしているんだろう？

「われわれは今、東京湾口の浦賀水道にいる」艦長は背をむけて、海図投影盤《チャート・プロジェクター》の上にかがみこんだ。「一番近い陸地はここだ。ええと……」

「観音崎です」吉住は海図をちらと見ていった。「三浦半島の東端です――灯台がありました」

「大気の検査がすむまで、二時間ほどかかるだろう」艦長はふりかえらずにいった。

「そのあいだ、気球鏡《バルーン・アイ》をあげる。――故郷を見たいだろう？」

「ぼくのために、わざわざテレビ気球をあげてくださるんですか？」吉住は、しずかにいった。

「高価なものでしょう？」

「かまわん」マクラウド大佐は無表情にいった、「どうせ、あっちこっちであげたんだ。南回帰線をこえる前に、放棄しなきゃならんだろう」

コンプレッサーがまわり出し、シュノーケルは、海面上一メートルの所から音をたてて空気を吸いはじめた。――しかし、潮の香りとオゾンをふくんだ新鮮でさわやかな大気を、艦内におくりこむためではなかった。北半球にはいってから艦内の酸素は、ほとんど水の電解によって供給され、炭酸ガスは空気清浄器で吸収されている。窒素の一部はヘリウムにおきかえられている。そしてシュノーケルからとりいれられる空気のパイプラインは、――きちがいじみていると思われるほど厳重に密封され、つなぎめはほとんど熔接、フレンジつぎの所も外から熔接したり、金属接着剤《メタル・ボンド》で完全に気密《エア・タイト》にされ、空気分子の一個でも、艦内に侵入できないようになっている。出航の時、前例を考慮して、そうせざるを得なかったのだ。万一の事があったら、艦長は自分一人の決断で、この艦を、大洋のもっとも深い所で、乗組員もろとも、自沈させなければならない。

完全なシールド・ポンプで吸いこまれた空気は、特殊な濾過円板を何層にもかさねた採取器《サンプラー》に圧送される。——各層には不透過性の膠質膜《コロイド・フイルム》の小片がつけてあり、循環系内に気密にとりつけてある、小型の電子顕微鏡へ、遠隔操作で挿入できるようにしてある。

大気検査のはじまっている間、ネーレイド号の背中から、海亀みたいな恰好の浮子《フロート》がケーブルをひっぱりながら七メートルばかり上の海面にうかびあがった。海面のうねりはほとんどない。司令室のカラーテレビ受像器には、波しぶきの間から、ぬけるように青い、晩春の空が見えている。その視野を、飴色をした、丸く光るものがツイと遠ざかって行く。風力測定用の小気球だ。——快晴、高度二百メートルで風速四メートル、視界良好。

艦長は、テレビ受像器の前からさがって、吉住の肩をたたいた。いれかわって受像器の前にたった吉住は、通信士が、ビデオテープと十六ミリ撮影機を両方始動させ、クレジット・キーを押すのを、食いいるように見つめていた。——青いスイッチがはいると、浮子《フロート》の上で、ヘリウムボンベのバルブがひらく。——まもなく、ブラウン管の視野がグラリとゆれ、カメラが水平方向に切りかわった。ふくれ上った気球が上昇して行くにつれ、視野は波頭からぐんぐん上り、たちまち、おだやかな緑色の海面をなめ、その彼方の、黒っぽい陸地がうつりはじめた。

高度二百メートルのゆれる視界の彼方で、東京ははるか北の水平線に、横ながくうす黒くひろがる不規則な凹凸だった。――高度三百で、気球の綱がのびきった。レンズが超望遠にきりかわると、ま正面に白いレンガをならべたような海上都市《マリン・シティ》がとびこんできた。とざされたガラス窓の一つがキラリと光った。海上四十五キロのかなたに……、あの巨大な、かつての国際都市《コスモポリス》、最大時の人口千二百万の大東京の骸《むくろ》があった――。古びた東京タワーは、たおれもせずに、空をつきさすようにそびえていた。その下に、あいかわらず黒々とした増上寺の森がうずくまっている――だがその上空には鳥もとばず、大森上空には高度をさげて行く飛行機の影もない。青白くうねるハイウェイの上には、動かぬ車が点々ととまっている。

「だめだよ……」受像器にくっつきそうにのり出している吉住に、通信士は気の毒そうにいった。

「二〇〇ミリ望遠が最高だ。もっと近い所をのぞいて見ろよ」

画面がズームバックすると、そのまま右側へパンし出した。六郷川がキラッと光りながらうねっているのが見えた。東海道線の赤銹《さび》のレールの上に、数台の電車の残骸がひっくりかえり、超特急の長い車輛が、――かつて美しい卵色だった車輛が、見るかげもない灰色になってとまっている。そのあたり一面、道といわず街路といわず、びっしりと草がおおっている。

（してみると、ここでも植物は死んでいないのだ）と吉住は思った。（海面下数センチのプランクトンは生きている。それを食べる小魚も生きているのに、海面にうかぶ海鳥類はほとんど絶滅した――満潮線付近の海浜小動物はどうなんだろう？）

あざやかな緑の丹沢山塊の彼方に、ふいにくっきりと白いものの姿がうかびあがる――とたんに吉住はぐっと胸をしめつけられるような気がした。気配を察したように、通信士が水平パンのキイをたたいて、カメラの回転をとめた。

富士は、かわらぬ姿を紺青の背景にうかび上らせていた。背後にわずかにかるい雲を刷き、七合目付近の雪は少しとけかけて、美しく、もすそをひくような稜線を、みごとにうき上らせていた。――はじめてあついものが胸にこみ上げて来た。富士、日本の緑の山河、あれほどまでに美しく、こまやかなひだと陰影に富み、あれほどまでになごやかに、人の心に親しんだ、この美しい、古い土地は、今はいったい誰のものなのだ？――眼頭があつくなりかけたので、吉住は通信士に合図した。右にいっぱいふりきった所で、通信士は、カメラを俯角にきりかえた。

ガクンと画面がゆれると、おそろしく近くに、草木におおわれた街がとびこんできた。埠頭に船が見えたので、横須賀かと思ったが、浦賀の街だった。――ネーレイド号は、観音崎と房総半島富津洲《ふっつのす》とをむすぶ直線の、ちょうど中間点にいる。

「ウ・ラ・ガ……船渠《ドック・ヤード》……」マクラウド大佐が、小声で画面にうつった船渠の横腹の字を読んだ。

「ウラガ――おお浦賀か！　百何十年前、アドミラル・ペルリが、はじめて日本のドアをたたいた港だな……」

二〇〇〇ミリ望遠がいっぱいにズームした。街は、十七インチの画面いっぱいに、まるで手にとるように俯瞰された。古びた甍、白い壁の洋風の家、——瓦はあちこちこわれ、数尺におよぶ草がはえている所がある。家々の戸や窓はほとんどとざされ、ところどころ、うつろな暗い口をポッカリあけている。電柱に、色あせた質屋の看板が見える。街路には、舗装のこわれた所から草がはえ、赤銹のスクラップと化した自動車が、塀や電柱にぶつかったり、道路のまん中にのりすてられたりしていた。——無人の、あれはてた街の上に、春の陽のみがいたずらに明るく、あたたかく、さんさんと湯のようにふりそそいでいる。草ぼうぼうの庭や空地には、春の花が咲きみだれ、——四辻の一角に、まっ赤にさびた小さな三輪車が、そのままにおきさられているのを見つけて、吉住は思わず胸をしめつけられた。——そのかたわらに、白っぽいぼろぎれのようなものが地面にへばりついていた。眼をこらすと、それはぼろぼろの服をまとった白骨だった。白骨は、北へむかってはおうとするように、足を曲げ、手をさしのべていた。——気がついて見ると、いたる所に白骨がちらばっていた。玄関わきにくずおれ、溝に半分はまり、辻におりかさなり、あるものは二階の窓から首のおちた上半身をのり出して……風雨にさらされ、くわえさる動物たちもなく——犬猫もまた白骨死体となっていた——二年半前は、この古く活気に満ちた港街の、にぎやかな住民だった何万という人々は、今は春の陽の中に白く光る、動かぬ白骨となって、声もなく横たわっている。——チラリと黄色い小さなものが動く。白骨に蝶がたわむれている。

(もういい！) 吉住は心の中に叫んだ。(もういい、もうたくさんだ！　だが、待てよ……蝶！　昆虫は……)

通信ブザーがなった。——艦長がこたえた。

「終ったよ」大気検査主任のド・ラ・トゥール博士の声だ。「もう充分だ」

「で？」艦長は、チラリと吉住の方を見ながらききかえす。

「やっぱり、だよ」博士の声が機械的にかえってくる。「立方センチあたり、二・八δ《デルタ》ぐらいかな、——前体らしいものもある。培養をやるまでもない。ピンピンしてるよ」

「では、もういいですな」と艦長はいった。「シュノーケルおろせ。気球《バルーン》収納」

「艦長——実験に協力せんかね？」ド・ラ・トゥール博士がせきこんでいう。

「なんですか？」

「あれのくっついた試片を、放射線にあててみたい」博士の声はすがりつくような調子だった。

「電磁マニプレーターで、試片を断熱材につつみ、それから小さなスチールカプセルにいれる。こいつを熔接封入してとり出す」

「加熱孔《ヒーティング・ホール》をとおる時に、中身は死ぬでしょう」

「大丈夫だと思うんだ。ヒーターの温度は五百度でもいいが、加熱時間を短くする」

「取りあつかい規則は、あなたがきめたんじゃなかったですか？」

「まあきいてくれ、――カプセルの外面を、マニラをつかって、ブロー・トーチでやくんだ。表面加熱なら、中の温度はあがらず、効果はある」

「で、それをどうするんです？」

「原子炉《リアクター》の中に――どこかにつっこんでみたいんだ」博士の声は、学者らしい熱心さにあふれていた。「炉の近所――冷却系付近でもいい、アルファ線、ベーター線、中性子線、ガンマ線、――それぞれの強さをはかって……」

「だめです、博士」艦長はにべもなくいった。「御存知でしょう。原子力艦船のエンジンは二年間封印つきですよ。耐圧殼《コンテナー》どころか、エンジンルームさえ、一般は立入り禁止です」

「保安要員にたのんでだな……」

「かえってからにしてください。基地にだって原子炉はありますよ――もっとも大学の実験炉じゃないから、プールの中にはいってるわけじゃなし、特別に中性子とり出し口なんかついてませんがね」

「ねえ、マクラウド大佐……」

「博士――私はみんなをつれてかえる責任がありますからね。試片はそのまま隔離系内にのこしておいてください。カプセルを艦内にもちこむことも許しませんぞ」

　そういいきってから艦長は、頭をふって室内を見わたした。

「前進微速……」彼はいった。「湾の奥まではいって、トウキョウの潜望鏡写真をとる。

「それから——帰投だ」

映像が消えたのに、吉住はまだテレビ受像器の前に立ちつくしていた。——それを横眼でにらみながら、マクラウド艦長は航海距離計の前にたって咳ばらいした。

「八万五千キロか……」彼はつぶやいた。「基地にかえったら、十万キロ——そろそろ燃料再装入《リチャージ》をしなきゃいけないが、もう再装入施設はできてるかな」

なにゆえに、そして、なにものが——

いったい、いかなる凶暴で不吉な存在が、かかる災厄を、このうるわしい星の上にもたらしたのか？——深度五十メートル、速度二十八ノットで針路を南にとり、音たてて流れる黒ずんだ潮《うしお》にさからって、はてしない大洋《わだつみ》のうねりの下を、孤独な巨鯨のごとく、ひたすら走りに走るネーレイド号の内部で、乗組む人々の胸にふたたびよみがえったのは、四年の月日のもとにすでに色あせ、諦めの厚い皮膜の下に、もはや燠《おき》ほどのぬくみも感ぜられぬようになったと思われた、あの懊悩だった。

なにものが？——そしてなにゆえに？

答えはすでにあたえられているようなものだった。絶滅に瀕した世界の、あわただしい叫びや悲鳴、呻き声、そして一つ、また一つと五つの大陸をうつっていった断末魔の絶叫を、空にはねかえり、大地で折れ、気圏をゆすってかけめぐる電波のさざなみの中にかすかにとらえた時――その時はただ、手のとどかぬ所の肉親の死に、胸を裂かれ、血の逆流する思いに歯がみするばかりだったが――すでに事態はあらましつかめていた。

そして、五億一千万平方キロの、全地球表面から、よびかけにこたえる最後の声がきえたのち、人々は怒りにもえて冥府の声を再生し、分析し、類推した、――破滅はそれほど音もなく、なんの前ぶれもなく、繁栄と、よりかがやかしい未来に対する希望と、明るい喧騒にみちた時代の上に突然ふりかかってきたのだった。

音もなく――

そうだ。――それは、人々があれほど恐れおののき、あれほど声高に否《ノー》と叫び、ついに理性と人類愛の名のもとに、くみふせかけていたあの災厄――天よりおそいかかる閃光と白熱と火の柱による破滅とは、まったくちがったものだった。それは誰も知らぬうちに準備され、突如としてあらわれ、気がついた時は、どうにもならなくなっていた。――ようやく奇禍にみちた青年期を脱し、より高く、よりはるけき未来に冷静なまなざしをなげ、はじめて成年としての一歩をふみ出そうとした人類という若い巨人は、ふみ出したとたんに、ふとなにかにつまずいてバッタリとたおれた。そしてそのままになった。――あり得ぬ事ではない。悠久の宇宙史の中で、太陽系第三惑星に発生した知的生物が、発生して間もたたぬのに、突如夭折したという事は――それは人類そのものの日常の中に、すでにパタンがあったはずだ。希望と未来にみちた、かしこく、強健な青年は、明日、あるいは次の瞬間、思いもかけぬ奇禍で死ぬかも知れない。彼のうちに秘められたいかなる才能、いかなる広大な可能性も、その不運を防ぐためには、なんの役にもたたない。挫折した種《スペシィ》——中生代の恐竜は、なぜ突然消滅したか？　消滅したのちに、その巨大さと力が、なんの意味をもつか？　宇宙史の片隅に痕跡をとどめる、この星の歴史の中で、後世はティラノザウルス・レックスやブロントサウルスをうみ出した中生代爬虫類の太く長い系統枝《ブランチ》と、新生代第四期世末に、ある種の発達した昆虫のような、集団分業の生活相をきずきあげつつあった、胎生四足獣の一派——大脳化《セレブラリゼーション》のややすすんだ知的猿猴類の系統枝《ブランチ》の、どちらを大きく評価するだろうか？

　だが、それにしても——生きのこったものの懊悩ははてしなくつづく。なぜ、こんなことになったのか？　どうして？——たずねる事の無益さはわかっている。起ってしまったあとで、その原因を知った所で何になろう？　ほろびたものは、もはやかえってこない。しかもなお——人はその源をもとめつづける。推測の描き出すおぼろげな輪郭の彼方に、それは垣間《かいま》見えるような気がする。人はすべて死に、また災厄は、時と規模において、予測をまたぬ。しかしながら、すべての終ったあとで、人はなお理由をもとめる。——理性とはその時すでに怨念に近い。だが、人間こそが、その死に対して理由をもとめる唯一の生物なのだ。天寿なら死者は行くべき所へおもむけるだろう。彗星の衝突、大地の、あるいは宇宙の突然の異変——それならそれでよい。しかし、彗星であろうと、老衰であろうと、死は、なにものかによってもたらされるのではないか？

　この災厄をもたらしたものは誰だ？——一人のきちがいか？　それとも、あのときの人類の機構そのものか？　ある時期の誰かのミスか？——誰かが、そして何かが、それをもたらしたのは、すでにわかっているのだ。その誰かは、何人、あるいは何百人かの、「特定の個人」をさししめし、何かは、当時の——いや「二十世紀の政治体制のどこか一部」であることまでは、わかっているのだ。だがそこから先は、過去と、破滅のもやの彼方にかすんでいる。だからこそ、人はその名をいつまでも求めつづけるのだ。

なにものが？　そしてなにゆえに？

——海神《ポセイドン》の愛娘《まなむすめ》は、群れ泳ぐ鱗《いろくず》をかきわけつつ、ただひたすらに、南へ南へとくだって行った。緯度を一度、また一度とくだり、今は北斗も北の水に沈み、ゆく手に十字星がのぼったであろうが、潜望鏡をあげて天測しようともせず、ただ磁針《コンパス》と積算距離計をたよりに舳《へさき》を南にむけてまっすぐに進んでいった。やがて、青黒い水は澄明度をくわえ、まひるの陽ざしは垂直に海底の白砂にふりそそぎ、目もあやな珊瑚の森に、極彩色の胡蝶の舞う熱帯洋《トロピカルシー》の景観が、艦首のテレビカメラに映じた。海底より屹立する火山島や、藻のゆれ動く珊瑚塊の上には、——そうだ、熱帯の島々の濃緑《こみどり》のもと、椰子の梢が白砂におとす、濃い紫色の影の間《あわい》に、太古より鳴りつづける潮騒《しおさい》にこたえて、太古よりかわらぬ陽の恵み、海の幸を讃える歌を歌いつづける、陽気な、銅色に光る体をもった人々がすんでいた。黒い外海の怒濤をさえぎる白銀《しろがね》の環のうちには、トルコ玉をとかしこんだような群青の水がたたえられ、直射する強い陽ざしは、環礁をかむ波の水泡《みなわ》の白と珊瑚の青を、眼をうばうばかりに輝かせているだろう。——だが、いまはその姿を垣間《かいま》見るよすがもない。光る琥珀の肌に原色の布をまとい、漆黒の髪に香り高い大輪の花をかざして笑う南国の乙女らの、輝くばかりの白い歯、黒い瞳は……

　赤道は知らぬ間にすぎていた。艦内テレビに映し出された通過の表示も、乗組員の物うげなまなざしには何の影もおとさず、つい数年前の恒例だった陽気な赤道祭も、今は誰一人いい出そうとしなかった。南緯圏にふみいれたあたりで、ネーレイドはわずかに艦首を東南にふり、そのまま直進をつづけた。——も早や浮上すべきいかなる仕事ものこっていなかった。艦長は個室にとじこもったまま、くる日もくる日も聖書をよみふけっていた。艦は今、自動操舵にきりかえられて、一切の人手をはなれたまま、超音波測深機で海底をはかり、水中レーダーとソナーで暗礁やギュヨーをよけ、みずから行く手をさぐりつつすすんでいった。——十インチ鋼板製の耐圧容器《プレッシャー・ヴェッセル》の中で、ウラニウム燃料棒はしずかに熱を吐きつづけ、艦尾の二重反転推進器《コントラ・プロペラ》は、たえまなくめぐりつづけた。——清潔で、明るく、エア・コンディショニングされた艦内も、いまは墓場のように、気のめいる空気にみたされていた。乗組の誰彼は、お互い顔をそらせ、口も重く、本を読んだり、物思いに沈んだりしていた。あきるほどくりかえされたレコードに手をふれるものもなく、娯楽室のカナスタテーブルや麻雀台も、うっすらとあるかなきかの埃におおわれ、ただ機関部の誰かが、時おり非番の時に相手もなく撞く球の音が、硬く、さえざえと冷たく、通路にひびきわたるだけだった。

わりあてられた寝棚にねて、夜となく昼となく、三重の隔壁にへだてられた艦側を、さやさやと水が流れさって行くかすかな音にききいっていると、いつしかこの六千トンの船が「酩酊船《バトー・イーヴル》」のごとく、あてどなく、海の流れにただよいつづけているような気がしてくるのだった。

もはや舵も失《う》せたり
錨も沈みぬ……

だが、この気のめいる帰投は、調査行に毎度の事だ、という事を、吉住は通信士からきいて知っていた。——年ごとに草におおわれ、朽ちはてて行く墓場の姿を見まわって、またあの苛烈な土地へ帰って行くのに、どんな陽気さを要求できるのだ？
吉住は、この昼夜のない、巨大な鋼管の中で、もっぱら北アメリカ太平洋岸の海底でやった地磁気、地殻電流と重力の異常変動調査の結果をまとめていた。最初は、もとアンカレッジの沖合で、かなり大きな海底地震に遭遇したのがきっかけだった。彼は自分の理論を証明するために海底に測定器をおろしてびっくりした。それからネーレイド号の船殻による電磁的偏差を修正し、艦底に自分で工夫した遠隔測定装置をとりつけ、北米太平洋岸にそって、かなりな距離を走ってもらった。
——ずいぶんあらっぽい測定だったにもかかわらず、記録用紙《チャート》には、おどろくべき規模をもった地磁気と重力の変動が記録されていた。――去年の調査旅行で、パレルモ大学のカスティ教授が誤差の大きい機械でやった、簡単で、粗雑な測定点のとりかたの観測と比較しても、あまりに大きい変動ぶりだった。いったんカリフォルニア沖まで南下して、もう一度アラスカの沖へひきかえした。わずか一週間たらずの間に、最初の測定点の変動幅は、さらに大きくなっていた。――吉住は、測定結果を、航海中できるだけ整理し、若干の準備的な計算をやった。あとは基地へかえって、本部の電子計算機をかりなければ、手のくだしようがない。しかし、単に整理しただけで、その変動のさししめしているものの姿が、おぼろげに輪郭をあらわした。――彼は少しばかり興奮し、やがてまた意気沮喪《そそう》した。たとえ、それが起るとしても、――もはやその影響をこうむるものは、誰もいない……。

整理と計算の合間、彼は寝棚《バンク》によこたわって、まぶたの裏の故国の姿を思いうかべ、また、あのあつい、無気力な怒りと、やりばのない悲しみにふけった。――数年前の、あのにぎやかな歓送の風景と、数日前見た、あのあれはてた、祖国の屍《しかばね》の姿とが二重焼きになって、分離できそうもなかった……。

――吉住は、ネーレイド号が東京湾の奥にはいった時、許可を得て、アクアラングをつけて水中に出た。――ただし、ヴァンカークもいっしょに行くという条件づきで。別に観測すべきことはなかったから、その水中行は、艦長の純粋な好意ずくだった。(艦長は君に好意をもってるな、とヴァンカークはいった。気をつけた方がいいぜ)東京湾の水は澄んでいた。まっ黒な泥土も、かきまわされるものもなく、しずまりかえっていた。いつの頃から帰ってきたのか、無数の魚群がおよぎまわり、隅田河口からは、澄明な、冷たい淡水が流れこんでいた、東京湾は、また「江戸湾」の面影をとりもどしたみたいだった。しかし、水中に林立する海上都市《マリン・シティ》――それは、中央区のはずれ、晴海埠頭のむこうにあらたに海上区という区画をつくっていた――の巨大な円柱脚と、泥土にうずもれた、数多くのはしけや曳船の残骸だけが、かつての大東京の面影をかたっていた。荒川放水路の河口には、赤っぽい粘土に埋もれて、無数の白骨が、白い、陶器のかけらのように見えていた。

新東京港のあたりの頭上の海面には、赤銹の船底に、びっしり貝殻をつけた巨船が、黒い長楕円《だえん》型の影を数知れずおとしていた。スクリューも舵器も、ぬるぬるの海藻におおわれ、小さな甲殻類がほこりのように出入りしている。それをねらって、大小の魚の群れが集っている。尺余の黒鯛が悠然と泳いでいるのを見て、吉住はふと、釣り好きの叔父の事を思い出した。――晴海の岸壁から釣糸をたれて、尺物の黒鯛がかかったら、ずいぶんたまげるだろうな。――いや、それは思ってはならない事だった。水中眼鏡の奥で、吉住は眼をしばたたいた。

品川の遠浅の海で、吉住は水深のゆるすかぎり岸に近よった。ついに立っていられなくなり、ベトベトした泥土に手をついて、水中をはって行った。――水面から頭を出すことは禁じられている。水面下、最低五十センチの距離をたもつのが安全だと、医師たちはいっている。しかし、吉住は、すでに水深八十センチの所まではっていった。同じように腹ばいになったヴァンカークが、腕を強くつかんだ。吉住はわかった、と手をふって、泥土の上にボンベを背にしてあおむけによこたわった。

——眼鏡をとおして、つい眼と鼻の先に、ただよいゆれる銀色の天井があった。吐く泡は、ゴボゴボと音をたててその天井に吸いこまれていった。そのにぶい銀色をした膜のすぐ上に——光あふれる春の大気があった。あたたかい微風は、潮の香をふくんで、ゆったりとうねる海面を吹き、その彼方には、萌黄色の若芽におおわれた大地がある。この泥土の上をさらにはって行けば——いや、そんなことをせずとも、ここでまっすぐ水面をわって立ち上れば——彼がかつてそこの住民であった世界へ、ふたたびかえる事ができるのだ。その世界は、かつて彼自身のものであり、彼はまたその世界に属していた。億を数える同胞と数百人の知己とつながり、——だが、今はうすい銀色の膜が、彼とその世界をへだてていた。永遠に？　まさか！　だが、こんなことがいつまでつづくんだ？

つめたく、ベトベトする海底の泥に横たわりながら、彼は水面の彼方にひろがる世界の事を考えた。人間にみち、やさしく、騒々しく、活気にあふれ、彼自身はあれほど不器用だった数々の快楽がうずまいていた世界、——親しい顔をもった一億の人々、そして、とりわけ——彼は、郷里の彼が生れ育った古い、屋根の大きな家の中に——おそらくそこによこたわっている、年老いた母の白骨の事を思った。母は——苦しまずに死んだろうか？　小心だが気のやさしい兄夫婦の骨、ちいさく細い、甥の骨、そして——一千万の白骨にまじって、この巨大で雑然とした、「大東京という墓地」のどこかに横たわる、ある女性の白骨のことを思った。——眼鏡の中で、涙があふれた。今あの、「六千トンの下水パイプ」の、消毒された空気の中にかえって行くよりは、いっそ立ち上って、あの白骨たち——かつての同胞だった白骨の大群衆の中に、歩み入り、自分自身も彼等の仲間いりした方が、いっそ心が安らぐのではないか？ヴァンカークが、腕をひっぱって、帰艦時間の来たことを告げた。来た時のように、四つん這いになって深みへとむかいながら、吉住の胸をまたかきむしりはじめたのは、あの思いだった。

いったいなぜ？——なぜこんなことに……

　トンガ海溝の東で熱帯の水にわかれをつげ、ネーレイド号はさらに南半球を南へ下っていった。ニュージーランドの近海でちょっと潜望鏡をあげたが、そのまま、また水面下を走りつづけた。ある日ズシンとつきあげるような動揺が艦をおそい、ネーレイドははばひろく波うつ冷水温水界にしばらくもまれた。航海士ヴァンカークは、水流偏差自動調整装置に、ちょっと手をふれた。冷たくはげしい、ホーン岬海流にのりいれたのである。——艦はまもなく漂流氷山底をさけて、深度を二百メートルにさげた。当直《ウォッチ》が二名四交替になった。北半球の春をあとにしてから十八日め、ネーレイドは西風のあれくるう、南半球の秋にのりいれ、さらに極冠でおおわれた永遠の冬にむかって、緯度をのぼりつめていった。

頭上にあわだちさわぐ暴風圏をこえ、艦首テレビに、黒い亡霊のような氷山底の影があらわれるころ、はじめて——ほとんど四か月目に、「浮上」の号令がかかった。濃霧《ガス》の流れる北西の水平線を、血のように赤い太陽がひくくはっていた。空気は刺すように冷たく、海面には、桃色にそまったテーブル型氷山や、無数の流氷塊がういていた。南緯六十二度——南極圏は目と鼻の先であり、灰色の雲のわき立つ下あたりに、朦朧と、幽鬼のような白い大陸の岬の一つが姿をあらわしていた。すでに四月になろうとしており、南極は今や冬の装いをはじめていた。——ひさしぶりに天頂部の、ぬけるような青空をながめ、さすように冷たい塩気をふくんだ空気を吸うために、乗組員は次々に艦外へ出て、歯をガチガチいわせながら手足をのばした。気温は低く、潜舵や航側にたちまち氷がつきはじめた。南緯六十二度——そこが大気と水中との境界線であり、人類史における一九六〇年代と一九七〇年代の境い目であった。みんなはこれからかえって行こうとする南極の基地でなく、いま、彼らがあとにして来た、一九六〇年代の世界の方を、いつまでもだまってながめていた。その年代の境界より北の世界——三十数億の人間と、五千年の歴史と、最近百年のめざましい発展をとげた巨大な世界は、一九六〇年代の末期に突如としておわりを告げ、人類の一九七〇年代は、そこから南の、酷寒とあれくるう吹雪と、永遠の氷でとざされた苛酷な世界にのみおとずれたのだった。白い大陸にとじこめられた、わずか一万人そこそこの人々の上にのみ……

アダレ岬の無人ビーコンで、航路修正がすみ、再び潜航のサイレンが鳴りわたった。——乗組員は、すでに太陽のおちた大空に、磁南極の方角から宙天へかけてほとばしる、白い炎のようなオーロラのはためきを見上げながら、黙々とハッチにもぐりこんで行った。——これから海底に投下された、超音波航路標識をたよりに、スコット基地に帰投しなければならない。そこには、原子力潜水艦が冬をこせる唯一の急造ドックがあり、そこで交替をすませた乗組員は、この氷の大陸にちらばった、それぞれのかりそめの故国にむかって、また辛く、永い雪中の旅をつづけて行かなければならないのだ。

　ネーレイド号は風の吹きはじめた南極の空に、高く悲しげにひびくサイレンを長々と吹きならした。——それから、艦首に凍りついた薄氷をパリパリならしながら、その黒い、なめらかな姿を冷たい水の中にしずめはじめた。艦橋がしずむ時、最後にもう一度高くサイレンをならした。——誰きくものとてないそのもの悲しいひびきは、ふえはじめた氷山にこだましつつ、パックアイスの上を遠くまでわたっていった。それはこの荒涼とした氷の世界自身が、ほろび去った世界にむかって問いかける、金属的な叫びのようにきこえた。

　いかにして、そして、なにゆえに……

第一部　災厄の年

第一章　冬

1　北緯五十二度六分

一九六×年二月はじめ——

　ここ三、四年来、恒例行事みたいになってしまったヨーロッパの大寒波が、またもや英国本土をおそい、ここ南海岸一帯でさえ、二十センチ以上の積雪でとじこめられていた。その寒さときたら、寒さ以外のいっさいの事を考えられる力を、うばってしまうほどだった……。

「ひどい天気ですな。カールスキイ教授……」

　ポーツマス軍港から、さほどはなれていない小丘陵地帯の、P——という寒村にある、ひどく警戒厳重な陸軍関係の建物の入口で、憲兵のマークをつけた衛兵司令が、出てきた人物にいった。

「犬たちが、かわいそうだな」カールスキイ教授とよばれた、中年の、背の高い人物は、雪のつもった囲いの中を見わたしながら、やや神経質そうな口調でいった。「毛がすっかり凍ってるじゃないか」

「そうですな、やつらもまいっています。——こう寒さがひどいんじゃや、冬の間はエスキモー犬か何かにかえなけりゃならんでしょう」

ストーブのもえる衛兵司令室の中で、カールスキイとよばれる人物は、脇にはさんだ黒いカバンを衛兵司令にわたした。司令が中身をしらべている間、もう一人の憲兵が一見ごく形式的にさりげなく、その実なに一つ見のがさないすばやい指先で、教授の体をくまなく検査した。――衛兵司令は教授のカバンをあけて、中の書類や、食堂でこしらえたサンドイッチの包や、パイプ煙草の缶の中などをざっとしらべた。小型魔法壜の蓋をあけて、湯気のたつ中身をのぞきさえした。

「あまりのぞかないでくれ」カールスキイ教授は、その青白い、額の秀でた顔に、神経質そうな、痙攣するような笑いをうかべていった。「さめちまうよ。――この寒さに、あついコーヒーなしで六十キロもドライヴができると思うかい？」

「これは失礼……」衛兵司令は、おちついた手つきで魔法壜に蓋をした。「出張ですか？」

「明日から二週間、休暇なんでね」と、教授はいった。「あんた方にも、届けは出てるでしょう？――ブライトンの姉の所で、ミステリーでもよんでくらそうと思うんだよ」

「それはうらやましい」司令はつぶやいた。「この寒さでは、われわれもバハマかフィジーあたりへにげ出したくなりますよ」

黒い鳥みたいに見えるカールスキイ教授の、背の高い猫背の姿がガレージに消えると、まもなく凍てついたエンジンをスタートさせる悪戦苦闘のひびきがきこえてきた。やっとのことで、旧式のウイリスが、タイアにまきつけたすべりどめの鎖の音を、チャラチャラひびかせながらはしり出してくると、衛兵司令は司令室のスイッチを入れた。——おそろしくがんじょうな鉄柵門が、ギイギイきしんでひらき、一面の、うす汚れた雪の荒野の中に、背をまるめたチョコレート色のウイリスがのろのろと出て行く。それを見ながら、衛兵司令は電話をとりあげた。——柵門につながれた獰猛なシェパードが、なにを思ったか、ふいにはげしく鳴きはじめる……。

教授の車が街道へ出て東へおれた時、目だたない色にぬられた民間ナンバーのヴァンガートがピタリと後へついた。距離を五十メートルほどおいて、またちらつきはじめた雪の街道を、二台の車はまっすぐ東へむかう。サザンプトン——教授は市内で酒場により、グロッグを二はいひっかけて、またすぐ東へむかう。そして——二台の車が走りさって十分もたってから、ほんものの教授が裏口から出て来て、そこでエンジンをかけっぱなしにしていた、銀色のベントリイにのりこんだ。口髭をはやした男の運転するベントリイは、その長い鼻面をブライトンとは反対の西にむけて走り出す。——ブライトンの公衆電話から、政府、軍関係の秘密研究にたずさわるすべての学者を見はっている情報機関員の一人が、グレゴール・カールスキイ教授は、まちがいなく姉の家にはいったという知らせを本部にいれた時、西へむかったベントリイは、すでにデヴォン州の首都エクゼターから北へ折れ、とっぷりと暮れた農場と牧場のコーンウォールにむかっていた。

コーンウォールの低い丘陵に四方をとりかこまれた、さびしい農場の一軒家に、ベントリイがとまった時は、午後十時すぎだった。蒙古人のように、眼のするどく切れ上った、浅黒い肌の男が、三人の男たちをつれて、教授をむかえた。

「では、――うまく行ったのですな？」と浅黒い肌の男は、教授に手をさし出しながらいった。

「雪の中を、大変だったでしょう。――まず、腰をかけて、あついものでもお召しあがりください」

「いや……」教授は抑揚のない、かすれた声でいった。「あついものなら、ここにもっている……」

カバンからとり出された小型魔法壜をみたとたんに、男の眼は、いっそう細まって、針のように光り出した。――教授はかじかんだ指を二、三度もみほごすと、かすかにふるえる指先で、キャップをまわし出す。グルッ、グルッ、とねじが一回転するにつれて、部屋の中の緊張は、ジャッキでおしあげられて行くように、少しずつ高まっていく。コトリと音がして、ねじ蓋がテーブルにおかれると、誰かが音をたてて息を吸いこむのがきこえた。教授は中蓋のコルク栓に指をかけて、力をこめる。――ポンと音がして栓がぬけ、中からかすかに湯気がたちのぼる。教授は壜をかたむけて、中の黒い液体をカップにそそぐ――とりあげてグイとのんでみせる。かすかな、痙攣的な笑いが、片頬にうかぶ。眼の細い男は、難詰するような視線をあげて、教授を見た。――カールスキイは、ひややかな嘲りをこめて、その視線をはねかえすと、いきなり床の上に中の液体をザッとあけてしまった。それから今度は壜の底に手をあてて、力いっぱいねじった。底の方が、帯金の所からまわり出す……。底がとれると、上の方の二重真空ガラス壜の下に、もう一つ、ずっと小さな、やはり内面銀メッキされた、平べったい二重真空のガラス壜がはいっている。弗素樹脂製の栓をとると中にドライアイスがぎっしりつまっていた。教授はその壜のふたをとるとグッと男の方につき出した。――ドライアイスの中に、しろうとが封入したらしい小さなアンプルがはいっている。アンプルの中身はカチカチに凍っていた。

「このままもって行きたまえ……」と教授はかたい声でいった。「ドライアイスをたやさないように……おとしたらおしまいだ。君たちの方の専門家の手にわたすまで、ぜったいに手をふれないように……」

「書類は？」男はその小さなガラス壜に手をふれずにいった。

「そんなもの、もち出せるか！」カールスキイ教授は吐きすてるようにいった。「それに――そいつに関するかぎり、まだないも同然だ。データは私の頭の中にある。おぼえて行きたまえ」

男は後をふりかえって顎をしゃくった。――鼠みたいな顔つきの小男が歩み出た。

「摂氏マイナス十度前後で、そいつは萌芽の状態で増殖をはじめる……」教授は機械的にしゃべりはじめた。「マイナス三度をこえると、増殖率は百倍以上になる。零度をこえると、きちがいじみた増殖のしかたをする――」

鼠のような小男は、眼をうつろにすえて、いそがしく指を動かした。――記憶術をつかっているのだ。

「摂氏五度に達すると、そいつは――猛烈な毒性をもちはじめる。毒性をもち出した段階の増殖率は……」

そこで、教授はゴクリと唾をのんだ。

「マイナス十度の時の約二十億倍だ……」

一座に凍りつくような沈黙がおちてくる。

「動物実験では、ハツカネズミが感染後五時間で、九十八パーセント死滅している。一番早いものは、感染後二時間で死んだ……」教授が、のどにひっかかったような声で、ふたたびしゃべり出す。

「大型哺乳類の場合、個体差はもっと大きくなるだろう。どっちにしろ、今の段階では、全然人間の手におえないのだ。――私たちは、この実験を、まるで放射性物質をあつかうように、完全密閉の部屋の外から、マニプレーターをつかってやっている」

「で、このMM―八七は……」と男はいった。

「MM―八八だ……」と教授はいった。

「なんですって?」男はキラリと眼を光らせた。「それでは約束とちがうようですな」

「MM―八八は、MM―八七からつい十日前、変異種としてつくり出された。――軍事用に実用化するために八七の毒性をうすめるつもりが、逆に二千倍の毒性をもつものができてしまったのだ。このことは、ほんの数名しか知らない」

「けっこうです」男はうなずいた。「信じましょう――どっちにしても、われわれにとっては同じです」

一面に霜でおおわれた小さなガラス壜は、またもとのように魔法壜の底へおさめられた。

「では、とりひきは終りです。カールスキイ教授――あなたには、一週間後、ブラジルの銀行あてに五万ポンドがはらわれます」

「そんなもの、いらんといったろう」教授はそげた頰を紅潮させて、はげしい声で叫んだ。「そんなものは、一度も要求しとらんぞ！　君たちは、僕の出した条件を確実に実行してくれればいいんだ。ピルゼンのBC兵器研究所の、ライゼナウ博士にそのサンプルを個人的にわたし……」

「失礼ですが教授、確実に、とはうけおえませんな――われわれはチェコと取りひきがありません」

「なに？」教授の顔が土気色にかわった。「それでは約束がちがう！　いいか――おそらくMM―八〇系列の対抗薬品をつくり出せるのはウィルス核酸研究の権威で、分子生化学専門のライゼナウ博士だけだ。この恐るべき人類の敵に対抗する方法をありとあらゆる人智を総合して研究するのをはばんでいるのは、国家機密というやつだ。だからこそ……」

「しかし教授……」男の声はひややかだった。——小型魔法壜はいつのまにか、男の背後の、頑丈な体格の巨漢の手にわたっていた。「正直いって、われわれは、仲介業者にすぎんのです。本当の注文主は、われわれからさらにワンクッション、ないしツウクッションおいた背後の霧の中にかくれています。——本当の注文主は誰でしょう？　南米のナチの残党ですか？　西ドイツやイタリアのネオファシストですか？　ソ連ですか？　中国ですか？——ひょっとしたら栄光のイメージにとりつかれているフランスかも知れません。フランスの水爆は、米ソにくらべて十年はおくれてますからな。ＯＡＳか、マフィアか……ひょっとするとアメリカのＣＩＡあたりが、また東南アジアででも試験しようと思っているかも知れませんな。——いずれにしても、われわれの知ったこっちゃない。われわれは引きあいをうけ、見つもり書を出し、計画をたて、とりひきする、きわめて純粋なビジネスマンですよ」

教授の顔は死人のような形相になり、はげしくひきつった。あっという間にテーブルがはげしくひっくりかえされ、教授はボクサーくずれのような巨漢のもっている魔法壜にとびかかろうとした。——しかし、教授の後にいた口髭男の方が、一瞬早く、ガッチリと教授を羽がいじめにしていた。手なれたやり方で、男の右手がさっと教授の首筋にのびると、シュッとかすかな音がした。とたんに教授の顔に、急激な弛緩がおとずれた。もがいていた四肢の力が次第にぬけ、眼球がふるえ、全身が粘土のようにグッタリなって、床の上にくずれおちた。――口髭の男は教授の体を床におとすと、手にもった、小さな卵形のアンプルを暖炉の中になげこんだ。それは、むかしアメリカが、即効抗性Gガス対抗用のアトロピン注射を兵士に携行させようとしたアンピン――自動注射器の、もっと小型化したものだった。ガラス製のアンプルの先が注射針になっており、中に高圧不活性のガスがみたされていて、針を皮膚につきたてさえすれば、自動的に薬液が注射される。

「すこし気をしずめてください、教授……」眼のつり上った男はいった。「そのままブライトンのお宅までおおくりします。――明朝、多少起きるのがつらいでしょうが、こいブラックコーヒーをおのみになれば、なおるでしょう。約束の方はそのまま実行させていただきます」

「ま、まて……」口のきけなくなった教授が、床の上にのびたまま、よだれをたらしながら、なにかいおうとしていた。「そいつが……どんなにおそろしいか……だ、だれも……ふせげない……だれも……気づかない……」

「御注意はよくわかりました」眼の鋭い男は、ばかていねいに腰をかがめた。「先方にも、くれぐれも注意するよう、申しつたえましょう。ではこれで……」

注射をした口髭の男が、事務的な手つきでジンの壜をとってくると、栓をぬいて、教授の顔やら胸もとにふりまいた。すでに眼をとじて、土気色の顔で荒い息をしている教授は、よっぱらいみたいな臭いをたてた。口髭の男は、そんな教授をかつぎあげると、屋外のベントリイにはこんでいった。

「さて」と首領らしい男は腕時計をみてつぶやいた。「われわれもひきあげよう。――今からなら、たとえ教授が政府に告白する気になっても、MI6（英国秘密情報部）が動き出すまでに、十時間はある」

「教授を見はってた奴が、感づいていないでしょうかね」小型魔法壜を、パッキングいりの金属製トランクにつめこみながら、巨漢がやや不安そうにいった。「〝平和のためのスパイ〟事件や、プロフューモ事件以来、MI6の親玉は、猛烈に神経をとがらしてますからね」

「それと神経をとがらす理由はもう一つある」首領らしい男は、オーバーを着こみながらクスクス笑った。「数年前に、あの細菌戦研究所の男が一人死んでな、あそこでやってる事が、外へバレちまったんだ」

「なんの病気だったんです」

「肺ペストだよ」男は葉巻の吸いさしに火をつけると、こともなげにいった。「あんなもの、俺にいわせれば、ボツリヌス菌や類鼻疽菌《メリオイドシス》より、はるかにチョロいんだがね。ヨーロッパの連中には、ペストという名前がショックだったんだ。なにしろヨーロッパの人口が半減するほど猛威をふるった事もあるし、この二百年間、完全に根絶やしになったと思われていたのがちゃんと秘密研究所で飼われていたんだからな。おっと……」

男は、巨漢がトランクの蓋をしめようとするのを手で制した。

「コーヒーがまだのこってたろう。なんだったら、いれとけよ」

「本気ですか？」と大男はききかえした。

「ああ――まさかの時にな……」そういって男はニヤリと笑った。「さて――用意はできたな。ガルロ、あとを点検しといてくれ」

男たちは外へ出た。――凍てつきそうな夜で、また風が出かかっており、ぶあつい雲がところどころ切れて、おそろしいばかりに冷たく輝く星がのぞいていた。

裏手の納屋の方にまわって行くと、おおいをかけたランプの明りの中に、ひどく旧式な双発小型機が、くろぐろとうずくまっていた。二つのエンジンにはカンバスの長い袋がかけてあり、袋の先にはガソリンバーナーをつかった旧式なハーマン・ネルソン式エンジンヒーターがゴウゴウまわって、エンジンをあたためていた。

操縦士は、三人の男の顔を見ると、だまって送風器を切り、カンバスをはずした。あらわれたのは――どうやら、前大戦の時、夜間戦闘機につかわれたモスキートそっくりの全木製の小型機で、まっ黒にぬられてあった。――木製機は旧式だが、レーダーにひっかからないので、夜間侵攻用につかわれた事がある。

「天気は？」座席にのりこんで、ベルトをしめながら、眼の鋭い男はきいた。

「風と雲が出ている――気象台のぬかす事はわからんからな。ひょっとすると風向きがかわるかも知れん」

「けっこう……」男はうなずいた。「すぐ出発してくれ。万事すんだんだ」

「コースはどうする？」操縦士はエンジンをスタートさせながらきいた。「どうでも、アンカラまで、一気にとばなきゃならんのか？」

「絶対に、だ」男は強い口調でいった。

「民間航空路にまぎれてとぶんだったら、マルセイユから、海上へ出て、サルジニアの端からアテネにむかう――だが、こいつはガソリンがギリギリだな。この悪天候じゃ、もたねえかも知れないよ。アドリア海に不時着という仕儀になるかも知れん」

「そんなこと、絶対ゆるさんぞ！」男はエンジンの轟音にまけまいと大声でどなった。

「ガソリンがもたないなら、最短距離をとべ」

「もう一本アテネ直行のやつと、ローマ経由の路線があるがね……」右、左とエンジンをふかしながら、操縦士は、油圧系統を神経質にしらべた。「そうなると、今度はガソリンを山ほどつんで、増槽二本もくっつけたまま、アルプスごえという、ゾッとしないことになるんだ。おまけに、あんたらを三人ものっけてさ。――なにしろ、エンジンが時代もので、馬力がたりねえしな。高度一万五千フィートへひっぱるのはホネだぜ」

「積荷が重いとなったら……」男は冗談めかした口調で、眼を蛇のように冷酷に光らせて、トランクをもった巨漢を見た。「誰かにおりてもらうさ。――二百ポンドもかるくなりゃ、何とかなるだろう？」

巨漢はがらにもなく、まっさおになって、しきりとパラシュートのベルトをなでた。

「サザンプトンは、いま大雪だ……」操縦士はレシーバーにききいりながら、つぶやいた。

「三千フィート……よし！　うまいぞ。こっちへやってこないうちに、いちかばちかやって見よう」

意外にしずかな爆音をたてながら、飛行機はごとりと動き出した。牧場の凹凸にバウンドしながら平坦部まで出てくると、そこに夜目にもしろく、白い線がひかれていた。――白条と見えたのは、背後の岡からはこぼれてきたらしい雪の堆積だった。――これなら、日が照ればとけてしまうし、雪がふればまぎれてしまう。――はばたくように二、三度フラップをおろすと、双発木製機は、スタートラインについて、エンジンを全開にした。腹の下にかかえた、二つの増槽にヨタヨタしながら、それでもやっと離陸し、前の岡をとびこえると暗黒の夜空にとけこんで行った。――さっきまで、あちこち見えていた凍りつくような星も、いまはたった一つをのこして、すべて密雲にとざされていた。黒い双発機はその星を目ざして、北緯五十一度から四十度へ、西経四度から、標準子午線をこえて東経三十二度三十分約千六百キロの球面矩形の対角線をとぶ、つらく、長い隠密の旅へととびたったのである。

三人の奇妙な男と、奇妙な積荷をつんだ、奇妙な木製機が、ちょうど雪嵐の南下しつつあるコーンウォールをとびたったころ――その目ざす近東の地のはるか南方、トルコの首都アンカラよりさらに五百キロ西を走っている東経三十九度三十五分の子午線が、灼熱のネフド砂漠をこえ、紅海をわたり、エチオピアの首都アジスアベバの東をかすめ、ケニアで赤道をこえ、モザンビクで陸地にわかれをつげて、海また海をわたってついに南極大陸にぶつかった所――そこではもう一つの〝出発〟がなされようとしていた。

2　南緯六十九度二十五秒

「終りました……」吉住利夫は、最後のチェックリストをポンとたたくと、コピーにサインして、立ち会いの士官に手わたした。士官は、ちょっと敬礼して、コピーを胸ポケットにしまうと、時計をちらりと見た。

「二三〇〇の出航だから、まだ少しあります」中年の田口という士官は、赤銅色の頬にしわをよせて笑うと、外套のポケットからよく吸いこまれた海泡石《メイシャム》のパイプを出してすすめた。「どう？　おなごりに一服やらないか？」

「ありがとう」吉住も笑いかえして、手袋をぬいだ。――田口三佐ごじまんの、そのパイプは、航海中よく吸わせてもらったものだった。田口三佐の父の時代から吸いつがれてきたというそのパイプは、ひびもいらず、ほどよく時代がつき、特に吉住はそのマウスピースの口あたりがすきだった。

田口三佐は、口紐つきの袋にはいったキャプスタンのネイヴィカットを吉住に手わたすと、自分は3Bのブラックウッドをとり出して、歯にくわえた。――煌々と輝くライトに照らされただだっぴろい後甲板では、いま、積荷をおえたブリストル改良型の大へリコプターが、二枚のローターをやかましく始動させていた。船倉リフト付近から後甲板へかけての火事場さわぎは、もうほとんど下火になり、投げ出されたキャンバスやロープを、ピョンピョンとびまわってかたづけている水夫たちの姿が見えるだけだった。終日動いていたデリックのアームも、いまは荒天にそなえてしっかりとゆわえつけられた。——甲板から下をのぞくと、雪上のライトに照らされた「知床《しれとこ》」の船腹は、はりつめた氷原の上にだいぶ赤い吃水部をのぞかせていた。

(四日間で、二千トンの荷上げだからな……)と吉住はホッと息をつくように思った。

(よく天気がもったもんだ——だが、もうおわった……)

昼夜兼行の荷揚げ作業で、睡眠不足ののどに、強いパイプ煙草が、ちょっとからんだ。それに南極の凍てついて乾燥した空気の中では、煙草はちっともうまくない。——それでも吉住と田口三佐は、なごりをおしむように、すみきった空気の中にうす青い煙をくゆらした。——笛がするどくなった。ブリストル改良型——といっても日本で基礎設計を買って大改良をくわえたのだから、正しくは新三笠L型というのだが——は、積荷をおわって、ドアをしめかけていた。

「サムソンヘリがもう一往復しますから……」吉住は田口三佐の目まぜに答えていった。

「そいつでかえります——タービンの予備が一つのこってるんです」

「いよいよ、おわかれですな……」

田口三佐は手すりにもたれて、南極の白夜の下にひろがる、青ずんだ氷原のかなた、黒々とした露岩をわずかにのぞかせているオングル島をながめた。

――島の上には、高さ数メートルの流線形可動型の塔がたち、そのてっぺんには、卵型の巨大な筒が横にのってポッカリ黒い口をあけていた。――ターボ型の風力発電機だ。おととしそなえつけられたもので、今は予備の役割以外、むしろいろんな観測装置のケースになっている。

発電塔の下には、エスキモーの雪の家《イグルー》に似て、それよりもっとひらべったく、もっと大きなドームが、照明灯に白っぽくかがやきながら、まるで氷原上にふき上った無数の気泡のように、いくつもかたまっていた。そしてその背後には――千古の雪と氷にとざされ、きりたった氷河や氷山にとりまかれた〝白い大陸〟――氷原をこめた面積は南アメリカに匹敵する、巨大で苛酷な南極大陸の白い山々が、灰色の地平の空を背景に、夢のようにつらなっていた。――田口三佐は、頭を右にめぐらして、東方プリンス・オラフ海岸をへだてる岬の白い断崖をながめ、また反対側の、黒ずんだ雪の山――長頭山《ラングホヴデ》をながめた。エンダービーランドの西端にきれこむ、リュッツオフォルム湾の湾奥白瀬氷河から、ここ東岸一帯は、一九六四年の命名によって、「宗谷海岸」とよばれ、第十×次国際観測以後、三年前から火蓋を切られた、国際南極開発オリンピックの日本の拠点となったのだった。そして今――

一九五七年二月から翌五八年へかけて、西堀隊長以下十一名の第一次南極越冬隊が、最初に粗末な四つの小屋をたてた昭和基地は、七つのドームからなる半恒久的な大基地になろうとしていた。——一九六二年から一九六五年まで中断された日本の南極観測は、再開後ふたたび一つのピークにさしかかっていた。

「ドームの建設は、ずいぶん早いですな」田口三佐は、新しくできかけている昭和基地第九区にむかって眼をこらしながらつぶやいた。「——資材をおろし出してから、もう二つもできている。いくらプレハブでも大変なスピードだな——どうやってつくるんです?」

「のりではりあわせるんですよ」吉住はクスクス笑いながらいった。「ほんとですよ。——このごろは、すごく簡単で、すごく強力な接着剤《ボンド》が、ぞくぞくできてるんです。アメリカじゃ、宇宙ロケットまで、金属化接着剤《メタリック・ボンド》でつくってるって話です。——シアン・アクリレートなんて、二、三秒でくっついちまって、気泡がないかぎりビクともしませんからね。——ドームのプラスチック・プレートは、組立番号がついていて、縁《へり》は雌雄のはめこみになっています。片方に接着剤A、もう一方に接着剤Bがぬってあって、AならA、BならBだけならちっともくっつきません。だけど保護テープをはがして、はめこみをかみあわせると、ABの薬品が瞬時に反応をおこして、十秒たったらテコでもはなれなくなります」

「やれやれ……」田口三佐はうなった。「零下四十度で五十メートルの吹雪が吹く中を、糊づけの家ですごすんですか……」

「来年は、ぜひ基地へ来てください」吉住は消えたパイプを、もう一度吸いつけながらいった。

「すごく快適ですよ。小さな劇場もバーもあるし——女がいないだけです。最初の越冬をやった西堀隊の記録なんか読むと、気の毒みたいですね。——今度はいよいよ、例の電力千キロワットのポータブル動力炉《リアクター》が試運転をはじめるし……」

「気の毒といえば——」田口三佐は、煙突のない、ひどくのっぺらぼうな原子力砕氷船「知床」の艦橋後部をふりかえりながらつぶやいた。「第一次以後、ずっと南極隊をはこんだ〝宗谷〟も、これにくらべればずいぶん気の毒だったな。——ひどく旧式で、ひどく中途半端なボロ船で砕氷能力は一メートル半だったというから……」

「ソ連の〝オビ〟号や、アメリカの〝バートンアイランド〟号に、何度も助けられたって記録がのこってますね」

「そう——」田口三佐はうなずいた。「こちらもこの船にのった時は夢みたいだったよ。巡航速度二十八ノットで、燃料のいれかえは四年に一度、砕氷能力は蒸気砲《スチーム・ガン》と動力砕氷《パワー・クラッシ》器《ャー》併用で八メートル以上あるし……」

おまけに今度は大型貨物《カーゴ》ヘリ二台と、五トンのコンテナーをぶらさげてとぶ、サムソンヘリコプターが三台も配属されている——吉住は五キロかなたの基地へリポートにおりて行くV字型のブリストルをながめながら思った。——ここ二、三年、日本は、いやに南極に熱をいれている。世界の大国に、ひけをとるまいというつもりか知らないが、昔の事を思うとなんだかおかしいみたいだ。

「南極ブームは、ここ当分つづきそうだね」田口三佐は、パイプをポケットにしまうと、吉住に笑いかけた。「君たちは、いわば時代のトップを行ってるわけだ」

「それにしても、こんなおまつりさわぎをやって、どうするつもりでしょうね」と、吉住はいった。

「ぼくらにとっては、なんだかおかしくてしょうがないんですよ。――もともとのきっかけは、IGY(国際地球観測年)でしょう。ぼくらは、いわば南極の学術観測という当初の目標を踏襲してるわけですよ。――ところが、最近は、学術観測班はかたすみにおしやられちまって、資源調査とか、動力関係の耐寒テストとか、そんな事に熱がはいっている。といって、本気になって南極に都市をきずくとか、資源を開発するとかいうには金のつぎこみ方があまりに中途半ぱです。アメリカみたいに、本気になって南極に宇宙ステーションをきずくほど、はでな事をやらなくても、もう少しはっきりした目標があってもよさそうなものですね」

「お役所おとくいの〝ツバをつけておく〟というやつかな……」田口三佐は、苦笑しながらつぶやいた。「それに――このごろの政治というやつは、次から次へとシンボルや目標をうち出して世の中をひきずって行かないと、為政者が無能視されるからね。――日本だって、まがりなりにも、世界に伍してやってるって所を見せなきゃいけないんだ。だからちいさなロケットで、小さな小さな人工衛星を、ソ連のスプートニクから十何年もおくれてやっと軌道にのっけたりするんだな。――今度は、君たちが旗ふりの旗にされてるわけだ」

「ずいぶん皮肉な見かたですね」と吉住は笑った。――笑うと雪やけした頰に笑くぼができ、白い歯がのぞいて、三十という年齢より、はるかに若く見えた。「だけど、ほんとはわれわれの方も、このブームを感謝すべきなんでしょうね。――いまのうち、ちゃっかりとりこむものをとりこんで、ブームが去った時にそなえておかないといけませんね」

「それにやっぱり……」田口三佐は一度しまったパイプをまたひっぱり出して、今度は口にくわえず、その火皿の感触をたのしむように掌の中でもてあそんだ。「ブームってのはいいことでもあるな。カラさわぎの面もあるが、実質的にのこって行くものがあって、それで少しずつ進歩して行く。この船だって……」

田口三佐は、手すりをいとおしむように、パンパンとたたいた。

「第二次原子力ブームのおとし子だよ。あんた、知ってるかな？　一九五五年、つまり昭和三十年ごろ、日本に第一回の原子力平和利用ブームがあった。「ぼくらはまだ、中学生でした」

「ええ、おぼえています」と吉住はうなずいた。

「それが二、三年たつとまるっきり下火になった。――その間に本当に産業界に浸透したんだな。それが、東京オリンピックの翌年、一九六五年ぐらいから、また第二次ブームになった。――オリンピックのあと、政府は新しいシンボルとして、宇宙開発と原子力をもち出したんだよ。それにのったおかげで、一九七〇年代以降でないとできないとされていた原子力船も、あっというまにできちゃった。一九六四年に発表された、海上保安庁の新型極地観測船のプランとくっつけて……」

　とつぜん、「知床」のサイレンが、腹にひびくように、鳴りはじめた。二二〇〇――出航一時間前の合図だ。新昭和基地からも、それにこたえるようにサイレンが鳴りはじめた。――ヘリのやかましいローター音には、すっかり慣れていたアデリーペンギンの群れも、サイレンにはきもをつぶしたようにヨタヨタはしって、開氷面からつぎつぎに、ぶざまなかっこうで水にとびこんだ。そのあわてふためいたようすを見て、二人は思わず吹き出した。

「原子力ブームは、核兵器の生産縮小と、米ソ両国からの、過剰濃縮ウラン放出に関係しているようですね」サイレンが鳴りやむのをまって、吉住はつづけた。「このごろじゃ、いろんなブームがくっついて行く傾向がありますからね――この南極でも、大変な原子力ブームですよ。マクマード基地や、ミールヌィ基地みたいな、その方でのしにせは別として、各国とも小型原子力発電所をもってない所はありませんよ」

「それに今度は宇宙ブームがくっつきかけている」田口三佐はうなずいた。「NASAが宇宙ロケットをもちこんだってのは、ほんとかい?」

「ほんとうらしいです――今年はセントール型エンジンの地上実験と、ガントリイの基礎を少しやるだけで、本格的なテストは来年かららしいですがね」

　基地から、竹馬をはいた蚊トンボのような奇妙な形のヘリコプターがとびたって、こちらへ近づいてくるのが見えた。――とびたったところを見ると、まるで背の高い四つ脚のテーブルがとんでいるとしか見えなかった。その四つ脚の間に、花粉の球をはこぶハチみたいに、五トンコンテナーをしっかりとかかえてとびあがるサムソン型ヘリだ。

「さて……」と田口三佐はいった。「そろそろおわかれだな」

「ねえ、田口さん……」ふいに、妙にしんとした声で、吉住はつぶやいた。――遠い南極の山々を見つめるその顔は、ちょっとつきつめたような表情になっており、そんな顔をすると、まるで少年のように初心《うぶ》に見えるのだった。――この世代の連中に特有の表情だな、と田口三佐は思った。つまり――世の中の大変動によって、傷ついていない顔だ。

「これからの世界は、いったいどうなって行くんでしょうね？」

「さあ……」田口三佐は、ふいに妙な質問を出されて、ちょっと言葉につまった。

「どうなるって――あまりかわらんだろうね。もう戦争も大恐慌もなく……」

そういいかけて、彼はふとおどろいた。なるほど！――もうずいぶん長い間、なにごともなくすごして来たのだ。何度か危機が叫ばれ、何度も寸前で回避された。大国の経済破綻が、世界市場をくつがえすかと思われた瞬間さえあったが、それも結局はやや長期にわたる不景気という形で回避された。――噂だけだが、アメリカの経済危機を、国際経済の舞台裏で、ソ連がすくってやったという話さえある。船でいえば「復元性」というやつが、世界全体に強くなってきつつあるみたいだ。これから先……。

「まあ、多少の振幅はあっても、わずかずつ、ゆっくりと、文明全体が進んで行くだろうね——それがどうしたんだい？」

「いや——なんでもありません」吉住は、ちょっと照れた笑いをうかべた。

「戦争は——もうないでしょうね？」

「まず絶対ないね」田口三佐はいった。「全面軍縮はあいかわらずもたついてるし、NATOは年々自動車のモデルチェンジみたいに、武装や配置や戦略をかえてるけど——まずないと見ていいね。東西の核戦略体制は、ここ三、四年以内にかたがつくだろう。アメリカの大統領とソ連の首相が、今年の夏にあうが、その時こそ具体的な話ができるんじゃないか」

「かたっぽうでは、世の中がどんどんかわってるのに……」吉住はぼんやりといった。

「もう一方では、ほとんどかわってない部分があるんですね——軍縮なんて、かけ声がかけられ出してから、もうずいぶんになるでしょう」

「大きくかわって行く部分が、やがて膠着した部分もかえて行くんじゃないかな」田口三佐はちょっとあいまいな調子でいった。「今の世界は、一九五〇年代からの惰性がついちまっている。これを方向転換させるのは大変なことだよ——さあ、君もそろそろ行かなくちゃ……」

それでも吉住は、海泡石のパイプをゆっくり吸いつづけた。南極の、白っぽい夏の夜空にうすい煙はゆっくりたちのぼっていった。東の方から風がやってくるらしく、プリンス・オラフ海岸のずっとむこう、日の出岬のあたりが暗くなってきた。——最後の一服を吸いおわると、吉住は掌の上でパイプをかるくたたいた。とても上手に吸ったので、軽い灰がサラサラと氷の上に散っていった。

パイプをさし出す吉住にむかって、田口三佐はいった。

「それ、あげるよ」

吉住の顔がパッとかがやいた。

「いいんですか？」と彼は声をはずませていった。「じゃ――この次くるまで貸しといてください。大事に使いますから」

「いや――」田口三佐はいった。「いいんだ。ぼくは。来年はこない」

「どうして？」

「帰国したら、すぐ別の任務につく。講習というやつでね……」少しさびしそうに田口三佐はいった。「一年間外国の艦にのりこむことになるんだ。もう〝知床〟にのることもあるまい」

「じゃ――これで、おわかれですね」吉住は、残念そうにいった。――パイプの縁で知りあった十歳も年のちがう二人は、はじめから妙に気があって、航海中ずっと兄弟みたいにつきあっていたのである。「でも、日本であえるかも知れませんね。ぼくは四年たったら一度帰国します」

「その時あえなかったら――」田口三佐は笑いながら手をさし出した。「二十一世紀に老人ホームであおう。今朝のニュースだと、そろそろ癌の特効薬ができるらしいから、退役してから百まで生きそうだ」

「では……」と吉住も笑って手をさし出した。「二十一世紀で……」

二人は手をしっかりにぎりあった。それから吉住は身をひるがえすと、コンテナーを腹の下にまきあげて、もう後輪をすこしばかりうかしかけているヘリコプターの方へとすっとんでいった。――四つの車輪がデッキをはなれる時、操縦室の窓の所に、チラと白いものが見えた。――吉住が、手にもった、あの海泡石のパイプをふっているのだった。それにむかって手をふると、田口は、出航準備で火事場のようにごったがえしている後甲板をよこぎり、船室のほうに歩いて行った。

プリンス・オラフ海岸の、ずっとむこうに、雲が湧き上ってきた。寒気がきびしくなり、気圧が急にさがりはじめるのが、皮膚に感じられた。

船室にはいる前に、ふと氷原の方をふりむくと、基地の上には、照明灯の強い光芒の中に眼もあざやかな日章旗がひるがえり、白い、泡のかたまりのようなドームから、見送りの人間で鈴なりになった雪上車が三台、パドルの上をのりこえのりこえ、近づいてくるのが見えた。車の上のスピーカーから、わんわんひびいてくる声をよくきくと、「蛍の光」のメロディだった。田口三佐は、ちょっと苦笑して船室へもどった。

「知床」はふたたび、出航三十分前の汽笛を、ほえるように吹きならした。

3　東経七度二十四分

「知床」がオングル島沖を離岸してパックアイスの中を開氷面に出たころ——。

フランスから吹雪をついてアルプスのモンスニトンネルをぬけ、イタリアにはいった夜行列車の運転助手は、トリノの手まえで、北方の山中に明るい爆発光が輝くのを見た。彼はすぐ車内電話でトリノの警察へ知らせた。

調査は風のしずまった翌日おこなわれた。墜落地点はトリノ西方約三十キロのアルプス山中——吹雪の中をめくら飛行をやり、夜中、急に西南にかわった風のため、コースをあやまって北方へ吹きながされ、アルプスごえの難所でたたきつけられたものと推測された。——乗組員の黒こげ死体が三つ、操縦席の残骸から発見された。二つのエンジンや部品類は、雪の斜面の上を一キロにわたってちらばっていたが、機体はきれいにもえてしまっており、わずかにのこった胴体破片から、それが全木製機であることがわかって、以前国際警察《インターポール》に関係していたことのあった警部補の一人が、首をひねった。

ヨーロッパ諸国に、遭難機のことの問いあわせが発せられたが、該当がなく、国籍不明ということが、いよいよ疑惑をつのらせた。——NATO所属の情報将校が来て、破片の黒い塗料が、レーダー波攪乱のものらしいということがわかって、今度は各国の諜報関係が、ちょっと色めきたった。

これは悪名高いU2機のような、スパイ偵察機ではないだろうか？

しかし、結局なんの手がかりもつかめそうになかった。

ちょうどそのころ、ブライトンの義姉の家で、陸軍秘密職員のグレゴール・カールスキイ教授が、左手首動脈を切って自殺しているのが発見され、MI6が、調査にのり出していた。——けれど、アルプス山中の遭難機と、五百キロへだたった教授の自殺をむすびつけることは、だれも思いつかなかった。——だが、執念深いことでは、イスラエル秘密警察とならび称されるMI6は、くさいとにらんだ糸を、じっくりと、時間をかけてたぐりはじめていた。

遭難機の残骸の傍に、露出した岩にぶつかって、蓋がとび、ひきさかれ、ねじまがったジュラルミン製のトランクの破片がころがっていた。なかのものは全部もえてしまったらしかったが、そこから十数メートルもはなれた雪の中に、ブルーのプラスチック塗料のはげた薄い鉄板が、かろうじてもとの円筒形をたもってころがっており、付近の雪や、岩の上には、銀メッキされたガラスの粉々になった破片が、キラキラかがやきながら散乱していた。——調査にあたった連中ややじ馬の靴の下で、岩角にのったガラスの破片は時おりジャリジャリ音をたてた……。だが、靴の底にキラリと輝く微粉となって、わずかにくっついたガラスの破片も、彼らが山をおりる時、ほとんど、雪と岩根の間にまきちらされてしまった。

それからまもなく、その年度最後の寒波がおそってきた。——奇妙な遭難木製機の残骸は、調査のため、もちさられていたが、粉々になったガラスの破片はそのままに、上にわずかばかりの雪がふりつもっていた。

そして――

冬将軍の猛攻もやがてよわまり、アルプスの上に陽光のかがやき出す日がふえてきた。モンブラン、モンビソ両高峰にはさまれたイタリア、フランス分水嶺の雪は、その表面からわずかに溶け出し――その水は、ポー河に集められ、豊沃なロンバルジア平原を西から東へ横断し、ヴェニス南方でアドリア海にそそぐ。

イタリアの北の玄関であるトリノ市を通過する鉄道は、西はミラノ経由でヴェニス、トリエステ、ベオグラード、ソフィアをへてアジアへの入口イスタンブールへ、西南はジェノアをへてイタリア東岸をローマ、ナポリへ達しており、東はリヨン、ディジョンをへてパリへ、ヨーロッパの心臓部へと流れこむ……。ミラノからは有名なシャロントンネルをへて、スイスのローザンヌ、ジュネーヴへ達する路線もあり、ヨーロッパ中東全部に網の目のようにはりめぐらされた鉄道網へつながっているのだ。人々の通過は多く、ローマ、パリ、ジュネーヴには、――人々が大河のように空からなだれおち、空へなだれこむ国際空港があるのだ……。

雪どけにはまだ少し早かった。年おいた地球は、暗黒の宇宙空間の中で、二十三度半かたむけた地軸のまわりを、くるりくるりとまわりながら、何十億回目かの回避の旅をつづけ、徐々にその公転軌道上を春分点に近づいていった……。

第二章　春

1　三月

三月十三日の午後二時ごろ、チヴィタヴェッキアからローマにむかう自動車道路で、一台の豪華なスポーツカーが、事故をおこした。

車はアルファロメオ〝バルカ・ヴォランテ〟ガスタービン車、正面衝突をあやうくまぬがれて、バンパーのはしで事故車をガードレールにたたきつけたトレーラーの運転手の証言によると、そのスポーツカーは、時速九十キロ前後のスピードで直線路をはしって来ながら、突然よっぱらったように頭をふって、センターラインをこえてつっこんできた。トレーラーはあわててハンドルを切り、急ブレーキをかけたが、バンパーにひっかかったおかげで、かえってスポーツカーは、ガードレールをとびこえて転落するのをまぬがれた。――これは二、三の目撃者が証言している。

ターボカーの事故は、まだ台数が少ないためにめずらしかったが、現場の惨状は相当なものだった。レールにもろにぶつかった衝撃で、後部のフィアット・ガスタービンエンジンが裂け、中からとび出したタービンの刃《ブレード》が、トレーラー後部やアスファルトに、銀の針のようにつきささっていた。しかし、シートにいた二人は、後部の保護鋼板にさえぎられて、針ねずみのようになるのをまぬがれていた。——トレーラーの運転手がかけつけた時、運転席の若い男は、もうこと切れていた。事故の際の死傷率をすくなくするために、最近どの高速自動車にもとりつけられるようになった可撓性《フレキシブル》ハンドルは、わずかに曲っただけで、数々の運転者保護用緩衝装置にたすけられ、男は一見なんの外傷もなく、ただ右足首がねじまがった車体にはさまれているだけだった。——にもかかわらず、男は完全に死んでいた。鉛色の顔をがっくりたれ、前方へなげ出された手には、もう脈がふれていなかった。助手席にいた若いプラチナブロンドのグラマーの方がはるかにひどい怪我をしているようだった。安全ベルトをしめていなかったとみえて、フロントグラスにぶちあてた前額から流れ出す血は、顔全面をおおい、衣服はあちこちさけて、ひどい裂傷がむき出しになり、ガードレールにぶつけた胸部は、はっきりそれとわかるほど陥没し、破れた肺が血の泡をふき出していた。

——にもかかわらず、女の方は生きていた。救急車が現場へかけつけて、女をねじまがった車体から助け出した時、女は口から血をしたたらせながら、なおもつぶやきつづけていた。

「トニオ……トニオ……おお、やめて！……どうしたの？……」

この事故は、二つの意味で世間の注目をあつめ、異常に克明な記録がのこることになった。一つは死んだ男——アントニオ・セヴェリーニが、映画、テレビの世界的な二枚目俳優であり、ぜいたく好きの、国際的プレイボーイとして知られていた事。その上同乗していた女が、かつてNATOのスパイ事件にまきこまれて、これも国際的に有名になったコールガールだった事。それに、トニオには目下大あつあつで、ちかく結婚するといわれていた、中東王族の王女の恋人がいたから、スキャンダル好きの世間は、トニオの死をめぐって、ワッとばかりにわきたった。――スパイ事件に連座したコールガール、中東の王女、国際的二枚目、この三人の人物をめぐって、陰謀説だの、暗殺説だのがとびかった。――しかし、事故をしらべた警察当局は、そんなはでな噂と関係ない、純粋な奇禍としてうけとっているようだった。

もう一つは、自動車メーカーのアルファロメオ社だった。――なにしろ〝バルカ・ヴォランテ〟は、安全性、操縦性においてまだ疑義のある二百キロクラスガスタービン車を、最初に実用化したスポーツカーだったからだ。ちかく何十億ドルのクレジットと、各国出資によって起工される「ユーラシア・ハイウェイ」――パリを起点に、ルクセンブルク、ベルリン、ワルソー、ミンスクを通ってモスクワにいたるほとんど一直線の幅員二百メートルの大道路――を目あてに、欧米の自動車メーカーは、いっせいに平均時速二百キロクラスの実用車の試作競争をはじめていた。このクラスになると、問題はタイアや足まわりの耐久度と、エンジンの出力である。エンジンの方の本命と見られていたのは、西ドイツのロータリーエンジン、足まわり関係は、走行様式を根本的にかえた、ロールスロイスのホバークラフトと、米国のカーチスライト社のエアカーが有力視されていた。——そこへ突如として、イタリアの、スポーツカーや、競走車《レーサー》のメーカーとして有名なアルファロメオが、最高時速二百四十キロという、ガスタービン車〝バルカ・ヴォランテ〟を発表したのである。おまけに、それにとりつけられた数々の新装置が、世間をアッといわせた。——まず、おそろしく軽量な、フィアットVIRGOガスタービンが注目をあびた。タービンから出る高熱高速の排気流は、市内走行の時には、乱流板でほとんど地面へ吹きつけられ、ハイウェイにおいて時速二百キロ以上を出す時は、直接後方に噴き出され、ターボプロップのように、推力の助けになるのだった。低圧タービンの刃《ブレード》に、画期的な可変ピッチ装置をとりつけたため、出力ゼロから最高までの変化は実にスムーズだった。タイアはグッドイヤーの弾性弗素樹脂耐熱耐摩耗タイアで、スリップ防止板内蔵型、それに注文によってとりつける市内走行、高速走行どちらにもつかえる自動操縦装置、動力操縦《パワーステアリング》自動切りかえ装置、運転者保護のための数々の新装置、霧の夜のためのレーダー警報器や暗視装置《ノクトヴィジョン》までそなえ、高速安定性と操縦性は二百二十キロでモーターボートなみといわれる高性能車だったからだ。

当然、出しぬかれた他のメーカーたちは、うの目たかの目で、アラさがしをしようとしていた。——〝バルカ・ヴォランテ〟の全装備デラックス型は、三月初旬に発表されたばかりでまだヨーロッパで三台しか個人に売っておらず、その中でトニオは、かつてル・マンの自動車レースに出場した腕前と、その国際的名声を買われて、半分の代金で、いわば試乗させてもらっていた所だったのである。

「プレイボーイをのせた初のガスタービン車事故」が、ヨーロッパ各紙にデカデカと出ると、アルファロメオ社の技術および販売陣は、色をうしなって事故の原因を究明しようとした。——原因は車のどこかに不備や欠陥があったのか？　それとも運転者のミスか？

目撃者の証言は口をそろえて、トニオが直線路にもかかわらず、そんなに出していなかった、といった。せいぜい九十キロ以下だ——その事は交通事故調査の専門家もそういった。なにより雄弁な証拠は、スピードメーターの針が八十五キロの所でめりこんでいた事だ。

積算距離計は、車がまだ千五百キロも走っていない事を示している。とすると、いったい事故の原因は何か？　このくらい走って、このくらいのスピードで、事故を起すような、致命的な操縦装置の欠陥があるのか？　それに、3マッハのジェット機なみといわれる御自慢の運転者保護装置はいったいどうなったのか？

どれもこれも、アルファロメオ社を躍起にならせるようなことばかりだった。その上、一見はなはだしく同社に、不利になると思われる風聞がつたわってきた。目撃者の話は一様にトニオが「急にハンドルをとられたように見えた」というのだ。それにトニオの運転している姿を街道のあちこちで見かけたものたちは、トニオが、横にすごいグラマーをのせているのに、まるで運転試験をうけるみたいに、わき目もふらずにハンドルにしがみついていた、と証言した。——トニオの車に灯油《ケロシン》をいれたチヴィタヴェッキアのガソリンスタンドの男も、やっぱりトニオが、ひどく真剣そうに運転していたといった。してみると、彼はミス・Mといいちゃついていて、運転をあやまったわけでもなさそうだ。

それをうらづける話が、ミラノにいるトニオの主治医から出た。トニオは数年前ル・マンのレースで事故をやり、九死に一生を得てから、軽い高速恐怖症にかかりそれをひたかくしにはしていたが、それ以来、ずっと慎重運転だったという。――〝バルカ・ヴォランテ〟半額提供を申しいれられた時、彼は、エロール・フリン以来の生ける男根として、満天下婦女子の男根崇拝《ペニスナイド》をうら切るわけにもいかず、よろこんでうけて見せたのだが、内心は困っていたらしい。

こうなると、奇妙な事故の起った事情は、ローマで入院中のミス・Mの口からきくよりなかった。――トニオの死因を、医師たちは一応事故の衝撃による一瞬の神経麻痺による心臓停止――つまりショックによる心臓麻痺と発表していたが、それまでのトニオの健康状態、とくにその心臓は、肉体的にも精神的にもきわめて丈夫だったことがわかっているから、ちょっと不可解だった。鑑識医は――もういいかげんヨボヨボだったが――鳩尾《みぞおち》にくわえられた、ハンドルの衝撃がその原因ではないか、とつけ加えたが、酔っぱらってゴロツキとわたりあうぐらい、平気なトニオが、ボディに一撃くわえられたくらいで、あの世に行ってしまうのも、おかしな話だった。――おまけにこれは、アルファロメオ社自慢の可撓性ハンドル、すなわち、運転者の体がぶつかれば、羽根布団みたいにフワリと逃げてくれる安全ハンドルの効能にケチをつけるものだった。

そんなこんなで、アルファロメオ社にとっては歯がみする思いの一週間がすぎた。八日目に、ミス・Mが、ようやく面会をゆるされる所までこぎつけた。――ミス・Mの傷は、はでなわりに重大なものではなかった。頭部の傷も、脳や頭蓋に影響をあたえるほどでなかったし、胸部陥没も、いまの医術からすれば決して命とりになるほどのものでなかった。八日目――毎日病院につめかけていたアルファロメオの調査員は、面会が許されるというのでとび上った。

「まってください」と主任医師はいった。「まだ精神的なショックが強くのこってますからね。面会は一人、時間は十五分以内にしてください」

「冗談じゃない！」と叫んだのは、調査員と、これもずっとつめかけていた新聞記者達だった。

「一人ってことがあるもんか！」

「まあ、待ちたまえ」と、事故担当の警部がいった。「ここは警察の事情聴取を先にさせてくれ――ミス・Mは、まだうるさい質問に答えられる段階じゃなさそうだ。だから、まっさきにどんな事が起ったか、それだけをきく事にする。トニオとの後朝《きぬぎぬ》の事なんざ、せめて車椅子にのってからにしてやれよ。――そのかわり、ミス・Mとの会見の模様は、病室からワイヤレスマイクを通じてきみたちにきかせてやる。テープをとるなり、なんなりとしたまえ」

官憲横暴というので、ひと悶着あったが、結局警部が代表で行く事になり、アルファロメオの調査員と、のこりの記者連は控室のスピーカーの前にかじりついた。

「気分はどうですか？　ミス・M……」と警部のいう声が流れてきた。

「ええ、ありがとう……」意外に元気な、ネットリした声が流れてきた。「とっても——元気です。でも、顔……この傷もと通りになるかしら」

「おのぞみならもっと美しくしてさしあげますよ。今でも充分お美しいが……」医者の声がきこえる。

「大丈夫ですか？　話せますか？」警部がいう。「あの事故の時の事を話してください。簡単でけっこうです。われわれの方は、ある程度事情がわかればいい、——特にトレーラーの運転手に責任のない事がはっきりすればね……」

「トレーラーの人に、責任はありませんわ」ミス・Mがきっぱりいう。「あれ、トニオがやったことです」

突然はげしくすすりあげる声がする。

「おそろしい……ほんとうに、おそろしい……あんな事、はじめてだわ」

「さあ、しずかに……」と主治医がいう。「もう大丈夫、あなたは完全に助かったんですよ」

「トニオが、どうしたんですか？」

「あの……私、トニオとは何でもありませんの。ことわっときますが、ほんとに……」ミス・Mは泣きじゃくりながらいった。「この冬ローザンヌではじめてあって、それからトリノで、また偶然にあったのです。一か月ほど前ですわ。それからモナコへ行って、トニオも私も大分もうけたわ。──トニオは私を福の神だといって……ジェノアまでいっしょだったわ。トニオは新しい車をうけとりにいって、私、リヴォルノにいたんです。そしたらトニオが電話かけて来て、ローマまで新車にのせてってくれるといったんです……」

「〝何でもない〟か……」パリ・マッチの記者がニヤリと笑う。「ヘッ！　一か月もリグリア海岸をいっしょにうろついて──どちらも、その道にかけちゃヘヴィ級じゃないか」

「トニオの事はいいです」と警部が辛抱強い声でいった。「事故の事を話してください」

「ええ、あの……チヴィタヴェッキアを出た時、トニオはとても元気でした。前の晩も、早くねました」

フッと記者団の中から失笑がもれる。トニオが元気だったという所で、アルファロメオの調査員は、帽子の縁《フリル》をぎゅっとかみしめた。

「見ろよ……」と新聞記者の一人が、横の一人をつっつく。「話が終るまでに、あいつが、あのボルサリノを食っちまうかどうか、賭けないか？」

「それに──すごい新車で、ガソリンスタンドのボーイなんか、一分間も口をあけたままでしたわ。それなのに、トニオったら、とても慎重運転なんです。市内じゃのろのろだし、街道へ出ても、安全ベルトをしっかりしめて、ほとんどとばさないんです。私、その車が二百キロ以上出るってきいたんで、寒かったけど、もっと出してよ、といいました。だのにあの人ったら、平均五十から六十キロぐらいで、どんどん追いこされるんですもの。——ル・マンのレーサーだっていうのに、もっと男らしいかと思ってたわ。そしたらあの人、直線路へ出たらとばすよっていったんです。ええ、別にこわがっている風には、ちっとも見えませんでした。のんびりと、歌なんか歌って——でも、私の方は、一度もふりむかないし、手ものばしませんでした。私、ちょっと腹がたって、座席でトニオからうんと離れてすわってました」

「高速恐怖症か……」だれかがつぶやいた。「見かけはりっぱだが、インポだったってわけか……」

「でも奴は……」誰かがいった。「百キロぐらいまでなら平気だったらしいぜ……」

「シッ！」と声がかかった。

「そのうち、直線路にはいると、トニオが出すよっていって……アクセルをふみました。ちょっとハンドルにかがみこむようにして……ほんとにすごい車であっというまに八十キロをこしたんです。そしたらその時……」

声がちょっと上ずってとぎれた。息をたてつづけに吸いこむ音がした。

「ずっとむこうから、トレーラーが来ました。……その時、トニオは、何か小さな叫び声をあげると、いきなり頭をガクンとたれて……体がハンドルにもたれかかったまま、ずるっとすべって……私、ほうり出されるかと思われるほど、急カーブで……そしたら眼の前にトレーラーが……こんな大きな、山みたいなトレーラーが……私さけんだわ……トニオ！　トニオ！　どうしたの！　やめて！……」

　耳のわれそうな悲鳴……

「ミス・M！」医師の声が叫んでいる。「注射の用意を……」

「ミス・M！」警部がくりかえしささやきかける。「しっかりしなさい、ミス・M！」

「まあ、今日の所は、これでうちきりか……」記者たちは顔を見あわせた。「だけど、とにかく事故の原因が、トニオにあったという事ははっきりしたな」

「あんまりすごい車なんで、臆病風に吹かれて、脳貧血をおこしたんだろ」別の記者がいう。「アルファロメオにしてみりゃ、車に欠点がない事がわかって、ほっとしたろうな」

一同はもう、スピーカーの前をはなれていた。スピーカーからは、ちょっと異様な物音が流れつづけていたが、それも消えた。――まもなく病棟の方から、妙に硬《こわ》ばった、ムッツリした顔つきの警部がやってきて、一同はそちらの方へおしかけた。

「やあ、警部さん！」と誰かが声をかけた。「ミス・Mのヒステリーは、おさまりましたか？」警部はだまって、ジロリと一同の方を見た。

「どうなんです？　明日は、もう直接インタヴューしていいんでしょう？」

「むりだろうな……」警部は口を歪めていった。

「ミス・Mは――死んだよ――」

「なんですって？」一同は思わず顔を見あわせた。「だって、完全に助かったと……」

「だけど、たった今、死んだんだ」警部は憮然とした顔つきでいった。「怪我のせいじゃない――心臓麻痺だ」

これが、それらしきものとして記録にあらわれてくる、最初の事件だった。それまでも、ほかに、単なる心臓麻痺、原因不明の頓死として処理されてしまった例があったかも知れない。しかし、ほぼ確実に、それにちがいないと指摘できるのは、三月十三日のこの事件がはじめてだった。――というのは、ミス・Mの死ののち、アルファロメオの調査員が、最後の仕上げをするつもりで、アントニオ・セヴェリーニが事故の前に、すでに死んでいたという事を証明しようとした事が、同社の調査記録書にのこっているからである。トニオに外傷がすくなかった事、剖見の結果も、内部にこれといった死因になるような衝突の影響もなかったことは、ある意味でその可能性を暗示していた。――同社苦心の運転者保護装置が、九十キロたらずのスピードの事故で役にたたなかったとなれば、この先売れ行きにさしさわってくる……。鑑識医の発表は、妙におくれていたし、妙にあいまいで、お茶をにごしているような所があった。そこで調査員は、鑑識医にあって問いただして見ようと考えた。

この思いつきは、いささかおそきに失した。執刀にあたった老鑑識医は、たしかにトニオの死因に疑問をいだいていたようだった。病院の助手から、その鑑識医が、トニオの脳と延髄からサンプルをとったという事がわかったのだ。——ところが、自分のくわしい考えを助手につたえる間もないままに、その鑑識医が、急な用事でスイスへたっていた。

イギリスで別な調査もあるので、いったんあきらめてひきあげ、数日たってから、もう一度旅先からローマへ、電報で鑑識医との面会のつごうを問い合わせた時、調査員は、ローマから、ごく簡単な返事をうけとった。

D——ハカセ」ミツカマエニシンダ

2　四月第一週

四月——北半球の春、南半球の秋、そして南極ではすでに冬ごもりの準備。

「どれにかける?」第三ドームへの通路で、吉住は機械技師の辰野に肩をたたかれた。

「なにが?」

「ペナントさ。いよいよシーズンだぜ」

「パ・リーグ東映、セ・リーグは——阪神だな」

辰野はニヤリと笑ってリストにかきいれた。彼は「昭和基地新報」の編集長兼娯楽スポーツ欄担当だった。ハムの資格をもっているから、国内ニュースは早めだ。

「阪神はどうかな……」辰野は肩をすくめて坐った。「今年も巨人のいただきだと思うね」

本当の所プロ野球の事など、あまり知らないし、興味もなかった。吉住の頭は、冬ごもりまでに設置しなければならない、地殻観測装置の事で頭がいっぱいだった。小さいが必要装置を全部完備した地震計を、露岩部のあちこちに設置する。トランジスター型の発振装置をもった地震計は、水銀電池でもって冬中記録を電波でおくって来て、これでいろいろな事がわかるはずだ。その設置点を早くきめて、そなえつけをやらねばならない。

「なにかかわった事はないか？」

すれちがって行こうとする辰野に吉住はちょっと声をかけた。——辰野は片手に、今うったばかりらしいカナタイプの原稿をもっていた。ハム交信をしながら、片手でタイプをたたくのだ。

「大した事はないな」辰野はタイプ原稿をちょっともち上げて見せた。「総選挙で、政府はまたいすわった。インフルエンザと、小児マヒが、またはやりかけてる。それからええと——今年は疑似ジステンパー大流行のきざし……」

「ジステンパー？」吉住は吹き出した。「犬の流行病かい？」

「ああ——三月下旬あたりから、西日本の犬や猫がだいぶやられ出したらしいよ。——俺はすてきな猟犬を三頭ももっているからな。気になってしょうがない」

犬か——と吉住もふと家に飼っていた犬の事を思った。秋田犬の血が半分ばかりまじったちっともほえない駄犬で、ずばぬけてかしこくもなく、英雄的でもなかったが、吉住とどこか心がかよいあう所があった。もういいかげん老犬で、のそのそ動き、日なたぼっこばかりしている。——妙な事に、そのまぬけな犬の、ぬれた黒い鼻と、ショボショボした、いかにも日本の駄犬らしい眼を思い出すと、それにともなって、犬小屋のあるそばのからたちの垣根や、梅林をぬけてのぼって行く丘の中腹に、植えこみにかこまれてのぞいている、古びたわが家の屋根、いつも身ぎれいに、きちんとしている、色の白い、小柄な母の事などが、いっぺんに眼にうかんでいた。ゴンベエというふざけた名をつけた犬の世話は、老母と小学生の甥にたのんできた。他人のいうことなら、てってい的にとぼけてわからぬふりをし、時には反対ばかりやってみせるその性悪の犬が、彼以外にいう事をきくのはその二人だけだった……。

「ジステンパーがはやるなんて、めずらしいな」吉住はいった。「相当ひどそうかい？」

　辰野は突然プッと吹き出した。

「まあ、新聞の発行の日付けを見てくれ——四月一日号だぜ」と彼は腹をかかえて笑いながら、手にしたカナ文字新聞をヒラヒラさせてみた。「この中から、どれがほんとのニュースか、みんなにあてさせてやるんだ」

　辰野が笑いながらいってしまったあとも吉住は突然思いうかべてしまった故郷の春の情景を、しばらくぼんやりと反芻していた。——いまごろは、あのなだらかな山裾の段丘では、木々がいっせいに芽ぶき、水源池へまわって行くまがりくねった道の桜並木は、もう葉桜になりかけているだろう。だが丘のはずれの染井吉野や、八重桜の桜林は、いまが満開かも知れない。小川の水は清らかに流れ、山や里は靉靆《あいたい》たる春霞の中にかすみ——あさぎ色の空、あざやかな桃の花の淡紅や、菜の花の黄と白、蝶々……ふと吉住は耳もとに、若草のもえる大地をぬらして行く、あたたかい春の雨の音をきいたような気がした——だが無論それは錯覚で、かまぼこ型の通路の、小さな窓の外に、音もなく静かに、南極の雪がふりはじめているのだった。

吉住は内外面とも、雪のつかないように入念にシリコン処理された小さな二重窓にちかよって、外をのぞいた。午前中、大快晴で、たたけばカンと音のしそうなぬけるような青空だったのが、今は一面に灰色の雲におおわれ、黒いほこりのような粉雪が、あとからあとからふりつもってくる。今はまったく風はないが、このあと例によって、猛烈な地吹雪《ブリザード》がおそってくるにちがいない。故郷の春、そして極地の冬——あの心もなごむ日本の春は、緯度にして百度、距離にして一万数千キロ、まるい水の球面の、ほとんど反対の、足の下あたりにある。桜吹雪、花見客の雑踏、都会にどっとあふれるかろやかな春のモード、新学期、プロ野球のシーズン開幕——それらの活気と俗臭にみちあふれた世界と、その正反対側にあって、何兆トンというゴウゴウギシギシバリバリと鳴りわめく雪と氷にびっしりおおわれた、面積千三百六十万平方キロの凶暴で苛酷で、ほとんど無人で不毛の大陸での生活との間に、いったいどんな現実的なつながりがあるのだろうか？——彼らの事を考えたり、気づかったりしてくれている一部の人をのぞいて、一億人の同胞のうちのいったい何パーセントが、その騒々しい春の中で、極地にこもる百人の事に関心をもつだろう？　二週間に一度ぐらいのわりで、新聞の学芸欄にのる南極の記事を、いったいどのくらいの人が、関心をはらって読むだろうか？

（人間というやつは……）と吉住は強化《リンフォースド》プラスチックと断熱材とアルミ板をはりあわせた通路の壁を軽くたたきながら、ふと思った。（日ごろめいめいが思いこんでいるよりも、はるかにはなればなれに生きてるもんだな……）

　そんな事を考えるのも、犬から、日本の春を思い出したついでに、春という季節が好きだった、ある女性の事を思い出してしまったからだ。……幼な馴染みというだけで、行きずり同然の、出発の少し前、取材に来た時にであった婦人記者で、都会的で、ひどくソフィスティケートされており、山男やきびしい自然より、午後二時のおちついたレストランや、さわがしい酒場の好きな、独身女性だった。そうだな、いまごろは――と吉住はぼんやり思った――あかぬけした春の軽装に、こったアクセサリーをつけ、どこかのホテルのラウンジで都会風の洒落者たちとデートしているかも知れない。吉住さん？――ああ、あの南極へ行った人？――おれの事をこの程度でも思い出すかな？　まさか！――吉住は自分の思いのとりとめのなさに、さすがに苦笑して窓をはなれた。

　そうだ、人間は、めいめいが思っているより、はるかにはなればなれにくらしている。

　たしかに国際通信は網の目のようにはりめぐらされ、リレー衛星は、ヨーロッパの街頭風景をニューヨークに送ってくる。航空網は、どの国の首都をも二十四時間内の航程におき、物資は巨大な奔流となって、西から東へ、東から西へ、北から南へ、またその逆へと日々動きまわっている。国連のうすっぺらなガラスの建物に、九十何か国の代表があつまって、世界中のあらゆる片隅のことをほじくりかえして日夜議論し、フランスがキューバに接近する気配を見せれば、とたんにカンボジアの中立政権が右翼軍人のクーデターによってくつがえるといったありさまだ。アメリカの関税がひきあげられるかも知れないという談話が、ホワイトハウス側近から非公式でもちょいとにおわされると、たちまち兜町のダウ平均がさがり、本当にひきあげられれば、あなたは失業する――とまで行かなくても、ボーナス袋の中身にはてき面にひびくのだ。東京の六本木にいて、ドジャースのきのうの戦績を知ることができれば、カイロにいて、その日の朝のアラスカの地震の詳細を知ることもできる。

しかし――二十世紀の世界がマスコミによって網の目のように組織され、世界中の人間が、毎日世界中におこったことを知っているとしても、その報道には、つねに一定の組織方式と序列があり、その秩序からはずれた事は、網の目からもれて行く傾向にあるのだ。

たとえば――

もし、あなたが、ある気持のよい春の朝、ゆうべちゃんと家の中にいれて、布をかけておいたにもかかわらず、きのうまで元気だった文鳥が、籠の底につめたくなって横たわっているのを見つけたとする。とすると――あなたは、その可憐な愛玩動物の死と、十日前、新聞の芸能欄や芸能雑誌をにぎわせ、今なお世界中の女性ファンを悲嘆にくれさせている「世紀の二枚目」アントニオ・セヴェリーニの自動車事故による不慮の死を、むすびつけることができるだろうか？

いや、これは無理な話かも知れない。それならば、あなたがある日突然、きのう一ぱいのんでわかれたばかりの知人が、わかれて家にかえる途中、バスのステップに足をかけようとして、そのままバッタリたおれて死んでしまった事を知らされるとする。――むろんあなたは、大いに無常感を感じ、故人との交遊を思いおこしたり、自分ももうすこし、健康に注意しなければ、と思ったりするだろう。しかしそれと、その日の朝刊の二面のどこかに出ている小さなベタ記事――「台北に奇病――集団心臓マヒ」という記事を、むすびつけて考えるだろうか？

おそらく誰も考えはしない。

それに「死」というものは、あなたの考えているより、はるかに小さな社会的意義しかもたない。――暗殺や他殺は別だ。しかし、どんなに有名な国際的人物の死でも、それが広義の「自然死」や「病死」の範疇にいれられる時は、人はちょっと睫毛をふせるだけで、あとは彼の死そのものの原因よりも、彼の死によってできた社会的空白を、誰が埋め、その事によって社会はどうかわるか、という「生きている側」の関心事に話題が集中する。変死でない場合は、それが世界政治のカギをにぎる人物であっても、「まあ年が年だからな」とか「おや、若いのに気の毒に」とかでかたづけられてしまう。ましてや、この騒々しい世界文明の時代にあって、「死」は日常茶飯事だ。こころみに一日の新聞をとって社会面下段に注目されよ。黒枠がわりの裏ケイを名前にそえた死亡記事が——それも新聞に出るような有名人の死が——いったい日にいくつあるか？　転じて上を見る。交通事故、火事、爆発事故、犯罪による死亡者を数えられるがよい。さらに一面二面をさぐって、東南アジアの戦争やクーデターを見て、その規模から死者の数を推計されるもよかろう。

——とにかく一日の「新聞」に出ているだけでこれだけの死者がある。それに老衰死、病死をくわえ、それを全世界的規模に拡大してみる。……猖けつの熱帯亜熱帯の後進地帯、施設もなければ医師もいない地方の衛生状態を想像していただきたい。先進国では、不摂生からくる心臓病や、大気汚染からくるガンが、いまやあらたな、致命的文明病になりつつある。日本の総人口一億のうち、毎年ほぼ地方都市の人口に匹敵する八十万人の人が死ぬ。全世界の人口三十億のうち、ほぼイギリス一国に相当する五千万人の人間が死ぬのだ。

人間でさえ、このとおりである。だから、その年の三月なかばから四月へかけて、北イタリア米作地帯として、映画「苦い米」などで有名なロンバルジア平原に、野ネズミの集団死が見られたところで、そんな事はイタリア国内のちょっとした話題になっただけだ。日本では農業新聞の一つが「海外こぼれ話」のコラムにちょっとのせていた。それには「ポー河は一時、うかび流れるネズミの死体にあふれた」と書いていたが、これは少し誇張がある。——しかしその農業新聞のコラムには、それより少しおくれて、ポーランド南西部、ブレスラウからポーゼン平原へかけて、おなじような野ネズミの大集団の死亡が目撃された事は書いてなかった。北イタリアの人々は、ネズミの死ときいて、すぐに不吉なペストを思いうかべたが——ごぞんじのように有名なボッカチオの「デカメロン」は、一三四〇年代ヨーロッパ大陸全人口の四分の一にあたる二千五百万人を殺したペスト大流行期の、もっとも悲惨だったフィレンツェ市を舞台に書かれている——北イタリアの保健当局は、すぐ、これは単なる野ネズミの流行病らしく、今の所人間に害をあたえるような影響は見出だされないと発表して、人々を安心させた。

所で、同じイタリア国内でさえ、ポー河の水源地帯、特にアルプス山中で、放牧の家畜——羊や、山羊や、牛の間に、原因不明の死がひろがりつつあるという事実と、このポー河下流の野ネズミの集団死とをむすびつける事は、なかなかできなかった。

「おッ母ァ！　おらァ羊飼いなんてやめて、街へ出るだ！」と何人の牧童がやけっぱちな調子で叫んだか知れなかった。「羊のやつ、別に熱もねえし、悪い草も食わねえのに、いきなりお祈りするみたいに脚を折って、そのまま静かに死んじまうだ。今日だけで、二十頭から死んだよ。こりゃ、悪魔か何かがついたにちがいねえ」

スイス、オーストリアの乳牛の損害と、オランダ、ドイツ、フランスはじめ、各地にふえはじめた家畜の奇妙な死に、EECの農業畜産保健機構が、ようやく注目し出したのは、四月もすでに中旬にはいってからだった。だが、調査開始の段階では、家畜コレラ、鶏ペスト、炭疽病や、馬鼻疽病など、それまで知られていたいかなる家畜流行病の兆候も見あたらなかった。——ともあれ、四月中には、まだ問題は西ヨーロッパEC内の、それも家畜関係者内だけの範囲にとどまっていた。オーストラリアの羊、およびアメリカ南西部の乳牛、肉牛の間にあらわれ出した兆候は、まだ小さすぎて、問題にならなかった。

そのかわり、三月の中ごろから、南部とヨーロッパとアジア中央部で、インフルエンザと小児マヒの流行が問題となりはじめた。——小児マヒとインフルエンザは、アジア中央部から——奇妙な事だが、小児マヒ、インフルエンザ、ペスト、天然痘など、悪性伝染病の病源体は、非流行期には大ていヒマラヤ付近にひっそくしているらしいのである——次第に西と東にその黒い翼をひろげて行った。ジリジリと東進をつづける、この二つのウイルス性疾患は、四月はじめにはすでに香港《ホンコン》に達していた。香港から日本まで——船舶と航空機は昼夜、櫛の歯をひくように往復している……。

3　四月第二週——その一

「女史！」社会欄のデスクがどなった。「赤坂の方へ行くんだって？　ついでに厚生省へよって、今度の流感と小児マヒの流行についてきいて来てくれないかな」

「それ、どういうこと？」則子は眼をむいた。「私は芸能関係担当よ」

「その前は医療保険を担当してたじゃないか」デスクは顔をしかめた。「たのまァ。――このいそがしいのに、若《わけ》えのが二人もバテやがった。一人は車をぶっつけて、一人はこのあったかいのに、わざわざスキーへ行って脚を折ったとよ」

「あの人たちと来たら、雪のあるかぎり出かけるのよ」則子はクスリと笑った。

「タメさんは？」

「関西出張がのびて、夕方に飛行機でかえってくる。――社会欄のページがちょっとたらねえんだ。これといったネタもないし、流感で行こう」

「ちょっと早すぎない？」則子は首をひねった。「まだ台湾あたりでもたついているんでしょ」

「香港だよ」とデスクはいった。「だが、すぐくるさ。もう北九州じゃ集団発生してるぜ、それに、何でも今年はどちらも大流行の年に当ってるってことだ」

「いやァね」則子は眉をひそめた。「これからいい気候になろうというのに、また流感？」

「たのむよ。――四十行ばかりでいい。なんだったら電話でもかまわん」

外はいい天気で、あたたかい風が舗道のほこりをまきあげていた。――もうすっかり明るい軽装になった人々が、春の陽ざしをたのしむように歩いている。

（いやだな）車の中から、そのあたたかい景色と、煤煙に赤茶けた空を見あげながら、則子は肩をすくめた。（また流感か――あたしは風邪に弱いんだ）

何年か前に、ひどい流感にかかった時のことが思い出された。頭痛、鼻づまり、咳、四十度からの高熱がつづき、息が苦しく、どんな薬を飲んでも、抗生物質を注射してもらってもきかず、まる十日間もねこんでしまった。

——あの時の苦しさを思うと、一人住いの心細さが急に身にせまってくる。

(ひどいほこり!)窓をしめきっておきながら、則子は眉をしかめて息をつめた。(それにこの排気ガスったら——大都会のスモッグが肺ガンの原因になるって、だいぶまえからさわいでいるけど、ちっともへりやしない。世の中って、大して進歩しないもんだわ)

赤坂の取材には間があったので、先に厚生省へまわって、前の担当の時、よく話をききにいった技官に面会をもとめた。

「やあ——」と細面の色の白い技官は、まだ書生っぽのように見える笑顔をうかべた。「また舞いもどったんですか?」

「今日は臨時」と則子はいった。「流感と小児マヒの話よ」

「ああ、あれね」技官は何でもないようにいった。「もう、東京へも来てますよ。品川で四人ばかり患者が出てます」

「それ、どっち?」

「小児マヒの方——流感は北九州上陸です」

「対策はどうですの?」

「小児マヒの方は、生ワクチンがだいぶ用意してありますが、流感の方はどうもね」

「何ボヤボヤしてるの？　お役所って所は……」

「だって、今度の流感ウィルスの型がはっきりしないと――」技官はうすく笑った。「A型かB型か、まだはっきりしてないんですよ。今度のはいやに足が早いんで……」

「両方用意しとけばいいじゃないの」

「役に立たないこともあるんです。ウィルスなんて簡単な生物は、いとも簡単に変種ができちゃいますからね。――ほとんど流行のたびにかわってるといっていいですよ。一九五七年の大流行おぼえてますか？」

「ああ、あのアジア感冒《かぜ》ってやつ？」

「ええ、そう――あれはA型でもB型でもない、東京A―57型って、新しい型だったんです。おかげでワクチンをつくるのに大変でしたよ。――今度も熊本大が型をしらべてますがね。血清研究所の方もやってます」

「また卵が値上りしそうね」則子はすっぱい顔をした。「せっかく春先で値下りしたっていうのに……」

「春のかぜはなおりにくいんですよ」

「アジアかぜも今時分はやったんじゃなかった？」

「ええ――あの時は五百リットルのワクチンをつくるのに卵三百二十万個もつかいました」技官は困ったような顔をした。「ワクチン、ワクチンっていうけど、つくるとなれば大変なんですよ。卵に菌種を植えつけて、ワクチンをつくるまで百日もかかるんです。いま製造能力も多少ふえてるけど、日本中の製造能力をフルにつかっても――さあ、全国民の三割分もできるかしら……」

「五百リットルのワクチンで、何人分ぐらいですの？」

「おとな五十万人……」技官はトントンと机をたたいた。「アジアかぜの罹病者は五百万人でした」

「まさに蟷螂の斧ね」則子は首をすくめた。「でもまあ、インフルエンザぐらいなら死にやしないから、せいぜいアスピリンでものんどくわ」

「冗談じゃない」技官はちょっとまともな顔になった。「もと医療関係担当がそんなこといっちゃこまるな。インフルエンザの死亡率は、年によってわりと高いんですよ。特に抵抗力の弱い幼児や老人はね。――おとなだって、心臓疾患のある人や、肺炎などの併発症をおこした人は注意しなきゃ。A―57型だって相当な死亡率でしたよ」

「あまりおどかさないで」則子は煙草を吸いつけた。「私、ウィルソン氏型心臓病じゃないかっていわれたことがあるのよ――どんな病気か、よく知らないけど……」

「気をつけた方がいいですね」技官はからかうようにいった。「それに、今度のは小児マヒといっしょだから――混合感染なんかしたら、子供が心配だな」

煙草の箱をさし出したが、技官は首をふった。

「ずっとやめてるんです」と彼はいった。「あなたも、一時やめたんじゃなかった？」

「医療担当はずされたら、とたんにもどっちゃった」則子は声をたてて笑った。「それに肺ガンさわぎも下火になったし……」

「マスコミはそれだから困るんだな」技官も笑った。「その時はさわぐが、すぐ忘れちまう。――トピックとしては色あせても、事実は継続してるんですよ」

「だってアメリカで、とうとうガンの特効薬が、できたっていうじゃないの」

「ああ、ニューヨークのケタリング・ガン・センターで見つけたっていってますがね」技官は何でもないようにいった。「でも、これからまだ本格的な臨床実験をしなきゃならないし、長期使用の副作用もわからないし――まだ、ここ二、三年は注意した方がいいな」

「大丈夫――私、長命の相が出てるんだから……」則子はたち上った。「ガンもなおるようになったし――きっと百まで生きて、火星でも行くわよ」

「かえるんですか」技官はちょっと残念そうにいった。「まだ、ちょっと面白い話があるんですよ」

「なんなの？」

「まだはっきりした集計が出てませんが、最近また〝ポックリ病〟ってやつがふえて来たんです」

「ポックリ病？」則子はちょっと首をひねった。「問題になったのは、だいぶ前の話じゃない？――健康だった人が、夜中に突然ポックリ死ぬって話でしょ」

「ええ、いそがしい人間の疲労蓄積からくる、神経性の心臓麻痺らしいんですが——これが、この春からまた急にふえ出してるんです」

「またくるわ——これから臨時でない仕事の方に行かなきゃならない」

突然、鼻の穴がむずかゆくなって軽いくしゃみがとび出した。

「あらいやだ！」則子はハンカチで鼻をおさえた。「流感の話をききに来ただけで、もう感染しちゃったのかな」

「あなたは過敏体質だな」

「ねえ——」則子は戸口でふりかえっていった。「ガンの特効薬ができたり、テレビの世界中継が実現するってのに、たかがインフルエンザぐらいが防げないの？」

「世の中ってそんなものですよ。火星にロケットをうちこむのには、夢中になって金をつかうのに、いま世界総人口に対してまともな医者と、医療設備がどのくらいの割であると思います？　ネパールじゃしょっ中天然痘がはやっているんですぜ」技官は皮肉をこめていった。「毎年の防衛予算の半分もくれりゃ、どんな流行病だって撃退して見せますがね」

外へ出ると、そこらあたり中、バイキンがうようよしているような感じだった。インフルエンザも小児マヒも空気感染する。蚊や蠅もそしてネズミも、どうしてあんな、病気をまきちらすちっぽけなものさえ絶滅できないのかしら？——だがすぐ、あたたかい湯のような春の陽ざしと、豪華なホテルでのインタヴューのことが、その幻影を忘れさせてくれた。――さっぱりするために、先に週刊誌の編集部に電話でインフルエンザの記事を送ってから、則子はホテルへ上京した関西のタレントにあいに出かけた。

その夜おそく――かなり酔って、則子は都心に近いアパートへかえってきた。二階への階段をのぼる時、鼻歌が出た。春の夜の、ねっとりした肌ざわりが、ほの暗い廊下の中にまであった。鍵をあけて、部屋にはいろうとすると、ドアにおされて、何か小さいものが、ズルッと床の上を動いた。酔眼をさだめて、その小さい、もこもこしたものに焦点をあわせた時――甲高い悲鳴がのどに噴きあげた。まっさおになって、ドアをバタンとしめると、則子はハンドバッグをぶらさげたまま、電話にとびついた。長い呼出し音のあと、相手が出ると、則子はホッとした。

「かえってたのね！」と則子はいった。

「どうしたんだい？」たった今、わかれて来たＴＶディレクターの、少し酔った声がいった。

「おねがい、すぐ来て！」則子は、またこみあげてくる苦い唾をこらえながらいった。

「なんだ？　いったい、何があったんだ？」

「いいからすぐ……」言葉の最後は、今度こそこらえ切れない、長いものすごい悲鳴になった。

「おい！」電話の主は、びっくりしたように叫んだ。「いったい、ど……」

則子は電話を切って壁へ背をつけた。——足もとのじゅうたんの上にも、それがあった。二つも……

「たかがネズミぐらいで……」と男は苦笑した。

「だって、私、がまんできないの。死んでたらなおさら……」

「君がネコイラズをしかけたんでなきゃ、どこかよその部屋の人がやったんだよ」男はダストシュートの蓋をしながらいった。

「手を洗ってね！」則子は遠くから叫んだ。「洗面台の下にクレゾールがあるわ——あの、すまないけど、ここにも撒いてくれない？」

「神経質だな」男は笑いながらいわれた通りにした。——部屋の中に、病院のような臭気が立ちこめた。

「さて……」用がすんでしまうと、男はばつが悪そうにあたりを見まわし、掌をズボンの臀《しり》でこすった。

「ごくろうさま。——ちょっと待って……」

則子はようやくホッとして、スーツの上衣をぬいだ。

「お茶でものんでって——ブランディがいい？ まだのむ？」

「ああ……」男は手もち無沙汰のように、もぞもぞと椅子に腰をおろした。「のんでもいい」

静かな春の夜ふけだった。——時計の刻む音だけが、室内に高くひびく。則子は、マッテルの壜とチューリップグラスを二つ、テーブルの上におき、自分の方には水壜《デキャンター》からタンブラーに水をそそいだ。——水のボコボコなる音、壜のコルクをはずすキュッという音、ガラスとガラスのふれあう、かすかなチリチリという音……そういったささやかな音が、静寂をよけいにきわだたせてしまい、二人は口をきくきっかけをうしなった恰好だった。——二人はむかいあわせにすわって、だまってグラスをあげた。芳潤な酒の香りが、鼻腔にはいったとたんくしゃみが出かかった。

（かぜ！）と則子は身をかたくした。（インフルエンザ……）

そんな他愛のないことが、今夜は妙にこわかった。——突然、どこかで犬が遠吠えをはじめた。悲しげな、気のめいるような声で……

バウォーオオ……ウオオオオ……

「いやだ！」則子は思わずつぶやく。「いやな声……」

「おわあああ、とわあああ、やわわわあ……」男はそう呟いてニヤッと笑った。「萩原朔太郎だったかな」

犬は朧月にむかって吠えているのだろうか？——その声は高く高く尾をひいて、突然ふっと消えた。

「死んだ！」則子はグラスをギュッとにぎりしめてささやく。「あの犬、死んだわ！」

「まさか……」男はげっそりしたような眼つきをしてみせる。「今夜はどうかしてるよ」

「でも――突然やんだわ。ふだんの遠吠えと違うみたい……」

男はグラスをおいて、わざとらしい手付きで腕時計をみる。――午前一時。

「ねえ……」則子は椅子の背に上体をかたく押しつけたまま、男の方を見ずにいう。

「帰らないで……今夜はとまってって……私、こわいの」

男はゆっくりと、予期していたような――あるいは厚かましく値ぶみするような眼つきで、正面にすわった則子を見た。それからゆっくり立ち上ると、テーブルをまわって則子の横に立ち、その肩に手をおいた。則子はかすかに身ぶるいした。

（ネズミぎらいも、俺を呼びよせるお芝居だったのかな？）と男は思った。（ハイミスか――もってまわった事をしないと、寝るきっかけさえつかめないんだ。やれやれ……）

則子は男の手をつかんだ。ゴッゴツした、無神経な手――そのディレクターは、くだらぬ男だった。さっきまでうろうろしていたくせに、今は色事師めかした、うぬぼれたっぷりな、生意気にあわれみさえうかべた表情で、彼女を見ている事を知っていた。――しかし今はそんな事はどうでもよかった。彼女の中には「予感」ともいうべき形で、一種の原始的な恐怖がまきおこって来たのだ。

（こわい……）則子は意味もなく、そう思った。――ネズミ、遠吠え、朧月夜――闇の影にうずくまる、おぞましい疫病《えやみ》の息づかい――災厄が起ころうとする時、雌は雄にしがみつく。そこにいるのは、きいた風な、遊ぶには面白いが、一皮むけば鼻持ちならないTVDではなくて、ごつい手をもった一匹の雄だった。――そして都会生活にちょっとくたびれた彼女の意識の下から、凶兆の予感におびえた雌が起き上って……（こわがらなくてもいい。）すっかりいい気持になった男の眼がいっていた。（ふるえてるね……多少年をくってたって、ちゃんとあつかってやるさ）

（私をしっかり抱いて……）則子は男の胸に顔をうずめながら思った。（バカ！——いじりまわしてほしくなんかないのに……、ただ力いっぱい抱いて、このふるえをしずめてくれたら……）

寝室の中で、男は写真立てを見つけた。

「これは？」

「ああ、それ？」則子は男の重味に息をつきながらつぶやいた。「今、南極へ行ってる人……」

男はフンと鼻を鳴らして、その写真を伏せようとした。

「さわらないで！」則子は男の体の下から叫んだ。

「恋人かい？」

「ちがうわ——知り合いというだけ」

夜のしらじら明けに、則子は身ぶるいして目をさました。シーツがまくれ、両肩が氷のように冷たくなっている。——何てくだらない事を……と彼女は思った。——昨夜の記憶が味気なくよみがえってくる。男のあつかましい裸の背中が、鼻先にあった。彼女は唇をきつくむすんで、冷え切った上体をかたくしたまま、天井を見つめた。

恐怖は、まだそこにあった……。

どこに？――室内にかすかにのこるクレゾール液の臭気、腹の底、胸の奥、鳩尾《みぞおち》のあたりから、冷たく、死のようにわき上ってくるそれ。ふと――突然別の恐怖がぐっと喉もとをつかんだ。男は死んだように、身動きしない。冷えきった皮膚――息づかいもきこえない。

（ポックリ病がまた、はやっています……）

こんな所で、こんな恰好で、私のベッドの上で死なれたら……男に妻子のあった事が思い出されて、彼女はぞっとした。

「ねえ！」彼女は思いきり男の体をゆさぶった。頭がグラリと枕からおちた。――瞬間彼女は冷水をあびせかけられたような思いを味わった。まさか……。

「うう……」男はだらしなくうめいた。「もっとねかしてくれ……」

「帰って！」則子は安心と腹立ちから、邪慳に男の体を寝台からつきのけた。「夜が明けるわ。人眼につかないうちに帰って！」

男はぶつぶついいながら起き上った。それから眉をしかめ、首をふって、頭が痛い、とぼやいた。

――出て行きしなに、ドアの所で、もうすっかり情夫気どりの口調でいった。

「午《ひる》に社の方に電話するよ」

つまらない事になった、と則子はドアに背をむけ、シーツにくるまりながら思った。あのたまらない、無神経な、当世風のうぬぼれでふくれかえったみたいな男に、これからつきまとわれ、――袖にすれば、おそらく、汚らしい連中に言いふらされ……どうともなれ！　と則子は思った。こっちが悪かったんだけど、ゆうべは本当にこわかったんだからしかたがない。――午《ひる》に電話するだって……社外へ逃げていてやろう……。

だが、――逃げる必要はなかった。男が約束した午《ひる》の電話はついにかかってこなかった。男は、則子のアパートから自分の車を運転してかえる途中、運転をあやまって、死んだ……。

4　四月第二週――その二

四月十日の朝早くカンサスシティ郊外のフィル・アンド・フィル養鶏場の監視人トム・ワースは、第七鶏舎に付属している七面鳥飼育棟で、六羽の七面鳥のひなが、横たおしになってあえいでいるのを見つけた。

「やれやれ……」とトム・ワースはつぶやいた。「クリスマスもまたずに、気の早いこった」

金網の戸をあけてピイピイ鳴きながら右往左往するひな鳥の中にはいっていたトム・ワースは、六羽のひなをとりあげた。

「食いすぎて、ポンポンがいたいんだろう。ええ？――先生に注射してもらって、入院するさ。それとも食紅入りでローストしてもらって、イースター・ターキーにでもなるか？」

ひなの一羽が痙攣をおこした。あとのひなたちも、弱々しくくちばしをあけてあえいだ。――トム・ワースは、太い指先で、ちょいとひなの羽の関節をつまんでみて、大げさに息をついた。

「やれやれ、ろくに身もついてない。こんなやせっこけたままじゃ、食べられる方にしたって、食べられがいがないだろう。先生にたのんで……」

そこで、トム・ワースの声は突然とぎれた。飼育舎のすみに、もう二羽、たおれているのが見つかったからだ。トム・ワースはひなどもをポケットにねじこんで近よってみた。

――その二羽は完全に死んでいた。

トム・ワースは突然、はげしい不安を感じた。――今朝、家を出る時、生け垣の横に、鳩の死骸がころがっていたのを思い出したからだった。猫か犬がくわえて来たのだろうと思って、気にもとめなかったが……。

合計八羽の七面鳥のひなをかかえて、飼育棟を出た時、産卵鶏舎の方から、チェックノートをかかえて足早にやってくる、若い、赤毛の同僚ウィリイ・ポドキンに出あった。彼の様子はただごとではないみたいだった。

「ウィリイ！」トム・ワースはどなった。「どうしたんだあ？　何かあったのか？」

「産卵が今朝、急にへったんだ」ウィリイはそばかすだらけの顔に、うすく汗をうかべながらいった。「こないだうちから、少し、産卵がへり出してたんだが、――今朝は急に二割以上もへった。鶏どものようすもおかしいし……先生《ドック》に見てもらおうと思って」

ウィリイはトムの手の中でぐったりしている七面鳥のひなを見て、小さい眼をしばたたいた。

「厄介な事になりそうだぜ……」トムはさわぐ元気もないひなたちを見ながらつぶやいた。「ほれ……また一羽死んだ」

「下痢してる鶏共がいる」ウィリイはこわばった声でいった。「早く、先生《ドック》をよびに行こう」

「まだ、家の方でねてござらっしゃるだろうぜ」トムはうなるようにいった。

「ああ、トム、あんたこの道じゃ古い人だろ？――何だと思う？　まさか鶏ペストじゃ……」

「少しちがうな」トムはひなをそのごつい手でにぎって見ながらいった。「それなら、こんななまやさしいものじゃない。――第一あまり熱がないし……」

「電話してくる！」ウィリイは時計を見ながらいった。「早いけれどしょうがねえ」

ウィリイが事務所の方に走り去ると、トムはひな鳥を指でさすりながらいって聞かせた。

「お祈りをあげるんだ。ひよっ子ども……この分じゃ復活祭《イースター》エッグの穴うめにされるぞ」

トムは大きなくしゃみをした。

「神さまのお恵みを！」彼はヒナをつかんだ手の甲で横なぐりに鼻をこすりながら、うめいた。

「ちくしょう、お天道《てんと》がまぶしくって」

だが、太陽は彼の背後にあった。

その日の朝、カンサスシティ周辺だけでも、朝早く養鶏業者からたたきおこされた獣医が十人ちかくいた。――それは、四月十日を前後してきわめて偶発的にやってきたのだ。

「仮性鶏ペスト？」電話で同業者から知らせをうけた獣医は眼をむいた。「ニューカッスル病だっていうのか？　そんなバカな！　わしの知っている養鶏業者なら、みんな飲料水にまぜて、ニューカッスル病ワクチンを、鶏どもにのませてるはずだ。――新種だって？」

獣医は、電話をきると服に腕を通しながら、急いで家畜ワクチン研究所の番号をまわした。

中国江蘇省塩城《チャンスーイエンチョウ》付近の米作地帯の一寒村にすむ、李徐老は、いつも早起きだった。八十はこえているが、本当の年は自分にもわからないこのもと農夫は、体も弱ってしまったし、耳も遠くなってしまったので、倅夫婦や、村の地区委員をやっている孫の邪魔にならないように、いつも家の門口でポンとすわって、唯一のたのしみである煙草をふかしながらうつらうつらうつらしていた。その日——四月十一日の朝も、まだ暗いうちに起き出して、御先祖の位牌に灯明だけあげ、火だねをもって門口にすわった。東の空はようやく白みかけたところで、一望の水田地帯には、深い、乳色の朝もやがたちこめ、近所の農家や楊柳の姿が、ぼっと墨絵のように黒く、にじんでいた。

(春になっただ) 李徐老は、長いきせるをゆっくり吸いながら思った。(年よりには、春はありがてえ、年よりは夏でもさむいだから……これからだんだんよくなるだ)

老人は煙草をつめかえて、細くまばらな、顎ひげを、少しふるえる手でなでた。

(世の中も、だんだんよくなるだ。——孫はえらくいばっているけど、それでももう、飢饉といっても、それほど苦しまなくてもいいようになってきただ。——戦争も、もうねえし……世の中は、ちっとずつ、よくなってきてるだ。——わしもなんとか、曾孫《ひまご》の顔の見られるまで生きてみてえ……)

その時、老人は、眼の前の小川を、白いものが動いて行くのを見つけた。——そこは水田地帯に網の目のようにはりめぐらされたクリークの一つで、水の流れも、それとわからぬほどゆるやかだったが、その流れにあわせて、白いものがゆっくり動いて行く。

「なんだべ？」

老人は、耳は遠かったが、眼は比較的しっかりしていた。二服目を吸いかけた手をとめて、老人は視線をこらした。——流れて行くもののすぐ横に、また同じような恰好の白いものがついともやの中からよって来て、ならんで動き出した。——やがてもやの帳をくぐって、その白いものは、つぎつぎにあらわれ出した。老人は突然たちあがった。彼の手からきせるがパタリとおちた。老人はもやの中を四方見わたし、それからヨチヨチあるいて家の中へはいると、仏壇の前にひざまずいてワッと泣き出した。

「どうしたんです、おとうさん？」泣き声をききつけて、息子の嫁が眼をこすりながら起き出してきた。「どうしたんです？　なにかあったんですか」

「わるいことが起こるだよ……」老人はワアワア子供のように泣きながらいった。「わるい、わるいことが起こるだ。わしゃもっと長生きして、もっと世の中がよくなるのを見たかっただ。としよりの歯にあう、うめえものを、もっと食べたかっただ。孫に嫁もらって曾孫の顔を見たかっただ。——だけど、もうなにもかもだめだよ。わるいことが起こるだ。わしにはわかるだよ」

「なにがあったんです？」とうとう孫もおき出してきて、かわるがわるきいた。

「あひるが、みんな死んで、ながれてくるだ」老人は表をさして、泣きながらいった。「わしは知ってるんだ。これはわるいことの起こる前ぶれだ。——日本兵《リーベンピン》が、ほかの倅たち連れてった時より、もっとひでえことになるだよ。わしは知ってるだ……」

すばやく工人服に着かえた孫は、急いで外へかけ出して行き、またすぐかけこんできた。

「ほんとうだ！　おとうさん、張四のところでも、王のところでも、大さわぎだ。うちもやられてる！」

「みんなか？」

「半分以上生きてるけど、これも病気らしい」

「なぜだろうな？」と李老の息子は首をひねった。「きのうはそうでもなかったのに……」

「とにかくぼくは、委員会へ行ってくる——病気のあひるは、いそいで別にした方がいいよ」

「わるいことが起こるだよ」老人はいっそう声をはりあげて泣いた。「これは前ぶれだよ。わしァ知ってるだ」

「前ぶれなんてことじゃありませんよ」孫は眼を光らせていった。「これはきっとまた米帝の陰謀ですよ。——朝鮮事変の時、やつらが飛行機から、伝染病の細菌のついた昆虫やネズミをばらまいたのを知ってるでしょう。東北地区でずいぶんたくさんの伝染病細菌がばらまかれて、遼東や遼西では肺炭疽病でたくさんの人が死んだんですよ」

「わるいことが起こるだ」老人はなおも泣きじゃくった。「せっかく平和な世の中がつづいたのに、またおそろしいことが起こるだよ」

孫は弾丸のようにとび出して行った。息子夫婦はあひるをしらべるのに、あわただしく出て行ってしまい、だれもいなくなったほの暗い家の中で、老人はただ一人灯明の前にうずくまって、身をよじり、たえいりそうな声で泣きつづけた。

新種の家禽伝染病が、はげしいいきおいで日本の九州養鶏地帯におそいかかったのは、それから三日後である。

四月第二週のはじまりからウイークエンドへかけて、わずか一週間の間に、この〝チベットかぜ〟は――最初の発生地がそこらあたりらしいという事によって、こうよばれたのだが――全世界にとって、重大な問題になった。このインフルエンザは潜伏期間が異様に短く、したがって伝染力がはなはだ大きい事がわかってきたからだ。二月から三月中旬へかけての発生時における比較的ゆっくりした拡大のテンポは、四月にはいるや、爆発的なカーブをとって上昇し出した。

——ウイルスのような、簡単な構造をもった微生物には、こういった流行途上における急激な伝染性の変化は、この場合ほど極端でなくとも、起り得ることなのである。いわゆる「継代変化」という現象で——たとえばごく「ふつうの」型のインフルエンザウイルス、A1型の流行をとりあげてみると、一九四五年から四九年へかけて、当時全世界の人々に免疫性のほとんどなかったこの型のウイルスは、当初ヨーロッパ各地にわたって局地的な流行をまき起していったが、ほとんど問題にされないほどだった。それが一九四八〜九年に中央ヨーロッパ、一九五〇〜五一年に北欧スカンジナビアからイギリスへかけて、爆発的流行をするにいたったのは、当初はこのA1型が、まだ十分に人体に適合しておらず、伝染をかさねるうちに適合性が高まって、ついにそれが爆発点にまで達したものと思われる。

そんなわけで、全世界に〝チベットかぜ〟の流行が問題になったのは、四月前半の二週間の間だった。その時、流行地域は、西はトルコのアンカラ、東はシンガポールをこえて香港に達していた。そして、すでにこの時――チベットかぜウイルスは、スピードアップされた国際交通を通じて、ほとんど全世界に、種を植えつけていたのである。

潜伏期の異様な短さは、朝、ある集団に一人の患者が発生すると、夕方にはその集団のほとんど全員がインフルエンザ症状を呈し出したというボンベイの学校からの報告によってわかった。とすれば――潜伏期間はわずか十数時間ということだ！　いままでもっとも短い潜伏期間は、一九一八年～一九年の大流行期に、二十四時間が報告されているだけである。ふつうなら四十八時間内外だ。――この異様に短い潜伏期間は、それだけウイルスの増殖力が強いことをしめし、したがってそれだけ伝染性がはげしい事をしめしている。という事は……。

ほとんど毎年大小の規模でくりかえされている各種のタイプのインフルエンザに対し、これはまったく新しい型の――人類のほとんどが免疫性をもっていない新種のウイルスという事だ。

「新型インフルエンザ発生す！」の新聞見出しを読んだ人々の胸には、今世紀における、二つの大流行の不安な記憶がうかんで来た。一つは第一次世界大戦終了の年、すなわち一九一八年に発生し、全世界を荒れまくった、いわゆる〝スペインかぜ〟、もう一つは記憶もあたらしい一九五七年から翌年へかけて、世界一周したA2型ウイルスによる〝アジアかぜ〟――だが〝スペインかぜ〟のおそろしい記憶をとどめる人は、もうほとんどおらず、罹病率は高かったが死亡者はすくなかった〝アジアかぜ〟の記憶から、人々は多少憂鬱にはなるが、恐怖をいだくほどの事はなかった。

しかし――この時期に、全世界の医学陣は、二つの報告に接して、深刻なショックをうけていたのである。

一つは、イタリア国立研究所で分離されたこの〝チベットかぜ〟ウイルスが、あの一九一八年のスペインかぜウイルスと、毒性において匹敵しながら、まったく新しい「Aマイナス型」とよばれるものであること。

そしてもう一つは、この〝チベットかぜ〟発生とほとんど前後して、〝仮性鶏ペスト〟ともよばれるニューカッスル病の、これまた新しいタイプの流行が、猛烈な勢いで、全世界にひろがりはじめていること。――このニューカッスル病というのは、インフルエンザウイルスと同じ「ミクソウイルス群」の一つによってひきおこされる。猛烈な感染力と、二〇パーセントから一〇〇パーセントにいたる高い死亡率をもった病気で、特に雌鶏は、これにかかったとたんにほとんど産卵がとまってしまう。――そしてこの時期に医師たちを愕然とさせたのは、その冬世界各地の〝おたふくかぜ〟の流行とかさなりあうようにあちこちで発生しかけていたこの家禽の伝染病が、春とともに、これまた全世界に蔓延の兆候を見せはじめていることだった。春とともに、ふつうなら若干さがるはずの鶏卵相場が、むしろじりじりとあがりはじめた。そればかりでなく、各地養鶏場からおくられてきた報告をあわてて累計してみて、厚生省の防疫担当者は思わず慄然とした。孵卵器にかけられた受精卵のうち、発育途上の死亡卵の数が、三月中ごろから、急に上昇しはじめているのだ！

これは何を意味するのか？

答えは簡単である。新種インフルエンザ大流行にそなえて、ワクチン製造のためにぜひとも確保しなければならない数百万個の受精卵が、入手困難になってくるのだ。

「こりゃいかんな！」阪大微生物研究所の梶教授は、顕微鏡をのぞきながらつぶやいた。「こりゃいかん！」

〝チベットかぜ〟蔓延の対策として、日本中の大学や研究所では、Aマイナス型のワクチン製造に大わらわだった。――いや、ワクチン製造そのものよりも、それに必要な受精卵の確保に、研究所員までがかり出される始末だった。四月後半にかけて、全国の鶏卵の出荷量はガタッと三分の二までおち、ニューカッスル病の拡大とともに、さらにおちそうだった。――すでに鶏卵小売相場は一個四十円まで上がっている。養鶏業者の間には、数日間のうちに全部の鶏がやられ、倒産したものがぞくぞくとあらわれている。――政府は鶏卵の海外輸入を考えていると発表したが、すでにニューカッスル病は、ヨーロッパ、アメリカにも発生し、世界中がインフルエンザ対策に動顚しているので、輸入どころのさわぎではなさそうだった。おまけに今度の「新種」ニューカッスル病では、家禽の産卵がとまるばかりでなく、おそらく初期感染によって、免疫性を獲得したと思われる雌鶏の卵も、ほとんど死亡卵か、孵化途上四日目ぐらいで死亡してしまうものが多いのだ。

周知の通り、ウイルスは、細菌とちがって生きた細胞の中でなければ絶対増殖せず、インフルエンザウイルスの培養も、発育鶏卵——受精卵が孵化しはじめて十日目ぐらいのもの——の中、生きた胎児の細胞の中でなければ、絶対できないのである。

微生物研では、厚生関係の役所と組んで、アヒルやうずらの卵までかきあつめて、なんとかワクチン製造をつづけようと必死の努力をつづける一方、なにか鶏卵にかわる大量培養基がないかと研究をつづけてきた。組織培養といって、人間や動物の生きた細胞を、培養液の中で増殖させたものもつかえる。特にサルの腎臓細胞はよくつかわれるのだが、何といってもあつかいがむずかしく、何百万人分というワクチン製造には、数が間にあわない。

——そんなてんやわんやの最中、梶教授は、大阪市内で初のインフルエンザ死亡者の肺組織から〝チベットかぜ〟ウイルスの分離をこころみていた。患者は四十二歳の男、インフルエンザにかかってから、三日目に、電撃的な窒息性気管支炎にかかり、ついで肺炎症状を呈し、医師の手当や、抗生物質の投与にもかかわらず死亡した。〝チベットかぜ〟は、特にアジアにおいて、異様に死亡率が高く、場所によっては、ほとんど当人の自覚症状もなしに死亡した例さえあるとの報告をうけていたので、梶教授は大阪市内のこのAマイナス型ウイルス感染による、最初の死亡者に注意をむけた。――死者は身体強健の会社員、身体各器官にも、これといった障害はない。その肺組織をすりつぶし、細菌濾過装置をつけた超遠心分離器にかけて雑菌を濾過する。その無菌濾液を摂氏三十七度の培養液の中で増殖しているニホンザルの腎臓細胞にうつし、四十八時間後にヒトの血液をもちいて血球凝集反応をしらべる。――もし、インフルエンザウイルスが、生きた細胞の中で増殖し、一ミリリットルあたり百万個をこえる数に達していれば、そこに「架橋反応」という現象がおこって、血球が凝集する。培養液を何段階にもうすめておいて、血球をどの程度まで凝集する力があるかをしらべれば、どのくらいの数のウイルスがあるかわかる。それから、あらかじめハツカネズミに感染させて、その血清の中にできているAマイナス型抗体をまぜて、その中和作用をしらべるのだが、――まだそれ以前の、血液凝集反応測定の段階で、教授は培養液だけでなしに、腎臓細胞そのものにも、血液を滴下してみた。その液を顕微鏡でのぞいたとたんに教授の口から、思わずその呟きがもれたのである。

「こりゃァいかん！」

「どうしたんですの？」研究室に、ほんのアルバイトという形で手つだいに来ている、まだはいりたての女子学生がふりかえった。

「血球付着がおこっとる……」

赤い頰をした小娘は、背後から教授の手もとをのぞきこんだ。

「それがどうかしたんですか？」娘は無邪気な口調でいった。「インフルエンザウイルスって、血液を凝縮させるものでしょ？」

「単なる凝集やない。付着だ——のぞいてみい。腎臓細胞の表面に、血球が吸着しとるやろ」

「ほんまやわ……」娘は顕微鏡のアイピースをのぞきながらおもしろそうにいった。

「つまりこれはやな——Aマイナスウイルス型やのうて、HA型ウイルスの特徴や」

「HA型？」と娘は口をとがらせた。「そんな型のウイルスがいるんですか？」

「知らんのか？　パラインフルエンザとよばれるカゼの病原体や。この群れのウイルスの一種は、一九五三年に日本の東北大ではじめて発見されとる。仙台ウイルスとか、インフルエンザD型とかよばれとるのがそれや」

「D型？」小娘は眼を丸くした。「インフルエンザって、A型とB型だけじゃないんですの？」

梶教授はまだ乳臭ののこる無邪気な娘の顔をしばらく見つめ、それから首をふって、あきらめたようにしゃべり出した。

「あのな——インフルエンザちゅうても、二種類だけじゃないんやぜ。ふつうインフルエンザ、インフルエンザといわれる中にもA、B、Cと三つの型がある」

「まあ、C型なんて知らなかったわ」

「これはあまり大流行を起こさん。つまり、しょっ中あちこちで小さな流行を起こしとって、大抵の人が免疫抗体をもっとるからや。——このA型の中にも、人のインフルエンザ、馬のインフルエンザ、豚のインフルエンザ、アヒルのインフルエンザと、いろんな型がある」

「へえ！　豚も流感にかかりますの？」

「かかるとも。豚のインフルエンザは、人の流感、特にA型とよう似とる。スペインかぜのときは、豚がようけカゼひいたんやで。——それにこのA型の仲間には、家禽ペストのウイルスもふくまれとる」

「ああ、今、ニワトリのかかってる、あれですか？」

「いいや、今はやっとるのは、仮性家禽ペスト——ニューカッスル病や、これは同じ仲間でもちょっとちがう。——ところで、A型の中でも、第一次大戦の時はやったスペインかぜの病原体A型、一九四五年から四八年にかけてヨーロッパではやったA1型、それにこの前のアジアかぜの時のA2型、こんどのAマイナス型、それぞれみんな抗原構造がちがうんや」

小娘はちょっとびっくりしたように眼を見はっていた。

「それに、B型ウイルスの中にも、B1、B2の二種類があるやろ。今度A型に新種ができたみたいに、B型も新種ができる可能性がある。それにC型も……」

「それであの……」小娘はおずおずといった。「HA型というたらまたそれもちがいますの？」

「ああ、チフスによう似たパラチフスがあるように、インフルエンザにも、パラインフルエンザという同じような型の病気がある。HA型は、そっちの方の病源体や、パラインフルエンザウイルスの1型が、HA—2ウイルスと仙台ウイルス、2型がチャノックの分離したクループ性CAウイルス、3型はHAウイルスと家畜輸送熱ウイルス、4型がM—25ウイルス……そのうちのHAの1と2が、こういう具合に血球吸着反応を起こす」

小娘は口をポカンとあけて、ききいっていた。

「それがぜんぶ、かぜのウイルスですか？」

「そうや——このほかオタフクかぜ、ニューカッスル病もみんなミクソウイルスいうて、かぜウイルスの仲間や……」

女子学生は気味わるそうに体をふるわせた。

「かぜの種類って、そんなにようけあったんですの？」

「ああ……」梶教授はちょっと憂鬱そうに鼻をすすった。「どういうわけか知らんが、このミクソウイルス——特にインフルエンザの類のウイルスは、えらく簡単に新型がうまれてきよる。はしかのウイルスは、一つも型がかわらん。そやから子供の時、一度はしかにかかったら、免疫ができてしもうて、一生はしかにかからんやろ。——ポリオのウイルスにも、I型、II型、III型があるが、はやるのはどれか一つで、インフルエンザウイルスみたいに、ポコポコ新しい型がうまれたりせえへん」

「それで、このウイルスは……」と女子学生は顕微鏡を指さした。「HAの1型ですか？　2型ですか？」

「それはまだわからん」梶教授は首をふった。「これからいろんな型の血清をつこうて、中和反応をしらべて見なならん。血清サンプルをとりよせないかんけど――どうもわしのカンでは、新型やないかな」

「いややわ」小娘は泣きそうな顔をした。「また別のかぜがはやるのかしら」

「パラインフルエンザは、大抵子供に重い窒息性《クループ》の気管支肺炎を起こすもんやが――これはええ年したおとながやられるさかいな」

「Aマイナス型と混合感染することもあるんですか？」

「あるやろな」と梶教授はいった。「A1型、A2型と両方かかっとったという例も、相当あるからな。――こいつの伝染性が強うて、死亡率が高いとなると、えらいこっちゃで。Aマイナスのワクチンと、HA型のワクチンと、両方こさえんならん。ワクチンは、それぞれまったくききめがちがうからな」

小娘はくしゃみをした。――この娘《こ》はアレルギー性の過敏体質とちがうかな、と教授は思った。――過敏体質の人間の中には、病気の話を、微にいり細にわたってしてやると、話をきいただけでそれにそっくりの症状を起こすものがいるからである。

「先生、私、かえらせてもらいます」小娘は青い顔をしていった。「頭いたいわ――こんな所におって、うつったんとちがうかしら」

「あんた、アジアかぜの時、どうやった？」

「かかりましたわ」女子学生は立ち上りながらいった。「まだ小学生で――学校が休校になったけど、大抵かかりました」

「今度も、早めに手をうった方がええんやけどな……」と教授はつぶやいた。「新学期やからな……」

梶教授の発見したウイルスは、まったく新しい型である事が発表された。パラインフルエンザ6型に分類され、HA―3、カジウイルスと名づけられたこのウイルスは、成人男女にも重篤な、呼吸器疾患を起こし、伝染性が強いばかりでなく、まもなく戦慄的な事実がわかってきた。――それはこのHA―3ウイルスが、Aマイナスウイルスと混合感染すると、死亡率はほとんど七〇パーセントにはね上がるという事が、たしかめられたのである。

四月十七日、かつてトラコーマウイルスの分離によって、ウイルス学に輝かしい業績をあげた北京の中華人民共和国血清ワクチン研究所は、今度のAマイナス型ワクチンが、人の血清中につくり出す抗体力価が、異様に低いという重要な事実を指摘した。すなわち充分な免疫抗体をつくり出すためには、A2型ワクチンの場合の、ほとんど三倍ないし五倍量のワクチンを必要とするというのである。これはまた、一度恢復した人間が再感染する可能性のあることを示しており、同時にかかったものがなおりにくいということをしめしている。——同研究所のロン・ハイチャン博士は、Ａマイナス型は、発育鶏卵ではあまりはかばかしく増殖せず（従来のインフルエンザのウイルスのように鶏卵中の尿膣腔内ではあまり増殖せず、胎児をつつむ羊膜腔の方がいい）、人の胎児細胞、サルの腎臓細胞の方がよく繁殖することを報告して、抗原構造的には、Ａ型グループに近いにしても、むしろまったく新種の、「Ｅ型」とよぶのがふさわしいのではないかと発表した。——また、Ａマイナス型は、呼吸器性だけでなく、「神経性」の合併症をひきおこしやすいと思われる、という参考意見もそえられてあった。——これに対して、フランスの大製薬会社、ローヌ・プーラン社のウイルス研究部は、この「合併」が、特に心臓病患者では、交感神経系の変調による心臓麻痺を起こしやすいと報告してきた。

ＷＨＯ（国際保健機関）は、四月二十日、今度の〝チベットかぜ〟が、一九一八年〜一九年の〝スペインかぜ〟以来の世界的大流行《パンデミー》になるであろうという事を、全世界にむかって正式に警告した。「目下、世界中に流行しつつある、Ａマイナス型ウイルスによるインフルエンザは、あらゆる点で、一九五七年のＡ２型による通称〝アジアかぜ〟の大流行期よりも、一九一八年〜一九年のＡ型による〝スペインかぜ〟に似た、あるいはそれ以上の重大な事態をひきおこすであろうと予測される。——かのスペインかぜは、約一年間に三波にわたってその最盛期をもち、当時の世界総人口の三〇パーセント以上が罹患し、実に二千万人の死者を出した。この数は、第一次大戦の全戦死者の数をうわまわるものである。この点、感染者に対して死者の数のすくなかったアジアかぜと顕著なちがいをしめしている点に注意されたい。――Aマイナス型は、今まで知られていたA群ウイルスと全然ことなった新しい型のウイルスであり、全世界のほとんどの人は、この型にたいして、なんら免疫性をもたないと考えられる。また現在までわかった所によると、Aマイナス型自体の亜型の種類も多く、亜型相互間の変異も大きい。――更に、現在まで報告されているAマイナス型感染による死亡率は、最高三〇パーセント、平均一五パーセントと非常に高い。すなわち〝チベットかぜ〟や〝スペインかぜ〟以上の重大な流行となる可能性がある。

また、これも全世界の家禽類をおそいつつある新種ニューカッスル病、NC―2型によるワクチン培養基確保の困難、また日本で発見されたカジ・ウイルスによるパラインフルエンザ6型の混合感染も、この傾向に拍車をかけつつある。――予測しうる事態の重大さに鑑み、WHOは、臨時〝チベットかぜ〟対策本部をもうけ、世界中の流行状況の把握、ワクチンのプールなどによる世界的な総合防疫体制をとる事に決定し、各国の協力をもとめつつある。

そこでかさねて警告しておきたいのは、世界中、一般人の間で、インフルエンザという病気が、体験上、比較的かるく見られている事である。――この点、各国の保健責任者は、特に今度の流行のひきおこすかも知れない事態の重大さについて、一般の啓発に力をそそぎ、国民大衆に防疫に協力をもとめられたい。種々の悪因子の不幸なかさなりあいから、〝チベットかぜ〟は、人類に対する重大な挑戦となるかも知れないのである」

――いつもひかえめなWHOとしては、ひどく激越な調子を含んだ声明文だった。しかし、実をいうとこれでも、まだ表現がやわらげられた方であった。チェコの委員で、防疫体系学の泰斗であるF・コペッキー博士などは、声明文草案に〝チベットかぜ〟は、「十四世紀において、ヨーロッパ全人口の四分の一を消滅せしめた、ペストの大流行の如く」、重大な問題になるであろうという形容をいれよと力説した。むろん、世界中にあたえるショックを考慮して、そんな過激な形容はとりあげられなかったが、世界各国の防疫担当者は、今度のAマイナス型インフルエンザ流行相の、まったく新しい局面に気がついて、不気味な戦慄をおぼえていた。

ショックを考慮して……さよう、あまりにも大規模な危険にさらされた時、専門家は、かえって事態の暴露をためらうものである。専門家のみが洞察し得る事態の重大さが、もし、一般に知れわたり、そのために、社会の中におそろしいパニックをひきおこすことになったら……。

「ほんとうの所、防疫体系は、完全にボディに一撃くらいましたな」WHO事務局の若い職員であるロバート・マカリスターは、世界各地からのインフルエンザ情報を集計した書類をひろげながら、こわばった顔でいった。――イギリス、フランス、ドイツ、イタリア、チェコ、ハンガリー、スカンジナビア諸国……。

「ウクライナでは、死者が二〇パーセントをこえています。それからペルーでは……」メキシコ、グヮテマラ、エクアドル奥地で、インディオ部落全員死亡――インフルエンザのために……

「中国本土だけが、まだ、正確な情報がはいってません」それからボブ・マカリスターは、共産主義者《コミー》ぎらいの感情を、ほんのちょっぴりこめてつけくわえる。「いつものことですがね……」

「中国は伝染病に関するかぎり、尊敬すべき国だ」アルベール・デュボワ博士は、若い職員をたしなめる。「報告をまとめるにしても、あの国はひろすぎるし、奥地というものがありすぎるのだよ。それに――中国は朝鮮事変の時、アメリカ空軍によって細菌兵器の攻撃をうけた。その時以来、建国まもない中華人民共和国は、とぼしい予算と人員をさいて、防疫研究に力をそそがざるを得なかった。今でも中国は、蚊やハエのもっとも少ない国として知られているが、これは一九五二年以来の、愛国衛生運動がつづいているからだよ。そしてその害虫撲滅運動は、実に米軍にしかけられた細菌戦に対処するためにおこされたんだ。――米軍はそのころ、細菌をバラまくために、飛行機から、細菌を感染させた蚊やハエや、ノミ、クモ、野ネズミなどをつかったからね」

「お言葉ですが博士……」マカリスターは怒りを口吻にあらわしながら抗議した。「アメリカが朝鮮事変の時、細菌兵器をつかったという具体的な証拠があるのですか？」

デュボワ博士は、うすい水色の瞳を、この若いアメリカ人にそそいだ。――医師志望でインターンまで行ったが、彼自身は科学者ではない。東部メリイランド旧家出身の、上院議員の息子で、まだ二十四歳だった。

「ボブ……」とデュボワ博士は、親しみをこめていった。「それは九八パーセント、事実だ。いや、当時調査にあたった学者たちは、百パーセント事実だと確信していた。しかし、具体的な証拠としては二パーセントばかり不足していた。のこりも情況証拠が半分だった。――それに当時アメリカと中国は事実として戦争状態にあり、中国はアメリカの強引な会議戦術のため〝国連の敵〟として烙印がおされていた。中国の国連加盟はそれから十数年にわたって阻止されつづけた。当時の共産圏はスターリンが牛耳っていたし、トルーマンとの憎悪のぶつけあいは、世界中をまきこみ、世界は準戦争状態にあったのだよ。私はいまでも、五〇年代こそ、第三次大戦だったと考えているくらいだ。――実際に全面的な武力使用はなかったものの、世界の内部は戦争とかわらなかった。――そんな時期に、科学者の発言がどんな実際的な力をもつというのだ？　第二次大戦中、中立国の科学者が、アメリカは原爆、ドイツはV兵器というおそろしい武器を完成し、使用しようとし、あるいは現実に使用した、これはおそるべき兵器だから、中立国は具体的証拠について調査してほしいと声明したとしても、それがどんな効果を発揮したと思うかね？」

「先生は、直接中国に調査に行かれたのですか？」

「私はまだ若かった」デュボワ博士は眼鏡をとって、眼をこすった。「一九五二年の二月、中国の郭沫若博士のアッピールによって、朝鮮戦争における細菌兵器使用の事実に対する国際科学委員会の調査団がイギリスのニーダム博士を中心に結成されて現地におもむいた。——私はその時フランス代表のマルテル氏に同行した。当時はちょっと事情があって今と名前がちがっていたが……」

「それで？」ロバートはつきさすような眼で博士を見ていた。

「調査団は七百ページにわたる報告書を発表した」博士はちょっと言葉を切った。「結果は……〝黒〟だったよ。ロバート・マカリスター。米軍機が、鴨緑江をこえて中国東北地区に侵入した事実と、その直後に伝染病菌をもった昆虫の大群が出現したという事実の間には、何ら直接的にむすびつけるべき証拠がなかった。だが科学者として、一行の誰も彼もが確信していた。アメリカは〝黒〟だとね」

「でも直接の証拠はなかったんでしょう」とロバートはくいさがった。

「それもあることはあったよ。一九五二年の一月、北朝鮮の安山で撃墜されたアメリカのB26の飛行士が二人——イノック中尉とジョン・クイン中尉といったかな——日本の岩国で細菌戦の訓練をうけ、一九五二年の一月中に、合計十個の細菌爆弾を北朝鮮に投下したと証言した。私たち調査団は、その二人の米人飛行士のインタヴューもして、証言をたしかめたよ」

「洗脳という手がありますからね」赤毛のボブは——赤毛は頑固だということだが——頑強に反対した。「当時は有名だったでしょう」

「アメリカ当局もむろん宣伝した」博士はうなずいた。「だけど、もうほとんど、かくせない所まで来ていたようだね。――そもそもの細菌兵器の使用は、一九五〇年の米軍退却の時かららしいよ。――巨済島の捕虜収容所で、捕虜に人体実験をやったことも、上陸用舟艇の中で、北朝鮮中国の捕虜にペスト菌を注射し、釈放したことも、ほとんど事実らしい。一九五〇年六月天然痘からはじまって、一九五二年の半ばへかけて、地域は北朝鮮の主要都市や水源地から、中国東北部の農業地帯へかけて――病源菌の種類も、ペスト菌をはじめ、肺炭疽病、コレラ菌、それに作物を絶滅させる紫斑病菌や黒粉病菌まであった。媒介主として使われたのは、ネズミ、ノミ、クモ、ハエ、蚊、ハマグリ、鶏のハネ、大豆の茎、カシの葉、トウモロコシの実……」

ボブは青ざめていた。唇をかみしめ、額ごしに上眼をつかって博士を見つめていた。

「先生は、それを本当に米軍がやったとお考えなのですね？」

「そうだよ、ボブ」博士はしずかにいった。「私はその後、ほとんど決定的な証拠をつかんだんだよ。――偶然にね。だけどそれも大分あとになってからだったので、私はその事を公表しなかった。朝鮮事変の時、細菌培養の一部が日本本土内でもおこなわれ、旧日本陸軍の医療関係者と、一部の学者がそれに協力したらしいことも……」

ボブはうちのめされたような顔つきをしている。――若い、それも東部の旧家育ちの単純な清教徒的教育をうけたアメリカ人として、彼は祖国の古い犯罪をあばかれる屈辱と、そんな事はあるものか、あったとしても、それは共産主義者《コミー》の方がもっと悪く、アメリカには、それをやるだけの正当な理由が、あったんだ。それは正義のために、やむを得ないことだったんだ、と思いこもうとする感情がせめぎあっているみたいだった。

――エール出身の彼の長兄は、ケネディ時代の平和部隊《ピース・コー》に参加した。だが末子として祖父母にあまやかされた彼は、ソフィスティケートされた、むしろシニックな調子で祖国の政策を批判する兄の口調に、反撥を感じた。

「故人の事はとやかくいいたくないが……」と博士はつづけた。「ダグラス・マッカーサーが極東司令官を罷免されたのは、彼が鴨緑江をこえて中国に侵攻するのと、原爆をつかおうとしていたのと、この二つの意図が問題になったとされていたね……だけど、私の首をつっこんでいた地点から見ると、細菌戦の実施と、失敗と、それが明るみに出かけたことも一つの理由になっているのじゃないかと思うね、ボブ。彼がこの汚らしい仕事の、直接的責任者だったかどうかは知らないが、とにかく当時、米軍の一切の軍事行動の最高責任者だった。――また別の考え方をとれば、あえて細菌戦のような危い橋をわたったのは、彼が核兵器使用もふくむ、中国との全面的戦争を決意していたからではないかとも思われるね。大陸本土で決戦となれば、失敗におわった細菌戦などとるにたらないものとなるからね」

ロバート・マカリスターは、もう博士を見ていなかった。彼はうつむいて、爪をいじっていた。

「君にこんな話をきかせるのは、つまり、保健衛生という人類的使命をになったわれわれの仕事にも、政治のカベというものがあり得るという事を知っておいてもらいたいからだよ、ボブ。——個々の人間はそれぞれ理由をもって行動し、決してバカなどではない。バカどころか、それぞれの分野では、大変な知恵者ぞろいだ。しかし、人類総体の見地から見た時、そのやっている事はきちがい沙汰みたいな事が多い。——医学は人命を救おうとする一方、呪わしい細菌兵器の研究にも利用されている。核兵器も電子工学もそうだ。一方で人類を助けようと努力し、他方で人類をしめ殺そうと努力している。——徐々にその方向にむかっているとはいえ、人類全体が、人類としての総体的な自己意識を獲得するのはいつの事だろうね？　その時まで、しめ殺そうとする力が不幸な事件を起こさなければいいがね。——私にいわしむれば、ボブ、核実験の部分的停止よりも、各国の政治家が憂き身をやつしている、政治的リアリズムとやらを、一年間停止した方が効果があるんじゃないだろうか？」

「アメリカが、それをつかったというのは、事実なんですか？」ボブはかすれた声でいった。

「別に君の祖国を責めているわけじゃない」博士はふりかえった。「ねえ——私は第二次大戦中捕虜になり、脱走してマキにもくわわった。戦争がどんなものかも知ってるつもりだ。拷問はゲシュタポもやったが、程度の差こそあれ、こちらでもやった。細菌戦の準備をやっているのはアメリカだけじゃない。ソ連もイギリスもやっている。私の祖国だってやっている。南米のとんでもない国や、東欧中近東の小国だって、やっているらしい。NATOにだってあるかも知れない。――だが、そいつを実際使ったと考えられているのは、第二次大戦中の日本と、朝鮮事変のアメリカだ。フランスも、アルジェリア事件当時使おうかと考えたようだ。ナチも東部戦線で少しは使ったらしいが、ヨーロッパでは、国同士がまじりあっているから、彼らはむしろ毒ガスに力をいれた。連合軍だって使用しかけた。――朝鮮事変の時、アメリカは毒ガスも使ったといわれているがね。――とにかく現在は、世界中の科学者の、何十パーセントかが、大量殺戮用のいまわしい兵器を、直接研究してるんだよ。私たちが、全世界を疫病から救い出したいと努力しているこの同じ瞬間に、かた方ではわれわれの同業者が、どうやったら確実かつ迅速に、恐ろしい疫病を流行させることができるか、どうやったら、仮想敵国の疫病体系をズタズタにすることができるかという事を、われわれよりももっと豊富な予算と、もっとぜいたくな設備を使って研究してるんだ。――相手が持てば、自分も持とうとする。この悪循環は核兵器の場合とまったく同じだ。だからむかしフルシチョフが提出した三段階全面軍縮案には……」

「先生は……」ロバートはブスッといった。「この、チ、ベ、ッ、ト、か、ぜ、も、どこかの国の細菌戦の演習だと思ってるんですか？」

「これは脱線しすぎた」デュボワ博士は笑った。「まさかインフルエンザを、細菌戦用に研究している国もないだろう。ただでさえ、今度の場合のような、おそるべき新種があらわれる可能性があるというのに……いや――まてよ……」

デュボワ博士は、ちょっと考えた。

「その可能性なきにしもあらずだな。しかし……」博士は笑い出した。「まさかと思うね。第一インフルエンザは……」

ふとドアのあく気配に博士がふりかえった時、青年の姿は室内から消えていた。——アルベール・デュボワ博士は、溜息を一つつくと、ロバートのおいていった報告書に眼を通しはじめた。——そのデータは統計の専門家たちの手にわたされ、そこで今度の大流行の〝相《そう》〟が決定される。〝流行相《プレヴァランス・アスペクト》〟というのは、博士の提唱する防疫学の新しい考え方で、病気の流行を、病源体の特性だけでなく、一つの社会的特性をもつものと考え、既存の防疫体制、社会の動員可能防疫力、病気に対する一般の知識、気候条件など各種の要素を指数化してくりこみ、流行の型を決定し、予測をたてて行くものだった。

——丁度、戦争の総合戦略を決定するようなものだ。

(いや……)と博士は暗い気もちで考えた。

(今度は本当に戦争になるかも知れん。——たかがインフルエンザだからよかったものの、これがもっと手きびしい——たとえばペストなどだったら……)

国際的な総合防疫体制は、すでに大きな打撃をうけていた。ある国では、防疫体系はすでに潰滅的な打撃をうけ、なりゆきまかせにするより仕方がないありさまだった。——あらゆる情報網と、防疫陣の相互流通を可能にするような、機動性をもった世界的な立体的総合的防疫体制そのものが、本来まだ構想の域を出ず、これを機会に一部が急速実施にうつされようとしていたものの、蔓延にそなえるというよりも、これ以上の蔓延を食いとめる事ができるかどうかという点が憂慮されているような状態だった。

（不思議なことだな……）と博士は頭をたれて考えこんだ。（オタフク風邪……ニューカッスル病、パラインフルエンザHA―3型、Aマイナス型インフルエンザ……ミクソウイルス群が、いっせいに大攻撃を開始したみたいだ。それもほとんどが、新種と来ている。これは偶然だろうか？　それともミクソウイルス群という、粘質多糖体に親近性をもつウイルス群の共通の根のようなものがあって、それに変動でもおこったのだろうか？――オタフク風邪とニューカッスル病のウイルスは似ている。ひょっとしたら亜型の交換がおこるかも知れない。しかし、インフルエンザウイルスとは、大きさも形状もちがう。――共通の変動の起こり得るような可能性はまずなさそうだ。とすると、この二つがかさなったのは不幸な偶然か？　それとも……ミクソウイルス系全体を動かすようなものがあるのか？）

博士は立ち上り、つかれた眼を休めるために窓から外を見た。――盛りの春の陽が、さんさんとふりそそぐ、明るく、あたたかい午後の日がそこにあった。

（人間は、まだまだ知らん事が多すぎる。――いつかはもっとつっこんだ事がわかるかも知れないし、いずれ、きっとわかるだろう。科学者として、今の科学知識の進展ぶりを見ればその点は自信がもてる。しかし――解明されるのに、どうしてもある程度時間がかかるということは、何とももどかしいことだな。――そして、わからぬうちに、その時代の理解を絶したような災厄がこないとも……)

博士は頭をふって立ち上った。——何だか、今日は妙に運命論者みたいな気分になっている。きっと若い者をつかまえて、細菌戦の話などしたからだろう。

全世界の防疫陣は、この新種のインフルエンザの猛攻に対して、受精卵によるワクチン製造を組織培養法にきりかえ、困難な闘いの準備を着々とすすめつつあった。——しかし、彼らはこの〝チベットかぜ〟の背後にかくれて、もう一つの、本当におそるべき影が、次第に世界の全域にむかってのびつつあることにまだ気がついていなかった。

ウイルス！——この世の中の最小の生命体。物質と生命との境界領域にひろがる、極微の謎。——その最小のものは、直径二一ミリミクロン、すなわち五万分の一ミリという大きさであり、円筒形のタバコモザイクウイルスの直径は、わずか、一五ミリミクロンである。そしてその内部に、直径二〇Å《オングストローム》の穴があき、生命と遺伝のメカニズムをひそめたリボ核酸がはいっている。(Å《オングストローム》は千万分の一ミリ、重金属原子の直径は、約二・五オングストロームで、ふつうの光の波長は五五〇〇オングストロームである)その不可思議な性格の解明は、一八九八年、レフレルとフロッシュによって、牛の口蹄疫の濾過性病源体として、はじめてその存在を立証されて以来、一世紀近くにわたって数多くの学者たちによって追究され、特に一九五〇年代から六〇年代にかけては、解像力五オングストローム以上という超高倍率電子顕微鏡の出現、培養法に関する数々の新発見にくわえて、生化学、分子生物学、分子遺伝学、ガン研究、電子計算機の使用による統計学的研究など各分野の総合と、国際研究組織の発展によって、その研究は実に爆発的な飛躍をとげたのであるが、——しかもなお、解明のメスが進むにつれ、そのはらむ複雑性はますます深まって行き、特に最近では、マックス・プランク研究所で電解液中における核酸塩基配列の人為的組みかえによる新種ウイルス創造の成功や、アメリカＮＩＨ（国立衛生研究所）と、ロックフェラー研究所、京大ウイルス研究所の共同研究中、完全に無菌培養された完全に健康な、人間の胎児細胞を放射線処理することにより、細胞の核から、突然変異的にウイルスが発生する、という異様な現象が発見されたりして、むしろ、やや混乱の度をくわえてきた。

そして一方——この巨大な進歩をとげつつあるウイルス学の防疫面への応用は、理論面にくらべて、なお数段おくれていた。細菌性疾患における抗生物質のように、各種のウイルス性疾患に、広範にきく化学薬品の出現は、ひさしく渇望されていたにもかかわらず、一九六二年カウフマンによって発見された、ヘルペスウイルス性角膜炎の特効薬5—ヨード—2—デオキシユリジン以外は、その時にいたるまで二種類が報告されたにすぎず、その臨床的効果も未確認という段階だった。ウイルス増殖干渉物質、すなわち、インターフェロンの臨床的応用も、まだようやく実験段階を脱しようとする所だった。すなわち、ウイルス性疾患に対しては、ジェンナー以来の素朴な方法——つまり、病源ウイルスの分離、培養によるワクチンにたよるよりしかたがなかったのである。しかもなお、すでに四百余種発見され、なお未知の種類の発見がつづいているウイルスにおいて、同一種の中で新型誕生はきわめて簡単であり、また継代増殖中、ほとんど性格の予測できない変異種が、突然うまれてくる可能性も充分あったのである。

――さらに、そのもう一つの〝影〟は、ウイルスとして、奇妙な性格と、隠れ蓑をかぶっており、これが未知新種であるとともに、ウイルスという病源領域のとらえがたさとあいまって、その姿の発見をはなはだしくおくらせることになったのである。

不幸な偶然、というよりほかない。――こんなにも、不幸な偶然がいくつも重なりあうことがあり得るだろうか？

しかし、ふつう「大事故」とよばれるものが発生する場合、不幸な偶然が、ほとんどあり得ないほど累積し、さまざまの安全装置が、将棋だおしになり、一挙に大事故が出現するのである。たとえば、一九五二年、カナダのチュークリバーで起こった、史上最初の原子炉爆発事故の記録や、フランスにおけるダム崩壊の記録を読んでごらんになるといい。いや――そんな迂遠なことをせずとも、あなたの記憶になまなましい、大列車事故を思い出していただければいいのだ。

事故が「大惨事」にならない一歩手前で、助かる場合も、偶然の小さなスイッチが、右にふれるか、左にふれるか、そのわずかなかね合いできまることがある。これはあまりに有名な話だが、一九五七年、アメリカ東部のノースカロライナ州上空で、訓練飛行中のB47爆撃機から、あやまって、水爆が投下されてしまったことがあった。この時はさいわい爆発しなかったが——そもそも、そんな物騒な兵器を、それも肥沃で人工稠密な東部の州の上で、「あやまって」おとすというのが、不幸な偶然ではないか？　しかも、その水爆をあとでしらべたところ、水爆を偶然の爆発からまもる六段階の安全装置のうち、実に五段階までが故障しており、爆発はたった一つの、最後にのこった安全装置によって、防がれたというのである。——数からいえば、「不幸な偶然」が、誤投をふくめて、実に六つもかさなったことになる。突如として大惨事を出現させる、七つ目の不幸な偶然が、かさならなかったのは、僥倖にすぎなかったといえないだろうか？　そしてまた一方、世界——自然そのものと、人間のつくり上げたきちがいじみた社会の双方の中には、火薬と火のような危険が常に内在し、ただ運よくこの双方がめぐりあわないだけではないだろうか？——火薬は、ただそれだけで存在すれば、何の危険もないありふれた化合物の一つにすぎない。それ自体は、徐々に変質して行く、ザラついた粉である。マッチの火は、ものの十五秒ほどゆらめいているちっぽけな焔で、それの危険はたかだかあなたの指をやくぐらいだ。しかし、この世の背後をめぐって行く火薬が、その小さな火と偶然めぐりあった時には——。

　防疫陣は、正面の闘いに大わらわで、背後にしのびよる影にまだ気がついていなかった。——そして、大事故や大惨事の場合に常にそうであるように、それは、ある隠密の期間をすぎたのちは、あっという間に手おくれになってしまうのだ。

〝チベットかぜ〟の猛威は、徐々に頭をもたげはじめてはいたが、季節は、北半球で一番快適な気候にむかって進んで行った。日はさんさんと照り、風はさわやかに冷たく、青葉はまぶしく光った。テレビの電波は陽気に世界中をかけめぐり、観光客はヨーロッパ、アジア、アメリカ、アフリカと世界中をうろつきまわった。三年前から前年度へかけての、西側市場の大幅な景気後退《リセッション》は、その年実現するはずの全面軍縮をようやく材料にくみこみ、東西貿易拡大をみこして、急激に好転し出していた。――四月の話題は、ソ連が有人宇宙船による月周回に成功したという大ニュースだった。新聞は連日この「宇宙英雄」のことをかきたてた。東部アフリカの新興国で大統領が暗殺され、ベトナム停戦協定が、右派クーデターによってくつがえされかけた。「世界最大」のテレビ女優、メイ・ロザリンドが派手な離婚をし、日本では「新首都汚職」が内閣の尻に火をつけかけていた。――社会面のトップは、相かわらず凶悪犯罪、交通事故、そして「〝チベットかぜ〟で××名死亡」「各地で臨時休校」の記事は、まだようやく三段から五段記事になった所だった。家庭欄には、あいもかわらぬ「カゼの予防法」社会二面に「ゴールデンウィークの外出――人ごみは避けて」という、はなはだ無理な、厚生省〝チベットかぜ〟対策本部の要請。

人々はまだ、知らなかった。科学者たちでさえ気づいていなかった。

第三章　初夏

1　アメリカ

メリイランド州フォート・ミードデンとそびえたつ白亜の五角建造物《ペンタゴン》、国防総省の地下の一室で、ＤＩＡ——国防情報局のおえら方の一人Ｆ——中佐は、部下の事務官から一か月ほど留守にしていた間の簡単な情勢報告をきいていた。

「大陸中国およびアジア関係はこれだけです」と事務官は報告書類をまとめてＦ——中佐の手もとへおしやった。「総括的にいって、こちらは停滞状態です。大陸中国の原爆実験は、その後依然として再開されそうにありません。大陸中国国産のジェット爆撃機の性能諸元は、まだ当分つかめそうにありませんね。ベトナムでは、ＣＩＡ——がまた失敗、それからマカオでＣＩＡの諜報員が二人、行方不明になっています」

「当方の損害は？」とＦ——中佐はいった。

「ありません」

　Ｆ——中佐はうなずいて、書類に透明蛍光インクでサインする。

「次、ヨーロッパ……」事務官はいう。「中南米を先にやりますか？」

「ああ……」とF—中佐はうなずく。

「キューバ海軍に潜水艦三隻、あらたに就役しました。二隻はソ連の中古原子力潜水艦、一隻がちょっとわからないのですが——新造で、東欧のどこかでつくられたものらしいんですが、一説にはイギリス製ではないかともいわれています。超高空写真の分析が出れば見当がつくかも知れません」

「イギリスめ！」F—中佐はちょっとぶつぶついう。「ポーツマスでは、フログマンにアメリカの原子力潜水艦をさぐらせおって！」

「古い話ですな……」と事務官は笑う。「ブラジルで、旧ナチの連中を主体とする秘密軍組織の本拠らしいものが発見されました。大したものではないらしいですが……次、ヨーロッパ。——EEC軍の秘密作戦計画は、うまくかぎ出せたようです。詳細は乱数表分析がすんでから、来週あたり部内秘密会議で、おこぼれがまわってくるでしょう。——アフリカは、例の暗殺事件を契機として、一連の暴動が東海岸に広がっています。詳細は、書類RU三六七〇Kをどうぞ。中東方面は、シリアのゼネスト以外は大したものなし、アンカラからの報告で、計画BV8号は、失敗と見なして中止……」

「BV8号？」F—中佐は眉をひそめた。——白髪まじりの金色の眉の下で、うすい水色の眼がけわしくなる。「陸軍のやつか？」

「とりひきは失敗におわったらしいです」と事務官はいった。「仲介業者があらわれなかったそうで……」

「ちょっとまて」F―中佐は考えこむ。「そいつが失敗したというくわしい経緯をききたいな。――まさか中央情報局《シー・アイ・エー》の連中に横どりされたようなことはあるまいな」

「そんな事は……」と事務官はいいかけて、肩をすくめる。「いや、私にはわかりません」

「BV8号……」F―中佐は、鬚をかむ。「そいつなら、私もちょっとかかわりがある。――ほかの報告は？」

「ありません」

「よし」

サインをすませ、事務官が室外へ出て行くと、中佐は電話をとりあげて、

「スタントンにつないでくれ」といった。

まもなく相手が出てくる。

「スタントン？　わしだ。――いま、報告をきいた。BV8号が失敗したって？――くわしくきかせてくれんか？　知っているだろうが、わしもあの時会議に出た。陸軍付属研究所のマイヤー博士を推薦したのは、わしなんだ。マイヤーとは個人的に親しくてね」

F―中佐は、受話器のむこうではげしい咳の音が爆発するのをきいた。

「スタントン……」F―中佐は眉をしかめた。

「君もあのいまいましいインフルエンザにかかったのか？　どうしてワクチン注射を……したのにきかないって？　畜生め！――じゃ、いいよ、こっちには報告にくるな。わ

しのそばでバイキンをまきちらさんでくれ。あとでくわしい報告書をまわしてほしい。――よく消毒してな」

ドアがノックされ、若いタイピストがはいってきた。

「中佐――午後の会議の件で……」そういいかけて、タイピストがくしゃみをした。ギュッとテーブルの端をつかんでにらみすえると、赤毛の美女が、のどにいたいたしく白い湿布をまき、眼をうるませ、頰にはぽつぽつ、赤い熱の花を咲かせている。

「とまれ！」と中佐はどなった。「そこで横をむいてしゃべれ、この部屋に息を吹きこんでくれるな！」

「でも中佐、書類が……」タイピストは、鼻のつまったしわがれ声でいいかけ、今度は苦しそうにせきこむ。横をむいて、ピンクのハンカチでおちかかる水ッぱなをかむ。やっと正面をむいた時、あわれ一六八センチのグラマーは、鼻の頭をまっかにしてピカピカ光らせ、眼に涙をうかべている。

「いったい熱はどのくらいあるんだ？」と、F――中佐は苦虫をかみつぶしたような顔つきでいう。

「かえってカラシ湯に足でもつっこんで、寝てたらどうなんだ？　その方がよっぽど国防のため……」

「でも中佐、みなさんかぜひきで、とても欠席者が多いんで……」涙まじりのクシャミ。

「わ、わたし……こうして出てこなくちゃ……今度のかぜ、とってもたちが悪くて、長びくんですのよ。私だって、苦しいし、休みたいけど……」

「もういい。ミス・コナリイ……」中佐もやっと声をやわらげていう。「書類はおいて行け。——まったく、こうかぜがはやったんじゃ、国防省も国防の義務をおびやかされるわい」

タイピストがドアをしめると、F—中佐はいきなり、右の人さし指を鼻の下にあてがった。しばらく、みじろぎもせず、そうやっていて、おそるおそる指をはなすと、とたんに隙をねらって大きなクシャミがとんで出た。——F—中佐は思わず十字をきってのろいの声をあげた。


ニューヨーク、五十五丁目、セント・レジスホテル
かなりぜいたくな二間つづきの部屋のドアが、軽くノックされる。——ずんぐりした男がドアを開き、馬みたいなばかでかい男を招じいれる。

「出発は？」と馬面の客は、ソファーに帽子をなげながらきく。

「九時にラガーディアだ」

「二時間あるな」

「上衣をぬげよ」ずんぐりした男はテーブルの上の酒に近づきながらいう。「のもう。この部屋にゃ盗聴装置はない」

「そんなこと、誰が保証できる？　ワルソーのソ連大使館の部屋中に、盗聴装置をしか

けたやつが……」

　ずんぐりした男はニヤリと笑って、グラスを客にわたす。

「乾杯《チャオ》！」

「くそくらえ」

　二人はのむ。――ずんぐりした男がくしゃみをして、酒を少し吐き出してしまう。

「中東でバイキンをもらったな」客が笑う。

「アルメニアでな……」ずんぐりした男は、ちょっと顔に手をあてる。「ベトナムはどうだった？」

「かぜどころじゃないよ」馬づらは眉をしかめる。「何しろクーデターは失敗だからな。長官はカンカンさ。ボスは更迭、おれは来月からアフリカだとさ」

　部屋の主は肩をすくめる。

「おれもボーナスをつかみそこなったぜ」

「トルコで国防省のやつとはりあったんだって？」

「むこうが先だったんだ」ずんぐりした男は早くも赤くなりながら、コップをふりまわした。

「ＣＩＡの中東支部は、つんぼ桟敷だった。――あそこじゃ、むしろとりひきよりも、アラブ連合の政変の動きが……」

「とりひきか？」

「ああ、DIAの方は、陸軍《アーミー》の上層部の要請で、例の職業スパイ団体に、それが手にいれられるかどうか当ってみた」

「ものは何だい？」馬づらは二杯目にソーダをそそぐ。バーボンが、七分目、ソーダがちょっぴり。「まさか核ミサイルの情報じゃあるまいな。全面軍縮、核兵器廃棄の御時世に……」

「ビル……」ずんぐりした男は、のむまえから赤く濁っている眼をあげた。「全面軍縮なんて――そんなこと、本当にできると思っているのかい？」

「大統領は本気だよ」馬づらは肩をすくめる。「軍縮か！――クビになった兵隊たちや、大企業《ビッグ・エンタープライズ》をどうするつもりなんだろうな。おれたちだって……」

「そんなこと、できやしないよ！」男はピシャリと膝をたたいた。「大統領はアカだよ。ソ連の手にのっているんだ」

「口をつつしめよ。ブレット」

「できっこない、といっているんだよ。前にもそんなことをやるなんて、夢みたいなことをいっていた大統領があった。だけど、できやしなかったろう」

「あれは、お前……」

「長官も反対だ。国務省、国防省のおえら方にも反対が多い。上院だってそうだ。統参議長なんかカンカンだ。――できやせんよ、ビル。おれたちが、ぜったいやらせやせんのだ。たとえば、テキサ……」

「ブレット！」ビルとよばれた馬づらが、きつい顔をする。「お前、口が軽すぎるぞ！」

「まあいいや――いったい何の話だっけ？」

「とりひき物件は何だったんだ？」

「ああそうか――」ブレットとよばれる肥った男はクックッ笑い出した。「それより、機密を盗まれる国がどこだったと思う？」

「チェコか？」

「イギリスだよ……」ブレットはまたクックッ笑った。「おれはMI6に知りあいがだいぶいるんだ。いっしょに仕事したことだってある。やつらの顔が見たかったな」

「ものは何だったんだい？」

「まあ待てよ――最初DIAの連中が動いているとはわかったが、お目当ては何だかわからなかった。だけどまもなく、本国からある人物が来て、連中といっしょに動き出したんで、大体見当がついた」

「だれなんだい？」

「マイヤーって医学博士だよ」ブレットはウインクして見せた。「フォート・デトリックの研究所員さ」

ビルは口笛を吹いた。

「細菌か？」

「ああ――ポートンのイギリス陸軍細菌戦研究所で、すごいのをつくりかけているらしいという情報は、こちらもソ連経由でつかんでいる。だけど、陸軍にしてみたら、ちょっとばかり躍起になる理由があったんだ。——何しろ、その細菌だかウイルスだかの原種は、こちらがフォート・デトリックから盗まれたものだったんだからな」

「やれやれ」

「おれは、FBIの友人からきいたんだ。——もとはといえば、ほら、ブルックスの航空研究所で、宇宙から採集したとかいう妙な細菌があったろう」

「ああ、あのやたらにふえて、始末に困ってるやつか?」

「そうだ。あいつを、どうとかしたものを、フォート・デトリックで研究していたらしいが、これが一年ちょっと前に盗まれて、売られた先をたぐったら、ポートンにおちついたってわけだ」

ブレットはまたくしゃみをした。

「それで?」ビルは三杯目をついだ。

「交渉はうまく行っていたらしいんだが、途中で相手が値をつりあげてきたらしい。DIAがもたもたしている間に、むこうはこっちにもちかけてきた」

「どのくらいだい?」

「ポンド貨で十三万……」

「吹っかけたな」ビルは苦い顔をする。「それで困るんだ。むこうはこちらが国防省の連中とはりあっていると知って、値をつり上げるんだ」

「むろん、こっちはボスにきいたさ。そしたら、〝かまわん、ベルリンで連中に出しぬかれたおかえしだ。いただいちまえ〟って……」

「現金を用意したのかい？」ビルは、とろんとした眼で舌なめずりをする。「十三万……ほんものか？」

「あたり前さ、相手は〝シセロ〟(第二次大戦中、アンカラの英国大使館に住み込んでいたスパイ)とちがってぬけ目のない連中だ」

「〝シセロ〟か……」ビルも笑う。「古い話だ」

「それで、DIAの連中はイスタンブールでとりひきすることになっていた。俺たちはアンカラで待っていた。とりひき相手は、もう現物を手ににぎっているような口ぶりだった。――イギリスじゃまださわぎが起ってない。万事うまくいってるようだった。俺たちは、一応DIAの方も見はっておいて、まんまと奴らの鼻をあかしてやるつもりだった。ところが……」

「だめだったのか？」

「とりひき相手が、急に手をひくといい出したんだ。DIAにもちこまれたのかと思ったがそうでもない。それっきりうやむやさ」

「共産圏の方が高値をつけたかな？」

「そんなことをする連中じゃない。第一商売の信用にかかわるからな。それに――」

「何だい？」

「待ちぼうけくわされたあと、金だけねらっておそって来た連中がいる。むこうにしてみたら、やけっぱちだったんじゃないかな？　ロシアに売れたのなら、あんなことするはずがなかろう」

「それもそうだな」

「その日から二、三日たって、イギリスのブライトンで、細菌戦研究所員のカールスキイって男が自殺してるんだ。——なにか事故があって、奴らの仲間が、盗み出すのに失敗したんじゃないかな」

今度は馬づらのビルがくしゃみをした。

「おい、うつしやがったな！」といって、彼は大声で笑った。「まさか、今はやってる〝チベットかぜ〟のバイキンが、その盗まれかけたやつじゃないだろうな」

「まさか……」ブレットも笑った。「たかが流感なんか細菌戦につかえるほどの威力があるまい。もしつかわれそうだったら、兵隊みんなに、玉子酒を携帯させりゃいい」

二人は声をあわせて笑った。

「そういうわけで、ボーナスはふいさ。休暇のかわりに今度はキューバ対策だ」とブレットは首筋をトントンたたき、赤い顔をこすった。

「マイアミに行けるんだ。いいじゃないか」

「これからはあついばかりだ」顔をしかめカラーをゆるめた。「お前はどこ行きだい？」

「カナダさ、パグウォッシュ……」

「妙なところへ行くんだな」

「世界中の左がかった科学者どもが集まって、会議をひらくんだとさ。戦争をやめろ、大量殺人兵器の秘密を公開しろ、とな。——パグウォッシュ会議ってきいたことないか？　一九五七年に、バートランド・ラッセルとアインシュタインが呼びかけて、組織をつくったんだ。今度また、二十何回目かの会議がある」

「ラッセルって、例のオールダーマストン行進のじじいだな」ブレットはうなずいた。「そのパグウォッシュ桃色《ピンク》(ケネディ時代、ハーバード大学の進歩的学者がハーバード桃色——すこし赤がかっているという意味——とよばれたことにひっかけたもの)を見はるのかい？」

「少しやっつけてやるのさ。——仲間われも起るかも知れない。例の手で……」

「国防上の重大機密をバラさせるんだ」ブレットは眼をつぶって、ちょっと苦しげにあえいだ。

「科学者がスパイをした——だけど、今度もまたその手がきくかな？」

「やっつけるさ」ビルはいった。「どうした？　熱が出てきたか？」

「飲みすぎたらしい」ブレットは、ちょっとよろめきながら立ちあがった。「頭をひやしてくるよ」

ブレットが寝室のむこうの浴室の方に歩みさったあと、馬づらのビルは、もういっぱいのもうかどうしようか、と考えた。——浴室の方からシャワーの音がきこえてきた。また鼻がムズムズする。冗談じゃない！　本当にうつったかな？

突然、浴室の方から物音がきこえた。

「どうした？　ブレット……」ビルはちょっとよっぱらった声をかけた。「ころんだか？」

返事はなく、ただザアザアという水音がつづいた。ビルは思わず顔をあげた。

ブレットの、うめき声がきこえたような気がしたからだ。

ビルはとびあがって、浴室の方へかけよった。

「ブレット！」彼は内側から鍵をかけたドアをたたいてどなった。「なにかあったのか？　ブレット……」

水音……ふと耳をすます。シャワーの音以外は、床の排水口へながれこむらしい水音。

ビルはドアから一歩さがって、体当りした。びくともしない。とっさに札入れの中からセルロイドの板をとり出して、ドアの隙間にさしこむ。エール錠がはずれて、ドアがあくと、アンダーシャツのまま、浴槽にたおれこんでいる肥った背中が眼についた。

「ブレット！」

ビルは、シャワーもとめず、ブレットの肩に手をかけた。とたんにブレットはごろりと床にころがった。顔がギュッとしかめられ、歯がくいしばってむき出しになっている。全身がこちこちで脈はもうふれない。――まっさおになって、床から腰をあげたビルは、自分がいつのまにか、拳銃をぬいているのに気がついた。

ブレットの死体は、ホテルにいる人々にはまだ生きているように見せかけながら、救急車で警察にはこばれた。——死因は突発性心筋硬塞。

「かぜをひいてたって?」鑑識医はビルにきいた。「かぜ——今度のインフルエンザはたちが悪いからな。心臓にくるらしいぞ。君もかぜをひいて、酒をのんで、水をかぶったりしたら……」

医師はくしゃみをした。

「……知らんぞ。かぜをひいたら、今度ばかりは絶対安静だ。いいか」

今度はビルが大きなくしゃみをした。——結局彼はパグウォッシュに行かなかった。かぜのためではなく、ブレットの死因について、ちょっとばかり上層部に疑問をもたれたからである。

メリイランド州、フォート・デトリック

いかめしく、高いコンクリート塀にそって、一台の黒ぬりのクライスラーがすべって行く。大男の憲兵が、しゃっちょこばって見はっている門の前までくると、のっていた高級将校も、いちおう写真照合による首実検をうけ、内部に問いあわせる間待たされる。

「あれは?」

F——中佐は、DIA直属の運転手にきく。——正門の前、道路をはさんで反対側には地味な、くつろいだ身なりの人々が、七、八人たむろして、じっと正門の方を見つめている。若いものもいるが、ほとんど中年か年寄りだ。中には低い靴をはいた女性もいる。

「〝不寝番《ヴイジル》〟です。中佐どの」

「不寝番《ヴイジル》？」

「はい、中佐どの」

Ｆ―中佐は、きびしい、軍人らしい鋭い眼を、連中にチラと投げる。――三人は立っている、二人は柵にもたれかかり、二人は話をし、一人は行きつもどりつしている。――みんなこちらを見ている。アメリカ陸軍細菌戦研究所の門を……。

「連中は、何をするのだ？」

「何もしませんです。中佐殿――ただああやって、見張っているだけです」

「見張ってる？　何を？」

「この建物です」

中佐の額にかすかに癇癖《かんぺき》の筋がうかぶ。

「もう七、八年以上前から……」と、運転手はつづけた。「連中はああやって見張ってるのであります。中佐どの――ただああやって……」

「つまり、軍に対するいやがらせだな？」

「そうでもないようであります。別にプラカードをかかげたりはしません。ただ……」

「ただ……何だ？」

「連中は心配しているのかも知れません」

Ｆ―中佐は、もう一度市民たちの方を見かえった。――彼等は、ものもいわず、ただじっと門の方を見ていた。肥った老婆が、こっけいな飾りのついた帽子をかぶってくると、彼等の仲間にくわわった。その無言の視線に見つめられていると、なんだか次第におちつかない気持ちになってくるのだった。

「なぜやつらを追っぱらわないんだ？」

「いくら追っぱらっても来るのであります。それに——ただああやって見ているだけでは、とめるわけに行きません」

「やつらの身もとをしらべてあるか？」

「しらべてあるはずです。ふつうの市民で——別に指導者らしいものもいないとききましたが……」

「〝赤〟だな」中佐は断定的な口調でいった。「すくなくともピンクだ」

中佐はだんだんいらいらしてきた。ああいう手合いをとりしまる法律はないのか？ ああいう反抗的な気分が、ここの連中に感染していったら……。中佐は眼をとじて、なんとか連中をやっつける方法を考えようとした。——ここでやっていることは、国防上必要なことだ。世界各国のほとんどがやっていることであり、もし、アメリカだけが、この研究でたちおくれれば、われわれは軍人として、責任を果し得ないことになる。——あのセンチメンタルな連中に、このことをわからせてやるのは、どうしたらいいだろう？ きれいごと好きの「平和愛好者」どもに……。

〝人殺し〟とふいに耳もとでさけばれたような気がして、F—中佐はビクッと眼をあけた。——だが、それは空耳だった。明るい日ざしの中を、甲高い声をあげて、走って行く、金髪のお下げ髪の女の子の姿が、チラと眼のすみを横ぎった。F—中佐は腹だたしげに鬚をなでた。しかし車のリアウインドを通して後頭部に針のようにつきささっているいくつもの視線の感覚は、消えそうになかった。——衛兵が通過の合図をし、車は門の中へはいって行った。

人々はだまって見ていた。

いたるところに、立入禁止の札があり、衛兵が見はっている建物の中の一室で、F—中佐は、背の高い、頭の禿げた副所長とあった。軍医で准将の資格をもつ男だ。

「やァ……」と副所長はいった。「留守だったそうだな」

「一か月ばかりアフリカ視察でな……」F—中佐はにがい顔をした。「あいかわらずひどい所だ。まるでブタ小屋だ」

F—中佐はくしゃみをした。

「やられたな」と副所長は笑った。「ワクチンをうったか？」

「やったが、きかんようだ。今度の風邪はタチがわるい」

「君の方で……」副所長はちょっと眉をひそめた。「こんな噂をきかなかったか？——今度の〝チベットかぜ〟は、どこかの国の細菌戦用のウイルスが、ひきおこしたんだという流言が流れているという……」

F―中佐は首をふった。

「市民の間でか？」

「いいや――専門家の間でらしいが……」

「悪意のデマだな」F―中佐はちょっとあの不寝番《ヴィジル》の連中の事を思い出した。「そういうことをいい出すやつがいるもんだよ。しらべよう。第一、インフルエンザウイルスなどは、細菌戦の役にたたんだろう？」

「いいや――」副所長は、そうして両手の指先をつきあわすようにしながら、じっとF―中佐の顔をみつめた。「役に立つよ」

F―中佐は眉をしかめた。

「ということは――ここでも研究しているのかい？」

「むろん……インフルエンザウイルスというのは不思議な生物でね。いくらでも変種ができるんだよ」

「まさか、今度の〝チベットかぜ〟はそうじゃないだろうな」

「残念ながら、うちの製品じゃなさそうだ。だけどソ連の実験が、こんな大流行をひきおこしたのかも知れん。――とにかく、このくらい、手きびしい新種ウイルスなら、りっぱに戦略的価値をもつね」そういって副所長はポンと新聞をなげ出した。「見たまえ、ここ二、三日、ニューヨーク株式は暴落につぐ暴落だ。ロンドンも軒なみ下げてる。トウキョウじゃ株式取引所員が大量欠勤で、休場しそうな気配だ。――流感のため、臨時休業しなきゃならない工場の数千二百、このうち大企業《ビッグ・エンタープライズ》の主力工場が十七もふくまれている。オートメーションの監視委員さえやられてるんだよ。臨時閉鎖したオフィスが七百八十、航空機の定期便は六〇パーセントが休航で、列車のダイヤもめちゃくちゃに狂い出している。交通事故はこの一週間で、七二パーセントの上昇だ。――みろよ、たかがインフルエンザで、全アメリカの機能が麻痺状態におちいりつつあるんだぜ」

「国防は――」といいかけてF―中佐はうなった。「ふん、これはわしたちの仕事だな」

「もうどんどん予備役召集をかけているそうじゃないか」と副所長は皮肉な眼つきでいった。「だが、北米防空司令部《ノーラッド》の方なんかどうなるんだ？　BMEWS（ミサイル早期警戒システム）の要員なんか、おいそれと交替させ得るほどの人数はいないんじゃないかな」

F―中佐の顔は青ざめた。――国防総省の連中は、この事態にどう対処しようとしているか……。どの程度まで、はっきりと事態をつかんでいるか？

「君たちの方こそ、こういう事態に対処すべきプランをもっとらんのか？」F―中佐は、すこし勢いこんで逆襲した。「これはいわば仮想敵に、細菌攻撃をかけられた事態に匹敵するじゃないか。――君たちは年間二億ドルの予算をつかっておって――累積十何億ドルの金をつぎこんでいて、フォート・デトリックはこれに対処すべき作戦はたたんのか？」

「なにぶんにも、たかがインフルエンザだったのでね」副所長はちょっと鼻白んだようすだった。

「だけど、インディアナの生産工場では、一応、全国防要員にゆきわたるべきワクチン製造にとりかかっているはずだよ。ただ、このAマイナスワクチンは、どういうわけだか力価が低いので、ふつうのものより、三倍ぐらい大量に生産しなきゃならん」

「つまり、ワクチンはあまりきかんということだな」F—中佐はまたくしゃみをした。

「ところで、今日の用件は？」と副所長は、抽出しから出したカプセル入りの薬をのみこみながらきいた。

「そうだ。——マイヤーにあいたい」

「例の件、失敗したそうだな」副所長はインターフォンのスイッチを押しながら、皮肉たっぷりにいった。「マイヤーはノイローゼになりかかってるぞ」

「彼の責任じゃあるまい」

「しかし、どうやら彼は道義的責任を感じているらしい」

「道義的？」

「ああ……」副所長はちょっと複雑な表情になった。「一年半ほど前、彼の研究していた病原体が盗まれたことがあったろう」

「ああ……」F—中佐もにがい顔をした。「助手が、培養基をもち出して姿をくらました事件だな。職業スパイ団体が介在したというが、メキシコまでおいかけてついにしっぽをつかまえそこねた」

「マイヤーはイギリスから持ち出すはずだった細菌が、それの改良種じゃないかというんだよ」

「なに？」F―中佐は眼をすえた。「じゃ、あれは――イギリスに売られたのか？」

副所長は、インターフォンに、

「マイヤーをよこしてくれ」といって立ち上った。

「私はちょっと用がある。話ならここを使ってくれ。ああ、それから――」そういって副所長はデスクの下を指さした。「テープを使いたいんだったら、スイッチはここにある」

F―中佐はちょっと苦笑いした。マイヤーとは伯父甥の間柄だ。――皮肉なやつだな。わしがマイヤーをしらべると思ってるのか。――待つ間、中佐はちょっと部屋の中を見わたした。もうだいぶ古い建物だ。何しろ二十数年たっているというからな。――一九四三年の四月、まだ大戦中にたてられ、当初予算は千二百万ドル、研究所員は約四千人、それがいまは――予算年二億ドル、一万五千人以上の人間が働いている。野外実験設備は、ミシシッピとユタ、生産工場がインディアナ、それから最近ではもう一か所秘密の砂漠の中に、新工場ができた。

マイヤーがはいってきた。まだ三十代で青白く、細長く、ちょっと神経質そうで、なんだかひどく思いつめているように見える。

「やあ、エド……」F―中佐は親しげに声をかけた。「元気かね？　お前はあのいまいましいラマ教かぜにやられてないか？」

「なんの用ですか？　伯父さん」そういってから、マイヤーは、チラと室内を見まわしていいなおした。「中佐どの……」

「気にするな。副所長は盗聴装置のスイッチを教えて行きよった」

マイヤーは、ひきつったような笑いをうかべた。

「おとしの事件以来、われわれはのべつ見張られてるんでね。――見張られてるってことを知ってる連中は、まだいいですよ。知らない連中は、上司の悪口だって、国防省の揚げ足とりだってやりますよ。〝資料〟にされてることも知らずにね」

「やむを得んのだ。――保安の責任上、わしが提案したんだよ」

マイヤーは眼を伏せた。

「用は何ですか？」

「失敗におわった例の件だ」F―中佐はギュッと頰をひきしめた。「もう一度やりなおすべきかどうかについて、意見をききたい」

「なぜぼくにきくんです？」マイヤーは顔をそむけていった。「あれは、職業スパイの持ちこみ情報だといっていたじゃありませんか？」

「そして、その病源体を買うべきかどうかについて、お前の意見をきいた時、お前は自分からすすんで、あの作戦に参加するといった」

「一つまちがえば危険だと思ったからです。――とりあつかいに専門家が必要だと……」

「お前は、それが、おとしこの研究所から盗まれた細菌の改良されたものだと、知っていたそうだな」F―中佐は鋭くいった。「なぜそのことをいわなかったんだ。エド？」

「はっきりわかったわけじゃありません。でも、——あなたがたがソビエトから盗んだという情報を検討してみて、そうじゃないかと思っただけで……」マイヤーはいらいらした様子で手をふりまわした。「完全なデータがわからなくても、あれだけはすぐピンときます。だって、あんな特殊な……」

「もう一度やるべきかね？　エド……」F—中佐は鬚をかんだ。「それは、米国が国家の安全上ぜひ手にいれたいほど、おそるべき細菌かね？——どうしても手にいれたいなら、われわれは断乎としてやるし、方法はある」

「やめてください！」マイヤーはテーブルをたたいて叫んだ。「もし、イギリスの連中に連絡がつくんだったら、すぐそいつの研究をやめてしまえといってください。一匹も外へもれないように、全部焼いてしまえと……。いや、そんなおそろしい研究は、全部廃棄してしまって——」

「おちつけ、エド！」

「でも、きいてください。伯父さん——あの菌種は、ばけものなんです。第一、この地上のものじゃない」マイヤーはデスクに手をついて体をのり出した。「おぼえていますか？　この原種は一九六三年から四年へかけて、人工衛星が地上三百キロから五百キロの高層の宇宙空間から採集してきた微生物の一つです」

「知っとる」F—中佐はちょっと鼻白んだ。

「ブルックスの航空医学研究所地下金庫でまだ生きとるらしいな——めちゃくちゃにふ

えて困っとるという話を何年か前にきいた」

「その後も、宇宙空間から六種類の微生物が採取されました。そのうちの二種類は、細菌の胞芽でした」マイヤーはいった。「絶対真空と絶対零度と放射線の嵐の宇宙空間でなお生きている超常識的なこういった微生物のすべてに共通する特徴は――地上的環境における驚異的な増殖力です」

F―中佐は、かすかな寒気をおぼえた。――流感による微熱のせいばかりではなかった。なにやら目の前の空間に、目に見えない微妙な細菌がうじゃうじゃいるような気がしたのである。

「盗まれた原種RU三〇八は、この宇宙の細菌の一つから継代改良でつくられました。これには――本当はもっとおそろしい秘密があるんです」

「専門的なことは、わしにはわからん」とF―中佐はさえぎった。実際は、まだどこかに盗聴装置ののこっているかも知れないこの部屋で、甥の口から、その〝秘密〟というのをしゃべらせたくなかったからだった。しかしマイヤーは憑かれたようにしゃべりつづけた。「これがどんなにおそろしいかは――どこの国の医者も、RU三〇〇系列の細菌の正体を、その菌がどんなものであるかということを知らないということですよ。この細菌戦研究所の、われわれのセクション以外の学者は誰も――。人工衛星で採取された微生物も、全部軍が秘密のベールをかぶせてしまって、一般には誰も近よらせない。われわれに研究させて、つかえそうなものをよりわけ、微生物がとれたということも、まだ二種類しか発表していないのです。いいですか。世界の学界は、まだこの系列について、何も知らないんですよ……」

F―中佐は、おちつかぬ目つきで室内を見まわした。――なんとか、これ以上しゃべるのをやめさせるべきだ。

「それに――」と、マイヤーは血走った眼をすえてつづけた。「RU三〇八の本当の秘密は――単に実験室の改良で、増殖力が三倍になったというだけでなく、そこに微生物学、遺伝学の領域で、誰にもまだ知られていない現象を利用していることなんです。RU三〇八自身は、一見ありふれた、無害の、しかし抗生物質のきかない球菌の一種にすぎません。実をいうとRU三〇八は、本当におそろしい病源体のかくれみのにつかわれているんです」

「エドワード!」中佐は声をあらげていった。「もういい、だまりなさい!」

「これがもし――」マイヤーは興奮のあまりすすり泣くような声で、しゃべりつづけた。

「外へ出たら、あるいは実戦につかわれたら……世界中の医者が、まだ誰も知らない病源体……しかも、真の病源体は、なかなか見つからないでしょう。このRU三〇八をかくれみのに利用したメカニズムの原理がわからなければ、ほとんど絶対に、見つからないでしょう。――もし、この現象を学界に発表できれば、ぼくはノーベル賞ものだろうに……」

「しかし――」F―中佐はなだめるようにいった。「すくなくとも軍のためワクチンはできているんだろう？」

「まだです」マイヤーは顔をおおった。「組織培養でいろいろやっているんですが、ワクチン量産のめどは、まだ立っていないんです。まだぼくが――実験室段階にとどめていて、その本当の威力を知っているものは、所内でごくわずかです。フィールド実験には、むろんまだ持ちこめません。だって――ヘタにこのRU三〇〇系列を野外に出し、もしそれが実験場からもれたりしたら、どんなことになるかも……」

F――中佐は、ふと子供の時よんだ千一夜物語《アラビアン・ナイト》の魔神《ジン》の話を思い出した。――浜辺にころがっているちっぽけな壜の蓋をとると、中から雲をつくような巨大で猛悪な魔神《ジン》が出てきて、自分を壜から出してくれた人間につかみかかるという話だ。――この話は、中佐をちょっと不安にさせたが、同時にマイヤーの青っぽい神経質さを、ばかばかしくも思わせた。魔神《ジン》――そうだ。ロスアラモスで最初の原爆実験が成功した時も、エニウェトックで最初の水爆が爆発した時も、わしはこの話を思い出したっけ。ICBMの時も、アンティ・ミサイル・レーダー網ができた時も……だが結局、人間は何とかコントロールの道を見つけるものだ。力の均衡ということもまた、コントロールをうみ出す天の配剤の一つだ……。

「だが、結局、イギリスもこれを手にいれた」と中佐はいった。「ソ連だって人工衛星をいくつもうちあげているんだ。おそらく同種のものを手にいれ、われわれよりもっとおそるべき細菌兵器をつくり出しているかも知れん。――それを思うと、もっとも強力な攻撃の手段は、同時に敵のもっている同種の攻撃手段に対する防衛の武器にもなる。つまり、お前のやっていることは、祖国の防衛の……」

「ぼくは――ぼくは、おそろしくなってきたんです。中佐――国防のため？　力の均衡？――きりがない。本当にきりがない。核兵器はもう飽和点に達しちまった。だから米英ソは、核兵器廃止協定にふみ切ろうとしている。そんな時代なのに、どうしてこんなおそろしい仕事をまだつづけなきゃならないんですか？――核兵器は、威力という点で飽和点に達したのに、この分野は底なしの泥沼だ。ここでは、いくらでも、無限におそろしいものが、しかも人目につかずにうみ出し得る。ああ、ほんとに……パストゥール以来の、近代細菌学の全体系が、このいまわしい人殺し道具の製造開発に役立っているんですよ。人間を病気と死から解放するための学問の全体系が……それに死との闘いのための学問は、一般に解放されているために、われわれの方はその貴重な最新の進歩を、いくらでも利用できる。しかし、われわれのつくり出したものの恐ろしさは、国防のために、誰にも知らせることができない……」

マイヤーは本当にすすりあげはじめた。――そのありさまを、中佐は暗い眼つきでじっと見ていた。

「われわれの方は、国防予算をもらって、民間の医者たちよりはるかにゼイタクな設備で一足進んだ攻撃武器をつくり出す。――連中の全然見たこともないような新種細菌だってつくり出すんですよ。われわれのつくったF12というインフルエンザウイルスは、今はやってるAマイナス型インフルエンザより、もっとすごい効果をもっています。――感染したら二十四時間で死亡するボツリヌス菌のことを知ってるでしょう。一オンスで二億二千万の人間を殺せるあの細菌の変種で、ボツリヌスKというやつは、これまでのボツリヌス菌の最大の弱点だった嫌気性(空気――酸素をきらう性質)をカバーして、空気中でも死なないし、増殖さえするようになったんですよ。こんなこと、全世界の医者の誰が知っているでしょう? 炭疽病菌や類鼻疽菌でも、毒性や増殖力は、十五年前の何倍にもなってます。いま、制式の、生物学兵器になっていない細菌やウィルス八十六種のほかに、効果が強すぎて――危険すぎてつかえないものが、しかし、いざとなればいつでもタンク培養できるものが、六十種類以上あるんです……」

中佐は、そっとデスクの上のボタンをおした。――マイヤーは拳をかみながら、うわ言のようにしゃべりつづけた。

「ガン研究の成果から――分子生物学の成果から、とうとう四種の核酸兵器が制式採用になりました。――ウイルス群のB兵器研究は、まるで泥沼です。世界の理論生物学と治療医学がすすめばすすんだだけ、B兵器の威力も増してくるんです。ぼくは……」

ドアがあいて副所長がはいってきた。彼はひややかな眼で、坐ってしゃべりつづけているマイヤーをじっと見た。

「どうした?」と副所長はきいた。

「甥はつかれているらしい」とF――中佐はいった。「わしからもたのむが、休暇をやってくれんかね？」

「いいとも」副所長はいった。「この仕事は、ただでさえ神経が疲れるんだ。危険なものだし――秘密保持には、私もちょいちょいくさっちまう」

「部屋へかえりなさい。エド……」F―中佐はいった。「そして休暇請願書を書け」

「私は……」マイヤーは立ち上ると叫びそうにした。

「いいから、わしにまかせろ！」

F―中佐は強い声でいって、甥の肩に手をかけた。副所長はドアをひらいた。

「ゆっくり休むんだな」副所長はやさしくいった。「マイアミで釣でもしてきたまえ」

マイヤーが、呆《ほう》けたようにうなだれて出て行くと、すぐ中佐は副所長に目配せした。

「警備の連中に、エドを見はらせてくれ」

「なぜ？」

「なぜでもかまわん。今すぐだ」

副所長は、インターフォンで手短かに命令を出した。――F―中佐は窓際に立って、明るい外をながめた。――どこかで小鳥が鳴いている。

「なにがあったんだ？」副所長はむずかしい顔でいった。

「われわれの話をきかなかったのか？」

「いったろう――水入らずの話だと思ったからね……」

中佐は窓の外を見つめながらためらっているようだった。

「君は、その——RUとか何とかいう細菌をどう思う？」

「盗まれたやつだな。ブルックスからもってきて、エドが研究してた宇宙菌とかいうやつだろう」

副所長は腕を組んだ。「とりたてていうことはないね。もし本当に、われわれがイギリスからうばおうとしていた新種細菌が、エドのいうように、あの系列から開発されたものだとしたら、うちの研究はまだイギリスにおよばないようだよ。マイヤーの尻をひっぱたいてやる必要がある。もっとも——マイヤー自身、すこし前からノイローゼ気味で、あの系列の威力を誇大に考えてるんじゃないかな。それというのも使っていた助手に盗み出されたという責任感から……」

「彼がそのセクションの最高責任者か？」

「そうだよ。実験研究だから、セクションといってもごく少人数のものだ。どうして？」

では、やつは、わざとその実際効果の報告をさぼっているのかな？　それとも本当に、ノイローゼのあまり誇大妄想にかかっているのか？——中佐は迷っていた。

「とにかく……」中佐は決心したようにふりかえった。「はっきりいって、彼は危険な精神状態だ」

「秘密と危険だ——わかるだろう、中佐。めずらしいことじゃない。君たち国防省の連中が例年やっている、三軍核兵器関係者の心理テストで、毎年一〇パーセント以上の精神的要注意者が出ているじゃないか。それも配置前に厳重なテストをやってパスしたも

の の中から、一年たつとこれだけの不適格者が出てくる。——ここでも同じだよ。情緒安定テストを厳密にやったら、ここの半分以上が危険と見なされるかも知れん」

「では、毒ガスや細菌兵器の研究関係にも、テストを法制化する必要があるな」F——中佐は冷然といった。「とにかく、現在この瞬間の問題として、エドはほっておけん。なにかしでかすかも知れん」

「しばらく監視をつけておこう」

「いや——」中佐が鬚をかみしめた。——熱のためか顔が赤らみ、少し汗をかいていた。「わしから、彼の休暇願いを出そう。そして君の命令で、ここへ休暇にやってほしいんだ」

中佐は卓上メモの上に、ちょっとふるえる手で、手早く書きつけた。——それをチラと見た副所長は眉をひそめた。

「実の甥をか？」

「実の甥だから、危険を未然に防ぎたい」と、中佐はいった。「リーガン……長年の友情に免じて、わしのいうことをきいてくれ。本来ならば、国防機密保持の名目から、直接わしの配下に命令をくだしたい所だが——あまり表沙汰にはしたくない。君から彼に、休暇命令を出してくれ」

「いいだろう」副所長は肩をすくめた。「じゃ私の権限で、ここの警備の連中にやらせよう」

「あれの妻には、わしから話しておく」中佐はちょっと顔をそむけていった。「また――今度も秘密命令でザンジバルにいったとでもいっておこう」

副所長は、スイッチを押して、

「警備主任のクインランを呼べ」といった。

その間、中佐は電話をとりあげると、

「陸軍病院を……」といって、苦しそうに咳きこんだ。「そう――精神科のバロウズをよび出してくれ」

自分が主任をしているセクションの、研究室につづく私室にかえると、マイヤーはくずれるように椅子に腰をおろして、頭をかかえた。――さっきの興奮の発作はいくぶんおさまっていたが、頭の中は、依然血が渦まいていた。ここ一年半あまりつづいた精神的緊張が、耐久力の限界をやぶろうとしているのが自分でもわかった。彼は顔をあげて、じっと自分の手を見た。それはかすかにふるえながら、自分のものではないみたいに動いた。

（おれのせいじゃない！）

と彼は声を出さずにわめいた。――だが、その叫びはいたずらにヒステリックなだけだった。彼は研究室との境いのドアーをじっと見つめた。――その変哲のない、淡緑色のスチールドアのむこうに、フラスコや顕微鏡や、電子顕微鏡や、小型電子計算機がゴチャゴチャならんだ彼の研究室がある。うすのろのオールドミスと、若い助手が働いている。そのむこうに、また頑丈なドアにへだてられた培養室があり、暗室用電灯に照らされたウイルス培養室と、人工照明の細菌培養室にわかれている。――そこのズラリとならんだガラス容器の中の培養基と、ウイルス培養用の人工増殖細胞の中で――各種のおそろしい「死」がつくられている。分離され、継代培養され、放射線照射や薬品で人工突然変異を起され、交配され――いまわしいものの中でも、もっともいまわしいものだけが、とり出されて行く。外見は、「死」と闘う医学や生物学の研究室とそっくりでいながら、ここでは厳重な、暗い、秘密のベールのおくで、よりいっそうすみやかではげしい、よりいっそう抗《あらが》いがたい「死」そのものがつくられて行く。（おれのせいじゃない！）マイヤーはもう一度わめいた。声に出して大声でわめきたかった。――緊張が破れようとしていた。

一年以上にわたる彼の精神的緊張は、室長として、細菌を盗まれたということより、むしろ軍の研究所員として、研究結果の忠実な報告を、この一年間わざと怠りつづけたということによって、もたらされたものだった。RU三〇〇系列の一つが優秀な助手によって盗まれた時は――助手はひょっとしたら、彼より先に、この菌の特殊性に対する見とおしを持っていたかも知れない――この系列からひき出しうる脅威について、彼も、またほかの科学者も、まだ三分の一も知っていなかった。そして、彼だけが職務範囲としてコツコツとこの種類を研究しつづけ、――そしてそこから開発し得るおそるべき恐怖について、次第に身も凍る思いを味わい出したのだった。

最初は意識的に、報告を怠ったわけではなかった。彼はもともと慎重なたちで、実験結果について、いつも控え目な報告を出していた。――しかし、途中から、突然彼は自分がおそろしい断崖の淵を歩いているのに気がついた。もし――もし、この系列が、実際彼の予見し得たようなおそるべき性質を開花し、それが軍に注目されて、制式生物学兵器に採用されたらどうなるか？　いや、それ以前に、フィールド実験を行なわれたら――完全に、外部に洩れずにすむか？

その性質には、まだ未知の部分が多くあった。それで彼は、もう少しはっきりするまで、上級者の想像力を刺激し、食指を動かすような種類のデータは、報告書の中から注意深くのぞいておいた。彼の仕事はどうせ、大して期待をかけられていなかった。新種開発――ごまんとあるバイ菌、リケッチャ、ウイルスの中から、役に立ちそうなやつをえらび出し、改良して行く仕事のそれもごく一部をうけもっているだけだ。のんびりした仕事で、百に一つもものになればよかった。こうして、彼は、チビチビ使いこんで、ついにはぬきさしならぬ額の穴をあける出納係みたいに、報告書に次第にふくれ上って行く虚偽を、書くはめにおちいったのだった。

同時にそれはかえって彼の孤独な良心を、めざめさせることになった。――もし、正確な報告をしたら――軍人たちは、必ずとびつくだろう。これは超水爆や中性子爆弾以上の威力ある武器として、しかも絶対秘密の武器として、彼等を喜ばせるだろう。――

しかし、四年以上にわたる研究所生活で、いろんな軍人に接触しているうちに、マイヤーは、軍人たちの、「結果」に対する想像力に、疑問をもつようになっていた。彼等はたしかに勇敢だった。だが、彼等はその時、その時の場あたりな「必要」のしもべだった。彼等は、核兵器よりも数千倍も安上りで、しかもはじめて、航空機散布によって、核兵器同様、あるいはそれ以上の効果をあげうる細菌兵器を手に入れて、狂喜するだろう――というのは、従来の細菌は、大てい敵方にも一般にも知られているものであり、また多くの宣伝にもかかわらず、実際使用にあたって、予期されたほどの強力な効果を得られなかったからである。ペスト？　コレラ？　炭疽病にオウム病？――いや、知れたものだ。従来の医療体系が、知っているようなものは……。

しかし、これはちがっていた。大気圏外よりもたらされた、この悪魔の子は……

マイヤーは、いつの間にか、拳を血の出るほどかみしめていた。――さっき、ついに心中の秘密の圧力にたえかねて、伯父に――よりによって国防省情報局の要職にある、コチコチの保守的軍人に上司にさえあかしていない秘密の一端をもらしてしまったことが、彼の中の冷たい恐怖をともなう懊悩の波となって、くりかえしおしよせていた。

どうなるだろう？　伯父は副所長に話すだろうか？　副所長はどううけとるだろう？――副所長は、冷徹な神経の持ち主で、学者というよりはぬけ目のない官吏といったタイプだ。結果に対する想像力より、実際的――つまり軍事的効果に対するカンの方が鋭くはたらく。研究所のマネージャーとして、点数をかせぐチャンスは何一つ見のがさない。

するとやはり、興奮のあまりとりかえしのつかないことをしてしまったろうか?——彼だけがその効果について知っているうちなら、まだ一切を彼の手のうちでにぎりつぶしてしまうことも可能だったろう。しかし、口をすべらしてしまった今は——あの鼻のきく副所長が、このままだまって見すごすわけはあるまい。

マイヤーは、立ち上ると、檻の中の獣のようにいらいらと室内を歩きまわりはじめた。それからいきなりデスクにとびつくと、追いつめられたものに特有の、神経的な動作で、抽出しをあけ、数字と記号をかきちらしたメモをとり出し、計算をはじめようとした。だが、二つ三つ数字を書いただけで、ピシッと鉛筆を折ってしまった。何度やってもおなじことだ! 何度やっても……かけあわされ、割られ、あみあげられて行く数字を骨組みとしてふくれ上って行く怪物のイメージ——彼は問題のありとあらゆる側面を、もうとっくの昔に検討しつくしてしまっていた。全世界の防疫関係の能力、伝染スピード、そうならないかも知れないあらゆる可能性、人知れずあつめた、社会防疫関係の一切のデータや、伝染病蔓延の歴史やその関係の連中——つまり細菌戦の戦略的実施の専門家や、公衆衛生の専門家から、それとなくきき出したいろいろなファクターを累積してみて、彼ははっきりと、「結果」についての確率的予想をたてることができた。——病源体は、それ自体のもっている毒性以外のさまざまな要素によって、はじめて社会的問題になる。まずその病源体が、まだどこでも知られていないこと。したがって早期発見が困難であること、伝染経路がわかりにくいこと、今まで知られている治療薬が、きかないこと――増殖力が強いこと、それが疾患をひきおこす身体器官がきわめて重大なものであること――RU三〇〇系列は、このすべてにわたって「危険」だった。――おれはあまりにペシミストだろうか？　とマイヤーは何百回となく、自分に反問してみた。自分だけが、そのおそるべき性質を知っているという心中の重圧から、あまりにビクビクしすぎているだろうか？――だが、くみあわさったいろんな要素が、いっぺんに最悪の状態をとる可能性は、あまりに多かった。いや、いっぺんに、すべてのファクターが最悪の状態にならなくても、そのうちわずか一つが、ひょいと足をふみはずしたら、――他の要素は次から次へと将棋だおしに……。

「イギリスも同じものをつくっている可能性がある……」と伯父はいっていた。「ソ連だって……」

　してみると、今は危険が三倍になっているかも知れないのだ。そしてどこの国も、「軍事的」秘密のベールの奥で、それをやっているとしたら……。

（何というものをつくっちまったんだ！　ああ、ほんとに何てこった！）

　マイヤーの家は代々シェイカー（クェーカーと同系列の清教徒）だったが、彼自身は今まで一度も、心の底から神を信じたことはなかった。しかし、いまはじめて、彼は神にすがり、安らぎか、決断をもとめたい気になった。――彼はデスクに肱をつき、指をくみあわせて額にあてた。だが、神の姿はかすかにも浮かんでこず、かわりに深い、底知れぬ暗黒の断崖が目に浮んだ。彼は歯をくいしばって泣き出した。

――いったい、フェルミや、アインシュタインは――と彼は泣きながら思った。――ヨーロッパから亡命してきた、これらの科学者は、政府にマンハッタン計画（原爆製造計画）をすすめた時、それが十五年後にどんな結果をおよぼすことになるか、はっきり知って、計画を推進したのだろうか？　ヒロシマ、ナガサキに第一号、第二号がおとされるとき、彼らはその「被害」について完全に正確なデテイルにわたって想像できたのだろうか？――一体これは、使用者と政治ばかりが責められるべき問題だろうか？　たしかにハイゼンベルグのいるドイツ、リュカン（ノルウェーの都市）の重水工場をおさえたドイツが、先に原爆をつくり出す可能性はあった。しかし、政府にすすめてこれをつくり上げた科学者たちは、責めをのがれることができるだろうか？　科学は常に両刃の剣であろう。しかし、こちらからすすんで軍神《マルス》の手にそれをあたえ、協力してやったことについて、学者たちは、何の懊悩も感じていないのだろうか？　闘いの原理がいかに容赦ないとはいえ、いや、だからこそ、それが実地に使用される可能性が弱まる時期まで――科学者は、それを政治の手にひきわたすのをおくらせるべきではなかったか？

今まで、マイヤーの心の中に無秩序に渦まいていたさまざまの懊悩や逡巡が、こういう形ではっきりしてくると、彼はやっと自分がいったい、何を期待し、何を待っているのかが、理解できた。――彼は、心の奥底で、この夏か秋の国連総会で米英ソ三国の主唱で締結されるはずの全面軍縮実施協定に、ひそかな、しかし熱烈な希望をかけているのだった。長い時間をかけて、右にゆれ、左にゆれてきた全面軍縮問題は、なお米国内、そして世界各国——特にフランスや中国——に根づよい反対勢力をのこすとはいえ、六〇年代のはじめのケネディ、フルシチョフ時代にソ連の提案した線に、徐々におちついて行きそうだった。そして、一九六〇年九月の第十五回国連総会でフルシチョフの提案した、あの「三段階全面軍縮案」では、第一段階の核兵器および核運搬手段の廃棄にひきつづき、第二段階で毒ガスなどの化学兵器と、細菌兵器の全面廃棄をうたっていたのを、マイヤーは心の片すみにおぼえていた。——してみれば、もし今年の秋の国連総会で全面軍縮条約がむすばれれば——このおそろしいものも、兵器としては闇へほうむられ、マイヤー自身は、現在「国家機密」の壁に一切の情報流出をはばまれている状態から解放され、このRU三〇〇系列がもつ、脅威以外のきわめて興味深い増殖とウイルス共棲のメカニズムを——地上の細菌には全然見られなかった、奇妙なメカニズムを、学会に発表することができる。それはまた、生きている細胞の中でなければ、絶対棲息できない、ウイルスという奇妙な生物が、いかにして発生してきたか、ということについて、大きな示唆をあたえることになり、マイヤーの名は、今度こそ晴れて学会で、高く評価されるだろう。

してみると、明暗のわかれ目はいわば、目前にせまっており、彼がこんなに動顚してスパイ問題にまきこまれたり、国防情報局の伯父の前であんなことを口走ったりしなければ——もうちょっと持ちこたえればよかったのだ。しかしいまはもう手おくれみたいだった。おえら方は、もう一度RU三〇〇系列に注意をむけ、報告書と実際のギャップに気づき、すぐ野外実験をと命令するかも知れない。そうなったら……マイヤーはものぐるおしい――いや、もう半分狂ったような眼つきで、あたりを見まわした。かつて、まだわかかったころ、南米で防疫業務と伝染病との闘いとに従事したことのある彼は、ことの悲惨さについて充分正確なイメージをもつことができた。黄熱病、デング熱、オウム病、天然痘、Q熱――その性質がすでによく知られ、特効薬やワクチンその他の治療法が知られている流行病でさえ、それがいったん、社会的バランスをくずした時には、どんな重大なことになるか、はっきりわかっていた。――彼の在任中でも、ボリヴィア奥地で集団発生した変型パラコレラが、発生発見より病種決定にいたるわずか一週間の間に、三つのインディオ部落を全滅させてしまい、都会地でも蔓延を喰いとめるために、世界各国から薬品やワクチンを空輸するという、大げさな作戦をとらなければならないことがあった。しかもこれ――RU三〇〇系列は……

追いつめられたようにさまよう視線が、ふとあけっぱなしになった私物抽出しにおちた時、そこに釘づけになった。さっき、メモをとり出そうとひっかきまわした時、底の方にしまってあった古い資料が上の方にとび出したのだった。――それは一九五九年八月、カナダでひらかれた第五回パグウォッシュ会議の内容を書いたパンフレットだった。一九五九年――すでに十年以上前のことだ。彼はそのパンフレットを、数年前自宅の近所で、あの不寝番《ヴイジル》の常連の、若い学生からだまってわたされ、そのままこっそりしまっておいたのだった。彼はふるえる手で、その粗末なパンフレットをつかんだ。

パグウォッシュ会議——一九五七年七月、核兵器、大量破壊兵器の脅威に対する全科学者の責任と闘いをよびかけた、ラッセル、アインシュタイン声明にこたえて、カナダのパグウォッシュで組織された会議——第一回は核エネルギー利用における放射線障害、核兵器の管理と、科学者の社会的責任について、第二回、翌年カナダのラック・ボーポート、そして第三回のウィーンの時に、科学者の人類史的責任についてのべた有名な「ウィーン宣言」……パンフレットはそれまでの経過概略説明をしたあと、特に化学・細菌兵器を中心議題にした第五回会議のことをのべていた。——そこで討論された内容は、

①世界各国でCB兵器（化学・細菌兵器）が研究されているのは、今や公然の秘密である。

②最近のCB兵器は威力を一変し、過去の知識で評価することは、きわめて危険である。微生物遺伝学、生化学、これらにもとづく感染論を基礎原理としてつくられた生物学兵器の中には、おそるべきものがある。

③たとえば、通常のものとちがった感染経路をもつものや、抗生物質に耐性をもつ病源菌はたやすくつくられる。

④M・Mカプランは、CB兵器に適するものとして、炭疽菌、ボツリヌス菌、ブルセラ菌、結核菌、野兎病菌、アデノウイルス、黄熱ウイルス、日本脳炎ウイルス、インフルエンザウイルス群、オウム病ウイルス、発疹チフスなどをあげた。

⑤CB兵器の特徴は後進国でもすぐ製造できる奇襲兵器である。
⑥したがって現在の技術的困難や、核兵器にくらべた場合はるかにおとる破壊力から
これを過小評価してはならない。植民地、後進国の独立闘争、それに対する外部からの干渉、後進国内の紛争等に、現在でも使用される可能性はないと断言できぬ。
⑦しかもCB兵器は、大量生産できるので安価である。散布が有効なら、その効果は
絶大だと思われる。

そしてこのあとに、参加科学者たちの名において提案された二つの項目が、肉太のゴシック体で大きく印刷されていた。

一、生物、化学兵器の使用禁止を規定する国際協定をすみやかに結ぶこと。
二、微生物学、毒物学、薬剤学、化学、生物学などの研究の機密を廃止し、その平和的管理をすること。

――パンフレットの要所要所には、マイヤー自身の手によってアンダーラインがひかれ、紙面の余白に、これもマイヤー自身の手でこう書きこまれてあった。

「君たちは、政治の実体を知らない、センチメンタルな理想主義者だ！」

マイヤーはその色あせたインクの文字をじっと見つめた。十年前！――十年前に、す

でに科学者は、未知のおそろしい生物兵器が誕生し得る可能性を予見していたのだ。それから十年――年々ふえて行く予算と、一方でその後爆発的に発展した分子生物学、遺伝学の理論をかたっぱしからとりいれて――突然マイヤーは、RU三〇〇系列の秘密といっても、所詮は巨大な組織の中の自分のせまいセクション内でのみの発見にすぎないことを感じた。巨大な軍の研究組織の中で――一部分の比較的重要でないポストにいる彼には知らされない、もっとたくさんの、おそるべき発見がなされているかも知れないのだ。いや、一層厳重で一層巨大な国際政治の秘密の壁のむこうで、全世界にわたって、次々と……

マイヤーは思わず口をおさえた。はげしい嘔吐がこみあげてきたのだ。どうしようもない発作が胸もとにつき上げ、彼は思わず屑籠の上にかがみこんだ。――発作がおさまると、急に決心がついたような気がした。彼はそのパンフレットをとりあげると、じっとながめ、それを小さくこなごなにひきさいて、屑籠にすてた。指先がかすかにふるえていた。それからつみあげられたノート類の中から、わざと無雑作においてある茶色の手ずれしたスエード皮表紙のついたルーズリーフホルダーを一冊とりあげて、それを開いた。――前の方にはありきたりの研究メモが書いてあり、あとの方に反対側から、乱雑な数字や、彼にだけわかる略号でRU三〇〇系列のデータが書いてあった。そのノートを持つと、彼は立ち上った。休暇旅行に、カナダへ行こう。――今、パグウォッシュで、十×回パグウォッシュ会議が開催中であることは、今朝の新聞の片隅で知っていた。

そして彼は、自分が四年前書いたような、「センチメンタルな理想主義者」になろうと決意していることをさとった。

その時、ドアがノックされた。

マイヤーはハッとしてルーズリーフを閉じると、神経質にどなった。

「誰だ？」

「副所長がおよびです」——警備主任のクインランの声だった。マイヤーはまっさおになった。——なぜ、警備主任をよこしたのか？　なぜ簡単にフォーンでよび出さず……。彼は事態がわからぬままに、とっさにルーズリーフの後の部分をホルダーからはずし、四つにおって内ポケットにいれた。——かさばってゴワゴワした。

ドアの外では、鈍重そうな小さな眼をした大男のクインラン大尉が立っていた。マイヤーはわざと何の用かたずねなかった。副所長の部屋へ行くと、すでに伯父のF—中佐の姿はなく、副所長が、あいそのいい笑いをうかべて待っていた。

「やあ、マイヤー……」と副所長は気味悪いぐらい、あいそよくいった。「いま、伯父御とも話したんだが、やっぱりたった今から休暇をとりたまえ。——これは命令だ。休養命令だよ」

「今から？」

「ああ……」副所長はクインランの顔をチラと見た。「その前に——これも命令だ。陸軍病院にいって健康診断をうけたまえ」

「私はどこも悪くないです」マイヤーはいった。「こないだここで、診断してもらった所です。インフルエンザのワクチンもうってもらったし……」

「神経の疲れは――君がノイローゼだとはいわんよ――思いがけない事故をおこすこともあるのは、君も医者だから知ってるだろう。精密検査をうけたまえ」

マイヤーは、ツルリとした顔に微笑をうかべている副所長と、むっつりと眠そうな顔をしている警備主任の顔を見くらべた。――彼には何かが理解できた。さっき伯父に興奮してしゃべったことが、どんな結果をよぼうとしているかが……。

「わかりました」と彼はいった。「着替えてきます」

彼が室外へ出ると警備主任は室内へのこった。――しかし、廊下のむこうから、さりげない顔つきで、警備員の一人が同じ方向へ歩き出した。トイレへはいろうとすると、偶然のような顔つきをして、別の警備員がはいってきた。

「やあ、マイヤー先生……」とその警備員はとぼけた顔でいった。「今年の陸軍《アーミー》と海軍《ネイヴィ》のフットボール試合は、とりやめになるかも知れませんぜ。どちらもタックルとウィングがかぜで半死になんですとさ」

そんなチャランポランにかまわず、マイヤーは便所にはいってドアをしめた。水を流して音をきかれないようにしながら、彼ははずしてきたルーズリーフを、パイプにつまらない程度にこまかく裂き、何度にもわけて水に流した。――出てくると、洗面台の鏡にむかって、警備員が妙な顔をしていた。

「下痢気味でね」とマイヤーは、わざと快活にいった。

二人の警備員に両側をはさまれ、車ではこばれながら、マイヤーはぐったりして、もう自分が死んでしまったような感覚におそわれた。ものうい眼で、すぎて行く明るい初夏の街路の風景をながめていると、ふとその風景の異様さに気がついた。

病院まで、さして遠からぬ距離をはこばれて行く間に、白塗りの救急車が二台もサイレンをならして通りすぎた。病院車が戸口にとまり白布をかけた担架が、ハンカチで顔をおおった家族の間からはこび出される光景を三つも目撃した。交通事故も二件以上あった。――陽ざしのみは例年とかわらぬのに、その光景は何か異常だった。

「このごろはやたらと事故が多いな」と警備員は運転手にいった。「陽気のせいかな」

マイヤーの件は、結局問題にならずじまいだった。というのは、リーガン副所長が、翌日何の前ぶれもなしにポックリ自宅の化粧室で死に、F―中佐も、インフルエンザが悪化して気管支肺炎になり、そのまま五日後に息をひきとったからである。

ワシントンDC、ホワイトハウス

マイヤーが陸軍病院へつれ去られたころ――大統領は、深刻な顔つきで、国防長官の報告をうけていた。財務長官が同席して、同じような深刻な表情をしていた。〝チベット かぜ〟の威力は、予想外に深刻な打撃を、国防関係にもたらしつつあった。陸海軍の常備兵力の、すでに五分の一が、インフルエンザのために戦闘不能におちいっている。ワクチン製造は、全然間にあわない。――今までストックの全然ない〝新種〟ウイルスであること、ワクチン力価が低いため、通常の三倍量を必要とし、またアレルギーを起こしやすいこと……。

「衛生部隊の能力だけでは、とても拡大を防ぎきれません」国防長官は深刻な顔をしていった。

「ワクチン製造能力も、軍関係の施設だけではとても間にあわないのです。一部、公衆衛生局や大学関係にも委託しているのですが、――例の仮性鶏ペストのおかげで、卵がまるきりだめですし、……」

「その点も深刻だな」と財務長官が口をはさんだ。「養鶏、七面鳥業者に、臨時補助費や防疫特別費を出してやらないと、夏までに全米養鶏業者の四〇パーセントが倒産においこまれそうだよ。――それでなくたって、今の産業界の状態では、猛烈なインフレはさけられんね」

「ここで一つ、ぜひ、国防関係のワクチン確保に、特別措置をおねがいしたいのです」国防長官は、ひざをのり出すようにしていった。「ここに国内全部の、ワクチン製造所のリストをもって来ているのですが、このうちの、これだけを、国防関係にふりむけていただければ……」

大統領は財務長官と顔を見あわせた。――それは全米の大学、民間、公立をあわせた、全ワクチン製造施設の半分以上を示していた。

「いや、長官……」と大統領は苦しげにいった。「それはちょっと無理じゃないかな。……私は、国防関係ももちろんだが、全アメリカ国民の生命財産について責任がある。民間産業、交通機関のうけつつある打撃は大変なものだ。特に小学校の児童が——集団休校にはいった学校はいくつあるか、数もおぼえられないくらいだ。特に十歳未満の幼児の死亡率が高いし、全米の母親や子供たちから、私の所に陳情書が山と来ている。〝大統領さま、ぼくたちにワクチンをください〟とね……」

「しかし、これは感傷どころではありません」国防長官は必死のおももちでいった。「考えてください。陸上海上の兵力は、まだ何とかおぎないもつけば、ある程度、無理もききます。しかし空軍のパイロットはどうします?」

大統領はこめかみをおさえた。

「熱が七度以上あれば、ジェット機にはのれません。このあいだ直接おききになったでしょうが、北米防空司令官は、防空組織や警戒組織の正常運営が、このままでは、今週中にたもてなくなると報告しています。常時出動態勢にある爆撃機は、来週中に半分になるだろうとさえいっています。その他の整備や陸上勤務関係のうけつつある損害は、現在すでに危険な状態に達しています。——ほんとうなんですよ、大統領。ミサイル迎撃システムや報復攻撃システムについている連中の、精神緊張を考えれば、インフルエンザによる身体コンディションの悪化が、どんな偶発事故を起こすかわかりません」

それは大統領も考えていたことだった。——彼は、ホワイトハウスの地下九階の特別シェルター内にある、赤いスイッチのことを考えた。そのスイッチは、対ソ強硬論者の前大統領の時つけられたもので、ちょっと見た所はわからない、壁面パネルの、隠しポケットの中にとりつけられてあった。——軍縮論者である現大統領にとっては、胸くそ悪いしろもので、在任中、「政治的に」とりはずしてしまおうと思っていた。全面軍縮協定さえできれば……。しかし、防衛体制が協定締結前に危険に瀕したとなれば、いやでもそのことを思い出さずにいられなかった。——毒ガス、その他宇宙からの奇襲攻撃による、防衛システムの人員損失に対する、全自動報復攻撃システムへの切り替えスイッチ。

「おとつい、私の方へ報告がありました」と国防長官はつづけた。「アラスカの、ある重要なレーダー基地で、一週間に勤務員二十三名が重篤状態におちいり、四名が死亡しました。——実質的にその基地は、機能を停止しています。——こんな状態が、あらゆる方面で、おそろしいスピードでひろがりつつあります。予備役召集も、民間の蔓延状態を考えれば、まもなく限度に達します。ここは一つぜひ緊急措置をとっていただかないと……」

「統参議長が、だいぶ脅迫したそうだね」と財務長官がいった。

「その脅迫もおとついからやんでるよ」国防長官は苦笑した。「とうとう統参議長自身がねこんじまったんだ」

「世界各国の状態はどうなんだろう?」と、大統領はいった。「国務長官がねこんでしまってから、どうも正確な報告がつかめない。新聞の外電も、このごろは調子がおかしい……」

「私の知っているかぎりでは、〝チベットかぜ〟は全世界を制圧してますね」と財務長官はいった。「特にひどい状態におちいりつつある所は、東南アジア、インド、中近東です。これは発生地に近いから、他の地域より最盛期に達するのが早いでしょうね。――それにつぐのが中国本土をふくむ極東地域、それからアフリカが、海縁部から奥地へむかって、今むしばまれつつある最中です。ヨーロッパはアメリカとほとんど同じ状態です。ロシアも、ヨーロッパからと、黒海、カスピ海方面からとアジアの沿海州、ウランバートル地方と四方から侵入をうけています。中南米は、ようやくはげしくなり出した所ですから、見てごらんなさい。うんとひどいことになります」

「オーストラリアは?」

「十年ほど前のアジアかぜの時は、あそこの防禦作戦は完璧だったが、今度はそうは行かなかったようですな。ニュージーランドとほとんど同時に都市部と奥地と両方で発生しています。マオリの一支族が全滅したそうです……」

大統領のデスクの上で、テレビ電話の呼び出しブザーがなった。

「マックリーン上院副議長からです」と秘書のミセス・メイプルがいった。――大統領はスイッチをいれた。白髪頭のマックリーン副議長は、ブラウン管にうつったとたんに、はげしくせきこんだ。

「ジョージ……」と大統領はいった。「電話ごしにかぜをうつさないでくれよな。さいわい、ワクチンのおかげで、私はまだ無事なんだから……」

「ワクチンなら、わしもうったさ」副議長はハンカチで鼻をふきながらいった。「ええ、畜生め！　うったって何にもならん。業者が水でうすめているんじゃないか？」

「遺憾ながら、今度のワクチンは、三倍量を三回にわけて接種しなきゃ効果はないんだ」大統領はクスッと笑った。「三回やったか？」

「医者は何とかいいよったが、わしは注射なんて一回でたくさんだ。祖母以来の秘伝のかぜ薬をもちいとる」

「玉子酒だろう？」

「どうしてわかった？」と副議長は眼をむいた。

「いいから用件は？」と大統領はいった。「ワクチンの大量生産命令はもう出してある。国防長官がむしりとりに来ているが、少し待ってもらうつもりだ。——公共建築物の臨時病棟転用はスムーズにいってるか？」

「要入院患者に対して病院の数はまだまだたらん。——おまけに今度は医者の数が足らなくなってきた。医者や看護婦でも、やっぱりかぜはひくからな」マックリーン副議長はしかめっつらでうなった。——彼は先週できた、上院インフルエンザ対策特別委員長をやっていた。ＷＨＯの声明に対して、すかさず行政的な対策を講じたのは、アメリカが一番早かった。にもかかわらず、こんな状態なのだ。

「それよりな、リチャードソン──」と副議長はいった。「ロックフェラー研究所から、内密の知らせがあったんだが、むこうの学者たちは、はやっているのはインフルエンザだけじゃないかも知れんといい出しとるぞ」

「ポリオか？」

「ちがうらしい。──統計的に見て、死亡率があまりに高すぎるというんだ。すでに罹病者の死亡率は二〇パーセントの大台をこえとる。しかし、これと同時に、まだかかっていない奴、かかっても、とても死ぬ所まで行かない奴まで死んでいて、そっちの方の死亡率もバカにならんといっているんだ」

大統領は眉をひそめた。

「どういうことだ？──今度のかぜは、クループ性の悪性肺炎をおこしやすいとはきいていたが……」

「それだけではないらしいと、学者や医者たちはいい出しとる。──心臓麻痺様症状がやたらにふえ出しているのを見ると、どうやら〝チベットかぜ〟にかくれて、もう一つの、まったく新しい伝染病が……」

その時、テレビ電話の横の緊急電話がなった。

「ジョージ……すまないが、その話はあとできかせてくれ。緊急電話だ」

テレビ電話を切って、かかってきた電話を耳にあてると、大統領の表情はみるみるけわしくなった。「なんだって！——そんなバカなことが許せるか！」と大統領はどなった。「すぐ州知事を呼びたまえ！——今いなければ、かえったらすぐ！　そんなことは絶対ゆるさんと、秘書にいえ。場合によれば軍隊を出動させる、とな」

ガチャリと電話をたたきつけると、大統領は苦虫をかみつぶしそうにいった。

「アラバマで黒人の暴動がおこりかけている」

「なぜ？」と財務長官。

「州政府が、ワクチン接種の差別をしたというんだ。——州兵が出動して、保健所の前から黒人をおっぱらい、発砲した」

「絶対量がたらないんですよ」と国防長官がいった。

「かといって、黒人を差別することはゆるさん」

「大統領……」と財務長官は冷静な口調でいった。「どうやら、もう一段、処置をすすめなくてはならんようだね」

「ああ……」と大統領は長官の顔をじっと見た。「国防長官、すぐ統参副議長をよんでくれたまえ。もしこられたら、統参本部議長にも出席してもらいたい。場合によっては、戒厳令も……」

「陸軍細菌戦特別部隊は、戦時防疫作戦の特殊訓練もしてるんじゃないかね？」財務長官は国防長官にいった。「攻撃するばかりでなく、された場合の戦略も、考えてあるんだろう？」

「だが、それを発動すると、大げさなことになるよ」国防長官はいった。「大統領特別命令がなければ――それに、患者の強制的隔離をはじめるとなると……」

また電話がけたたましくなりはじめる。――中央情報局《シー・アイ・エー》長官からの直通電話だ。大統領はおそろしいものを見つめるように、それを一べつし、やおらとりあげた。

「私だ。リチャードソンだ。――えっ？」

大統領の顔色はみるみる青ざめた。

「本当か？　ソ連大使館の動きは？　面会謝絶？――ヨーロッパは？」

二人の要人は、息をのんで大統領の顔を見つめた。

「わかった――ひきつづき確かめてみてくれ。もし本当だったら……」

そういいかけて、大統領は、いきなりボタンをきりかえた。

「クレムリン直通のテレックスで、照会してくれ。宛名は――ゴドノフ副首相、発信人は私の名前、至急……」

そう別の所へよびかけながら、大統領は横の二人に口早にいった。

「サリヴァンが知らせてよこした。未確認情報だが、ソ連首相が今朝、インフルエンザのため、療養地で死んだそうだ」

「ソ連首相が？」と国防長官は叫んだ。

「わからんぜ。フルシチョフだって、一度西ドイツの偽情報で、殺されたことがある」

「だが今度は、本当に様子がおかしい。それに――」と大統領はいって、電話にかえった。「クレムリン応答なし？　発信信号に、こたえない？　よし、よびつづけろ」

電話をおくと、大統領はぐったりと疲れきったように、椅子の背にもたれた。

「なんてこった！」というつぶやきがその口から弱々しくもれた。「アメリカ十年の理想が――全世界百年の理想が、達成一歩手前になって、またもや一頓挫か！」

「弱気を出すな」と財務長官はいった。「むこうだって、独裁時代はとっくの昔におわりを告げたし、集団指導になってから歴史も長いからな。後継者のゴドノフはうまく調子をあわせてくれるだろう」

「何ともいえん」と大統領は顔をおおっていった。「ゴドノフは、スターリン派や大陸中国とくさい仲だともいうしな――首相ならともかく、彼はちょっと得体の知れん男だ」

「それに……」と国防長官はいった。「このペストみたいなかぜは、国際政局の緊張を高める方に動かすかも知れませんな。――秋の国連総会は、どうなるかわかりませんよ」

「ミセス・メイプル……」大統領はインターフォンに力なくいった。「パリの副大統領に電話して、至急かえってくるようにつたえてくれないか？」

「たしかに、ゴドノフでは、また勝手がちがうかも知れんな」と財務長官もつぶやいた。

「あとわずか四か月のことだのに――ひょっとするとまた軍縮協定はおながれかな」

「たかがインフルエンザのために、か？」と大統領は吐きすてるようにいった。

2　イギリス

ロンドン

陸軍省の一室に、ひょろ長いやせこけた老人と、小肥りの中年の男が坐っていた。たれ下ったひげをはやした老人の方は、黒い上衣に縞のズボン、黒い帽子をかぶり、こうもり傘をもった、典型的な英国型紳士。中年男の方は、ゆるいカラーにネクタイをゆるくしめ、ちょっと垢じみたシャツにツイードの服——老人の方は、英国陸軍細菌戦研究所長のアーサー・E・リンドネル卿、もう一人は、P—5とよばれる新設特別研究部の部長ジェイムズ・ランドン博士。

ドアがあいて、恰幅のいい陸軍大臣のクローニン卿が、風采のあがらぬ小男をつれてはいってくる。

「スタンリイ・グレイ少佐……」と、大臣は小男を紹介する。「リンドネル卿とランドン博士だ——グレイ少佐は陸軍情報局所属で、例のカールスキイ教授のことであなたたちにたずねたいことがある、といっている」

グレイ少佐とよばれた小男は、名の通り、上から下まで灰色《グレイ》ずくめの服装だった。左手をちょっとかくすような身ぶりをするが、よく見ると中指の先が少しかけている。

「自殺したグレゴール・カールスキイ教授のことですが……」グレイは抑揚のない声で、すぐしゃべり出した。

「彼のことなら、もう何回も話した」リンドネル所長が気むずかしげにいう。「彼は休暇中、ブライトンの義姉の家で自殺した。——休暇は、彼が非常に精神的に疲労し、神経がまいりかけているらしいとランドンから報告があったので、わしが許可した。自殺もそのためだろう。――前にも似たような例が二つばかりある」

「その前の二つの場合も遺書はありませんでしたか？」

「一人は意味不明の、若僧のたわ言みたいなことを書きちらして死んだ。一人は夜中によっぱらってわしの自宅へ電話をかけてきて、こういいよった。〝リンドネル、おれは今から、自分の頭《どたま》をぶちぬくぜ……〟」

リンドネル卿は苦い顔をした。

「自殺する人間はきちがいだ。――そいつもジンできちがいになっとったろう。アメリカの百姓みたいな汚い言葉でさんざんわしに毒づきおった。卿《サー》もつけずに……わしはだからいってやった。〝いいよ、ピーター、やりたければ早くやりなさい……〟」

大臣は苦いようなおかしいような顔をして横をむいた。

「ランドン博士は、カールスキイ教授の直接の上司ですね」グレイは鉾先をかえた。

「上司といっても同僚みたいなものですな」ランドン博士は、大きな子供みたいな眼をしばたたいた。「われわれは協力して、その――新しい研究グループをつくったのです」

「非常に重要な研究ですか？」

「重要でないものなどないね」リンドネル卿がふきげんにいった。「君は研究所警備保安部の出した報告書をよんだかね？」

「よみました」グレイ少佐はしんぼう強くいった。「その上で、ランドン博士に、もう少しくわしいことをおききしたいと思いまして――、つまり、多少は専門的なことを……」

「私たちのグループP―5の仕事は……」ランドン博士は、きがねするようにチラとリンドネル卿の顔をうかがいながらいった。「重要といえば重要、危険といえば危険です。なぜなら――われわれの仕事は、海のものとも山のものともわからない、何万種類という病原体の中から、まったくあたらしい、効果のあるものを見つけ出す。いや、つくり出すことだからです」

「つまり、宝さがしですな」

「それほどのものじゃありませんがね――実際はもっと整理されています。とにかく最近の学界では、感染理論や遺伝理論がうんとすすんでますからね。それに癌《がん》理論も……」

「癌？」グレイ少佐は、さすがにショックをうけたようだった。「癌の研究が、細菌戦に役立つんですか？」

「あたらしい医学の理論で、役に立たないものはありませんよ」ランドン博士は、無邪気な笑い顔をうかべた。「ある一つの病気の原因がつきとめられると、それはなおす方にも、むろんつかえるが、同時にその病気を起させる方にもつかえるんです。これは当り前の話で病理学は、常に人工的にある病気を起させることによって、原因をつきとめてきたんですからね。――特にわれわれの方では、新しい理論を尊重します。新しければ新しいほど――つまり臨床的に、特効薬も、また特効薬やワクチンの量産体制もできていない病気で、かつ一般の病院や開業医が、診断したり、治療したりするのになれていないほど——その病気が、めあたらしくて、病因をつきとめるのに時間がかかればかかるほど——戦略的細菌兵器《ストラテジイック・バイオロジカル・ウイポン》は有効だということになります。たとえば、今すでに実用試験段階にはいっている改良種細菌で、ふつうの診断では、急性胃カタルや胃潰瘍としか考えられないような症状を起こす細菌があります。ところが、この細菌は——強い伝染性をもっていて、死亡率は六〇パーセントなんですよ」

「しかし、癌研究がねえ……」グレイ少佐はかさねて溜息をついた。「世界中が、人類最後の不治の病気として癌の治療法発見に血まなこになっているのに」

「まあ、完全軍縮が実現したら、われわれの研究所の研究成果も、大いにその方面に役に立つでしょうな」ランドン博士は愉快そうにいった。「ところが、今の状態じゃ、まだそうはゆきませんな。あなたたちのおかげですよ。われわれの研究は、一切、秘中の秘、つまり軍事機密ですからね。——現に非常に効率のいい癌治療の方法を発見してるんですが——これは軍の研究の目的からはなれた副次的発見ですし、新種細菌兵器の、きわめて重要な特質とからんでくるんで、全然発表できないんです。——まあ、国防のためだからしかたありませんが……」

「癌の研究が、どんな生物学作戦に役だつのかね？」今度は興味をもったらしい大臣が口をはさんだ。

「〝核酸兵器〟ですよ、閣下……」ランドン博士はちょっと専門家的な優越感ののぞく口調でいった。——新しい成果を、人にしゃべりたくてしかたがないという調子だ。

「癌は長い間原因不明で、細胞変異説と病源体説とが対立していました。つまり、細胞組織自体が突然、悪性の、身体組織に対して破壊的であるような細胞に変異して、増殖をはじめるという説と、癌は未知の病源体、たとえばウイルスの感染によって、細胞に変異が起るという説です。――動物には、ポリオーマウイルスとか、ラウス肉腫ウイルスというやつを感染させて、ガンをつくることができたが、人間にガンをつくるウイルスはどうしても見つからなかった。もっともSV40ってサルにつくウイルスは、人工培養した人間の副腎細胞にはガンをつくるんですがね――ガンというやつは、いったんできちまうと、絶対になおらないから、人体実験はできませんしね……」ランドン博士はちょっと唇をしめした。「一方核酸――つまりウイルスの芯になってる遺伝物質は、単なる化学物質で、結晶までつくるくせに、こいつを生きた細菌に感染させると、ウイルス性疾患を起し、どしどし新しい〝生きた〟ウイルスをつくり出すことは、古くから知られてます。つまり核酸だけでも――というのは、ウイルスというやつは、〝生きた〟状態で保存するのはむずかしいんで、生細胞の中で増殖してないと、それだけじゃすぐ死んじまいますからね。死んじまったら、核酸も破壊されて感染能力を失います――充分に生物兵器の役をするわけです。化学的毒物というやつは、常に致死量という一定の量を必要とし、しかも効果は持続しません。たとえば、現在米ソはじめ各国が、制式兵器に採用している毒ガスのGガスや、フレンチ・カーバメイトは、即効性という点では、空気一立方メートルあたり百ミリグラムで、三十秒間ふれれば百パーセント死亡するという具合に猛烈ですが、伝染性つまり効果波及がない。これにひきかえ核酸というやつは――密封された小壜の中にはいった、数オンスのサラサラした美しい結晶が、もし生物体に感染した場合、生体細胞自身が、病気にかかって破壊されながら、同時に無限に病源ウィルスを増殖させて行くのです。つまり核酸とは、〝自己増殖する化学的毒物〟です」

　部屋の中は、なんとなく、いやな、じっとりした空気にみちてきた。ランドン博士の、どちらかといえば高い、キンキン声の陽気なおしゃべりが、その陰鬱な雰囲気をよけいきわだたせているようだったが、当の博士はちっともそれに気がつかないらしかった。それがこの場の雰囲気をグロテスクにちかいものにしていた。――リンドネル卿はふきげんそうにグイと唇の両端をひきさげ、グレイ少佐は、わかったのかわからないのか、鉛の玉のような、にぶい、表情のない眼をじっとランドン博士の口もとにそそいでいた。――ひょっとしたら、このランドンという男は、どこかに精神的欠陥があるのじゃないかな、と大臣はたのしそうにさえずっている博士の横顔を見つめながらふと思った。大量殺りくのための、それもじめじめした陰惨な仕事――マクベスに出てくる妖婆《ヘカテ》のように、ありとあらゆる呪われた、きたならしくもおぞましいものをよせあつめて、ぐつぐつと毒液を煮る仕事を長年やっていたために、こういう欠陥をもつようになったのか（陸軍大臣は、第二次大戦中、毒ガス製造にちょっと関係したことがあり、秘密工場の現場主任の一人が、おそろしく陽気な気ちがいになってしまった例を知っていた）、それとも、ある種の欠陥がもともとあるが故に、こんな仕事にたえられるのか……。

「ああ、カールスキイ！――まったく惜しい男を失ったもんですな！」ランドン博士は突然大げさにうめいた。「こういうことにかけちゃ、彼は第一人者だったが……」

「カールスキイ教授は、そちらの方の研究をやっていたんですか？」グレイ少佐の眼が、にぶく光った。

「そう、そうなんです。彼は、マックスプランク研究所で、ルドウィッヒ・ライゼナウって有名な分子遺伝学の学者――彼は四年ほど前、ウィーンで行方不明になっちまったんですが――の研究助手をしてたころから、非常な天才をうたわれてたんですが……彼がもし、平和な仕事をつづけていたら、きっとノーベル賞ものでしょうな」

「それでカールスキイ教授の研究とは？」

「彼はライゼナウのもとで、癌染色体の研究をやってたんですが、その研究を、核酸兵器に応用したんです」ランドン博士は、またチラリとリンドネル卿の方を見た。リンドネル卿は渋面をつくって動かなかった――もっと話してもいいだろう、とランドン博士は思った。大臣立ち会いのもとだ。

「核酸兵器のただ一つの弱みは、結局そいつが、もとは水にとかせば正体のつかめない酸ではあるが、人体感染すると、もとのウイルスをつくり出しちまうってことです」ランドン博士は、かんでふくめるようにいった。「ウイルスという生体になってしまえば、これは大体性質はよく知られているし、組織培養すれば電子顕微鏡で見ることができます。病状と、電子顕微鏡で形体がわかれば、それが何のウイルスということが確定でき──まあ、いまウイルス研究は非常にすすんでいますから、いろんな病源ウイルスのワクチンも、ふだんから用意されている。病状進行度も、ある程度わかっているし、治療法もないではない。増殖率、感染経路も大体わかるから、患者が出ても隔離によって病気の流行拡大をくいとめる手もうてる。──しかしですね、ガンというやつは、ウイルスで起こされた場合でも、健康細胞がガン化したとたんに、ウイルスの姿は消えちまう場合があるんです。しかもなお、ウイルスによって起こされたガンの性質は、ずっと持続され、ウイルスの姿はいくらたってもあらわれない──しかし、X線を照射すると、またガン細胞からもとのウイルスが出てくる場合があります。こいつはルービンとテミンが、一九六三年に、ラウス肉腫ウイルスを使って成功した有名な実験がありますがね──そこで日本の京大ウイルス研のニシ教授と、カリフォルニア大学ウイルス研のフリーマンは、統計的方法によって、つい最近生体ウイルスを産出しない、核酸感染によるガン発生の仮説をたて、これがほぼたしかめられつつあります。このことは、核酸兵器にとって、どんなことを意味すると思います？」

　あとの三人は、深刻な顔つきをしながら、実はさっぱりわからないといった表情だった。

「カールスキイは、病源体、つまり生体ウイルスの形態を経ずに、増殖して行く、純粋な核酸兵器の可能性を思いついていたのです。そして、偶然、研究を命ぜられた新しい病源体から、それをつくり出してしまったのです」

「それが——」グレイ少佐が口をはさんだ。「あのMM系列とかいう細菌ですか？」

「そうです。——あれは、よく知りませんが、どこかの国から盗んで売りつけられたものだそうですね。ソ連ですか？　アメリカですか？」

「それは関係ない」と大臣がいった。

「でも、なんでも、〝宇宙から〟採集してきた菌だそうですね。——われわれの方で名づけたMM系列《シリーズ》という名も、そこに由来するんですよ。MMとはつまり、〝火星の殺人《マーシアン・マーダ》者《ラー》〟という意味です」

ふいにランドン博士はクックッと笑いはじめた。——そのしゃれが面白かったのだろうが、その笑い声はその場の空気をますます奇怪なものにした。

「あれは、大変なしろものですね。宇宙からどえらいものを見つけてきたものだ。——見たところ、何の変哲もない球菌の一種で、化膿性疾患でおなじみの、黄色ブドウ状球菌によく似ています。ところが、こいつが地上的環境では、通常のブドウ状球菌の数百倍にも相当する猛烈な増殖スピードをもっている。しかし、こいつには、二つの奇妙な性質がありました。哺乳類——われわれは実験にモルモット、ハムスター、犬、猫、サルから馬や牛までつかいましたが——の呼吸器内にはいると、ごくわずかの間に、菌自体が溶解して、影も形もなくなってしまうこと、そしてふつうのブドウ状球菌といっしょにしておくと、ふつうの菌の方も、MM系列とほとんど同じくらい、猛烈な増殖スピードをもってくること……」

ランドン博士は、ちょっと息をついた。――今は、彼自身の声音も、おそろしい秘密をうちあけるように、ひそひそ声になってきた。

「このあとの現象については、カールスキイは最初、MM系列は一種のプロファージではないかと考えました。――プロファージって、ごぞんじですか?」

大臣とグレイ少佐はかすかに首をふった。

「それじゃバクテリオファージって種類のウイルスは?――ウイルスは最大三〇〇ミリミクロン、最小二一ミリミクロンで、ふつうの細菌の平均百分の一ほどの大きさですが、このちっぽけなウイルスの中には、ふつうの細菌にとっついて、これを食べちまうものがあるんです。有名なのは大腸菌を食いつぶしてしまう、T_1〜T_2ってウイルスですが――だからこの種のウイルスは、“細菌喰い《バクテリオファージ》”ってよばれています。ところが、細菌の中には、このバクテリオファージに感染しながら、食われてしまわないで、そのまま増殖をつづけるものがあるんです。――バクテリオファージは、ちょうどスポイトみたいな恰好をしていて、ゴムのつまみにあたる大きな頭の中に、核酸という遺伝物質をもっている。これにしっぽみたいな管がついていて、管の先に突起物と長い触手みたいな糸がついている。この糸でもって、獲物の細菌をさぐりあてとっつくと、管の先の突起で細胞膜に穴をあけ、頭の中の核酸を細菌の中に注射する。――まるでクラゲの刺胞そっくりのうすきみ悪い構造ですが――このファージの核酸を注射された細菌は、突然調子がくるっちまって、周囲から猛烈に栄養物を吸収する。細菌自身の染色体が変質されて、細菌自身が自分自身の働きでファージの核酸をつくりはじめるんです。本来ならば、細菌の増殖のために行われるべき新陳代謝が、自分の子孫の新しい個体をつくり出す方向にむかわず、全然別個の侵入者、ファージの核酸をつくり出すために消費されちまうんです。そして、ファージの核酸が大量生産されると、核酸は今度は、細胞の蛋白質をどんどんつかって、核酸のまわりに、もとのファージ個体と同じスポイト型のサヤをつくってしまう。一個のファージ核酸は、細菌の中で、何百という新しいファージをつくり出し、個体維持のエネルギーと材料をうばわれた宿主細菌は、ついにバラバラに分解して死んでしまいます。――T_2ファージの場合、核酸注入から細菌を破壊して数百個の新しいファージがうまれるまで、たった十五分間です」

一度だけ、リンドネル卿が低い咳ばらいをした。――しかしランドン博士は、つかれたように早口でしゃべりつづけた。

「しかし、同じファージに感染しながら、ファージ核酸が増殖せず、細菌自体も破壊されずに、ふつうどおりに増殖していく場合があります。この場合、ファージの核酸は、細菌の染色体を分解せず、細菌自体の染色体にくみこまれてウイルスは姿をかくしてしまうんです。しかし細菌自身は、何代も増殖しながら、ファージの核酸を子々孫々にまでつたえて行くのです。この感染細菌に、何か刺激をあたえてやると――X線や紫外線を照射したり、化学薬品、たとえば発ガン物質のナイトロジェン・マスタードなどを作用させてやると、今まで健康な細菌とまったくかわりなかった細菌が、突然破壊され、数百のファージウイルスが、その細菌の中から生れてくるのです。――つまりこの細菌は、遺伝子感染の形で、ファージ再生産の因子を中にふくんでいたことになる。こういう状態の細菌を溶原菌――プロファージとよびます」

「で、ＭＭシリーズは、そのプロファージとやらだったのかね？」と大臣はきいた。

「ところが、そうじゃなかったんです」ランドン博士は眼をかがやかせていった。「ＭＭ系原種培養基を何度電子顕微鏡でしらべてもウイルスは見つかりませんでした。にもかかわらずその培養基の無細胞濾液を、地上種のふつうのブドウ状球菌の培養液にうつしてやると、球菌は突然ＭＭ系感染症状をしめして、増殖率が異常に上昇しはじめるのです。ライゼナウのもとでガンの研究もやっていたカールスキイは、これを見てすぐピンときました。ウイルスによって発生するガンの中で、一たんガンになってしまえば、感染性のウイルスは全然発生しないのに、そのガン細胞から抽出された無細胞濾液が健康細胞にガンを発生させるというケースがあるからです。――これはライゼナウが発見したＬＲ12というガン発ウイルスで見られた現象で、彼はこの現象を、〝増殖性核酸感染〟と名づけました」ランドン博士はちょっと息をいれた。「ウイルス発生説には二通りあって、ウイルスみたいに、それ自体では生存も増殖もできない、生きた細胞に寄生し、その増殖メカニズムを利用することによってはじめて存在しうるような生物は、生きた細胞がまず存在しなければ発生し得ない。つまりウイルスは、原生生物発生後、その核染色体の異常から二次的に発生したとする〝ウイルス細胞発生説〟と、もともと初期の原基生物——原始的な単細胞生物が発生した時に、平行的に一種の遺伝物質の鬼子として発生したとする〝ウイルス原生説〟と二つあるんですが、ライゼナウは前者をもとにして、あらたに〝ウイルス進化説〟という仮説をたてました。すなわち、ウイルスが生物と密接な関係をもちつづけるうちに、より進化した形態として、もはや成体ウイルスの形体を経ずに、遺伝物質の核酸だけで、増殖していくようになるのではないか、というのです。つまり、ライゼナウのウイルス進化仮説とは、〝細胞〟という生物形態から、二次的に、ウイルスという寄生生物形態が発生したとして、次の段階で、ウイルスという生物形態から、もはや生物個体としての成体形成するプロセスを経ない、核酸だけで増殖プロセスをとってゆく、第三次形態がでてくるのではないかというのです。——彼はこの仮説を五年ほど前、〝サイエンス〟誌上で、〝増殖する化学物質〟という題で発表しました。学界からは、あまり大胆すぎるというので無視されましたがね」

部屋の外で、突然陽《ひ》がかげった。——季節はあかるい、イングランドの初夏だったが、その日ばかりは天候のくずれそうな、雲と風の多い日だった。それに日ざしもすでにだいぶかたむいている。古びて武骨な感じのする陸軍省のその部屋の中は、陽が曇ると、突然たそがれのような、陰気な、濃い灰色の影にみたされ、じめじめした空気がいままでかくれていた部屋のすみや、家具のかげから、ふうっと吐き出されてくるように感じられた。ランドン博士が一人でふるう、長たらしい専門的な長広舌が、その気のめいるような重くるしい空気を、よけいに重くるしくする。

——大臣は、湿気ばらいのように、テーブルの上から金口のシガレットをつまみあげ、火をつけた。濃い、紫色のトルコ葉の煙が、部屋の中に、少しばかり乾いた熱い香りを送りこむ。

「カールスキイは、ここへくる前、ライゼナウと共同研究していたので、MM系列の奇妙な感染現象からすぐ〝ライゼナウ理論〟を思いつきました。彼は、MM系列が、単なる細菌ではなく、その染色体にプロファージの形で、もう一つのウイルス核酸を潜伏させているか、あるいは、MM系列は、一種の〝細菌ガン〟にかかっているのではないかと考えたのです。——ガンにかかった細胞は、ふつう健康な細胞よりもはるかに大きな増殖率をもっています。MM菌培養基の無菌濾液の中にも、この細菌ガンの発ガン物質がふくまれていて、よく似たふつうのブドウ状球菌もガン化させるのではないか——ガン自体にも悪性と良性とあるんですが、この場合はおそらく良性で、細菌を異常増殖させはするが、潰滅させはしないのではないか。——私とカールスキイは、なんとかMM系列をつっついて、ウイルスをとび出させようと、放射線でひっぱたいたり、薬品を作用させたり、いろいろやってみました。だけど何も出てこない。もっとも放射線の嵐にさらされている地上何百キロメートルの宇宙空間から、この菌が採集されてきたのなら、地上の放射線ぐらいじゃびくともせんでしょうが——結局MM系列からはウイルスは出てきませんでした」

グレイ少佐は辛抱づよくきいていた。——ノルマンディーで野戦病院にしばらく臨時勤務したことのある彼には、この話はむずかしいが、若干興味をひかないこともなかった。細菌の染色体の中にひっそりとかくれ、分裂増殖をともにしながら、チャンスをうかがっている陰険なウイルスのタマゴ——刺激をあたえると、突然そのタマゴがかえって、親ウイルスになり、宿主の細菌をくいころして外へとび出す——なるほど、こいつは面白い。すると……こいつを兵器に応用すれば……

「ところで、もう一つの奇妙な性質の方は、ライゼナウ理論にまったく新しい証拠をあたえることになりました。MM系列の球菌も、MM菌の分泌物に感染させられたブドウ状球菌も、どちらも哺乳類や鳥類に注射すると、最初は化膿性疾患を起す時みたいに猛烈に増殖しはじめるんですが、すぐ、あとかたもなく消えうせちまうんです。——妙でしょう？　人間の体内にはいると、MM菌は自爆して溶けちまうんですよ」

「というのは、人体内にすぐ抗体ができるということですか？」

「そんななまやさしいものじゃないんです。むろん、感染させられた生物では、血清中に、若干の抗体ができるが、それもMM菌が消えうせると抗体も消えるという妙な現象が起る。——ところで、生体内で菌がとけちまうなら、MM菌は動物に対してまったく無害だと思うでしょう。ところが——MM菌を動物に注射すると、二時間ぐらいで菌は全部消えてしまうのに、モルモットなら注射後二十四時間以内に、犬は四十八時間ないし六十時間以内に、サルは七十時間以内に六〇パーセントが突然急性心筋梗塞症状を起こして死に、のこりも急性全身マヒの症状をおこして、代謝障害で、まもなく死にます。

——つまり広範で急激な、自律神経、交感神経の障害がおこるのです。稀にはGガス——有機リン化合物と接触した時みたいに、ムスカリン症状を起しますが、大ていの場合はそれと正反対の、刺激伝導障害を起しています。しらべてみると、神経内の刺激伝導酵素アセチルコリンの生成が完全に阻害されているし、要するに、神経伝導のメカニズムがムチャクチャになっている。さらにフェリチン抗体法という方法をつかって、よくしらべてみると、神経細胞自身が、この自殺行為を行っていることがわかりました。——カールスキイはまったくうまいことをいいましたよ。〝細胞の自殺〟とはね……」

自殺という言葉をきいた時に、グレイ少佐のおもたげな眼はピクリと動いた。しかし、少佐はなおだまって、ランドン博士の饒舌にききいった。

「ところで、生物体の細胞が、それ自身の増殖メカニズムによって、一種の自殺行為を行う場合はもう一つあります——ガンが……まさにそれです。ショウプウイルス、ラウス肉腫ウイルス、ビットナーウイルスなどによって起されるウイルス性のガンは、ウイルスの核酸が、感染細胞の染色体にくみこまれて、その遺伝情報をくるわせてしまうために、健康な細胞は生体にとって命とりになる、おそろしいガン細胞に——自殺的畸型種に変貌してしまうのです。ウイルス性のガンは、そのウイルスの核酸だけでも起る。——私の申しあげたいことが、大体おわかりねがえたでしょうか？　〝火星の殺人者《マーシアン・マーダラー》〟——MM菌は、神経細胞を致命的に狂わせ、自殺細胞にかえてしまう核酸を、動物の体内にはいったとたんにその細胞内から放出するのです」

ランドン博士は、いまはさすがに自分のいったことのおそろしさにおしひしがれてか、少し青ざめて額に汗をうかべていた。

「カールスキイは、このMM菌感染症によって、同時にライゼナウの、〝核酸増殖〟理論をうらづけた恰好になりました。――MM菌感染によって死亡したハムスターの、脊髄液をとり、これを濾過し、完全にいかなるウイルスもふくまれていないことを入念にたしかめてから、無菌飼育されたハムスターに注射しました。すると、MM菌を感染させてから、菌が溶解するまでの時間を別にして、あとは完全に同じ経過で、ハムスターは感染症状をあらわしたのです――またこの液を、ふつうのブドウ状球菌の培養基の中にいれると、MM菌感染とまったく同じ、異常増殖現象を起し、この球菌をまた健康なハムスターに感染させると、MM菌同様、溶解と急性感染症状を起したのです。しかもこの間、ウイルスの姿は全然見られない。――この過程を説明しうるのは、ただ一つ、核酸だけで感染し、増殖し、発病させ得る過程があるということ……」

ランドンはやっと一息ついて、ハンカチでねっとり額に浮いた汗をふきとった。

「おわかりでしょう。MM系が、細菌兵器として、いかにおそろしいものになり得るか、同時にこれが一般に発表されれば、まったくノーベル賞ものだということが――増殖率は異常に高い。それにマイナス六十度ぐらいでも生きつづけるというひどく頑強な性質をもっています。形態もブドウ状球菌と似ているが、黄色ブドウ状球菌みたいに、抗生物質もほとんどききません。またきいた所で、人体内にはいってしまえば、みずから溶解し、消滅してしまうのだから――なぜ動物の体内にはいると消えるか、その理由はわかっていません。溶原菌《プロファージ》が刺激をうけると生体バクテリオファージを放出して、自らは分解するのと同じようなメカニズムかも知れません。感染動物の血清中に生ずる菌抗体が、その刺激のかわりをするのかも知れない――要するに急性疾患を起しても、その患部には、細菌もウィルスも発見されないのです。このまったく新しい、流行病は、その原因を見つけ出すのに、大変な時間がかかるでしょう。菌自身もまったく知られていないものだし、一見ふつうの、ごくありふれたブドウ状球菌とかわりない。それに病源体たる核酸が、菌内部にかくれており、菌に対しては異常増殖を、動物に対しては急性神経系障害を起すというようなことは、誰も知らない。――第一〝核酸増殖〟理論自体が、学界に公式にみとめられていない。ライゼナウ博士は、この理論に対する反対論があまり嘲笑的だったので、いや気がさして姿を消したといわれてるくらいですからね。――病気としては致命的で、しかもその病源体が全然一般に知られていない。感染のメカニズムも、まったく未知のものである。抗生物質はきかないし、核酸感染は血清がきかない。つまり治療法がないということになる。――こんなおそろしい病源体が、細菌兵器としてばらまかれたらどうなります？」

「どうなる？」と大臣はきいた。

「まずその国は全滅ですな」ランドン博士はこともなげにいった。「防ぎようがないんですよ。――MM菌が、こんなおそろしい性質をはっきりしめし出したのは、当研究所でやった継代培養の第八十代目、つまりMM—八〇系からで、人間の頭上約百キロの所に、いつもこんなおそろしい細菌がうろついているというわけじゃないのは、感謝すべきですな。——で、リンドネル卿の指示で、MM—八五からは、もっとその毒性を弱める研究にとりかかりました」

「弱める？」グレイ少佐はつぶやいた。

「そうなんですよ。グレイ少佐。グレン——失礼、グレイ少佐、核兵器のことを考えてください。ソ連もアメリカも、かつてベガトン級の水爆をつくりました。TNT換算十億トンです。史上最初の実戦につかわれた核兵器、ヒロシマ原爆の爆発力は二十キロトン、すなわちTNT二万トン分です。ベガトン水爆はその五万倍以上の威力をもっています。第二次大戦で使われた火薬の総量は推定五メガトン（五百万トン）です。ベガトン級一発とせば、第二次大戦で使われた、全火薬の量が、一ぺんに爆発することになるのです。——ここまで達した時に、水爆はかえって非実用的になりました。理論上、水爆はいくらでも大きなものがつくれるのに、これ以上のものは、つくられなくなりました。理由は簡単、数発の攻撃の応酬があれば、どちらの国も全滅してしまうからです。兵器というものは、あまり巨大化するとかえって非実用的です。Gガスもあまりに威力がすごいので、ノルマンディー上陸作戦の時、ドイツはこれを使うことができなかった。——風むきがちょっとかわれば、味方も全滅したからです。同じことで、MM—七九番をうかつにつかえば、地球上の人類は、全滅しかねないんでしょうな。人類のみならず、混血脊椎動物全体がね……。だからわれわれは、ナンバー八〇台から、〝実用化〟の研究にかかったんです」

「で、うまく行きましたか？」グレイ少佐は、相手に全然それと気づかせないで、話の指導権をにぎる間合をはかっていた。――ランドン博士の長広舌も、そろそろ幕切れにちかづいていた。今度はグレイ少佐が、そのおしゃべりのテンポをくずさないように、話をひき出して行く番だ。

「なかなか簡単に行きませんでしたよ」ランドン博士は目をしばたたいた。「MM―八四号は、若干威力を減じました。だけど八六号は逆に威力をましました。八七号までつくった所で、カールスキイは神経がまいっちまったんです。――まったく惜しい男を殺したもんですな。あの呪わしいMM系列のことは、まるで掌をさすようによく知っていたし、彼だけが、その危険物の本当のとりあつかい方を知っていた。――私の考えじゃ、彼はあまり知りすぎたんで神経がまいったんですな」

「なるほど……」グレイ少佐はやっときりかえす体勢になった。「で……」

「ああ、それから、MM―八七には、奇妙な性質があらわれました」ランドン博士は、あわてたようにつけ加えた。「他のウイルスとの相乗効果です。一九六三年に、日本のオオサカ大学のハナブサ夫妻と、ルービンは、ラウスウイルスの発育に第二の〝介添《かいぞえ》ウイルス〟が必要だということを発見していますが、MM―八七の核酸は、生体にある種のウイルスが感染していると、今度はそのウイルスにのって、感染して行くらしいんです。しかもその効果は単独感染より強い。そのウイルスというのは、ごくありふれたミクソウイルス群……」

「専門的なお話はそれぐらいでけっこうです」グレイ少佐は今度こそきっぱりさえぎった。「今度は二、三、こちらの質問におこたえください」

運命というのは、まことに皮肉なもので――偶然は時に髪一筋の差で、物事を右と左にわけてしまう。この時も果してそういう場合に相当するかどうかわからないが、――とにかく、辛抱に辛抱をかさねてランドン博士のいうことに耳をかたむけていたグレイ少佐が、丁度この瞬間に博士の話をさえぎったということも、あるいは不幸な偶然かも知れない。知識欲旺盛な陸軍大臣は、グレイ少佐がさえぎらなければ、次に、

「ミクソウイルス群とは、どんなものだ？」

ときこうとしていた。――もう何度ものべたように、ミクソウイルスとは、粘質多糖類に繁殖するウイルス、インフルエンザや、ニューカッスル病ウイルスがそれである。ランドン博士がそう説明すれば、グレイ少佐と大臣は、ハッと胸をつかれたにちがいない。その時、すでに全世界を吹きあれていたこの二つのウイルス性流行病を、当然この盗まれた細菌とむすびつけ、事態の重大さに気がついたかも知れないのだ。

一方、ランドン博士の方は、カールスキイ教授の死の前後の様子について、二、三きかれただけで、研究所長より一足先にかえされてしまった。――博士が意外に饒舌であることを観察したグレイ少佐は、立ちいったことをうちあけるのに、ちょっとした危惧

を感じたからだった。この童顔の、子供っぽい神経をもった男に、カールスキイに祖国を裏切る行為があったかも知れないと告げる気になれなかった。きっと気も動顛して、ひょっとしたらまずいことになるだろう。

グレイ少佐は、そのおそろしい〝MM系列〟の管理についてちょっと質問した。――ええ、そりゃもちろん、二重の意味ですごく厳重な管理をやっています。つまりこのぶっそうな細菌が、ちょっとでも外部にもれ出さないように、一方では、この研究の秘密が、これまた外部にもれないように。管理と保安から考えて、MM―八七までの八十七種の細菌の保管は完全に大丈夫でした。一番開放的なのは、実験室だったが、ここでカールスキイは、MM―八八号変異種の分離の準備をした所で、自殺してしまった。だから八八号変異種は、実験準備のノートがあるだけで、まだできていない、とランドン博士は証言した。「実用化」作業は今の所中止している……。

ここまでで、博士はかえされた。だから博士は、カールスキイ教授によって、MM菌が盗まれたかも知れない、などということは、露ほども考えなかった。ここでもまた、チベットかぜ及びニューカッスル病の大流行と、MM菌がかさなりあうという恐ろしい事態を考えるチャンスは失われた。所長は――リンドネル卿は、学者としては無能で、第一次大戦に軍医として、ドイツ軍の〝ゲルベゾルテ〟――塩素ガスにやられた患者を見たことがあり、一九一六年、ブカレストのドイツ公使館の庭にうめてあったのを発見された炭疽菌の鑑定をやったという経歴があるぐらいで、最近の新しい微生物理論にはついて行けず、むしろ細菌戦略家として、軍研究所の管理者として、有能だった。それに彼はすでに老人で、十九世紀的な英国保守階層の偏狭さに鼻をつっこみすぎ、新しい世界に対する表象を完全に欠いていた。——彼はただ、あらかじめ知らされていた若い部下の破廉恥な裏切り行為と、その同僚の、威厳のないセールスマンのような喋り方に、ひどく腹をたてていたばかりだった。

「ひどいしろものらしいな、アーサー」ランドン博士が、むしろ一足先に解放されたのがうれしそうな顔つきで出て行くと、大臣は、幼なじみにクリスチャンネームではなしかけた。「それに、あの男も相当ひどいしろものだ。——まるでなまいきな中学生が、科学解説記事で読んだ知識をひけらかすみたいに、ベラベラしゃべりおった」

「今いる若い連中はみんなあんなものだ」リンドネル卿は吐き出すようにいった。「少しはおとならしいと思ったカールスキイは、あのざまだ」

それからグレイ少佐の方にむきなおって、かみつくような調子でいった。

「やつがスパイだという確定的な証拠はあがったのか？　ええ？」

「まだです」少佐はいった。「しかし、ほぼそうらしいということは、おぼろげながらわかって来ました。彼が死ぬ三日前、——休暇をとってポートンからまっすぐ、ブライトンの姉の所へむかったと、その時は監視の報告があったのですが、実は途中で替え玉といれかわり、尾行がまんまといっぱいくわされたらしいということがわかったんです」

「君たち陸軍情報部の連中は何をしとるんだ！」リンドネル卿は、遠慮のない声でどなる。「特別警戒をやっとる最中にそれか！」

「手が足らないんで……」とグレイ少佐はやわらかくいった。「それにその時尾行したのは、警察の方の連中でわれわれじゃありません」

「それで、尾行をまいたあと、カールスキイはどこへ行ったんだ」大臣はきいた。「すくなくとも、翌日にはブライトンにいたというじゃないか」

「いろいろききこみをやってしらべたんですが、どうやら彼は、べつの車にのってコーンウォールへ行ったらしいんです」グレイ少佐はいった。「それから、その晩はひどい雪嵐だったんですが、その晩、コーンウォールから東へむかってとびたった飛行機があったらしい、ということもわかっています。すべて、らしいです。爆音をきいたというあやふやな証言や、カールスキイらしい人間が、ロールスロイスでデヴォンシャーの方へむかったという、たよりない話や……。しかし、それらしい飛行機が東へむかってとんだということは、当夜のレーダーの記録にはのこっていません」

「彼が遺書ものこさず自殺したということは、それと関係ありそうかね？」

「あるんじゃないかと思います。彼の自殺する前日には、たしかにもう一人の男が、ブライトンの家にいました。――だけど、今となっては、その男が、教授を殺して自殺に見せかけたのかどうかということは、たしかめようもありません。彼の義理の姉は、その時留守でしたし、彼が留守中その家でくらすことは知っていたというだけで、これはもう、モウロクした婦人で、どうということもありません。それに――今は彼女もチベットかぜで死んじまいましたし……」

「それでどうだというんだ?」リンドネル卿はいらいらといった。「結局彼はスパイだったのか、そうではないのか?」

「そうだった可能性が強いという所ですね」グレイ少佐は熱のない口調でいった。「彼がコーンウォールへ行ってかえった当夜、アルプスのイタリア側で墜落した国籍不明機があったということ、それからこいつは海外情報部の連中からきき出したんですが、翌日未明、トルコのアンカラとイスタンブールで、アメリカの諜報部の連中が、何かを待ちうけていたらしいということ、その連中と、職業スパイの一味の間にちょっともめ事があったということ――これだけのよせ集めの事実を、つなごうとおもえばつなげます。しかし決定的な証拠は何もない」

「それだけのことをしらべるのに三か月もかかったのか?」リンドネル卿は鋭い皮肉をこめていう。「それでは、MI6の連中によく出しぬかれるのは無理はないな」

おだやかなグレイ少佐の顔に、ちょっと赤味がさす。しかし彼は、すくなくとも、表面上は、自制心のかたまりみたいな男だった。

「そうばかりはいえないようです。われわれだって、仕事の重点のおき方がありますからね。少くとも、仲介業者と海外情報部の連中の取引きをアタックしてうまくあのMMとかいうアメリカの細菌をまきあげたのは、われわれのやった事で、この点ではMI6に点を貸したんですからね――その同じ細菌が、今度はまた別のスパイにやられたとなると——しかもそれを買おうとしていたのが、アメリカの連中だったとしたら、これは因果の堂々めぐりですな」

「アメリカの——そうか、わしはまたフランスの連中かと思っていた」と大臣はつぶやいた。「少くとも、共産圏ではないんだな」

「そこは何ともいえません。ただ——ちょっと気がかりなのは、例のマックスプランク研究所で彼の恩師だったライゼナウは、四年前姿を消したあと、チェコのピルゼンにある化学戦研究所で、変名で細菌兵器の研究をやっていたことがわかりました。ここにつながりがあるかも知れませんが——ライゼナウも一週間ばかり前に死にましたし……」

「死んだ？」とリンドネル卿。「やっぱりかぜで？」

「そう——いや、一説によると研究中の細菌に感染したんだともいいますが——まあ、どっちでもいいことです。それからもう一つ——カールスキイの検屍をやった医師が、カールスキイが、催眠暗示か、薬物による錯乱状態で、したくもない自殺をしたという可能性をのべてますね」

「それで結局どうだというんだね？」

「つまり、カールスキイ教授はスパイだったかも知れない、——すくなくとも職業スパイにおどらされていたかも知れない、という可能性は充分ある、ということを申しあげたかったのです。——教授がそのスパイに、何か英国の細菌戦に関する重要な機密をわたしたとして、いまとなっては、その機密をうばいかえしたってしかたがありません。

それで今日は、カールスキイの研究が、国防上非常に重大なものであるかどうか、ということについて、専門的な御意見をうかがいたかったのです」

「ランドンの話をきいていると、相当なものだったな」と、大臣はいった。「もし、戦争に際して、あいつをつかわれたら大変だろう。——もっとも彼のいっていたように、効果が強すぎてまだ実用的ではない、という見解もわからんではないが……」

「いや……」リンドネル卿がさえぎった。「彼の話はわりびいてうけとる必要がある。——研究者というものは、いつでも実際的効果を誇大に考える傾向があるんだよ。所長としてのわしの見解をいわせてもらえば、MM系には、まだそれほどの威力はないと思うな。わしは実戦というものを知っとるからな。学者は紙の上で、事態をストレートに考える。しかし実際の場合は、いくつもの偶然が重なって、決してペーパープランほどの効果はあがらんものだよ。——考えて見たまえ。アメリカは朝鮮で細菌兵器をつかったが、実際の効果は、予期されたものの数パーセントしかあがらなかった。共産軍は、マッカーサーの考えたように、潰滅的な混乱などにおちいらなかったよ。たとえ彼が使いたがっていた原爆が、実際使われたところで、戦局をかえるようなことにはならなかったろう、とわしは確信しとるんだ。ランドンがいっていたように、MM—七九で人類が全滅するなんて、おとぎ話だよ——たかが細菌で、人類がほろびるなんて、空想科学小説めいたナンセンスにすぎん。わしはベガトン水爆が世界中におちたって、なお人類は生きのこり、生きのこった方が勝利者になるだろうと信じとる。——まだほんの、研究の端緒についたばかりのMM系列の意義を、それほど過大評価するのは危険だな」

この男は、本当にそう思っているのだろうか、それともスパイ事件という失態を、故意に軽いものと見せようとしているのだろうか、と大臣は考えた。しかし、いずれにしても——カールスキイが実際にスパイだったにせよ、ただのノイローゼだったにせよ——事態はもうすぎさってしまっているのだ。

「わかりました」とグレイ少佐はいった。「いずれにしても当方の申し上げたいことは、陸軍の機密は、相かわらず危機にさらされているということです。——カールスキイをスパイとは証明できないが、すくなくとも、そのうたがいは充分にあります。リンドネル卿、われわれとしても、ここまで手おくれになってしまえば、情報部の威信問題もあり、表むきカールスキイスパイ説を否定してかからざるを得ません。しかし、あなた方の方には、あなたの権限において、いっそう保安強化をおねがいしたいのです」

リンドネル卿は、しばらくそのたれさがった口ひげをひっぱりながら考えていたが、やがて、「わかった……」としわがれた声でいった。「警備を強化しよう。所員の行動の監視も、もっと強化せにゃならん。あたらしい警備システムについて、全面的に情報部の手をかりたい。それからP—5研究グループは解散させよう」

「MM系の研究をうちきるのか？」と大臣はいった。

「カールスキイがおらんP—5は、大したこともできやせん。それに室長のランドンを、——あいつは本当の政治を知らん、子供みたいな、ある意味で危険な男だから——もっとつまらん仕事に配置がえしよう。MM系の研究は、いずれ別な男にひきつがせる。——とにかくP—5は完全に組織がえしなきゃならん……」

グレイ少佐は、そろそろ会談のうちきりの潮どきが来たというように、大臣の方を見た。——彼の方にしてみれば、カールスキイ事件の舞台裏というものは、あらかたつかんでいたのだった。カールスキイがなぜ——あの潔癖な男がなぜ、国家機密をもらすような大それたことをやったか、とりひきをした職業スパイ団体は何か、その機密を、仲介スパイの手から買いとろうとしていたのは誰か、そしてそのとりひきは成功したかどうか——これらはすべて、この三か月の間に、情報部五課の手によって極く秘密にしらべあげられていた。しかも彼は、この事件を、情報部長、大臣諒承のもとに、闇にほうむるつもりだった。——陸軍情報部の失態を公表した所で、何の益もない。しかも九〇パーセントの確率で、とりひきは失敗したのだ。とすれば国防上ゆゆしい事件とも思えない。ただし、この際、二度とこういう事件が発生しないように、研究所に釘をさしておく必要がある。

「この問題については、うちの警備主任と話しあってもらう」そういいかけて、リンドネル卿は腰をあげた。「ではこれで……」

「アーサー……」大臣が、窓の外へ眼をはせながら、ポツンとつぶやくようにいった。「君の所は、まさかの時は、どういう処置をとるようになってるね？」

リンドネル卿の白い眉がはじめてぐっとせまった。——彼はグレイ少佐の顔をしばらくじっとにらみつけ、それからボソボソといった。

「われわれは、常時三十五トンのTNTとくらしている」リンドネル卿は咳ばらいした。「知っているのは警備主任と、わしと、ほかにもう二名……スイッチはわしの部屋にある」

「細菌類の処置は？」

「爆破の前に、摂氏二千度のナパームジェリーの炎がかたづけてくれるはずだ」

「それならいいが……」大臣は妙に気弱くいった。

「そういうことは、すくなくとも、こんな席できくべきではないな、リチャード……」リンドネル卿はもう一度グレイ少佐をにらんだ。

「ああ、それもそうだが……」大臣は低くつぶやいた。「アーサー――MM系の研究をうちでやっているということは、数か国にもれていると考えなきゃならん。それがどんなものか、ということも、おそらくつかまれているだろう。ランドンの話を割りびいて考えたにしても、もし万一、こいつが……外へもれて、病気がはやり出したら、えらいことになるだろうし、そうなれば、われわれは国際的なスキャンダルの焦点に立たされかねない。――ソ連がわれわれのことをすっぱぬいて、非難をあびせるかも知れん……」

「ジョセフリー・ベーコン（ジョセフリー・ベーコンは英国陸軍細菌戦研究所員で、一九六二年七月一日、肺ペストで死亡、当時スキャンダルになりかけた）のことをいっているのか？」リンドネル卿はいった。「だが、あのときは――わしはまだ研究所に関係してなかったが――新聞にはかぎつけられずにすんだはずだ」

「しかしだね――もしグレイのいったように、このMM系がカールスキイからスパイ団の手にわたり、それが万一途中で外部にもれて――ランドンのいったようなおそろしい原因不明の悪性流行病をまき起したとしたら――われわれは、ある場合には、人道的見地から、MM系のこと一切を公表する決意をする立場に立たされるかも知れん」

グレイ少佐の眼が、ほんの一瞬、鋭く光って、大臣の横顔を見た。

「バカなことをいうな、リチャード・クローニン」リンドネル卿は声をはげましていった。

「祖国の国防の任にある君が、そんな気の弱いことをいってどうする？　そんな事をしたら、英国の体面と、国防上の機密と、二つながら傷つけることになるぞ。――ランドンのばかげた空想を、君がそれほど気にするのは、君がしろうとだからだ。つまらんことを考えるな！」

しわだらけで、茶色いしみのあるリンドネル卿の顔は、一瞬、怒りで赤らんだ。――この偏狭な誇りにみちた老人は、祖国の威信ということになると、かっとなるのだった。

「たとえばそんなことになっても、君こそは、英国の威信のために、あくまで英国の責任を否定しなければならん立場にあるはずじゃないか。場合によっては――ランドンや、P―5関係の連中の口を封じても……」

「たしかに……少し、気が弱くなったよ」大臣は、疲れたように微笑した。「なにしろこの〝チベットかぜ〟の大流行のおかげで、二週間前、娘をなくしたのでね……。君はどう思うね、アーサー——この恐ろしいインフルエンザの世界的流行は、君たちのやっていることに、何か啓示をあたえないかね？　今朝の発表では、すでにイングランドだけで、死者は百万に達しようとしているんだよ」

大臣は、血管が網の目のように浮いたもえるような眼で彼をにらんでいる、頑固な友人の視線にあうと、弁解するようにつけくわえた。

「別に、君のはたしている国家の義務を、とやこういう気はないんだよ、アーサー——われわれは共同責任をおっているんだからね……」

3　日本

ゴールデンウィークもとうにすぎて、毎日よく晴れた、肌さむいぐらいに乾燥したさわやかな日がつづいた。その合間に、時折り、ひどくむしむしする、雨の日がはさまり出し、気象庁は、今年の梅雨は例年よりわずかばかり早いだろうと予報した。

そんなある日——朝七時半から八時半にかけて、東京の環状線にのって都心にむかう通勤者は、なんとなくいつもとちがうあたりの様子に、ふと気づいてびっくりするのだった。

三か月前——いや二か月前、この時間にあふれるばかりだった乗客の数が、妙にまばらになって来ている。ラッシュには、ドアがまるくふくらんで、今にもはじけそうなほどつめこんでいた国電の車輛も、最近では「押し屋」や「はぎとり屋」を必要としないほどすいていた。ホームからこぼれんばかりに渦まいていた、通勤通学の乗降客の流れも、ふと見わたせば、まばらな隙間が見えるようになった。冬から春へ――ふつう、オーバーをぬいでうす着になれば、ラッシュ時の混雑はいくぶん緩和されるという。しかし、人口千二百万の東京のラッシュは、そんな季節的変化を乗客に感じさせないほど、年がら年中ギュウギュウづめだった――いつもなら……。

しかし、その五月はちがっていた。都と国鉄の悪夢においかけられるようなラッシュ緩和の努力が、ついにみのったわけでもない。むしろ、運転、保安要員の確保が次第に困難になり出して、国鉄はラッシュ時のダイヤをくみかえて、運転回数をへらさざるを得なかったのだが――各ターミナル駅に次々にはいってくる電車は、かつてラッシュ最高時には、三十秒に一列車という、神わざ的ダイヤだったのが、今は四十秒から一分、やがて二分間隔におちた。――にもかかわらず、人々は、さまでもみあわずにのりおりすることができた。――五月の朝の七時半から八時の間に、渋谷、新宿、池袋、秋葉原、東京、有楽町の各駅のどのプラットホームでも雑沓と押しあわずにゆうゆう乗降できるなどということが、考えられるだろうか？　八時半になればもうぼつぼつ、上り電車の車内で腰をかけることができるようになるというような事態を、三か月前に誰が想像できただろうか？

こみあわないで、ゆったりした車内にもかかわらず、乗客の顔はどれもつきつめた不安な表情でいろどられていた。――彼らもようやく、このラッシュ時の周辺にあらわれ出した、歯のぬけたような空間の不気味さに気づきはじめ、事態が容易ならざる段階に来ているということをさとりはじめたのだった。五月だというのに、合オーバーをきこんで、首に絹マフラーをまき、汗をかいている男がいた。車内をちょっと見わたせば、花びらのように白いマスクが点々と見え、人々はあらためて、このガラガラにすいたラッシュの上り電車の中で、隙間風の吹くようなうそ寒い感じにおそわれるのだった。——そして、そのとたんに、その背筋を走る悪寒が、あのいまわしい〝チベットかぜ〟に感染した兆候ではないかと思って、ギョッとする。誰かが熱っぽいうるんだ眼をしており、誰かがはげしい咳をすれば、人々はうす気味わるそうに、横をむき、身をひく。しかし、その人々もまた、ほとんどが、眼や呼吸器に重くるしい鈍痛を感じているのだった。厚生省の手もとに来ている非公開のデータでは、日本全国のチベットかぜ罹患者は、すでに三千万人に達しようとしていた。都市部、人口稠密地帯では、罹患率は七〇パーセントになろうとしていた。厚生担当者は、この悪夢のような数字を、まだはっきりのみこむことができなかった。チベットかぜが、最初日本に上陸してから、まだ二か月しかたっていない。にもかかわらず——一九五七年初夏から翌年へかけてのアジアかぜの罹病者は、推定五百万人だった。——ただし、このインフルエンザが、世界を一まわりして、再度日本をおそった第二波もふくめて約一年間に……。二か月に三千万人！——三百万人ではない。オーダーをまちがえたわけではない。しかも、死亡率は不気味にじりじりと上昇をつづけ、都市部では二五パーセントをこえようとしている。

ガラすきのラッシュアワーの電車の中で、人々はお互いに顔を見るのをおそれるように、だまりこくっていた。〝チベットかぜ〟は、すでに人々の上に、はっきりした凶兆として、不吉な翼をひろげており、明るい五月晴れの空を見あげれば、人々はそこに不気味な災厄のしるしを見るのだった。――それでも都会生活の陽気なおしゃべりは、そこここに見られないことはなかった。しかしそのおしゃべりには、どこかうつろなところがあり、溜息の一つ、クシャミの一つが、たちまちそれを不安にみちたひそひそ話にかえるのだった。灰色の不安は徐々に人々の心の底に、ひろがりつつあるとはいえ、まだ事態を軽く見ようとする傾向は人々の中に強くのこっていた。

インフルエンザ?――ワクチンがあるじゃないか。××って風邪薬はきくぜ。漢方薬がいいよ。葛根湯、いやみみずのかげ干しを煎じてだね……。抗生物質はあまりきかないって話だ。なあに栄養をとって、湯タンポいれてねていりゃ、いっぺんに……。玉子酒にかぎる……。梅干の黒焼きを焼酎にいれて……。入院? 大げさね、あんた。――たかがカゼじゃないの!

たかがインフルエンザじゃないか!……そのたかがが、どこか心の奥底の方で、まさかにかわりつつあった。人々が、まだ意識に上せていないはるか奥の方で、インフルエンザというシンボルのもつ意味は、徐々にその比重をかえようとしていた。

まさか、インフルエンザなんかで!

だが、「たかが」から「まさか」への転換をあとづけるものは、新聞に出るインフルエンザ関係の記事の移動ぶりだった。——四月のはじめ、インフルエンザの記事は、新聞の社会面の左下にあった。それは次第に左下から右上へ、と移動しつづけた。左下から右上へ……三段ベタ記事から、社会面トップへ——、ついでそれは、家庭、文化面へとび火し、やがて第二面の国際面へ、世界各地の惨状の短信として、ぼつぼつとあらわれ、たちまち国際面全面を醜い無数の発疹のようにおおってしまった。

曰く、

太平洋諸島のチベットかぜ猛威をふるう。

——フィジー島民全滅の危機。

曰く、

NATOの司令官、将兵のインフルエンザによる戦略的危機を語る。

——陸上および航空兵力の麻痺は四〇パーセント以上。

曰く、

フランス大統領、〝チベットかぜ〟の脅威について、特別緊急措置命令。

——EEC諸国にワクチンプールと、医師病院の共同制を提案。

曰く、

ゴヤのチベットかぜ、死者二十万に達す。

真性コレラ発生の疑いも――。

いや、このいまわしい、ゴシック活字の発疹は、国際面のみならず、経済面から、スポーツ、娯楽面にまでひろがり出していた。

たとえば……

◇巨人―広島第十回戦、両軍選手多数インフルエンザのため、ついにお流れ。セ・パ両リーグ会長及び各球団重役、第十一節以降のスケジュールについて緊急会議――厚生省、蔓延防止の一環として、今シーズン一部スケジュール変更を示唆か？

◇東映投手陣、チベットかぜで総だおれ。対阪急戦ラインナップたたず。

◇後楽園球場、観客わずか二千に。

◇西鉄ヘンドリック三塁手、試合中に死亡――かぜを押しての出場のむりから。

◇三日目より、二横綱三大関〝チベットかぜ〟でそろって休場。――協会理事長、夏場所を十日でうち切り決意か？
◇S劇場ミュージカル、主役脇役踊り子の欠員多く、上演中止——六月公演の見とおしたたず。
◇映画製作中止続出、大スター急死の痛手急場の埋めあわせ間にあわず。
◇五月の工業生産指数、二二パーセントの低下。鉄鋼、機械の操短必至——。現場熟練労働者の脱落あいつぐ。
◇ダウ依然暴落。六月には七百円をわるか——化学、薬品株のみ急騰出来高、前月比平均一二パーセント減。
◇生鮮食品暴騰つづく。——鶏卵取引再開の見とおしたたず。厚生省、病死鶏肉の闇売りに厳罰をもってのぞむと声明。
◇五月卸売小売価格ともに高騰。〝チベットかぜインフレ〟の危険増大。

そして五月下旬、突如世界を震撼させた、〝ソ連首相インフルエンザで急死〟の大ニュース以来〝チベットかぜ〟の記事は一挙に第一面におどり出て、以後、決してそこからおりようとしなくなった。

第一面《フロントページ》——政治面のトップに、また国際記事の大見だしに……。あるいは、「政府、チベットかぜ問題で緊急閣議」とか、「チベットかぜ対策に、臨時行政措置」とか、「首相、インフルエンザ蔓延による国内危機について、国民に訴える」とか、「WHO（世界保健機構）チベットかぜ対策のため国連安保理に、国連警察軍の協力要請」あるいは「ローマ、ベネルックス三国、戒厳令」などという記事が、矢つぎ早に、一面にあらわれ出した。

　これらのぶきみな変化は、人々の〃まさか〃という感覚のもう一つ下にかくされている、ひえびえとした、カチンと堅い恐怖の姿を、さらにあばき出したみたいだった。

　まさか！――いや、ひょっとしたら……

　さよう――ちょっと灰色がかった、ザラザラの粗末な紙にならんでいる、味もそっけもない、武骨な明朝《みんちょう》体やゴシック体の活字、あるいは乾いた機械的な調子でよみあげられるニュースはあなたに、世間のことを、いわば一枚の透明なガラス板をへだててながめさせる役目をする。身近かに起ったこと、あなた自身の身辺に起りつつあることの直接的な意味を、「世間一般のできごと」へ――誰のものでもない、公的《パブリック》なできごとへ還元し、その毒々しさを緩和する役目をするのだ。でなければ、あれほどしょっ中、社会面をうずめている、交通事故や殺人事件の記事を、あれほど毎日平気で読みながせるわけがない。――だが、いつかは「現実」が、「報道」をおいこして、インクの香りのする新聞紙や、ラジオ、テレビの受信器の背後から、こちら側へ、せまってくる時がくる。

――その時、惨劇はもはや人ごとではなく、あなた自身のものになるのだ。

　あなたは活字を読む――ヒロシマ原爆の即死者七万人、その後五年間で死んでいった者をふくめると、二十三万九千人、と。――けっこう、昭和二十年の八月六日午前八時すぎに、あなたは広島市内にいなかった。死者は7、あるいは2と3と万という数字であらわされる。ありふれた数字だ。数としてもそうべら棒に大きな桁の数字ではない。わずか四、五文字で表現し得るし、あなたの年間所得より少い数だ。大したショックではない。そこであなたはすぐ忘れる。もうずいぶん前のことだし、少くともあなたが現在ここでその数字をこうして読んでいる以上、あなたはその数字の中にふくまれていなかった。――実際おそろしいことだな。いや、まったくあの戦争はひどかった。もうこりごりだ。おれたち、運がよかったよ。もうあんなことは思い出したくもない。第一そんなひまはないよ……

また、あなたは新聞の解説記事を読む。一九一八年のスペインかぜでは、全世界で五億人――当時の世界人口の約三分の一――の人間が発病し二千万の人が死んだ、と。二千万？　テレビ受像器普及台数と同じ数だ。日本全人口の五分の一――だが、世界人口にくらべたら、毛ほどの数じゃないか。もう半世紀も前のことだし、あのころからくらべれば、医学は大変な進歩をした。なあに、大丈夫だ。まだ年は若く、体はさまで衰えておらず、することはいっぱいあり、これからまだまだ生きるはずだ。しかし――

もし、あなたが、今度の〝チベットかぜ〟の罹患者がすでに三千万人をこえ、死亡率が二五パーセントをこえようとしている記事をよんで、その数字の意味を実際に、具体的に、わが身にひきよせて考えたら、どうだろう？――日本全人口の三分の一がすでに〝チベットかぜ〟にやられ、そのうちのさらに四分の一の人間が死ぬと考えたら――一ダースの人間がいれば、そのうち四人はかぜに感染しており、その四人のうちの一人が死ぬとしたら……あなたの眼のはれぼったい痛み、水っぱな、ねつっぽくぼーっと湯気のこもったような不愉快な頭、全身のけだるさ、四肢の関節の鈍痛は、すでにあなたが、その四人の仲間入りをしているような兆候を示している。体温をはかれば、七度五分ばかりである。鼻づまり、不快な熱っぽさ、頭部の痛みは次第にはげしくなって行く。すると、あなたは――四分の一のわりあいで――

まさか！――いや、ひょっとしたら……

あなたは不安にかられて、薬屋へ走ろうとする。そして、戸口の所で、いわゆる市販の感冒薬というものは、すでに相当のんでいることをあらためて思いだすのだ。あるいはまた、感冒薬をのんでいながら、急性症状をきたして死んでしまった知りあいの誰かのことを……。そこで、あなたは、恐怖にかられて、やみくもに医師の家へ、病院へ電話をかけてみる。――どこへかけてもお話中だろう。いらだって職業別電話番号簿の「医師・病院」の項をひらき、かたっぱしからかけて行く――お話中、大代表のあるような大きな病院でさえ――、意地になって、かけつづけると、何十軒目かに、とんでもない遠くの医師の家が、やっと出る。しかし、あなたが用件をいおうとしたとたんに、咳まじりの、おそろしくしわがれた女の声で、つっけんどんにこういわれるのだ。

「すみませんけどね、今とりこみ中なんです。さっき先生がなくなられたんです。ええ、過労とかぜでね！」

そして電話がガチャンときれる……。たまりかねたあなたは、近所の病院へむかって走って行く。そこであなたは何を見るか……。

下町のK―病院のまわりには、ここ二週間ばかり、朝六時ごろから、容態を見てもらおうとする人がつめかけていた。午前十時ともなれば、待合室にはいりきれない人が、外に人垣と行列をつくり、不安な表情でひしめいていた――小さな石が一つ、そこへ投じられれば、突然パニックがまきおこり、人々は先をあらそって病院の入口に殺到するかと思わせるような、危険な感じだったにもかかわらず、実際はふだんの時よりも、人々はかえって秩序正しく、その秩序は群衆全体の内面から湧き上ってきているようだった。小さい子供をつれた母親が後尾につけば、それはたちまち、次から次へと最前列におくられた。ぐったりとなった赤ン坊をかかえて、息をきらしてかけこんでくる若い母があれば、たちまち列がわかれ後の方から声がとんだ。

「前の奴、かわってやれ！――先生にそういえ、赤ン坊だぞ！」

人々は大てい眼をうるませ、赤い、熱っぽい顔をして、いやな咳をしていた。のどに繃帯を巻いているものもたくさんいたし、マスクをかけているものもいた。――ふだんの時とちがうのは、このたくさんの群衆が、あまりしゃべらないことだった。内面的な恐怖――それもどっちつかずの恐怖が、彼等の一人一人を内部できりはなしているようだった。——午前から午後へ、と、人々の数はますますふえていった。一週間前から、病院側では、玄関の前に、仮設のテントを張り、簡単なベンチももうけた。年寄りと子供が、ほとんどベンチを占領した、それでも大部分の人々は、めっきりあつくなった五月末の太陽をあびながら、じっと待っていた。日射病にかかったように、突然顔色がまっさおになって、すうっとたおれる人がたくさんいた。——そして肩に手をあててみると、そのまま死んでいる人もいるのだった。

まわりの人たちは土気色の顔をしながらも、あまりさわぎたてずに、ひそひそと咳こんで語りあい、一人が急いで看護人の所へ走って行く。死骸は、ありあわせのハンカチなどをさりげなくかぶせて、そっとわきにどけられ、人々の長い列は、それをちょっと横眼で見ながら、のろのろと——呆れるほどのろのろとすすんでいった。

明るい、すばらしい輝きにみちた初夏の空の下、鯉のぼりが泳ぎ、矢車が陽光をきらめかしながらカラカラとなる薫風の下で、あまりひっきりなしになるので、すっかり耳についてしまった救急車やパトカーのサイレンが、怪鳥のようにたけだけしいひびきをあげながら、遠い街角を、近い通りを、そして病院の急患入口を、走りまわっていた。——それをききながら、中年の男たちは、ふと戦争か何かがはじまったような不安な錯覚をおぼえるのだった。

戦争といえば、病院の中は戦争同然だった。ワクチンの注射、解熱剤、強心剤、抗生物質の注射――病院はどの部屋も高熱重態の患者で満員であり、耳鼻科、外科、眼科、産婦人科の病棟までつかわれ、廊下の長椅子までベッドにつかわれていた。医師たちは、ほとんどが不眠不休であり、中には覚醒剤やビタミン剤、栄養剤などをうちながら何十時間もぶっとおしで、患者を見ている医師もいた。――外科の方は、激増しはじめた交通事故のけが人がひっきりなしにはこびこまれてくるので、外科医たちは手がはなせず、かわって眼科や耳鼻科、皮膚科などの医師たちも〝チベットかぜ〟患者の応対に動員されていた。しかも――すでにK―病院勤務の医師たちの間で、死亡したものが三名いた。看護婦の中にも、ワクチン接種をやったにもかかわらず、重篤患者が出はじめて、平常のほぼ三倍強の業務量を強制されているK―病院では、篤志看護人や、医学部の学生まで手つだいに来てもらっていた。

(ただの、インフルエンザじゃない……)内科副部長の土屋医師は、解熱発汗剤を患者に注射しながら、お題目のように心の中でくりかえした。(決して、ただのインフルエンザじゃない。――もっとほかに原因があるんじゃないだろうか?)

患者は一様に三十九度から四十度ちかい高熱を出していた。――この高熱が、今度の〝チベットかぜ〟の大きな特徴だ。症状は劇的であり、はなかぜをひいた程度の重くるしい感じから、突如として四十度近い高熱を発しそれが二週間以上もつづき、この症状を呈したものは、ほとんどが重篤の状態になる。しかも、ワクチン力価が低いため、ワクチン接種者でも、あまりかわらぬ症状を示すものがすくなくなかった。中には再感染で死亡したものもいるのだ。嘔吐、下痢、脳膜炎様症状、虚脱、痙攣、肺炎、そして心臓衰弱から心筋硬塞――この心臓をやられて一コロになるという患者が猛烈に多いのも、今度の〝チベットかぜ〟の特徴の一つであり、しかもきわめて重大な特徴になりつつある。死亡患者の中で、心臓麻痺によるもののパーセンテージが、七十度近いカーブで上昇しつつある。この病院でもそうだが、厚生省の全国統計でもそうだ。

(このかぜにはどこかおかしい所がある。――今まで何回も体験したインフルエンザの流行と、どこかちがった現象が、流行相にあらわれている)

土屋医師は、学校や工場の集団検診の要領で、患者の容態をすばやく見てとり、病状によって三つの治療セクションへわけ、自分自身も、解熱剤や抗生物質の注射をひきうけていた。――すでに三日というもの、時おり小休止をするだけでほとんど眠っていなかった。

(ワクチン接種をしたものは、症状がいくぶん軽いにもかかわらず、なおその中から死亡者が出ている。――ワクチン力価が低くて、三倍量を三回にわけて接種しなければ、完全な効果はないというが、規定どおりに接種したものの中からさえ、――インフルエンザ症状は、くしゃみを三つしたぐらいにすぎないものの中からさえ、――すでに大分心臓麻痺による死亡者が出ている――これはおかしい。単にインフルエンザだけじゃなくて……)

プスリ――針をつきたて、ピストンを押し、消毒綿でおさえて針をぬき……。

「つぎ……あんたはあちらへ……。はい、来て——熱は？　家ではかって来てもらわなくちゃ困るな。舌を出して——はい、腕（プスリ）、つぎの人……」

　次の番のものが前に坐るまで、注射器をおいて、そっと指をもみほぐす——いつから、何万人の人々に注射したか、もう忘れてしまった。右肩からうなじへかけてのゴリゴリした鋭い痛み、ふやけてはれ上った指、鉛のようにおもい腕……。

「はい、つぎ……」

　フェナセチン、ビタカンファ、アイロタイシン、塩酸キニーネ、塩酸コデイン、抗ヒスタミン剤——ちぇっ、かぜといえば、こんな気休めみたいな薬しかないのか？　人間はインフルエンザと何千年もくらしていながら、ついにかぜの特効薬というものを見つけられなかったのか？——発汗解熱剤をのみ、あたたかくしてねていなさい。玉子酒も葛根湯もいいでしょう。梅干の黒焼きのお湯？　いいですよ。——市販されている化学薬品でも、結局同じことだからだ。ウイルス性疾患に特効薬はない。今までみつけられたものはたった一つ、一九六二年にカウフマンが見つけた「5—ヨード、2デオキシュリジン」だけ——それもヘルペスウイルス性角膜炎だけしかきかない。核酸合成阻害剤は、このほかにもいくつか試作されたが、どれも失敗に終った。

　何ということだ！——六〇年代も終りになろうというのに、ごまんとあるウイルス性疾患の特効薬はただ一つだけ、それもヘルペス性角膜炎という、大して重要でない病気にきくものだけしか発見されていないとは！

「すみません、ワクチン接種は、これでおわります。ワクチンが切れたので――あとは三日後でないとはいりません。すみません……」

遠くの方で、整理員が声をからしてどなっている。待っていたものの中でどなりかえしているものがいる。――ワクチンはたらない。だれか、待っていたものの中でど患者が多すぎる。おまけに世界的な仮性鶏ペスト大流行で、卵が大打撃をうけ、どの大学や研究所でも、ワクチン製造は組織培養にきりかえているが……量産態勢が一応ととのったものの、通常の三倍もの量を必要とし、しかも大して効果がないとすれば……

「はい、つぎ！」

つぎの患者は、口のまわりに、ブツブツと赤い発疹が出ている。唇のはたに水疱がある。――ヘルペスのことを考えていた医師は、かぜによるヘルペス併発患者をみて、はっと思った。そうだ――ヘルペスという病気は、妙なことに、血中に抗体があっても、発病する。ふつうの病気とまったく逆なのだ。とすると、インフルエンザにも――ワクチンによって血中抗体をつくっても、役にたたないものが……

「先生――この子大丈夫でしょうか？」

青ざめて、自分自身もかなり熱のあるらしい若い母親が、ぐったりと土気色の顔をして眼をつぶっている四つぐらいの女の子をさし出す。ちょっとその子の顔に手をあてて、医師はギョッとする。――もえるようだ。

「いつから？」

「ゆうべまで咳をしてたんですが、今朝から急にぐったりして……」

脈拍——早く弱く、呼吸——荒く、早く、弱くラッセル音、——のどが弱々しくひゅうひゅうなる、時々手足や口唇がビクビクふるえる。

「病室へ！」医師は後へ叫ぶ。「高田君に、すぐ、たった今、見てくれるように——手がはなせない？　じゃ、君と君とがついていって指示をうけて、——一刻を争う、クループ性肺炎だ。心臓も弱っている。ビタカンを……」

「大丈夫でしょうか？」母親はおろおろ声だ。

「もっと早くつれてこなきゃ……」と医師はつい言ってしまう。

「でも先生——電話をしても、病院はどこも話中ですし、往診は全然していただけないし、一一〇番までが……」母親はとうとう嗚咽をはじめる。「この子の父も、大変な熱でふせっておりますし、私も三十八度もあるんですけど、両方の面どうを見なければなりませんし、御近所のかたも、みんな熱を出して……」

「わかった。安心しなさい、肺炎というやつは、このごろはすぐなおる」

気休めだ、と知りつつ、そういわざるを得ない。この子は助かるまい。——もうこの病院で流行がはじまってから、五百人以上の乳幼児が死んでいる。産科病棟では、新生児の死産、出産後の死亡が、やたらにふえつつある。——いったいどうしろというんだ？　医者だって神様じゃない。

「つぎの人……はい、腕を出して」

針をつきたてようとした時、突然手が、どうしようもないほどふるえ出した。ひっこめようとしたがまにあわず、ぐさっと深く針をさしてしまう。——まだ中学生らしい丸刈りの男の子が、それでもうめき声もたてず、唇をギュッとかんで眼をつぶる。針をぬこうとしても、手がまるでおこりのようにはげしく上下にゆれ、ついに注射器が男の子の腕にささったまま、ぶらさがってしまう。

「先生！　ちょっと休んでください」

うしろのインターンが見つけて、肩に手をかける。——彼は不精髭はのび放題、まっさおな、徹夜つづきの顔には、ギラギラ脂がうかび、眼のまわりになぐられたようなくまをこさえている。

「たのむ……」土屋医師はたち上った。「診察、できるね」

「ええ——先生ほど早くはできませんが……」

やっとたち上ると、背骨と腰がメキメキ音をたてるようだ。——手のふるえはますますはげしくなり、右肩の疼痛は後頭部をぶんなぐられたようだ。土屋医師はすくいを求めるようにまわりを見た。つきつめたような顔をして、眼をすえて右往左往している看護婦の一人が、ふと気がついて、医師の診察着のポケットにさっと手をつっこんで、くしゃくしゃの煙草を出し、医師の口にくわえさせ、火をつける。

「ありがとう……」医師はふかぶかと吸いこんで、眼をつぶり、肩をおとしていう。

「ありがとう……」

徹夜つづきの口の中ははれぼったく、煙はのどにからむ。――が、うまい。一服で手のふるえがピタリととまる。

「事務室に、おにぎりが来てますわ」看護婦は煙草の袋とマッチをかえしながら早口でいう。「ポットの青い方がお茶、赤い方がコーヒーです。――何か召し上らないと……」

看護婦は急ぎ足で行ってしまう。――彼女の顔も、白粉も紅もはげて土気色であり、髪は乱れ放題、着たまま眠るので白衣はくしゃくしゃで、うす黒く汚れている。立ちづめ、歩きづめで、むくんだ足――彼女たちもぶったおれそうなのだ。

（まるで戦争だ……）医師はぼんやりした顔で考える。患者や付添いや、右往左往する医師でごったがえす廊下のわきには、長椅子や車付き寝台にぐったりした患者がねかされている。中には消火ホースの木箱の上にねかされている赤ン坊さえいる。床の上にじかにねかされ、頭まで白布をかぶされているのは、すでに死んだ患者だ。――そんな死体が、三つもあるのに、まだかたづけられていない。子供たちの泣き声、母親たちの嗚咽……（まるで……あの時のようだ……）

五十に手がとどこうという土屋医師は、太平洋戦争の当時、軍医として中国から南方戦線に従軍した。ニッパ椰子で屋根をふいた野戦病院、一戦闘あるごとに、はこびこまれてくる、汗と泥と血と粘液にまみれた兵隊達、雨――蚊と蝿、アメーバ赤痢……伝染病、化膿した傷口や、生きている人間の眼粘膜や口の端にまでうごめく蛆虫、マラリヤの高熱にさいなまれるうめき声、叫び、泣き声、うわ言、戦闘機の機銃掃射――土屋医師は十九年末に負傷して内地送還、二十年には内地勤務、そして広島で……

(あの時よりも、まだましだ。――だけど、ああならないとは……)

小学校の雨天体操場の中にぎっしりならんだ、焼けただれた、半裸の人々、皮がむけ、血のにおいと膿のにおい、よわよわしい泣き声、叫び声、半身の皮がベロリとむけて、まだ生きていた赤ン坊、衣服に火がついて、先が茶色に焼けちぢれた若い娘の恥毛、乳房に針の山のようにつきささったガラスの破片、新薬の〝虹波〟は大した役にもたたず……

(なんてこった!)医師は事務室の戸口で、ふと弱々しく心の底でつぶやく。(おれの一生というやつは、きっと血と膿と、悪性の疫病《えやみ》と、患者のうめきの中でおわるにちがいない……)

疲れが突然黒い大蝙蝠のように頭蓋の中に翼をひろげ、一瞬意識が遠ざかる。――この三十年間にであった、無数の修羅場がその一瞬の間にいっぺんにうかんでくる。意識がとらえたのは、鶴見の大列車事故だけだった。――あの時土屋医師は、品川の自宅付近のバーにいた。テレビの臨時ニュースで事故を知り、その場から、すぐ往診鞄をもって現場にかけつけた。――たのまれもしないのに、四方から事故をきいてかけつけ、無料で黙々と働いたたくさんの医師たち、警察の協力要請のある前に、看護婦から家族までひきつれて、負傷者の手当と収容にかけつけた町の開業医たち……。土屋医師はふと病気や死と闘うものたちの連帯を考えた。――そうだ、こいつはやっぱり闘いだ。きりのない、はてしない闘い……ここ——K——病院だけでなく、今、日本中のありとあらゆる病院で、同じ闘いが、医師たちの手によって闘われているのだ。土屋医師と同じように、不眠不休で、食事をとるひまもなく、疲労困憊して自分がぶったおれそうになりながら……。いや日本だけでなく世界中で……。

土屋医師は、眼をつぶって荒い息をしながら、自分たちの仲間の戦力を思いうかべようとした。現在日本中の開業医の数は十二万人——たった十二万人！　一億の人口に対してわずか十二万！——そのほか病院勤務、インターン、看護婦をあわせても三十万になるまい。病院ベッド数は約百万、患者三十人にベッド一つ——それにインフルエンザの患者ばかりでなく、他の病気の患者がうんといるから……。

(少なすぎるな……)と土屋医師は考えた。(いったい、医者の数って、どのくらいあったらいいんだろう？　一億の人間が、全部医者になるわけにも行くまい。ふだんは閑で食えない医者まで出てくるが、いったんこういう大流行になるとまったく少なすぎるのだ。——医療体系をもう少し考えなおさないと……)

疲労が、突然黒い、氷のような手で、心臓につかみかかる——土屋医師はギュッと眉をしかめてそれにたえた。

「はいってお茶でものみませんか？」

呼吸器科の田辺が、ドアの所で声をかける。

「ありがとう……」医師はやっとの事で答えた。「そうしよう……」

医師たちの控え室は患者の診察にあてられ、地下の食堂まで臨時病室になってしまったので、休憩にはせまくるしい事務室の一画をつかうほかなかった。――金網のかごに、ふちのかけた安ものの湯呑みが山とつまれ、傷だらけのテーブルの上に、大きなアルミのやかんや飲みかけの湯呑みがごちゃごちゃおかれていた。――大きなにぎり飯の皿が二つ、一つはほとんどからになっている。

「台風でもきたみたいですね」田辺はにぎり飯の一つをつかんで、ちょっと笑った。「婦人会や主婦有志が、炊き出しをしてくれてるんです。われわれの方だけじゃなく、近所の人たちの炊事もひきうけてるんです。おかげで病人をかかえた家庭は大だすかりで……」

「炊きだしか……」土屋医師も少し顔をほころばせた。「日本のやり方ってかわらないな。――母親がよく、関東大震災の時に、一晩で三千個のにぎり飯をにぎったと話してくれた。掌がふやけて、血が出てきたそうだ」

「でも、このごろは、電気釜ばかりなんで、幼稚園や小学校の給食設備をつかってるそうです」田辺はもう一つをとってさし出した。「戦争や火事や水害の時なんか、とてもたのもしい気がしますね、――一ついかがですか？」

「いや――私はコーヒーをもらおう」

黒っぽい垢のついた、安物の湯呑みに、赤いポットからコーヒーをついでのむ。――生ぬるく、うす甘く、泥水みたいだ。それでも熱っぽくひびわれた唇には、乾天の慈雨だ。

「ひるのニュースをききましたか？」田辺が指についた飯粒をほうばりながらきく。

「いや……」

「とうとう、死者が一千万をこえたそうです」

「そんなに？」湯呑みをもつ手がピタッととまる。

「信じられんくらいですな……」田辺は、暗い、疲れきった声でつぶやく。「死亡率三〇パーセントですよ——ひょっとしたら、日本があの戦争で失った人命より多いんじゃないですか？」

「多い……」土屋医師はうなずく。「もうじき——その倍になる」

「二か月たらずで……」田辺の声はこわばっていた。「ねえ、土屋さん、これは大変なことですよ——われわれの闘っている相手は、本当にインフルエンザでしょうか？」

土屋はしばらくぼんやりと、湯呑みの底にたまった、汚ならしい茶色の液体をながめ、それから決意したように、その上にもう一度つぎたした。それから、

「田辺君——奥さんは？」とふいにポツンときいた。

「もう一か月近くあっていません」田辺は苦笑するように肩をおとした。「むこうも、神奈川の病院につめっきりで……」

「一か月か……」土屋医師はうつろな声でいった。「そうだろうな。シャツの襟がまっ黒だよ」

「先生の方は、もっとすごい」田辺はいった。「坊っちゃんは？」

「女房といっしょに、山形へやってある」土屋医師は、両手で湯呑みをかたく抱きしめるようにもって、かすかに体を前後にゆすった。「こちらも、もう一か月になるかな――おかしいかね。私は、つまり……これがはじまった時、何だか不安になって――ええ……つまり、疎開させたんだ」

それからふっとだまって、間をおいてから、ひとりごとのようにつぶやく。

「年をとってからの、一人息子って――ひどくかわいいもんだね。子供なんかほしくないとがんばってたんだが……こんな事にめぐりあうなら、やっぱりつくるんじゃなかった……」

「われわれだって、戦争に出あいました……」と田辺はいった。「若いのが、たくさん死にましたね、子供も……」

「ああ……」医師は湯呑みをはこんだ。唇がピチャピチャなったが、のどぼとけは動かず、コーヒーが顎をつたって襟もとに流れこんだが、医師は気がつかないみたいだった。

「君は、どこだった」

「ソ連国境でした」田辺は眼をこすった。「それからシベリアで……三年――いや、四年……」

土屋医師は、またゆっくり体を前後にゆすりはじめた。――その様子を見て、田辺は、医師がまるでいっぺんに十歳か十五歳も年をとったように見えるのでびっくりした。疲れきった背中をまるめ、湯呑みをしっかりかかえている恰好は、猿みたいだった。皮膚は土気色で垢まみれでカサカサになり、頬はげっそりこけ、眼はおちくぼみ、不精髭のはえた顎はダラリとさがっている。――死んだように見える。膜のかかった眼の上で、まぶたがピクピクうごく。

「少し、横になったら」と田辺はいった。

「いや――そうもしておられん」

「葡萄糖をうちますか？」

「いや――大丈夫だ……」

田辺は煙草を吸いつけた。――息をつくとそのままひきずりこまれるように、眠ってしまいそうだ。

「J医大の研究所でも、問題になってましたが、患者の肺葉や気管支に、また黄色ブドウ状球菌が発見されたそうですよ」

「〝アジアかぜ〟の時もそうだったな」土屋医師はブツブツ口の中でいった。「――あれとの混合感染で、肺炎を起こしたら、まず助からなかった。なにしろあの球菌は抗生物質が全然きかんから……」

「それがおかしいんですが――今度の球菌は、炎症をおこすほど繁殖しないですぐ、どこかへ消えちまうんだそうです。――そういえば、今度の流行には、肺炎併発による死亡は意外に少いことはありませんか？」

土屋医師はかすかにうなずいた。

「そうだ――今度のかぜはたしかにおかしい。……たんなるインフルエンザで……わりきれんところもある。もっとも例のパラインフルエンザの混合感染もあるが……」

「先生もそう思いますか？」田辺は煙草をもみ消して、咳きこみながらいった。「ワクチンの効果が異様に低いことは別として、大して重症でないものまで、バタバタ心臓をやられて死んで行くなんて、おかしいと思いますね。――これはインフルエンザにかくれて、もう一つの、未知の病気が流行しているんじゃないでしょうか？」

「すばらしい……考えだ……」土屋医師は、ゆっくりゆっくりいって、こわばったギチギチ音をたてそうなあくびをやった。「だが……ウイルス性疾患だったら――きっともうみつかってなきゃならん……」

「たしかに、そのうたがいは、国内でも海外でも、早くからもたれていましたね。――日本だって解像力二・三五オングストロームという、世界一の電子顕微鏡でもって、必死に病源体をさがしているというし……」

「日本は世界一の電子顕微鏡王国だ……」土屋医師はねぼけたような声でいった。――瞼がもうさがりかけていた。

「ぼくは――ひょっとしたら、この病源体がインフルエンザウイルス群と協同作戦をとっているんじゃないかと思うんですが……そいつは、既知のウイルスにかくれて……」

「おもしろい……」かすかに下唇からよだれをたらしながら土屋医師はやっといった。

「おもしろいね……だが……そいつは理論屋の……」

「ぼくは、この世界的な大災厄を、インフルエンザ流行と規定して、対策をたてるのに反対なんですがね」田辺は熱心な口調でいった。「もっと別の——本当の原因をさぐり出して……」

「だが……いずれにしても……もう間にあわん」

「土屋先生——」突然はげしい不安を感じて、田辺は窓の外を見た。——晴れわたった空に、灰色の雲が出はじめていた。「こんなこと一体、いつまでつづくんでしょうか？」

返事はなかった。——ふと見ると、土屋医師は、ひえきった湯呑みをしっかり両手でささえたまま、軽い寝息をたてていた。——そげた鼻翼が、瀕死の鰓ぶたみたいに、苦しげにひらいたりすぼんだりしていた。田辺は、そっと音のしないように立ち上って、窓際へ行って深呼吸した。それから掌で、眼をしばらくゴシゴシやって、眼をさました。

「どんなことにも……終りはあるさ……」土屋医師は、はっきり寝言とわかる声でいった。「ただ……どんな終り方をするかが、問題だ」

田辺はふりかえって、医師のようすをうかがい、足音をしのばせて横をすりぬけ、事務室を廊下の修羅場へと出ていった。——どんな終り方をするかが問題だ……そうだ、この悪戦苦闘、このとらえどころのない災厄にも、いつかは終末がやってくるだろう。だが、どんな終り方をするか、——患者も死者も、まだまだふえつつある。どこまでひろがって行くかどんな形をとるかわからない、グニャグニャの不吉な灰色のカーテン……こいつは、日本を——いや、地球をすっぽりつつみこむだろうか？　一億の日本人が全部、このいやらしい〝チベットかぜ〟に感染したとして、死亡率三〇パーセントなら、三千万人の人々が……

ふいに口の中がシュッと音をたててかわくような感じがして、田辺はショックをうけた。

三千万人だって？――そんな……だが、この恐怖の傍に、もう一つの底なしの深淵が口を開けているのに気がついて、彼は一瞬眼の前が暗くなるのを感じた。――二か月で死亡率は三〇パーセントに達した。とすると、死亡率がまだ、もっと大きくなって行かないとはかぎらないのだ！

衝撃をうけて、自分をとりもどそうとする時のくせで、反射的に田辺は、汚れた診察衣のポケットをさぐって、煙草をとり出そうとした。――そして、煙草の箱を、事務室へ忘れてきたことを知った。彼は急いで、患者のむらがる廊下を、事務室へとってかえした。――机の上から煙草をとりあげると、土屋医師が、さっきの姿勢で、湯呑みをかたく両手でにぎりしめたまま眠っているのに気がついた。また足音をしのばせて出て行こうとして、彼は突然その姿勢に不吉なものを感じた。そうだ――丁度これとそっくりの恰好で……。

シベリアの長く辛い抑留生活、貧しい食物と無惨な冬、凍傷、疥癬、苛酷なノルマ、リンチと密告、過労と栄養失調と、胸かきむしられる望郷の思いと……話すことといえば、故国と食い物のことばかり……彼の戦友の一人は、ラーゲルに二度目のおそい春が来たころ、丁度今、土屋医師とそっくりの恰好で、両手にうすい粥の椀をしっかりにぎりしめ、体をかすかにゆすりながら、やせおとろえた顔のうつろな眼をあげてつぶやいていた。——いつになったら、日本へ帰れるかなあ……、そういいながら、ふとゆすっていた体がとまった時、その男は、食物の椀を後生大事ににぎったまま、死んでいた——。

「土屋先生……」起こしては悪いと思いながら、田辺は思わず声をかけた。「椅子をならべて横になられたらいかがですか？　先生……」

そっと肩に手をあてた時、田辺は椅子に腰かけた土屋医師が、呼吸をしていないことに気がついた。

六月にはいったとたんに雨が降りはじめた。——そしてそのころから、銀座通りで「死体」が見られるようになった。

小さな死体は、すでに五月のはじめから、銀座の裏通りに姿をあらわしはじめた。——よくふとった、灰色のねずみたちの死骸である。露地の、どぶ板や下水の口で、ねずみたちは、一方の端がとんがって、他方の端がまるくふくらんだ、ちょうど大きな、むく毛におおわれた雫のような恰好で死んでいた。何百軒、何千軒とバーや飲食店のひしめきあう銀座裏では、ねずみはさまでめずらしくない。——汚らしく、愛くるしい小さな大食漢たちは、残肴と適度の温度と、いりくんだ下水に彼等のエデンの園を見いだして、生み、殖え、物かげにみちた。——日本最高の歴史と品格をうたうこの地の夜の灯を泳ぐ、誇高く、脂粉あつき女性たちの前を横ぎり、時には無礼にも足にかみつき、嬌声と悲鳴と、伊達な好き者の漁夫の利をまき起こす。人間は今に、ねずみに征伐されてしまうのではないか、とまじめにいい出すものもいる始末だった。

　だが、やがてこの凶悪な小悪魔たちの死骸が、路上にあらわれ出した。最初は建物と建物の間のほの暗い隙間や路地のすみに——深夜、また朝早く歓楽のあとをかたづけてまわる清掃人夫たちが、いやによく死んでいるな、とかたりあいながら、大して気にもとめずにそのままにしておき、バーのマダムやホステスたちは、殺鼠剤をこんなふうにつかうのは誰かしら、などとうわさしあった。——しかし、やがて晴れた日の午前中、一匹のねずみが、まだ人通りのまばらな並木通りを、丁度大急ぎで横断しようとして、そのままこときれた恰好で死んでいるのが見かけられ、その日の午後には、電車通りで数十匹のねずみが、たった今死んだ、という恰好でよこたわっていた。——しかし、そのころはまだ交通量も多く、ねずみたちの死骸は、たちまち固い、無数のむごたらしいタイヤの下にふみしだかれ、ペチャンコになり、ひからびてアスファルトにとけこんでしまった。だが、翌日はねずみの死骸の数は何百匹から何千匹におよんだ。交差点の信号をまつ人々の眼の前で、数匹のねずみがものかげからよろよろとはい出してきて、バッタリたおれ、細いひげをふるわせて動かなくなった。

　ペスト？——と人々はとっさに思った。

しかし厚生当局はしらべても何の兆候もなかったので、何の発表もしなかった。ねずみも〝チベットかぜ〟にやられたんじゃないか？

そんな冗談をいいあっているうちに、今度は猫や犬の死骸があらわれはじめた。――人間の死亡者の、おそろしく急激なふえ方に、人々がうろたえはじめた時、災厄は、すでにアクセルをいっぱいふんで、恐怖の傾斜を、前のめりにつっこみはじめた。――恐れるひまもないくらいだった。はっと気がついた時には、人々はますますはげしく加速され、ますます巨大にふくれあがって行く災厄のまっただ中にいたのだった。

六月のはじめの日の早朝――その年の梅雨の、最初の訪れをつげる、陰気な、びしょびしょした雨が降りそそぐ銀座四丁目の歩道に、一人の中年の身なりのいい男がたおれて死んでいた。――もう一人の女の死体は、七丁目の裏通りにあった。発見者が公衆電話のボックスのドアをおすわずかの間、遠くはなれた二つの死骸は、しとしとと降る雨にうたれていた。

その日以後、警視庁一一〇番の係は、今までも手いっぱいだった上に、さらにもう一つの新しい種類の緊急出動をさばかねばならなくなった。――行きだおれ死体は、その日、東京都旧市内で十二人発見された。しかし翌日は七人にへり、その次の日は、九人、さらにその翌日には一挙に三十四人にふえた。それ以後、昼夜をわかたず、路上、屋内を問わず、突然心臓麻痺でバッタリたおれて死んで行く人の数は、日に日にふえ出した。――大ていの人は、〝チベットかぜ〟にかかっていたから、人々はみんなかぜのせいだと思っていた。有楽町や丸の内で、あるいは地下のコンコースで、前を歩いている人が突然がっくりひざをおったかと思うと、そのまま死んでいる。オフィスで事務をとったり、タイプをたたいているサラリーマンやタイピストが、突然前にこくりとよろめくと、そのまま死んでいる。——終着駅についた電車の中で、まだ眠っていて立とうとしない乗客を、ゆり起こそうとすると死んでいる。いや、駅や公園のベンチの上で、喫茶店や映画館のシートの上で、人々は次々に死んでいった。

夜、床にはいる男女は、明日の朝、ふたたび生きて眼をさますだろうか、朝の光を見ることができるだろうか、と、妄想ではない、真底の、深い孤独な恐怖を、舌のつけ根に味わわなければならなかった。——恐怖のため、不眠症にかかるものが多くなり、恐怖からのがれるため、夜どおしおきてさわいでいるものが多くなった。各都市の歓楽街は、警察の通達した営業時間をこえて、あかあかと明りをつけていた。——眠ることの恐怖にとりつかれた人たちは、眠りからのがれ、時を忘れ、恐怖をまぎらすために、夜どおしさわぎつづけるのだった。警官の制止も、へたをすると手ひどい反撃をくった。しかし、からさわぎの夜はあけても、人はいつかは眠らなければならない。

終戦直後のような覚醒剤のブームがまたやってきた。そして中毒患者も次々に発生したが、医師たちが口をすっぱくして警告したように、不眠や、過労や、覚醒剤の乱用は心臓を弱め、それだけ死期を早めたのである。

人々は、まだインフルエンザのせいだと思っていた。——医師たちも、インフルエンザの特殊ケースとして、それが心臓をおそう場合もありうる、と語っていた。新聞では、〝チベットかぜのポックリ症状〟とよんだ。ついには、この修飾語が、もとの名称をおいこし、〝チベットかぜ〟は〝ポックリかぜ〟とよばれるようになった。——そしてこのころ、未知の——全世界でほんの数名の人間しか、その恐るべき正体を知らず、しかもそれが「外部」に洩れているということを露知らず、その正体を世界の防疫陣にむかって公表することは、猜疑と憎悪にみちた「国家的軍事機密」のあつい壁によって、厳重に封じられている——そしてその感染発病のメカニズムは、世界のどの理論医学によっても知られていない——病源体、MM—八八感染症は、第二段の流行相にはいったのだった。

「みなさん……」第十一回のインフルエンザ対策臨時閣議の席上で、厚生大臣は沈痛なおももちでいった。——総理、文部、農林の三閣僚は、かぜのため欠席。「今日は、私の方から、また新しい事態を御報告しみなさんの掌管範囲での知恵と力をお借りしたい。その新しい問題とは——実を申しますと、死体処理問題であります」

居ならぶ閣僚は、陰鬱で疲れきった表情だった。——いま、子分の誰かが、大臣の椅子をほしがったら、わたりに舟とくれてやって、自分はどこかに逃げ出したいような気持だ。

「六月二十日現在、警察や衛生局の報告では、東京都内だけで、路上に放置されている行きだおれ死体は五万から六万あると報告されております。これらの死体は、ひきとり手もなく、また警察の収容能力も、機動力も限界に達しております。都内全警察、病院関係でひきとり手があらわれず、死体収容所はむろんのこと、やむを得ず構内につみあげてある死体は、推定三十万体以上あります。——死体焼却場の能力も、とうのむかしに限界に達し、また焼却係自体が、多数、死んだり、寝こんだりして、能力そのものも低下しているありさまです」

閣僚たちは、鼻の先に、あの異様な臭気をかいだような気がした。——街中を車で走っている時、あけはなった窓から、ふと流れこんでくる異様な臭気。道ばたに、ごみのようにさりげなくおかれたむしろの下から出ている泥だらけの靴。——ぬれたアスファルト道路の上を横切って、うじゃうじゃとうごめく、やわらかい、卵色《ベージュ》の組紐のような、長い長い蛆虫の列。

「全国各地では、この野ざらしの死体、ひきとり手のない死体が、厖大な数におよぶと思います。このことが人心にあたえる動揺はいうまでもありません。それにくわえて——高温多湿の梅雨時をひかえ、死体の腐敗も早まり、これにともなって、また別の伝染病が発生しないともかぎりません。現に関西九州地方の一部では、真性赤痢と疑似コレラらしいものの発生を見たとの報告もあります……」

ひきとり手のない死体——家族の混乱、数多い一人ぐらしの男女たち……。日本の、都市や町村のあちこちに、次第にふえつつある行きだおれ死体——厚生大臣は、語りながら、ふと平安、鎌倉期の凄惨な草紙絵を思い出した。「病草紙」や「餓鬼草紙」を……「混乱防止や、治安維持、輸送確保のためにすでに自衛隊陸上部隊の一部に、臨時に警察に協力してもらっていますが、事態はすでに警察の処理能力の限界をこえました。——この上は、せめて死体処理だけでも、全面的に自衛隊の協力をおねがいしたい。死体は、遺品をのこして全部……」

「自衛隊に隠亡の役をやらせるのか？」防衛庁長官は苦い顔をした。「処理方法については、まかせてもらえるかね？」

「どういうことですかな？」

「副総理……」公安委員長担任国務大臣は長身の副総理の方をふりかえった。「陸軍の全面的出動の前に、いよいよ決意してもらわねばならんと思うが……」

「非常事態宣言か？」副総理はちょっと眼をつぶった。

「現在まで、秩序は何とかたもたれてはいる。しかしいたる所に一触即発の情勢がある。二、三の騒擾事件がすでに起こっているし、一部に起こった混乱は、全国的に拡大して行く危険が充分ある。——すでに海外では、二十数か国が戒厳令をしいているんだ」

「だが……」と自治省長官はつぶやいた。「そいつはかえって民心を刺激しやしないかな。——まず非常事態宣言を発するより、秩序維持に自衛隊を投入していって、自然にその状態へすべりこんで行った方が……」

「あなたはどう思う？」公安委員長は副総理の方をむきなおった。「事態はすでに容易ならぬ所に来てしまっている。しかも、情勢は今の所、悪い方へ拡大して行くばかりで、恢復のめどはたたない。——たかがかぜぐらいで、非常事態宣言は大げさすぎると思うだろうが。ここは早目に手をうつべきじゃないか？」

副総理は、沈痛な目つきで、しばらくだまりこんでいた。——閣僚はその口もとを見つめていた。

「実は、そのことについて、さっき病床の総理とも電話で話した」副総理はやっと重い口をひらいた。「実をいうと、その時すでに、総理は……危篤に近い状態だった。ただ総理から、その事は公表するなといわれているので」

一座に複雑な動揺が走った。——当面の影響もさることながら、やはり総理の死は、政治地図を大きくぬりかえることになるからだった。——みんなは、まだ、この状態が、結局は一時的なものだ、と思っていた。半年、いや、あるいは一年、この恐ろしい〝ポックリかぜ〟は吹きあれるかも知れない。しかし、いずれこの事態が終結したあとは、またもと通り、権謀術数の、争いと妥協の、極度にソフィスティケートされた、政治的日常が恢復してくる。

「総理は早晩非常事態宣言を出す必要があることはみとめていた。——ただ、それを出す時期については、充分慎重に、という意向だったが……」

「今がその時期だと思う」公安委員長がいった。「むろん、実際の運用にあたっては慎重を期さねばならん。それが政府の行政責任の上においてなされる一時的な権限拡大措置であって、民主主義をおびやかすものではないということを、国民に充分印象づけねばならん。――しかし、手おくれになってからでは、効果はうすい」

「宣言にともなう政府の特別権限をどの範囲にとどめるべきか、だな」と法務大臣がいった。

「ぼくの要求では、無制限といきたい所だ」

「そんなことは、議会がゆるすまい。かえって抵抗も多い」

「しかし……」副総理はつぶやいた。「食糧確保、物価非常統制、秩序の維持、交通、通信、運輸の確保……これぐらいは、政府の直接権限で、ぜひ強制力をもたねばならん」

「それに死体処理……」厚生大臣。

「いずれにしても厚生省は、このインフルエンザ流行にどんな見とおしをもっているんだ？」通産大臣が眉をひそめた。「これが国家のすべての面にわたって大打撃をあたえつつあることは、はっきりわかっている。だが、たかがかぜぐらいを、もうちょっとなんとかできんのかね？」

「たかがかぜぐらいとおっしゃるが……」厚生大臣はやや憤然といった。「今度の〝チベットかぜ〟は、今までのインフルエンザとまったくちがっとるんだ。古今未曾有という言葉がぴったりするぐらいで……たかがどころか、今やペストやコレラ以上におそろしい流行病になりつつあるんだ」

「対策はたたんのか？」

「これが法定伝染病だったら、最初から、もっと徹底的な処置がとれただろうが——それこそ、たかがかぜでは、患者の強制収容や強制隔離もできん。死体処理の問題にしてもそうだ」厚生大臣は一座を見わたした。「おまけに——学者の方からまだはっきり結論が出ていないが、はやっているのは、かぜだけじゃないかも知れんのだ」

「何だって？」運輸大臣が眼をむいた。「いったい学者が結論をよう出さんといって——連中は何をしてるんだ？」

「研究者もぞくぞくたおれつつあるんだよ」副総理はかぼそい声でいった。「医者もだ——」

「副総理——このままほうっておけば、事態は悪化するばかりだ。流行終結の見とおしはまだたっていない」公安委員長がいった。「とにかく、今でも多少おそきに失するかも知れん。それにこういう、いわば天災の時は、天災そのものの被害にくわえて、社会的混乱によってひきおこされる人災がばかにならん。すくなくとも政府の行政責任において、非常措置をとるべきだ。——政府特別権限の賦与に関し、国会の承認を必要とするなら、丁度臨時国会が開かれているし、明日にでも……」

「いや——」副総理はつぶやいた。「国会をあてにすることはできん。きのうでさえ、本会議が定足数ギリギリの出席率だった。明日になったら本会議が成立せんかも知れん」

「じゃここで、あなたは大英断をせまられているわけだ」公安委員長はいった。「政治家として、時には手つづきを無視してでも、緊急措置をとらなければならん時もある—

―あとの非難はわれわれ全員がかぶらなきゃなるまい。場合によっては、裁かれる身になろう――それでもやる必要がある」

副総理は眼をつぶっていた。――保守政権だろうが何だろうが、そんなことに関係なく、為政者が責任をとらねばならない時がある。それが妥当であったかどうか、そんなことは結果を見てからしか判断できない。そしてどうせ人間というものは、完全に責任をとれるようにできていないのだ。やみくもの試行経験の、それでもその時の最良と思われる行為をえらぶよりしかたがない。

「よし……」と副総理はいった。「ではきまった……」

「だがいっておくがね……」防衛庁長官はつぶやいた。「国軍の精鋭二十二万のうち、可動数は十四万だぜ――軍隊って所は、集団生活するんで、感染率も高いんだ。スペインかぜだって、もとはといえば、交戦中の軍隊で発生したというじゃないか……」

高熱を発している議員までかつぎ出して、やっとぎりぎり定足数に達した衆議院本会議で、「異例の緊急事態に対する政府への特別権限賦与」は与野党一致で何とか可決することができた。しかし、参院側はついに本会議が流れ、出席者だけの諒承ということで、政府は緊急措置をとりはじめた。

しかし、緊急措置といっても、食糧、物資の統制以外は事実上大したこともできなかった。患者総数が病院ベッド数の三十倍以上にもなっていること、これに対して働ける医師の数が、平時の半分にへってしまっていることなどは、いかに政治の力をもってしても、どうにもならなかった。ワクチン製造には、すでに食品会社の研究室や工場設備までつかわれていた。

六月中旬のある日、機能マヒにおちいった都会をはなれて、郷里にかえろうとして、東京駅を訪れた会社員は、そこに不安なつきつめた表情の人たちが、列車にのれずにあふれかえり、なにかただならぬ気配さえただよっているのを見てびっくりした。

「汽車は出ませんぜ――」熱があるらしく、眼をまっ赤にした男が、不精ひげだらけの顎をつき出していった。「どちらへ行くのか知らんが、また中央線に事故があったってことでさ。――西行きは、東海道線がずたずたで、まずだめだな。さっき上野できいたんだが、東北線は何とか動いてまさ。それも急行準急は全部運転中止、普通列車が、日に三本だ」

「どうしてそんな事になったんです？」

「どうしてって、あんた……」男はあきれたようにいった。「運転士が、運転中ポックリかぜでやられちまったり、踏切りで運転手の死んだ自動車がつっこんできたり、信号手が死んじまったりでさ――事故のあとかたづけがすまないうちに、また列車がつっこんでくる。あぶねえからノロノロ運転をやる。後から追突する……」

「まもなく大船までの臨時列車が出ます……」構内スピーカーが、しゃがれ声でしゃべり出す。

「東海道線大船以西復旧の見こみは当分たちません。中央線はただいま日野駅で列車事故があり……」

改札口へむかって、どっと人垣がなだれた。怒声と悲鳴と駅員の制止の声とがかさなって、ワーンと構内にひびいた。——突然銃声がひびくと、うす煙りのたつカービン銃を天井にむけた兵隊の姿が、ゆれ動く群衆の上にうかびあがった。混乱は一時的に停止し、それから今度は逆まわりにうずまきはじめた。誰かがジュースの空き壜をなげ、それが兵士の横顔にまともにあたり、鉄帽がずれて、こわばった、茶色の、若々しい顔がむき出しになった。兵士はちょっとよろけ、顔を土気色にし、銃をとりなおした。鉄帽をかぶりなおしてから、彼は天井へむけてもう一発うった。

六月八日に、商業航空路線は、政府命令によって全面停止になった。——操縦士や管制官の「頓死」による事故が、すでに全国で十二件をこえたからである。国鉄、市内交通、郊外線をふくむ鉄道関係は、ほそぼそながら動いていた。しかし、安全のために二人一組でのろのろ運転しながら、なお事故が起こるのを防ぎ切れなかった。

道路のあちこちで、事故を起こした自動車がひっくりかえったまま燃えていた。——運転者が運転中死ぬのだが、事故車のとりかたづけがまにあわないため、幹線道路をふくむ道路は、徐々に交通麻痺におちいっていた。政府はガソリンの販売をおさえて、事故車による道路麻痺を緩和しようとしていた。

いまやいっさいの高速交通機関にかわって、交通の主役の地位を獲得しつつあるのは

――船だった。船はスピードはおそいが、操作要員に余裕があり、危険もすくなかったからである。しかし、港湾や灯台の危機もあって、夜間航行は禁止されており、またその船のほとんどが、食糧はじめ生活必需品の緊急輸送につかわれ、一般の旅行用にはほとんどまわらなかった。

電力、交通、運輸、通信などの基幹産業をはじめ、各種重要産業労働者の自主的な活動は見事だった。当初、政府の対策の不徹底さにはげしい攻撃の姿勢を見せた労組は、ある段階で、むしろ「自発的に」基幹産業確保の態勢にはいった。それは政府が、戒厳令下において、基幹産業の軍管理を手びかえ労組にじかに呼びかけたのに呼応したのだった。――この事態に対して、はげしく反対したのは、一部の経営者資本家と、それに奇妙なことに、極左政党だった。一部の資本家は、経営系統の混乱に対処して、労組が自発的におこなう実質的な「労働者管理」状態出現と、「稼働すればするほど損害の拡大する」現状において、政府の現実的補償の口約すらなしに、単に社会のためにのみ産業を維持することに反対だった。極左政党は、当初この社会的混乱を「防ぐ」方向に労働者組織がうごくのに反対し、むしろ政府の対策の失敗をついて、混乱を助長し、内閣総辞職を要求するようによびかけた。(あとでこのアッピールは撤回された)――だが労働者は、大勢として、これらの反対をのりこえていった。

「おれにはわからないんだ」定年まぢかい、通信労働者の一人はつぶやいた。「この状態は――なんだか戦前の〝挙国一致〟と似てる。あの時も、『日本民族の危機』や『国家の危機』とかいって……、総同盟は解散して、産業国会になっちまった。おれたち——おれはまだわかかったが——労働者の階級的団結と、日本という国の危機との間で板ばさみになって、ズルズル〝挙国体制〟の中へ、はまりこんでいった。おれたちは——〝外国〟ってものが、情容赦ないものだということを知っていた。すくなくとも知っているような気がした。さんざん吹きこまれてもいたからな……だから、——おれたちは、〝国民としての大義〟って錯覚にたって——農民も商店主もみんな手をつなげるような——それでやっちまったんだよ。そりゃ、おれは若かったが……。だが、今度もそれと似たみたいな所がある。おれたちゃ、いわば〝政府の指揮下〟にあるんだからな」

「いい年をして、まだものごとをはっきり見られんのか？」すでに定年退職して、守衛をつとめている老人が、歯のかけた口をあけて笑った。「それとこれとはちがうよ。〝敵〟は、よその国の人間じゃなくて、インフルエンザだからな。——おれたち、保守党政府と休戦して協力したってかまわんさ。いや、むしろそうすべきだよ。はっきりいって、内輪もめしてるときじゃないさ。むしろ、おれにいわせりゃ、政府の連中が、責任をおっぽり出して逃げ出さないかを見はる方がいいな。それから、この〝非常事態〟がおわったあと、いったいどういうことになるか考えた方がいい。——おれは、いまの保守政治家の中にも、なかなかえらい男がいると思ってるよ。政治家としちゃア——腹の立つ事だが——革新政治家より一枚も二枚も上手のやつがいて、しかもなかなか一生懸命だよ。だから逃げ出さないと思うけどな——こういう時は、そういっちゃ何だが、日本という国はなかなかありがたいもんで、外国みたいにとことんエゴイストってやつはいやしない。みみっちいばかりで、大悪党はいないな。みんなそれぞれがんばるだろうよ。〝職域奉公〟ってやつさ。——そんないやな顔をすンなよ。言葉なんてやつは、いつでも両面があるさ。——それよりも、このどたばたが終ったあと社会の勢力関係がどうなるかを考えといた方がいい。災害のおわった時は、きっと闘いを逃げていちゃ〝無疵〟のやつが権力をにぎるからな。あんたなんか、年が年だから、一番冷静にそういうことを考えぬいて、若い奴に教えてやらなきゃだめだ。——それに、このさわぎでもうけようなんて根性を起す連中は見張る必要があるな。台風でもうける材木屋や瓦屋、食糧難でもうける食品屋、カゼでもうける薬屋など……」

終った時——老人たちは、大ていこの災厄が終った時のことを考えていた。老人たちは災厄に出あった経験を豊富にもち、それがどんな形で終るか、終ったあと、どんなことになるかも知っていた。

終った時——誰しも、この災厄が、いつかは終るものと考えていた。「人類」にとって、災厄というものは、常に一過性のものにすぎない、と。

十三世紀のペストで、ヨーロッパの人口は半分になった。だが、ヨーロッパは生きのこった。スペインかぜで二千万人が死んだ。だが、そんなものは、二十世紀初頭の文明には、かすり傷にすぎなかった。二つの大戦、地震、大洪水、飢饉……人類は生きのこった。核戦争にさえ生きのこると一部の人々は信じていた。それに、核兵器は、この七月に、全面的に廃棄されるはずなのだ。――辛抱づよい人々は、「異変」を「日常」になじませることに努力をそそぎ、辛い状況にじっと堪えていた。人々は、こんなひどいかぜはめずらしい。早く流行がおさまって、もとの世の中がくればいいが、と話しあった。長い長い間、千数百年にわたって、小ぢんまりとした「文明」を享受してきた日本の人々は、文明と国土に対する無条件的な信頼があった。しかし、同時に、文明というものにはある限界点のようなものがあって、崩壊作用がその限界点をこえると、高度に有機化した人間社会をささえる「文明」のあらゆる要素が、今度は逆にことごとく文明の解体の方向に作用することを知らなかった。

――そして、その解体の彼方に、「種の滅亡」という、地球の長い歴史にとっては、ごくありふれた、ささやかなドラマがひかえていることも……。

暴動的状況は、小規模散発的なものだった。――人々はまだ、「明日」を信じて、秩序をたもとうとしていた。――しかし世界的に見れば、日本のこの平静さはめずらしい例だった。ヨーロッパ、アメリカでは、社会混乱から完全な無政府状態におちいりつつある国が――暴動や、掠奪や、恐慌状態、殺りくなどが、日をおうて拡大しつつある国が、すでに数多くあったからである。日本では、都会をにげ出して、見かけ上、まだ〝チベットかぜ〟が猖獗をきわめていない地方へむかって、「疎開」しようとする人々と、彼らをいれまいとする地方の人々の間に、ちょっと小ぜりあいがあった程度だった。だが、チベットかぜの侵入していない地域でも、〝ポックリ病〟の方は侵入していった。――ついに医師たちは、〝チベットかぜ〟にかくれて、もう一つの本当におそろしい病気が流行しつつあるのだということを、現象的に確信せざるを得なかった。

――だが、すでにその時は、医療体系は、完全に崩壊しつつあった。研究者の三分の二が失われた今、あのややこしいウイルス性疾患の、それも時に複雑な、未知の感染メカニズムをもつMM―八八の、病源体発見は、ほとんど絶望的といってよかった。――またよしんば発見されたところで、いかなる処置が可能だったろうか？　一切の秘密をにぎるイギリス細菌戦研究所の人々が全員死亡したのは、六月初旬のことである。

こうして日本は――そして全世界は、自己をおそった災厄の秘密と原因を知らされるチャンスを失ったまま、必死に無益な――しかし健気な努力をつづけていた。

荒廃は、まったくアッという間におそってきた。六月十日に、全国四地方の節電地区が指定され、翌十一日は、それが全国にひろがって、家庭用電灯の昼間送電が全面的に停止された。このため、電池式のトランジスター・ラジオ、テレビが高騰した。すでに大都市では、水道の時間給水がはじめられていたが、六月十四日には、それが全地区におよび同じ日に鉄道各支線は全面的にストップした。新聞社と放送局は、必死になって、その機能を確保しようとしていた。――つい一か月前には、朝夕刊六十四ページというボリュームをきそい、全面広告や、くだらない埋め草記事にみちていた新聞は、今や朝夕刊八ページにおち、それも配達用員の確保困難から、タブロイド版や壁新聞へと転落しながら、なお記者たちは、必死になって全体的な状況をつたえようとしていた。言論機関をはじめ、社会の一切の機構が、その豊かで華やかな、衣裳や、みずっぽく甘い肉を一挙にはぎとられ、きびしい機能の骨格――最低の必要性という骸骨だけがむき出しになったみたいだった。――世界各地、日本各地からつたわってくる情報はすべて悪いニュースばかりだった。気がめいるから、いっそ新聞を出すのをやめようという意見も出だした。にもかかわらず、記者たちは活動をやめなかった。むろん、論説委員は、はげましの言葉を書きつづけ、論説委員がたおれたあとは、中堅記者たちがそれを書きつづけた。報知やはげまし以上に、新聞記者たちは、いまや新聞というものが、社会の中のよびかけあいの機能を分担しているものであり、たとえ悪い報知であっても、それがとまってしまえば、人々は暗黒の沈黙の中におちいって絶望してしまうのだ、と信じているみたいだった。そして、すくなくとも新聞を出しつづけて、「社会」と「秩序」のイメージを供給しつづければ、人々はそれに助けられて何とか秩序の表象をもちつづけてくれるのではないか、というほとんど本能的な信念のもとに、たおれる同僚の屍をのりこえて、新聞を出しつづけた。――日本は、ほろびるかも知れない――と、誰も口に出さなくても、大局的な考え方になれている記者の誰彼は、最悪の事態を予想していた。――しかし、ほろびるにしても……船が難破して、ただよう人々は、結局みんな溺れ死んでしまうにしても、みじめな孤独の闇中で死ぬより、よびかけあい、はげましあって死んだ方が、まだちっとはましだろう。

テレビ、ラジオ局もまた、同じように、憑かれたように番組維持の努力をつづけていた。すでに地方局の三〇パーセントは沈黙していたにもかかわらず、そしてほとんどのキーステーションが、朝と正午と晩と、合計四時間に放送時間を短縮していたにもかかわらず、まだ電波を出しつづけていた。――国際ニュースと国内ニュースのほかに、放送局は娯楽放送に力をいれていた。まるで凍え死にかけている子供を、何とか笑わそうと必死の努力をつづけている、凍え死にかけている父親みたいに……。あるラジオ局は、朝から晩まで――ラジオはトランジスター式が普及していたので――古今の歌謡曲やポピュラー曲やジャズを流しっぱなしにしていた。

そして日に日に荒れ果てて行く社会の中で、さまざまな新旧の土俗宗教が猛烈な勢いではびこり出した。踊りくるう人々、せまい家の中にひしめきあって経文をとなえる人々……。

「人間は悪いことばかりしてきたのでこの世の終りが来たのじゃ。みんな地獄におちるぞよ」とか、「兄弟よ、祈ればみんな救われる」とか……。

さよう、祈るよりほかに、どんな事ができたか？　祈らぬ人々は、闘っている人々だった。職業的インテリも、「指導者」も、今は完全に無力だった。宗教家と思想家の一部の人はまだ叫びつづけていた。――だが、叫びは何の役に立ったか？　祈りのむくいられぬことを、もっともよく知っている人々も今は祈っていた。――まさに祈るべき時であった。鉄道はとまり、今は電気もとまりかけていた。火災が起っても消すものもなく、火はいくらでももえひろがった。路傍に、家の中に、駅やビルの入口に、死骸は無数にころがり、ぶよぶよにふくれ上って腐っていた。むし暑い気候が蛆とバクテリアに加勢して、すでに白骨化しているものもあった。死臭はすさまじく巷に立ちこめ、死と荒廃の翼は大風のように国土の上を音をたててかけめぐっていた。――死骸はいたる所にあった。電柱にぶつかってくしゃくしゃになった車の中に、田植え中の田圃の泥水の中に、公園の芝生や植えこみの中に、駅と駅との中間でとまっている列車の中に、道ばたに、家の門口に、よどんだ流れの運河も無数の死骸でうずまり、高級邸宅や、ホテルの中にさえ、ここばかりは辛うじて白布をかけた死体がいくつもころがっていた。――団地はすでに巨大な墓場だった。砂場のわきに小さな子供の腐爛死体があったが、親が死んでしまったために、とりかたづけられていなかった。

千二百万の人々であふれかえっていた東京の街は、今やガランとした死者の都《ネクロポリス》と化しつつあった。路上にひしめきあった車の影はとだえた。うつろなビルの窓、あれはてて動くもののない縦横のハイウェイ、もはや動いていない地下鉄の中は、充満した腐爛死体の硫化水素のために、はいって行くこともできないありさまだった。

銀座通りの通風孔のそここからは、腐敗ガスの燃える青い炎がたちのぼり、胸のむかつくようなたえがたい臭気は全都市をおおっていた。

街の中に動くものの姿は次第にへって行き、そんな中で、たまに人影を見かければ、黙々と、無益な死体処理の「任務」を遂行しつつある自衛隊員の姿だった。彼等も、都市内で仕事をする時はガスマスクをつけねばならず、その異様なゴムの仮面は、彼等を食屍鬼《グール》のように見せた。——最初彼等は、死体を戦死体のように丁重にあつかっていた。しかし作業をはじめて一週間たった時には、も早や「世論」を気がねしてなどいられなくなった。彼等は穴を掘り、ブルドーザーでかたづけはじめた。ついで「アウシュビッツ作戦」とか「バナナ作戦」とよばれる、いまわしい作業がはじまった。死骸をとにかくあつめ、うずたかくつみあげ、ガソリンをぶっかけ、火炎放射器でやくのだ。——かつて神戸港で、コレラ発生の台湾から輸入された大量のバナナをやきはらったように………。

うっとうしい梅雨空に、死体のピラミッドのあげるくさい黒煙がいくつももうもうと立ちのぼり、火熱でふくれた死体がパーン、パーンとはじける音がひびいた。その背後に、地をはうように流れるのは、そこかしこの、こぼれた家に集って祈る人々の読経の声だった。そして——やがて記録破りといわれるその年の梅雨の、長期豪雨が、死者と荒廃の地上に蓋をしはじめた。

六月三十日までに、日本全国で八千万人の人々が死んだ。——だが、その時はまだ二千万人たらずが生きていた。

4 南極

「ひどいことになっているらしい……」

辰野は自分の個室——といってもベッドと小さな机があるだけの小さな部屋だが——にそなえつけた無電機にむかいながら、暗い顔つきでつぶやいた。

「今朝から連絡のとれたハム仲間はあるか？」

吉住は辰野の背後から声をかけた。吉住以外にこのせまい部屋に五人もの隊員がおしかけて、みんな〝北半球〟をおそいつつある災厄の状況を、ちょっとでもくわしく知ろうと首をのばしていた。

「きのうは、フィジー島のハムがでた。——だけど、日本は交信状態が悪くて……」辰野は下唇をかみしめて、まるで祈るような調子で、そろそろとダイアルをまわしながら、CQサインをよびつづけた。

「JA7GK……」突然なまりのある、強い声がはいってくる。……みんなはハッとしたが、すぐ昭和基地の隣の、オーストラリア隊モーソン基地の、〝エイハブ〟というあだ名のハムということがわかってがっかりする。

「ハロー、JA7ジョージ・ケプラー（GKの呼び名）……どこかつかまえたかい？」

「だめだ——状態が悪くて、きのうからぜんぜん……そちらは？」

「朝の五時半にウガンダの医者と、二分ほどはなした……」〝エイハブ〟の明るい、トランペットみたいな声も、今朝は沈痛だった。「ひでえもンらしい。中部アフリカは、全滅じゃないかといっていた。黒人だけじゃないよ。ライオンや……象もだよ」

「象もかぜで死ぬのか……」

「かぜじゃないらしいぜ、ジョージ・ケプラー——その話はきいてないか？　かぜもはやってる。だけど、そのほかもう一つ、正体不明の病気もはやってる。とその医者はいっていた」

「医者は何ていっていた？　どのくらい死んだと……」

「はっきりわかンねえというんだな。カイロ放送はもう十日以上も前から、電波を出していない。ザンジバーとも通信途絶だと……だけど、その医者の推定では、すでに世界人口の半分はやられちまったんじゃないかというんだ」

「半分？」辰野はつい高い声でいった。「十五億が？——やられたってどういうんだ。病気にかかっているというのか？　それとも……」

「半分死んだろうっていうんだ」〝エイハブ〟の声は、やけっぱちに近いひびきがあった。「病気にかかっているのは、もう地球総人口の八割以上だっていうんだ。信じられるか？」

背後の連中は青ざめて声も出ない様子だった。——すでにそれに近いことは、何度もきかされていた。だが、いまあらためてきくとショックが次第に体の中にもみこまれているような感じだった。

「その医者も、自分ももう長いことないっていってたよ。最後に以上《オーヴァ》といわないで、アディューとぬかしやがった。なあ、おい……」

〃エイハブ〃はちょっとだまっていた。――突然フランスのデュアビル基地のフランコネイというハムが、達者な、鼻にかかった英語でわりこんでくる。

「JA7GK――いま、ランスとリオデジャネイロ間のアマチュアハム通信を傍受したぜ。読んでやろうか？」

「なんといってる？」

「リオのハムから――〃当地は死骸の山、停電、火災、狂った暴徒の群れ乱交中、さらにぞくぞく死ぬ。生存者リオ市内推定八千名、ブラジリア住民全滅のよし、腐臭くさくてたまらぬ。海は死体でうずまる。この世の終り来る。アーメン〃……ランスのハムからの返信。――〃ランスは炎上しつつあり、まもなくバッテリー切れる。補充の見こみなし。妻は十分前自殺す。神は罪深き者に疫病《えやみ》を送りてほろぼしたもう。――当地は炎以外の一切の物音たえたり。晴天、神《エロイ》よ、神《エロイ》よ……われを御もとにみちびきたまえ。――畜生！　人類がかぜをひいてほろびるなんて、なんて人を小馬鹿にした結末だ。アーメン〃……」

「アーメン……」とエイハブがいった。「ジョージ・ケプラー――日本の公式放送はその後はいってるか？　こちらは十三時と十五時に、シドニーがちょっと鳴っていたが……」

「銚子の国際電電と、とぎれとぎれに交信している」と辰野はいった。「きのう十四時に基地無線局と交信があった。電源補充が問題らしい。むこうは、現在動けるのはたった八人で、そのうち三人は熱を出している――それ以後連絡はない」

〝エイハブ〟もフランコネイもちょっと沈黙する。ザーザーというノイズのむこうに、ごうごうとなる地嵐《ブリザード》のたけり声がきこえてくる。――だが地嵐《ブリザード》もそろそろおさまりかけた。

「十七時十分から、テルスター25号が交信軌道にはいるはずだ――」〝エイハブ〟がポツリという。「どこかの国の宇宙通信局が、テレビ映像を送ってくれることを祈るよりしようがないな。じゃ以上《オーヴァ》――フル・ストップだ」

〝エイハブ〟は交信を切った。フランコネイもひっこんだ。――辰野の部屋に首をつっこんでいた五人も、一人去り、二人去り、あとに吉住だけがのこった。辰野はまだ、無電機の前にすわって、サインを出しつづけた。

「辰野……」吉住は声をかけた。「泣いてるのか？」

「泣いたらどうだっていうんだ！」思いがけぬはげしい声が、背中をむけた辰野からかえってきた。「泣いたらどうだっていうんだよ！」

突然辰野は無電機の前にワッと泣きくずれた。

「こんなバカなことがあるかよ！」彼はそういって泣きじゃくった。「こんなバカな話が……二か月たらずで、日本がほろびるなんて……世界が……」

「辰野……」吉住は後からそっと辰野の肩に手をおいた。「どこかがよんでるぞ」

辰野はハッと身をおこして、スピーカーを見た。――波のようにザワザワなる雑音の中に、かすかに、ほんのかすかに、こちらのコールサインをよぶような声がきこえる。だがそれは、ともすればノイズにかきけされ、時には消えてしまう。

「JA7GK……ハロー、JA……K…」

「QRZスティション？（どこかこちらの局をよびましたか？）」辰野は送受信出力をいっぱいにあげてどなった。「ハロー、こちら、JA7GKスティション……」

「JA7GK……」よせてはかえす波にフワッとのるように、かすかな声が、それでも前よりはっきりきこえてくる。「ハローJA7GK、こちらJA6YF――」

「九州だ」辰野は声をつまらせて叫んだ。

「ハロー、JA6YF、こちらJA7GK、感度どうですか？　どうぞ……」

「JA7GK、こちらJA6YF、こちらDXFB（感度良好）であります。そちらDXいかがですか？　どうぞ……」

「こちらJA7GK、DXFB……」突然辰野は声をつまらせるとボロッと涙をこぼした。

「ハローJA6YF――そちらの発信地は九州のどこですか？　どうぞ」

「こちらJA6YF、九州屋久島の……」声が雑音にフッと消え、またもどってくる。

「……であります。本土の……全局応答なし、ハローJA7GK、きこえますか？　こちらJA6YF……日本最後の……であります。JA7GK、そちらの発信地は……どうぞ……」

「こちらＪＡ７ＧＫ、南極昭和基地のハムです」辰野は涙をふこうともせずつづけた。「屋久島と本土の状況はどうですか？　どうぞ……」

「本土の方はわかりません。水平線に煙があがっています。九州は火事らしいです。ハロ——ＪＡ７ＧＫ……屋久島は島民の九割すでに死亡、自殺者も多数、のこったものは、海辺に出て、何かをおがんでいます。——」突然、ＪＡ６ＹＦがはげしく咳こんだ。いたいたしいくらい長く……

「……７ＧＫ、ハロー……きこえますか？　南極は無事ですか？　だったら、……をよんでください……ハロー……」

「誰を？」辰野はききかえした。「誰を？——よぶんです？」

「誰か医者を……それから各基地のハムにつたえて……英語のわかる医者をよんでください……ＷＡ５ＰＳを呼んで……さっき話したら……交信をもとめていました。ＷＡ５ＰＳは……学者です。アメ……」

「ハロー、ＪＡ６ＹＦ！」辰野はほとんど叫んでいた。「どうしましたか？　よくききとれません。ハローこちらＪＡ７ＧＫ……」

「終りらしいです……」ＪＡ６ＹＦ——まだ若い、それも教養のある人間らしかったが——の声は、ふいに苦しそうになった。「心臓が……ＷＡ５ＰＳを……何かを伝えたがっています。では、ＪＡ７ＧＫ、交信ありがとう……こちら……ＪＡ６……」

はるかはなれた地点で——地球の緯度を九十度以上もはなれた、あのあつい、熱帯杉でおおわれた小さな火山島で、日本最後のハム、JA6YFが椅子からずりおちる音がきこえた。それは意外にはっきりした、ガタッという音になって、一万数千キロの距離を、空と水の間をはねまわりながら南極の空にまでとどき、辰野がむかっているスピーカーからとび出した。

「JA6YF！」辰野は悲鳴にちかい声でマイクにさけんだ。「ハローJA6YF！――どうかしましたか？　ハロー」

屋久島の屋久港に近い斜面の粗末なペンキ塗りの小屋の中で、たった今息をひきとった若い男が、たおれた手製の椅子の横にくずおれていた。その前の、黒ぬりの箱の上では、まだ赤いランプが点滅し、箱の上におかれた旧式のスピーカーからは、ザアザアなる雑音にまじってブッブッいう辰野の声がひびいてきた。

「ハロー……JA……F！　ハロー……応答ねがいます……J……6YF……」

だが、それをきいているものはもう誰もいなかった。――南の島の、ムンムンする早い夏、鬱蒼としげる杉木立の間からなまあたたかい風が小屋に吹きこみ、机の上を脱皮したばかりの若いサソリがかさこそとはって行く。部屋をゆうゆうと蛇が一匹横ぎる。サソリはたおれた男の手の上をのりこえるが、冷えきった男の手を刺そうともしない。

「しッ！」一万数千キロ南方の、真冬の南極で、辰野は耳をそばだてた。「なにか……」

沈黙――ノイズ――。

「小鳥の声だ……」と吉住。

「まさか！」

「JA6YFがいっていた」と吉住はいう。「WA5PSをよんでみろ。——全部のハムによばせて見てくれっていってたな？　WA5PSはなにかつたえたいことがあるのかしら？」

「よし……」辰野はやっと気をとりなおしたようにうなずいた。「お前、鳥飼さんよんできてくれ。あの人は英語ができる」

辰野は南極のハム仲間によびかけはじめた。

出力二十キロワットの無電設備をもつ、昭和基地第三ドームの日本隊制式無線局には、観測隊長の中西教授以下、おもだった隊員がつめかけていた。――アメリカ、イギリス、ソ連、フランス、各隊主脳部連名の要請により、緊急無線会議が開催されていたのだった。三年前からの、各国共同の、無人中継局設置で、南極の各国探険隊の全基地を同時中継する大陸無線電話ネットワークが、その年の夏やっと完成したところだった。西半球の臨時中継センターは、マクマード基地のアメリカ工兵通信班が、東半球は、ソ連のミールヌイ基地観測隊と、オーストラリアのデーヴィス基地通信隊とが交互にやっていた。「みなさん……」アメリカ南極基地総司令官の少し鼻にかかった、しかし軍人らしい声がスピーカーからながれた。「突然およびたてしてもうしわけない。米国隊司令のジェームズ・コンウェイです。――各国基地責任者の方たちは、お集りねがえたでしょうか？」

中西隊長は、ちょっとマイクにむかって、なにかしゃべりそうにした。——だが無線局主任の神谷隊員が、それを制した。時々雑音がはいって、バックで何かよびかけあったり、早口で呼出符号をよんだりするかすかな声がはいる。

「……五〇〇〇KC——いいですか？　いいですね……ハロー、モードランド……ノールウェー隊出てください。……調整中……」

「提督、どうぞ……」というささやきがはいって、コンウェイ海軍中将は、咳ばらいをしてしゃべりだす。

「各国南極基地責任者のみなさん——今日の緊急電波会議は、各国南極観測隊相互連絡会議の幹事国代表の資格で召集させていただきました。——議題はむろん、われわれの祖国、五つの大陸をおそいつつある、流行病による大災厄についてであります。……」

「東半球調整オーケイです……」とまたなまりのつよい声がはいった。——ミールヌイ基地らしい。

「失礼だが、点呼をとらしていただいていいでしょうか？」コンウェイ提督は、いんぎんにいった。「ただ今、全南極の各国基地間の同時相互中継の用意がととのったようです。英国隊シャックルトン基地の、バーンズ隊長はおられますか？」

「おります……」短い、スポーツマンらしい声だ。

「ソ連南極基地最高責任者、ボロジノフ博士……」

「マイクの前、います……」ひどいスラブ訛りのある声がかえってきた。——ブレイド基地ベルギー隊のブランショ教授、オーストラリア、デーヴィス基地のキング隊長、ニュージーランド隊、スコット基地のブレイン少佐、ノールウェー、モードランド基地のビヨルンセン教授、フランス、デュアビル基地のラ・ロシェル博士、アルゼンチンのパーマー半島代表ロペス大尉……。

「みなさん――緊急会議をひらいた直接の動機は、昨夜の各国基地通信連絡会議において、ノールウェー隊をのぞいて、各国基地とも、本国との公式連絡が、まったく途絶したことが判明したからであります。ニュージーランド隊と日本隊が、本国ととぎれとぎれに交信がありますが、これの途絶は時間の問題でありましょう。世界各国の放送局、通信施設は、まだ推定四パーセントが電波を出しつづけていますが、南極基地のよびかけに答えてくれる余裕はないようです。――そして、アマチュア無線すら、完全途絶におちいるのは、あとわずかだということです」

「南極は忘れ去られたのですな……」イギリス代表の、ちょっと皮肉な声がいった。

「いや――おそらく、思い出す、ひま、ないのです」ソ連代表ボロジノフ博士の吶々たる声がいった。「私たちの国、えらいことになってる。首相も副首相も死にました。信じられないけれど、最後の通信、死者一億、いうてました。ムチャです。ありえないです。――科学も、文明も、社会主義体制も、ないにひとしいです。みんなひっくりかえり、むちゃくちゃになりました。――祖国の人たち、はたして何人か、生きのこるかどうか、わかりません。生きのこっても、国、あり得るかどうか……」

「ソ連代表のいわれる通りです」コンウェイ提督は沈痛な声でいった。「信じられないことですが――おそるべき事態です」

「国家が残存し得るか、ということは重大な問題ですね」ベルギー代表のブランショ博士の、冷静な声。「はたして――ヨーロッパが残存し得るかですが……」

「コンウェイ提督……」ラ・ロシェル博士の、やり場のない怒りにふるえる声がいった。

「フランス基地は、もっとも早く、本国との公式通信がたえました。だからわれわれは、よけいに信じがたいのです。あなたの基地には、なにかはっきりした報告がありましたか？――いったい、世界には何ごとがおこったのです？」

ちょっとした沈黙があった。――雑音。

「それはもう、各国隊とも御承知のとおり」口ごもりながら、コンウェイ提督はいった。

「今年の三月に中央アジアに発生したインフルエンザが……」

「ですが、コンウェイ提督――各国代表のみなさんも、いったいインフルエンザぐらいで、全世界三十五億の人間が死にたえるなんてことが、考えられますか？――それもたった三か月そこそこで！」

「十日ほど前、オスロー大学伝染病研究所が、今度の世界的流行《パンデミー》は、新種インフルエンザだけでなく、それと平行して、もう一つまったく未知の、致命的流行病が蔓延していて、それが本当の原因だと発表した、と通信がありました」ノールウェーのビョルンセン教授だ。「とにかく、すごい病気らしいです。――全世界の医学防疫陣は、その病源体をつかまえる前に、消滅してしまったらしいです」

「どんな病気です？——ペストですか？」

「そんななまやさしいものじゃない。——地球上に、かつてあらわれたことのない、新種病源体によってひきおこされたらしいのです」

「それにしたって、三か月や半年で、人類を滅亡させるほどの病源体が、あり得ますかね？」

「それ、あなた、微生物の力、知らないからだ。条件さえよければ、微生物、おそろしい勢いで繁殖し、おそろしいこと、します」ボロジノフ博士がいった。「一たらしの乳酸菌、条件さえあたえてやれば、一昼夜で、何トンという乳酸つくります。細菌兵器につかうボツリヌス菌の毒、ティースプーン一ぱいで世界中の人、殺します。それに、きつい伝染病大流行の時、人間その病気ばかりで死にません。もっといろんな悪いこと、社会に起こります」

「じゃ……」ラ・ロシェル博士はあえぐようにいった。「南極は……」

「私たち、氷にとじこめられてます。——世界から、そのつまり、カ、ク、リされてます。はなれてますね。今、南極ま冬。誰もちかよれない、バイキンもちこめない。——もっと、おそらく、寒さに弱いバイキン——ならいいですがね」

「そこに問題がある」とコンウェィ提督、「南極は〝無菌大陸〟といわれ、とくに米軍基地では、いままで保健と防疫をおそろしく厳重にやってきました。——だが、もし半年後の夏、北半球からその病菌がもちこまれたら……」

「この調子で、はたして来年、補給船がやってきますかね？」とバーンズ隊長。

「それも大問題です……」コンウェィ提督の声はこわばった。「ひょっとしたら、南極のわれわれは、ここ当分――何年かわからないが、全世界から孤立して生きて行かなければならないかも知れないのです」

沈黙――昭和基地無線局の二重壁の外では、ごうごうとブリザードが吹きあれていた。

「最悪の事態の時は……」ニュージーランドのブレイン少佐がポツリといった。「南極だけが生きのこるということになりかねませんな……」

「神よ……」オーストラリアのキング隊長がうめいた。「この氷の中で……」

「実は、そのことを考えていたのです」コンウェィ提督はいった。「われわれは、全世界でおこっていることを――最初のうちこそ、ある程度連絡がありましたが――目下おこりつつある事態を、ほとんどつかんでいません。しかし、通信傍受で感じられることは、事態は刻々と最悪の方向へむかいつつあることです。――今は、ま冬です。どっち道半年先まで、われわれは氷にとじこめられ、外界へ連絡しようもありません。しかし、防疫と補給の問題をふくめて、今から各国隊の協議協力体制を考えておいてもおそすぎないと思います」

「まず――補給ですな」とアルゼンチンのロペス大尉。

「そう、それです。――情勢は一向はっきりしないが、この先、われわれが何年、このやペンギンである程度補給できるとして……、また幸いなことに、電力はアメリカ、ソ連、フランス、イギリス、日本が原子力発電機をもってきています。これは、ここ三年や四年は大丈夫でしょう。しかし、交通動力などをどうするか――それにいずれは、南極の石炭資源などを利用して、自給することも考えねばなりますまい。それに各国の手持ち資材の有効な使い方も……」

「時には、みんないっしょに住むね」と、ボロジノフ教授。

「そう――そうです。みなさん。われわれは南極という共通の大陸にすむ、共通の運命にむすばれた単一の人間組織に――いやおうなしになりつつあります。この酷寒の氷にとじこめられた、わずか一万人たらずの人間が、人類最後の生き残りになり、ほんのひとにぎりの資材と施設が、最後の文明になるかも知れない。そうなった時われわれは――乏しい力をよせあい、助けあって生きて行かねばなりません」

「各基地付近の天候が恢復したら……」中西隊長がはじめて重い口をひらいた。「一度、どこかへ責任者がよりあつまって本格的な会議を開かねばなりませんな――できれば統一組織を……」

「賛成ですな……」とバーンズ隊長がいった。

「各国隊とも、資材、人員、施設のできるだけくわしいリストをもちよって検討しましょう」

「無人気象観測装置群から、まもなくデータが出ると思います」コンウェイ提督はいった。

「総合気象図を送りますから、各基地毎に修正をくわえてください。第一回の集合は……」

辰野の部屋の無電機の前で、基地保健班副班長の若い鳥飼医師は、WA5PSの送ってくる、ききとりにくい、長い言葉をメモしながら、顔色をかえた。——辰野は、テープレコーダーをまわしながらじっとききいっている。

「こりゃあ、大変なしろものだな……」鳥飼医師はつぶやいた。「保健班会議をひらいて検討してみなきゃァ……」

「いや——微生物学者にもくわわってもらわないと……」鳥飼のメモをのぞきこみながら、主任の井口博士がつぶやいた。「パイフェル菌、あるいは黄色ブドウ状球菌にひそむ、新種ウィルスの感染症だと？——できれば、各国基地にきいて、微生物の権威にあつまってもらって検討してもらう必要がある」

「ソ連隊隊長のボロジノフ博士は、地球物理学者だけど、生化学と微生物学の権威でもありますよ」吉住はいった。「一時オパーリンの弟子だったんです」

「おわった……」辰野はつぶやいて、マイクをとりあげた。「ハローWA5PS……」

返事はなかった。——だが数分おいて、また突然WA5PSがしゃべりだした。さっきとまったく同じ文句を、また冒頭から……。

「反覆テープだ！」辰野はつぶやいた。「WA5PSは――もうおそらく死んだんだ」

「最後に貴重な情報をきかせてくれた……」鳥飼は暗い顔でたち上った。「どんな人だか知らないが……きっとえらい学者だったんだろう――」

北海のくらい海の底で、ポラリスⅢをつんだアメリカの原子力潜水艦ネーレイド号は、海底にじっと鎮座しながら、波の上の世界にむかって耳をすましていた。

「おかしいな……」通信士のカーチスがつぶやいた。「基地の応答がずっととだえています」

「命令変更がないかぎりどうでもいいことだ」艦長のマクラウド大佐は抑揚のない声でいった。

「しかし……」とカーチスは首をひねった。

「あのおっそろしい〝かぜ〟はどうなったんですかね？　一か月前にゃ、ひどい事になってたが――山ほど死人が出てるって……さわいでましたぜ」

「グリーンランドで、よくまア乗組員がしょいこんでこなかったもんだ」通信長のスリムがいった。「こんなせまい下水管の中で、あんなのにやられたら、えらいことだぜ」

「えいくそ！――いまごろは、マイアミはえらい人出だろうなあ……」カーチスは、マクラウド大佐が背をむけたのを見て、小声でつぶやいた。「三か月ももぐったままでいなきゃならないなんて……」

「マイアミより……」とスリムは夢見るような眼つきでいった。「バミューダ島で、スキンダイブをやると、こたえられないぜ。――こんな下水管でもぐるのと、じかにもぐるのとじゃ大変なちがいさ。島の女の子と仲よくなってよ。月夜の晩に、二人とも何つけずにもぐったんだ。――すっぱだかでさ……」

　ごくっとカーチスが唾をのんだ。

「そいつはいいっこなしだぜ！　保安係のきついおたっしじゃないか……」だがカーチスはちょいとスリムの脇腹をつっついた。「話せよ……ほんとにすっぱだかでかい？」

　バミューダ島の沖合五十哩の海底で、ソ連の原子力潜水艦T―232号が、海溝の中に身をひそめていた。

「おかしい……」副長のゾシチェンコ少佐がつぶやいた。「なんだかおかしい。――艦長が起きたらしらせてくれ……」

「夜になったらアンテナ浮標《ブイ》をあげますか？」

「ああ……」とゾシチェンコ少佐はいった。「艦長に相談してみよう」

第四章　夏

1　夏のはじめ

「世界」と「人類」を表象するために、いったいなにを思いうかべるべきか？——万国博か？　記録映画のさまざまな場面か？　七つの海に出て行く豪華船か？　世界地図か？　それともニューヨーク、イーストリバーの傍に立つ、高く平べったいガラスの城、国際連合本部の建物か？——建物の前には世界百か国あまりの五彩の国旗がへんぽんとひるがえり、本会議場には、ありとあらゆる国語を同時通訳するイアフォンを耳にした、白色の、黄色の、黒の、肌をした代表たちが、同心円状に配置された議席にすわって、真剣に話にきいっている。それとも——

いや、それはあまりに人間的な見方に偏りすぎる。人間はいつも、人間自身のことを過大評価しがちなのだ。人間はすばらしい——さよう、すばらしいと考えることができるのは人間だけだからだ。愛、理想、創造、美、苦しめる魂、争い、神と悪魔、快楽、文明……。宇宙もまた、人間のためにあるかのように——落日を、山嶺の雪を、木々の若葉の緑を、花、春、風、星と月、天空の神秘……。苦悩？——たしかに、苦悩は超越的なものになりうるかも知れない。だが、その超越自体が、人間的なものをまぬがれ得ないのではないか？　より正確な「世界」と「人類」の表象に達するためには……

　支えのない暗黒の宇宙空間にうかぶ、一つの小さな球体のイメージをおすすめしたい。くるくるまわりながら、回転軸を二十三度半かたむけて、もえあがる巨大な——といってもたかの知れた、直径百四十万キロほどの——恒星のまわりを、ゆっくりめぐっていく、直径わずか一万二千七百キロほどの、小さな小さな球体だ。直径わずか一万二千七百キロだ！　この小ささに、きっとおどろかれるだろう。手近かな、使いなれた自動車の積算距離計をごらんになるがいい。一年たつかたたぬかのうちに、その数字は四万キロ、五万キロをしめしているだろう。——その車はすでに地球の直径の三倍以上を、知らぬ間に走っているのである。あなたの小さな軽自動車が、地球を一周してしまうのは、いとも短い歳月でことたりるのだ。ふつうの旅客機は二十時間で、三マッハの大圏ジェット旅客機なら、四時間ほどで地球の直径と同じ距離をとんでしまう。人工衛星なら三、四十分、光なら二十三分の一秒だ。

　太陽を発した光が、地球に達するまで、八分二十秒ほどかかる。つまり、一秒間三十万キロはしる光が、地球の軌道面を、春分点から秋分点まで横切るのに、十六分四十秒ほどかかるのだ。——しかし、半径五十億光年の宇宙の中には、馭者座《ぎょしゃざ》ε星のように、その星の直径だけの距離を光が走るのに、二時間ちかくもかかるような、巨大な星が存在するのだ。それにくらべて、この岩のかけらの何という微小さ……。

　二十世紀までに、人類がつくり得た最大の望遠鏡、パロマー山天文台の二百インチ望遠鏡で、長時間露出によって撮影しうるもっとも遠い星は、二十億光年の彼方にある。宇宙はそれよりも遠く、半径五十億光年の彼方にまでひろがる球体だという。――この宇宙がうまれたのは、二百五十億年ほど前だった。太陽系をふくむ、銀河系星雲は、五、六十億年ほど前にうまれた。五十億年ほど前に太陽がうまれ、地球もほぼそのころできた。――百億光年のひろがりをもつ、何もない、真空の空間にばらまかれた、ほんの一にぎりの――「一兆の一千億倍」個の星雲群、その中の、一つの星雲銀河系宇宙には、一千億個の恒星がふくまれている。その一千億の恒星の中の比較的小さく、比較的若いオレンジ色の恒星のまわりをめぐっている、九つの、小さな、固く冷えた星のかけらの中で、大きい方から六番目の、ちいさなちいさな、――直径たった一万キロあまりの、まるい星のかけら……かろうじてくぼみに水をため、数十キロのあつみに気体をひきとめておけるぐらいの表面引力しかなく――直径に対する表面凹凸率は、わずかプラスマイナス〇・〇八パーセントそこそこしかない、なめらかな、かるい星のかけら……

　そのうすい珪酸と酸化アルミニウムの殻皮におおわれた、ちっぽけな、岩石質の球体は、もえさかる母星の周囲の、重力で曲った空間を、くるり、くるりとめぐりつづけた。母星のまわりを一度まわる間に、自分自身は三百数十回、くるくるまわる。……わくらばに空間を生じ、母星との永遠のむすびつきを強制されて以来、三十億回、あるいはそれ以上、母星のまわりを回転した時、その岩石の球の上を、うすくおおう水の中、露出した岩と水との境い目に、偶然奇妙な組みあわせの有機化合物ができた。――ふりそそぐ光と熱、雨とふりそそぐ宇宙線、対流と表面の摩擦によって大気中に蓄積される静電気の、大気中放電――これらのものが、炭素と窒素の化合物をつくり、水中にとけこんで、硫黄と水とがくっついた。そしてその奇妙な有機化合物は――周囲から炭素をとりこんで一連の反復化学反応をくりかえしながら、その過程で、当初の有機化合物と、まったく同じものをつくりはじめた。――すなわち、増殖をはじめたのである！

　ちっぽけな球体は、なお母星のまわりを十数億回ほどまわった。――その間、母星は、自分の中の水素をもやしつづけつつ、銀河系の中を、まといつく星のかけらをひきつれたまま、はてしない回帰の旅をつづけていた――ちっぽけな球体の表面をうすくおおう、大気と水と岩石の境い目には、すでにのべた何兆回にものぼる反復反応を通じ、複雑な複合過程を経て、高分子《ポリマー》化合物の、おそろしく錯綜した集合体ができていた。それは球体表面の上にうじゃうじゃとうごめき、やわらかい、初期の有機化合物の性質をそのままとどめた、ヌラヌラした体の上に、海中からとりいれた、うすい炭酸カルシウムの殻をつけていた。小さな球体の直径のわずか百億分の一程度しかないそれらの生物は――それは人間とウイルスほどのわりあいである――何億という物体になって地殻の上を、何億回となくはいまわった。

　小さな球体は、さらに三億回ほど太陽のまわりをまわった。――「生物」の中のあるものは、やっと水底をはなれ、いかなる意志の命令かも知らず、体をうねらせ、水中をおよぎまわっていた。またあるものは、むしろしっかり、固着する道をえらんだ。――

八億年前、長さ数十ミリミクロンの有機化合物だったころ、化学反応に必要なエネルギーのもと、光と熱を吸収する機会の単なる確率の大小にすぎなかった一つの因子が、十数億年間にその何兆倍もくりかえされた反応と組みあわせの反復により、いつのまにか、一個の「意志」にちかい形をとっていた。（オルドヴィス期の盾甲魚は、大きさも知れているし、まだ脊椎もろくにできていない、頭にカラをかぶった、原始的なしろものだった。にもかかわらず、彼らは「眼」をもち、餌をもとめて、筋肉をうごかして泳いだのである）

小さな岩の球体――地球は、太陽のまわりをもう一億回ほどまわった。巨大な大宇宙の一点に、一千億ある同族の星の一つのかたわらに偶然にポッンとうまれてから、すでに母星のまわりを、四十八億回あるいはそれ以上もまわっていた。最初の、長さ数十ミリミクロンの、小さな「増殖する」有機化合物の糸――最初の生物がうまれてからでも、すでに八億回もまわっていた。――だが地球はつかれもあきもせず、もえさかる母星――五十億年ちかくもえつづけて、大して変化も見せぬ母星のまわりを、ぐるぐるとまわりつづけた。――いまは、あの最初の生物にくらべたら、おそろしく複雑になり、おそろしく分岐し、巨大化した生物が、ついに水中をはなれて、奇蹟の機械としか思えない機関でもって、地上をあるきまわりはじめた。個体の変化も、おどろくべき多岐にわたった。古く発生し、なお種をまもりつつ生きのこっている細菌やウイルスをはじめとする各種の生物をあわせれば、そのバリエーションも個数も厖大な数にのぼった。このころの最大の生物、ディプロドクスの体長は、実に、それをのせている球体の直径の四十五万分の一——三〇メートルにもおよんでいた。最初の増殖する有機化合物が、おそらくは球体直径の、千三百兆分の一乃至百三十兆分の一——つまり数十ミリミクロンから数百ミリミクロンしかなかったことをおもえば、たった八億年の間に、実に三十億倍の大きさにふくれ上ったことになる。——すでに、地上からさえはなれ、空をとぶものもあらわれていた。個体変化が多岐にわたると、食物も同じ数だけ多岐にわたった。あるものは八億年前同様、無機質をたべていた。あるものは自分の中に、食物を合成した。ある大きなものは順次小さなものを食べた。そしてもっとも小さなもので、無機質を食べることをやめたものは、自分より大きな、すべてのものを食べた。中には食べさえもせず、より進んだものに寄生して、その個体の生のメカニズムをそっくり、自分のために、利用するものさえでてきた。——巨大なものから極微のものまで、単純なものからもっとも複雑なものまで、生物はうすっぺらな地殻の表面にはんらんした。——だが、このちっぽけな球体にとって、そんなものは大したことではなかった。

冷却があったり、加熱要因があったり、小さな球体の表面では、ちょっとしわがよったり、のびたりした。重い地殻の、ほんのうわっつらに浮いた、かさぶたのようなかるい大陸が、ひびわれたり、ひきつったり、自転の作用でふわふわ動いたりした。しわの所でかさぶたがやぶれ、底の比較的あたたかい、ドロドロしたものがふき出したり、ガスがもれたりした。——そのたびにまわりの生物は死んだ。

ひびわれた所に海水が浸入し、かさぶたがゆれると、うすい表皮の上に、さらにうすくくっついている水が、ほんの少しチャプチャプゆれた。――するとおぼれた生物がたくさん死んだ。大気の天井からしたたる湯気の冷えた水滴のひとしずくが、ほんのわずか大きいと、それはかさぶたの一部をけずりとり、たくさんの生物がおしながされ、土砂にうまって死んだ。地球はくるくるまわりながら四十何億回目の回遊をつづけた。ふわりとうすく、球体をつつんだ大気中の炭酸ガスや水蒸気が、ほんの少し、ふえたりへったりすると、表面の温度が、ほんのプラスマイナス十度Cばかり上下し、そのたびに寒さやあつさがやってきて大変な数の動植物が死んだ。そして時には――ある種の生物がやたらにふえ、そのためにその餌になる生物が絶滅し、ついにはその生物も死にたえた。――こんなことが、それこそ何億回くりかえされたろう。

球体は、もう一億何千万回かまわった。――球体の上では、ちょっと温度がさがったことがあり、すると氷があちこちはりつめて、巨大な、すばらしく発達した、強い生物が山ほど死んだ。それからわずか数百万回まわっただけで、その間に三度も氷がはったことがあり、そのたびに、氷河期と氷河期の間にうまれてきた、すごく洗練された巨大な動物が死んだ。地球の自転軸が移動し、北極が今の南太平洋から、赤道付近へうつっただけで多くの生物が死んだ。――もう昔の動物の子孫で生きのこっているのは、わずかしかいなかった。二度目の氷がひいた時、前の時代にちっぽけな、なさけない、片隅のネズミみたいな生物だったものが、体が大きくなり、頭が発達し、立ってものをもつようになった。――だが、その頭の発達は、マンモスの牙や、サーベルタイガーの剣歯の発達のしかたにくらべれば、おさむいものだった。ものをもって獲物を狩るにしても、その戦闘力は、前世代の堂々たる暴竜《ティラノザウルス》にくらべれば、月とスッポンだった。

温度はまたさがり、またのぼった。地球はほんの二、三万回まわった。――凶暴で、巨大な動物は、またもや死に、生きのびたちっぽけな、立って歩く連中は、群れはじめた。さらに一万回まわると、彼等は、このうすっぺらな殻の上で、生物として一勢力をうるようになった。それでも他の生物群にくらべれば、数においても、その勢力においても、ほんのわずかなものだった。――だが数千回まわる間に、その生物は急速にふえ、蟻や蜂など、昆虫に似た――しかしそれよりよっぽど不徹底で、不合理な――「組織」をつくり、蟻がアリマキを飼うように牧畜のまねごとをはじめ、またある種の蟻がキノコを栽培するように栽培をはじめた。集団同士は殺しあいとうばいあいをはじめた。彼等は不完全な信号で通信しあい、不完全な個体的思考を、集団的思考にたかめることに――意志はありながら――どうしても成功しなかった。

地球はさらに数千回まわった。五十億回まわったあとに、急にふえはじめたその生物は、すでに地殻表面にくまなく――だがきわめて稀薄に、ちらばっていた。いろんな文化がおこり、いろんな人種が、殺しあいでほろぼされたり、病気でほろびたりした。球体が、そのうすい皮膚をけいれんさすたびに死んでいった。――地球の回転をその生物がはかりはじめてから五千回あまりまわった時、はじめて球体の水の表面を、一まわりした生物の一群があった。それからまた集団間の殺しあいや、掠奪がはじまった。表面の生物同士が、一応完全に連絡しあったのは、それから三、四百回まわってからだった。──だが、つい数万年前まで棍棒や石斧で、集団同士の殺しあいと、うばいあいをやっていた習慣は、まだ大規模にのこっており、棍棒や弓矢から、少しばかり発達した道具で、相かわらず殺しあい、掠奪しあいをやめなかった。

文化?──それらしいものがうまれてからたった一万年かそこらしかたっていないのに……世代にしてせいぜい四百世代しかたっていないのに、文化だと? つい四、五千年ほど前、人類の大部分、九〇パーセントかそこらは、飢えと疫病《えやみ》と敵と自然の災害の恐怖にさいなまれ、ボロを着、シラミをわかし、掘立て小屋の土間に寝、隙あれば殺してぬすみ、栄養失調と、寄生虫に慢性的にとりつかれ、明日食物をとって生きねばならぬ恐れの中に、獣のように生きていたのではないのか?

文化?──つい数百年前の刑罰をおぼえているか? 全世界の何パーセントが文字をよめたか? 十字軍の狂気は? 神への犠牲《いけにえ》は? 嬰児虐殺は? 戦国の非戦闘員大量虐殺は? 中南米へむかった征服者達《コンキスタドーレス》の所行は? 異教徒虐殺は? 宗教裁判は? アフリカの奴隷狩りは? 不可触賤民《アンタッチャブル》は?──つい数十年前の二つの大戦は? 大量虐殺兵器、粛清、強制収容所、アウシュビッツは? 二十世紀の「人類」はその内面性においてネアンデルタール人から、どのくらい「文化的」になったか? ティラノザウルス・レックスの顎、サーベルタイガーの剣歯、カツオノエボシ共棲群の刺胞と、現代兵器の本質的ちがいは？——自分をまもる→殺す、うばう→殺す、憎悪する→殺す……いや、こんなことは大したことではない。人類は「文化」の名にあたいするものをもつには、まだ若すぎたのだ。「類」としての全体意識が普遍化されてすらいないのだ。集団の中の「個」と「全体」の、原初的な調和段階にさえ達しておらず、つい二千年ほど前に、ようやくぬけ出しかかったばかりの野獣状態にまだ首までつかっており、かみあいや、とも食いや、集団殺戮の血のさわぎに、ともすればのみこまれてしまう。——あと十万年も生きのびれば、人間もようやく「文化」の名に値いするものをもちうるだろう。十万年——それ以下ではとてもだめだ。だが、若いだけに無限の可能性もあった。蜂の「文化」は、すでに完成されていて身動きもできない。人間はそのあらあらしい未完によって、よりかがやかしい未来を約束されていたろうに——、もし生きのびさえすれば……。

ちっぽけな、まるい、岩石質のかたまりは——母星はまだ若いのに、すでに年おいてしまった小さな球体は、五十億と何千何百万回めかの回遊にのぼりつつあった。三十億周前に増殖する有機化合物がその表面にうみ出されたことが、同胞《はらから》の星のかけらたちとは、多少は異る徴《しるし》であったとはいえ、それがこの孤独な岩石のかたまりにとって、どれほどの意味があったか？　三十億年の間に、いったい何百万種の生物が発生し、ほろびていったろう？——だが、直径一万数千キロの球体のうすい表面の殻に、うすくうじゃうじゃとうごめく、微細な有機化合物複合体の興亡が、その球体にとって何ほどの意味があったろう？——その生物は、三、四千回転ほど前から、急に増殖しはじめた。やがて珊瑚虫のように、あちこちに集合体の殻を作りはじめ、数百回転ほど前から、集合体同士の第二次複合期にはいり、種全体として、渡り鳥や、昆虫社会のように、それよりも、もっと微弱な二次的集団意志のようなものをもちはじめた。しかし、弱肉強食は、いまだに集団間の淘汰原理として根づよくのこっていた。彼らは、これまでの生物と、ちょっとちがっていた。——はじめて水中を泳いだ、盾甲魚《オストラコデルム》のように、大型脊椎動物としてはじめて空をとんだ中生代爬虫類翼手竜《プテロダクティルス》のように、その生物は、はじめて生物的メカニズムによらず、その環境からエネルギーをひき出し、これを使うことをはじめた。生物の変化から見れば、それははじめての神経、はじめての肺呼吸、はじめての四肢、はじめての翼に比すべき、画期的なことだったろう。しかしそれはわずか十数万年前からのことだった。

五十億何千何百何十何万何千何百何十何回目かの公転に地球がのぼりはじめた時、突然猛烈な勢いで繁殖しはじめた、もう一つの微生物が、この生物と、その類をほろぼしはじめた。——五十億歳のおいぼれた、小さな岩の球にとってはめずらしくもないことだった。こんなことがいままでいったい何千万回、いや何億回おこったろう？　ある生物が、ある時突然猛烈にふえはじめ、その餌の生物が根だやしになる。その逆のことだっておこる。時には何の関係もない生物が、とばっちりをうけて死にたえる。小規模なものなら、しょっ中おこっている。——赤潮は、海中のプランクトンが、雨のあと、養分の多い河水が多量に海にながれこみ、一時に猛烈ないきおいでふえる。すると、海中の酸素がなくなり、鰓にプランクトンがつまり、付近の魚や貝が——もともとプランクトンを餌にしているこれらの生物が、窒息して全滅するのだ。地球的規模でおこることだってよくあった。中生代のあのみごとに発達した巨大爬虫類のある系統《ブランチ》がそうだった。ある種の鳥、ある種の哺乳類——そのめずらしくもないことが、またおこりかけていた。はてしもない地球の回遊のある一点において、それは起りはじめ、地球がその公転軌道面のわずか三分の一の扇形《セクター》をまわった時は、もう終局に達しようとしていた。

2　七月第三週

「なぜ病院でねていないんです？」副大統領は、苦しそうに咳きこみながらいった。

「君は、なぜねていないんだ？」

大統領は土気色の顔をしてかすかに笑った。——ホワイトハウスの大統領執務室のデスクにすわった大統領は、顔をあげているのがやっとだった。卓上カレンダー付時計は、15・JULYをさしている。——蠅が何匹もとんでいて、長いこと掃除するものがいないので、ほこりだらけだった。——蠅は、部屋の一角におかれた、古風な椅子のまわりでうるさく輪をかいていた。その椅子の上には、鉄色の髪でおおわれた頭をがっくりさげた老婦人の死骸があった。

「もう、におうだろう?」大統領は苦しい息の下からいった。「秘書はおとつい、そこに坐ったまま死んだんだ。冷房がないし、この暑さなので、すぐくさる。――かたづけたくても、人はいないし、私はもう足の関節が、動かない」

「においにはなれました」副大統領は、やっともう一つの椅子の所まで歩いていって、くずれるように坐った。「ワシントンは死骸の山です」

「妙なものだね」大統領はふるえる手で、煙草をつまもうとしていた。「人間一人の死はどんな形でやってくるかわからないことは、誰でも知っていた。大統領で暗殺されたのは、何人いるか……ふつうの人間なら、死の訪れ方が、つねに予測をゆるさないことはよく知ってるはずだ。盲腸炎か、交通事故か、階段からあやまっておちるか、食あたりか――それなのに、われわれは、人類の滅亡について、実にまずしい想像しかしてなかったんだね。水爆戦、星の衝突――まさか〝かぜ〟で突如として滅亡するとはな」

「〝かぜ〟じゃありません」副大統領はいった。「未知の流行病です」

「どっちでも同じことだ――」

大統領は、やっと首をまわして窓から外を見た。木立ちのむこうに、濛々と黒煙があがっていた。

「もえているな……」大統領は熱にうかされたうつろな眼付きでいった。「街の治安はどうだね?」

「恐慌状態になる以前に、みんな死んで行ったんですよ」副大統領はつぶやいた。「あっという間です。おどろくべきことでした。――人口一億八千万のアメリカにおいて、一億五千万人が死んでからも、まだ行政責任が意味をもっていますか？　治安などと――つまり従容として死ねという意味ですか？」

「責任は常に抽象的なものだ」大統領はいって、しばらく絶句した。――だいぶたってからやっと、ためていた息を吐き出すようにいった。「それで……なければ――意義はないし、効果もない」

「しかし――軍人たちの過度の責任感はどうです」副大統領はいった。「どうしてですかね――極右の評論家と上院議員と、主戦派の将軍たちの連帯は、まだ消えていません。――二週間ほど前、このおそろしい大流行病をチャンスと見なして、いっきょにソ連と中国をたたきつぶせという意見書が出たのをおぼえていますか？」

「眼のないやつらだ……」大統領はぐったり頭を椅子の背にもたせかけて眼をつぶった。「前代の――シルヴァーランド大統領の時から、まだ一年あまりしかたっていない。――あのきちがいじみた反共十字軍の指揮者の遺風は、まだのこっている。彼等は人類というものがわからないのだ。世の中には、アカと純潔な白人の、二種類しかないと信じている。――故人の悪口はいいたくないが、おかげでアメリカの――いや全世界の歴史は十年おくれた」

「いまとなっては、どっちみち大したことではありません」副大統領はいった。「一週間前の報告で、世界総人口は、推定十五分の一になってしまいました。――われわれも死にますね。——いったい人間は、生きのこるんでしょうか?」

「南極が……」大統領はつぶやいた。「三日前、コンウェイが、私に連絡してきた。——南極は氷にとじこめられ、まだだれも、病気にかかっていない……」

どこかで銃声がした。——誰かが、また、自殺したらしかった。外の木立ちには、あつい、ギラギラする夏の陽ざしがあたっていた。——だが、あたりは、人のうめきさえきこえぬ、完全な静寂だった。——シーンとしずまりかえった中でずっと遠くの火事のバチバチという音が、かすかにきこえてきた。

「ジョウンズ」大統領がおそれにみちた声で叫んだ。「君はいるのか?」

「ここにいます……」

「君が見えない……」大統領はがくっと前にたおれ、デスクにしたたか頭をぶつけた。

副大統領はよろよろと立ち上った。——体中から冷汗がしたたりおち、眼とのどははげしくいたみ、口の中がからからだった。

「ばかばかしい!」大統領は、うつろな眼をあげてつぶやいた。「病名もわからず、医者や家族にも見とられずに、死ぬなんて……」

「私がここにいます……」

「水をくれ……」

副大統領は手をのばしたが、水さしをひっくりかえした。——彼自身刻々呼吸が困難になり、心臓が鉛のように重くなってくるのに、やっとのことで抵抗していたのだ。

「そばにいてくれ、ジョウンズ……」

「いますよ」

突然大統領はカッと眼を見ひらいて、鳥のように叫んだ。

「死ぬのはいやだ！」

「大統領……」副大統領はやっとのことでいった。

「いや……こんなことというつもりはなかった……」大統領の鉛色の額は火のようにあつかった。――最後の気力をふりしぼって、彼は、いまいおうとしたことを思い出そうとした。

「そうだ……やり忘れたことがある……」

「なにもないはずですよ……」

「いや……ジョウンズ、君はまだ、歩けるか？」

「どうにか……」副大統領は眼をつぶって、肩で息をしながら答えた。「でも、あなたのすぐあとから、行きますよ」

「じゃ秘密金庫から鍵《キイ》を出して……組み合せ番号は知っているな」

「何の鍵《キイ》です？」

「ＡＲＳの……」大統領ののどがゴロゴロなった。「知っているな……自家発電さえスタートさせれば、エレベーターは動く。地下の……ＡＲＳの……電源を破壊してくれ。――スイッチはＯＦＦになっていると思うが……」

「なぜ、そんなことするんです？」副大統領は、その意味をやっとくみとってつぶやいた。「八分どおりしずみかけている船で、しめわすれた浴槽の栓をしめにもどるようなものじゃありませんか……」

「万一ということが……ある。――一週間前、ガーランド将軍が、強硬な勧告をしてきた。――ミサイル防禦体制が、要員大量死亡で用をなさなくなった。だからＡＲＳのスイッチを……」

「きちがいどもめ！」副大統領はうめいた。「なんというきちがいどもだ！――死人にダイナマイトをしかけようというのか？」

「ガーランドはそれと同じことをいっていた……」大統領はつぶやいた。「朝鮮戦線で――戦死者の死体に手榴弾がしかけてあったそうだ。かたづけようとすると……爆発した」

「大統領！」

「シルヴァーランド時代に……やったことだ。私はシステムそのものを廃棄するつもりだった。――だが、その秘密を知る軍部と政治家が、猛烈に反対した。……私は時間をかけて、まず全面核兵器廃止からやるつもりだった。――当座、万一の場合にそなえて、……を爆発する装置だけはつけさせて……だから、奴らに利用されないように……まさかと思うが……もしスイッチがいれられていて――不測の事態がおこったら……」

大統領の体はガクンと前にたおれ、それからバネじかけのように後へはねた。

「ここがくるしいんだ……ジョウンズ……」大統領は、かすかに胸をかきむしる動作をし、それからびっくりしたように眼をカッとひらいてつぶやいた。「いま、何時だ?」

大統領が息をひきとって、しばらくの間、副大統領は、デスクの傍のカーペットの上にたおれて、気を失っていた。——それからやっと起きあがると、デスクをつたって、やっと秘密金庫にたどりつき、長い時間かかって、扉をひらいた。小さな一組の鍵《キィ》をとり出して、ふりかえると、そこに背の高い軍人が、よろめきながら拳銃をかまえていた。

「ガーランド」副大統領はうめいた。「来たのか?」

「さっきからずっと……」ガーランド将軍はしわがれた声でいった。その鉛色の頰には熱のための赤い斑点ができ、眼はギラギラとくるったようにかがやいていた。「鍵をわたせ」

「君は……」

「軍人として国防の責任をはたすのだ……」ガーランド将軍はいった。——後にもう二人、やっぱり熱にもえる眼をした将校がいた。「きけ!——やつらが、われわれと同じような目にあってるとは誰も証明できん。ロシア人は化物か馬みたいにタフだ……。いま、ミサイル攻撃をされたら……おれたちは反撃できない……」

「君はくるっている……」副大統領はいった。「君は自分の描き出した、憎悪と恐怖の幻想を、人類が死滅したあとも、のこそうというのか?」

「ロシア人や中国人の、情容赦なさを知らんのか？」ガーランドはもつれる舌でどなった。「やつらはきっと攻撃をしかけてくる——こっちがチャンスだと思う時は、むこうも同じように思っているにきまっているんだ。——おれたちがほろぼされるなら、やつらにも同じ目にあわせてやらなけりゃ……」

「そこをどけ！ ガーランド……」副大統領は甲高い声で叫んだ。「君は——完全にくるってるんだ……」

ガーランドは引き金を引こうとした。——だがその前に、副大統領が、床の上にくず折れて息をひきとった。

本当は、ガーランドに45口径のひき金をひくだけの力はのこっていなかったし、ひいていたら拳銃は手の中ではね上り、そのショックで彼自身が死んでいたかも知れない。

——将軍は鍵をとりあげると、ギラつく眼でくるったようにまわりを見まわした。

「自家発電機をスタートさせろ……」彼は部下に命じた。「エレベーターを動かすんだ」

まもなく——ホワイトハウスのあちこちの部屋に、まっぴるまにかかわらず、電燈がいっせいについた。——ガーランドは、エレベーターにのりこみボタンをおした。地下七階……八階……九階で停止し、ドアがあく。——廊下には、私服の警備係の死体が、ゴロゴロころがっていた。ガーランドはその一つにつまずいてころび、長いことかかっておきあがり、ボタン式開閉装置でドアをあけ、地下の大統領特別指揮室によろめきいった。

ひろいガランとした室内には人影がなかった。

壁には、コロラドスプリングズの北米防空司令部《ノーラッド》そっくりの、すりガラス製のアイドホール地図投射板があったが、何もうつっていなかった。全防衛組織に通ずる通信装置、クレムリン直通のテレックスと緊急電話《ホットライン》……ガーランドは直通電話をむしりとってなげつけた。それから、彼自身、前大統領時代にとりつけにたちあった、ＡＲＳきりかえスイッチの方へすすんでいった。——それは、長椅子の後の壁にかくれていた。長椅子は指一本で動くのだが、それを動かすのに彼の体力はあらかたついやされた。

長いこと、荒い不規則な息をして、床にはらばいながら、ガーランドはまたよろよろと起きあがった。——もう自分が何をしているか、ほとんど理解していなかった。くるった頭の中で、長年の偏見にみちた軍人生活にやしなわれ、一種の盲目的本能になった憎悪の執念だけが、彼の気力をふるいたたせ、壁のかくし穴へみちびいた。——丸いかくし穴をあけ、四つの鍵をつかって何度も順番をまちがえながら、やっと最後の蓋をあけると、彼はずるずると壁からずりおちた。

脈搏は低く、おそく、肺はあえぎをやめ、顔にはすでに死の色がただよっていた。——そのまま彼は、死んでしまったように見えた。だが、十分以上たってから、やにわに彼はカッと眼を見ひらき、ジリジリと手をかくし穴の方へのばした。——ＡＲＳと書かれた下の何の変哲もない、赤くぬられたスイッチに、かろうじて指先がふれた時、最後のまっ黒な痙攣が、羽音をたてて彼の心臓につかみかかった。——手が壁穴からズリおちるはずみに、カチッと小さな、かわいた音がして、スイッチがＯＦＦからＯＮにはいった……。

3　七月第四週

しめった風が、街路を吹きぬけていった。

看板ががらんがらんと音をたててたおれ、架線が物悲しい笛の音をたてた。

街路のいたる所に、くろずんだ死体がころがって、半分くさり、ふくれあがり、泥水につかっていた。——たまらない臭いが、風に吹きちらされ、街角から街角へと重く流れていったが、いまはそれをたまらないと感ずるものもいない。

風といっしょに、雨がふりはじめた。雲間に時折りカッと陽ざしが照りつけ、しずまりかえった都市からはもうもうと水蒸気がたった。また雨が降ると、その水は、死体から、どろどろに分解した有機物の一部を洗い、海にむかっておしながした。

死骸が、廊下に、病室に、事務室に、炊事場に、おりかさなっている病院の一室で、かすかなすすり泣きがきこえた。——机につっぷした、血と汚物にまみれ、ずたずたに裂けた白衣をまとった、ひげだらけの、まだ若い男がすすり泣いていた。

「なにが悲しいの?」死体とばかり思っていた、赤いネルの寝巻きを着た女が、床にころがったまま声をかけた。

「ぼくはくやしいんだ……」男はかすれた、ぜいぜいいう声でいった。「くやしいんだ……ぼくは医者だ……病気と闘うのが商売だ……全力をつくした。——だのに、人間が滅亡するのをふせげなかった……ぼくは人間の科学は、すばらしいものだと思い、現代医学の水準をほこりにおもっていた。だけど、それが……なんにもならなかったなんて……こんなに知恵のすすんだすばらしい科学をもった人類が、病名も、原因も知らずに死んで行くなんて……」

「あなたのせいじゃないわ……」

「でも――ぼくは……医師としてくやしいんだ！――人間として、くやしいんだ。科学も文明も……流行病による滅亡さえふせげなかったなんて……」

男は突然はげしく声をたてて泣きはじめた。

「なかないで……」青黒く汚れた皮膚が、骸骨にぴったりはりつき、骸骨のように見える女が、熱にうるむうつろな眼をぼんやりあげて、つぶやいた。「唄をうたってあげるから……」

女は意外に澄んだ、美しい、だがかぼそい声でうたいはじめた。

てるてる坊主、てる坊主
あした天気にしておくれ……

しんとしずまりかえった病院の外に、灰色の梅雨の雨がじとじとふりつづけていた。
――死臭の渦まき淀む、しめった、むンとするような空気の中で、女のかすれた弱々しい歌声が、ほそい銀の糸のように、ふるえながらのびていった。――机につっぷした白衣の男は、もうすすり泣きをやめて、動かなくなっていた。女の声だけが、次第にとぎれ勝ちになっては、またつながり、細く細く、部屋の中をたゆたっていた。

あたしのねがいをきいたなら
あまいお酒をたんとのまそ……

雨ははてしなくふりつづけた。

豪華な三部屋つづきのアパートの寝室で、一人の女性が息をひきとりかけていた。――顔は熱のためもえ、唇は黒くひびわれ、時々全身にはげしい痙攣が走った。汗と熱のにおいのムッとするベッドの傍に、トランジスター型のテレビとラジオがつけっぱなしになっている。

おちくぼんだ眼蓋をとじてあらい息をしている女性は、時おり思い出したように、カッと眼をひらき、皮膚のカサカサになった手をのばして、狂気のようにテレビのチャンネルをきりかえ、ラジオのダイアルをまわした。――だが、テレビのブラウン管には、こまかい縞模様が、しろっぽく走っているだけでなんの姿もうつし出さなかった。ラジオもただブツブツというだけだった。

「なにかいって！」女性はかすれた声で叫んだ。「おねがい！――なにか話しかけて……

……」

部屋の中は煮えるようなあつさだった。――この六階だての高級アパートでは、一週間前から冷房がとまり、水道もとまった。三日前、女性は高熱をおして、バケツに水をくみに、一階までおりていった。廊下では、三人の男女の死骸が三十二度の暑熱の中で、しずかにくさっていた。毛がぬけて、歯をむき出した、フレンチプードルやシャム猫の死骸もあった。――街路は森閑としずまり、今は黒煙さえたちのぼっていなかった。ガレージの中では、何台もの高級自家用車がすでにほこりをかぶり、アパートのガーデンにあるプールにも、死体が三つ――花模様のプリント地のワンピースを着た、十二、三の女の子、ポロシャツ姿の銀髪の紳士、それに細いズボンをはいた若者……。若者の死体はすでに大分たつらしく、すもう取りのように脹満して、すでに眼球が流れ出していた。――女性は、プールの傍で長い間ためらって、プカプカういている死体から一番はなれた所の水をくみあげた。水道は一階でもとまっており、ほかに水がなかったからだ。三日間、女性は、その悪臭のする水をのんで、渇をいやしていた。――だが、今はすでにバケツの水も蒸発しきってしまい、彼女は終末の近いことをさとるのだった。すさまじい炎暑に、火あぶりの悪夢に苛まされながら彼女は、それでもベッドの上でうつらうつらしながら、生きながらえていた。――そして時たま、世界中で自分だけが生きのこった夢を見ては、恐怖のあまり眼をさます。

「いやよ！」彼女はかすれた声で叫ぶ。「たった一人で死ぬなんて――いや！」

声がガランとした室内にかすかにこだまする。静寂——彼女はまたきちがいのように
テレビのチャンネルをきりかえ、ラジオのダイアルをまわす、——静寂。
彼女は、髪の毛をかきむしり、鳥のような叫びをあげる。——だが、実際は声は出ず、
耳には何もきこえない。——ふと枕もとの電話が鳴ったような、錯覚を起こして、夢中
で受話器をとりあげる。
しかし、実際はどこかはるかはなれた部屋で、風鈴がチリ、チリとかすかになってい
るにすぎない。
耳におしあてた受話器の底で、電話がこの地区では、まだ生きていることを知って、
彼女は呆然とする。——夢の中で、あてずっぽうにダイアルをまわす。突然声がきこえ
てくる。彼女はギョッとして、送話器にさけぶ。
「もしもし！」
「……東南の風、くもりのち晴れ、時々夕立がありましょう」機械的な男の声——テー
プの声、死んだ声。——「気温は上昇し、日中は三十六度をこえる見こみです。……く
りかえします……明七月六日は……」
今日は何日か？　彼女が部屋をぬけ出そうとして、戸口でたおれたのは……たしか七
月三日のことだ。あれから何日たって……
「もしもし……」彼女はかすかな声で叫ぶ。「返事をしてちょうだい……どうか……私
……たった一人で、死にかけてるの……」

「……京浜地方は朝から晴れたりくもったり……」

墨のような、冷たい影が、部屋の四隅からにじみ出して、みるみるうちに彼女をおしつつむようにせまってくる。

「助けて！――」彼女は叫んだ。「暗い！――まっ暗だわ！」

彼女は突然、誰かの名前を思い出しかけた。どこか遠く――とても遠い、地の涯ているー人の男の名前を。……だが、それをはっきり思いうかべる以前に、冷たい、暗黒のマントが彼女の上におそいかかった。そこ知れぬ暗黒のむこうには、何もなく、はげしい、一切が凍りつくような孤独があるだけだった。（こわい……）と彼女は思った。（……さん）

それが最後だった。ひからびた、青黒い顔の横で、アイボリーカラーのエボナイトが、ブツブツささやいていた。

「山間部では、雷雨もある見こみです……」

4　八月第一週

「アホーイ、だれかいませんか？」子供の声。――まだおさない、きいろい声だ。今にも泣き出しそうで、しかし必死だ。「ぼく、トビイ――あのう……ニューメキシコの……ええと……、サンタフェからちょっとはいった山の中にいます。アホーイ……だれか助けに来てくれませんか？　ぼく、サンタフェの、トビイ・アンダースン……五つです」

「よせ！」吉住はマイクスイッチをいれようとした辰野の腕をぐいとつかんだ。「電波管制中——こちらからは出せない」

「子供だぞ！」辰野はどなった。「一人で……助けをもとめてるんだぞ！　五つの子が……」

「おれたちに何がしてやれる……」吉住は顔をそむけていった。「子供と話をして、……こちらも苦しみ、むこうも苦しめるだけだ」

「五つだぞ！」辰野はぶるぶる瘧《おこり》にかかったようにふるえていた。「五つの子を……助けをもとめている子を、たった一人で、死なせていいのか？」

「南極が生きのこっていることを、誰かが傍受して知ったら……」吉住はかすれた声でいった。

「必死になって、南極へ逃げこもうとしたら——俺たち、自分の手で、そいつらを殺さなきゃならん」

「アホーイ……あの……誰か返事して……」かぼそいキンキン声が妙にはっきりスピーカーからきこえる。「この無線機、パパのだよ。——パパが、パパ以外のものが使ったら、お役人から罰をくうといってたけど——パパもママも死んじゃったから——いけないことかも知れないけど、よんでます。アホーイ……だれか助けて……警察のおじさん、いませんか？　だれか来てくれませんか？——ぼく、三日も食べてない。冷蔵庫、電気がとまって、ハムがくさっちゃった。——誰か返事してよう——」

「はなれろ、辰野……」吉住は辰野の肩をつかんだ。「スイッチを切れ」

「いやだ！」辰野は肩をふるわして泣きながら頑固に首をふった。「せめて……きいてやるんだ。最後の最後まで……この子のいってる言葉を、生涯忘れないために……きくんだ」

「誰か来てくださあい……」子供はとうとう泣き出した。「誰かいませんかア……誰か返事して誰か、ぼくを助けにきて……パパもママも死んじゃった、お隣りのバンクロフトさん家《ち》の、おじさんもおばさんも、犬のリバティも——馬のアトキンスは、たおれて死にかかってるよ……」

泣きじゃくりながら、遠い、ニューメキシコの山中にいる子供はいう。

「誰も返事してくれなきゃ……ぼく、自殺しちゃうよ」

たまりかねてスイッチにとびつこうとした辰野に、吉住がむしゃぶりついた。——せまい部屋の中で、二人は本気になってとっくみあいとなぐりあいをやった。椅子がひっくりかえり、本棚がおちた。二人は鼻血を出し、眼に隈をつくり、服がズタズタになっても、まだやめなかった。二人ともなぐりあいながらポロポロ涙をながしていた。それでも、全世界の悲劇の一切の責任がおのおの相手にあるとでもいうように、夢中になって、殺しかねまじきいきおいで、満身の怒りをこめ、涙を流しながらはてしなくなぐりあった。——騒ぎをききつけてとんできた隊員に、やっとわけられた時、突然、いままで沈黙していたスピーカーからかすかな音がきこえた。

バーン……。

二人は血みどろの顔のまま、凍りついたようにスピーカーを見つめた。──だが、スピーカーは、ブツブツいうばかりで、もう何の音もきこえなかった。

「馬が死にかけている、といってたから……」吉住がおずおずといった。「きっと馬を……」

とつぜん、辰野が、おさえられた腕をはねのけて猛烈な勢いではねた。──すさまじいアッパーカットが、ガクッと吉住の顔にめりこみ、吉住ははねとんでテーブルにぶつかってくずおれた。辰野は床の上にベタッとすわると、顔をおおってわアわア泣き出した。

──その悲痛な慟哭は、かぼそい笛の音のように、雪にとざされた昭和基地のドームからドームへ、道路をつたってとぎれとぎれに流れていった。

5　八月第二週

「ヘルシンキ大学の文明史担当ユージン・スミルノフ教授です……私のことを、知っておられる方が、まだのこっているとは思いません。また、どなたかが、まだ生きていて、私のこの放送をおききになっているとも思いません。──しかし、私はかたらずにおられません。──今日は、私のラジオ講座の日です。──これが最後の……あらゆる意味で最後の講義になるでありましょう。──さいわい、この放送局は、自家発電によって、まだ電波を出しているようであります。もっとも、ここから見ておりますと、最後の私のねがいをいれて、放送の準備をととのえてくれた局の人々は、すでに息をひきとられたようです。――ミキサー・ルームの人影はつっぷしたまま動きません。私も、今、四十度以上の熱があり、心臓の発作に間歇的におそわれています。――私自身、もうあと何分生きながらえるかわかりません。ですが、学者としての最高の望みは、まさに講義しつつ死ぬことであり、いまその望みがはたされようとしていることは、無上の幸福であります……。

「どなたかこの話をきいていただけるでしょうか？――いや、無益な願いはやめましょう。――フィンランドでは、すでに十日以上前、政府がなくなり、国民もまた、なくなりました。生きのこっているわずかの人々は、もはやどこの国民でもなく、すでに死者の国の民であります……。

「私の本日の講義の主題は簡単であります。――ヨーロッパ各地の大学で、十年にわたって講義をつづけながら、私は一度もこのことをはっきりと申しませんでした。あたり前すぎるほどあたり前であり、それは単に出発点の、0《ゼロ》にすぎず、いくらやっても仕方のないことでした。――そしてまた、それは私の専門とする文明史の結着点であります。――それは、人間もまた生物であり、生物にすぎない、ということであります。

「本当をいうと、私はもはや、何をしゃべっていいかわかりません。何もしゃべることはない、というべきでしょう。――三十五億に達した人類の、突然の終末にたって、もはや追悼の辞も無意味でありましょう。ですが、私は胸はりさける思いで、もはやきく人もいない電波を通じて、うつろな空き家となった、無人の世界にむかって語らずにはおられません。――もはや、神もいない。神は十九世紀末に人間の手によって殺されました。――私の前にひろがるのは、ただ黒暗々たる虚無――無意味な〝物自体《ディング・アン・ジッヒ》〟であります。消滅した人間の意識は何ものでもなく、太古の闇はふたたびこの美しい――だが無意味な、天体の上におとずれようとしております。地球はふたたび、いつの日か、高等な知的生物を――人間以外の意識をうみ出し、その意識によって照らされるでしょうか？　いったい何億年のちに？――人類は、この暗黒の、孤独な天体の、誕生より終末にいたる生涯の中で、この天体自身にとっての、唯一のチャンスだったのではありますまいか？　人類が失われたことによって、人類にとってのみならず、この大宇宙の大洋にうかびただよう、一粒の塵のごとき天体にとっての、たった一つのチャンスは失われたのではありますまいか？

「失礼――熱のため、頭が少々混乱しております。……おゆるしください。いや――どうやら、眼がかすんできたようであります。――もはや、筋道をたてて話す力が失われてきたことが感じられます。――やがて、おそらくは数分後にくる死にむかって、思いつくままにしゃべることをお許しください。

「まことにこれは――人類にとって、なんという終末でありましょう！　いったい二十世紀の人々の誰が――あのかがやかしい人類、活気にあふれ、文明のさらに新しい階段をのぼりつめようとしつつあった人類の、このような、意外な信じがたいような終末を予想したでしょう？――これはまったく――無意味な終末……ナンセンスといっていい終末であります。尊厳もなく、希望もなく、死自身に対する予見をあたえられるいとまもなく――人類は未来を見あげている足もとから不意におそいかかられ、狼狽し、恐れるひまさえなく……突然ポックリと終ってしまったのであります。このようなことが、あっていいのでしょうか！――いったい……こんなバカなことが、あり得るでしょうか？――滅亡はもはや事実であるとはいえ、――いくらなんでもこれでは……人類があまりかわいそうではありませんか？

「いや――叫んでも嘆いても、もはやどうなるものでもありません。しかし終局を前にして、なお抗議しようとし、希望をつなごうとする、人間の冥蒙こそ、人間のもっとも人間らしいことかも知れません。

「しかしながら――この人間の冥蒙は、なんというすくいがたい冥蒙であったことでしょう！　人類は、あまりにも人間的なことにかかずらいすぎました。ニーチェが『人間的な、あまりにも人間的な』を書いてから、すでに半世紀以上もたっているのに――神の死が世紀末《ファン・ド・シエクル》の天才たちによって、リヴィエ・ド・リラダンによって、ドストエフスキイに宣告されたあとをうけ、梅毒病みの天才フリードリッヒ・ニーチェが、神もなく、救いも憩いもないむき出しの物質宇宙の中にただ一人、まもるものもない赤裸の姿で誕生し、素手でもってそのあらあらしい、虚無そのものであるゴツゴツした物質世界にいどまねばならない超人《ユーバーメンシュ》の姿を予見してみせて以来――すでに半世紀以上も経過したにもかかわらず、人間はただその弱さから、自己自身、つまり人間的なものにのみかかずらい、虚無と、物自体《ディング・アン・ジッヒ》の深淵のほとりに立つ、自己の真の姿を――卑小にして高貴、すべてにして無、万能にして無力、物そのもののような残酷さと、精神そのもののような無限のやさしさにみちた自己のあらわな姿を、直視する勇気を、ついにもたなかったのであります。――人間的な、あまりにも人間的な――愛や、せつない恋や、あだっぽく、また汗くさいセックス、あまったるいヒューマニズム、ゴシップ、快楽、危険のないスペクタクル、穏やかな波のようによせてはかえす、やさしい疲労にみちた日常、完全に人間にかいならされ、現実にほころびをあたえて、おそろしい世界の真の姿を垣間《かいま》見させることもない〝美〟、名誉、賞讃、くだらぬ嫉妬、虚栄、くだらぬいさかい、面《めん》子《つ》、快楽、国家の反目、貪欲、搾取、憎悪、迷信的な人種差別、人間相互間の故ない優越感と排他主義、無智、不信、恐怖、自己満足やうぬぼれ、安楽に対する執着、自己よりすぐれたものに対するあさましい反感、文明への過信からくる無条件の楽天主義――ああ！――これら人間的なものにもまた、たしかに嘉《よみ》さるべきものがありました。本来は無意味な虚無そのものである自然にさえ、自分のやさしさを投影してしまう、気のいい人間たちの冥蒙――くたびれ、垢じみてしまった生活への愛情、人間の高貴なものをくさらせてしまう夫婦間のいさかいや、老婆的、官僚的な形式主義をもふくめて――人間はなんとくだらぬことに自己を費消し、ささやかなものに喜怒哀楽をかさねてきたか！――それは……それはいっそ、いじらしいくらいでした。

「みなさん……私はいま……泣いております……涙が流れるのをとめることができません。人間は――人類は……もっと別のものになりえたはずでした。この冥蒙もまた……徐々に……徐々にではありますが――まったく、なさけないぐらい遅々とした歩みではありましたが――わずかずつ、啓《ひら》かれて行くきざしはあったのであります。このまま猶予が――誰によってあたえられた猶予かは知りません。おそらくは大宇宙のあやなす運命の目の一つが、偶然かもし出していた猶予が――このままあと、せめて一千年つづいてくれていたら……人類は、やがて人類全体として、一つの高みに達していたかも知れません。

「みなさん……おそらく……もうどこにもいないみなさん……私は泣いております……人類という数多くの可能性にみちあふれていた〝種〟のために……そしてさらにまた――学者のはしくれとしての私が――ついに、この最後の瞬間にいたるまで、責任を回避してしまったということの自責の念から……私は……私は泣かざるを得ません……。この涙は、もはやささげられるべき対象をもたないでありましょう。――しかも……なお、私は、泣かずにいられません。なぜなら……これはまた、学者の責任でもあるからであります。

「もう眼が見えなくなってきました……胸がくるしい……心臓がしめつけられそう……「まだ生きております！――みなさん、私は……まだ生きております！――そう、学者の責任であります。なぜなら……すくなくとも、知性者は――この太陽系第三惑星における知的生物の……人類の……真の姿と、正確な意味を知っていたはずであります。彼等は……私は、それを知っていた。この際、知識人もまた、人間である、というようなことは、弁明になりません。それは知性が不可避的に提示するものについて、眼をとざすことであります。いや、つまり……知りつつ、大勢《たいせい》に流されて、口をとざすということは、知者としての責任をはたさぬことであります。それは火災を見つつ人に告げず、溺れるものを見ながら口をとざしていることにほかなりません。知性者は——それはエンペドクレスが、アリストテレスが、カントが、ニュートンが、ドストエフスキイやニーチェが、ブッダやジャイニストたちがすでに見ていたものでありましたが——自己の知性に忠実でありさえすれば、不可避的に、この単純な真実につきあたるはずでありましす。——物質界との対立において、人類は、すばらしくもなければ絶望的でもないこと、知性はこの大宇宙において、なにものでもないこと——つまり、この大宇宙とは別の系に属するものであること、それはこの物質界において、いかなる序列も、しめるべき席をあたえられておらず、それは生命によってうみ出されそれによってささえられながら、生命とは別のものであること、生物としての人類は、大物質宇宙の秩序の中にあって、永遠の執行猶予と、一瞬後に出現する虚無の間に、常に宙吊りにされているということ——こんな単純にして自明の事実を……人間の所与の条件を、なぜくりかえし人々にうったえなかったのか？——おそらくはげしい反対や、詭弁や、嘲弄や、甘いごまかし、人類に対するいつわりの慰撫などによってむかえられるこの真実を、なぜ正面からかかげて、冥蒙とたたかわなかったのか？

「みなさん！——ああ、みなさん！……ここに、ひょっとしたら、災厄の真の原因があったのかも知れないのです。——これほどまでに科学を発達させ、物質生産をゆたかにした人類が……たかがウイルスに、わずか数か月の間に滅ぼされた。こんなことはあり得ない！——そうです。そのあり得べからざることが起こったのです。われわれは、この災厄に正面から立ちむかうことをしなかった——科学者の一部は、真剣になって警告を発しました。しかし……闘いは決して科学者だけの力によっては、なし得ないものであります。それには数多くの、社会的ファクターがあります。たとえば為政者は……大衆は……官僚は……この闘いに団結して全面的に力をそそいだか？　インテリは？　ホワイトカラーは？　ジャーナリストは？——いかにも、この災厄は不意うちだった。科学者たちでさえ予測できなかった。あまりに急激すぎて、災厄に対する全人類の統一戦線をはるだけの余裕がなかった。しかし——それにしても、われわれが、全力をあげて闘うことは原理的に不可能だったでありましょうか？　人類がもっと早く、自己の存在のおかれた立場に目ざめ、常に災厄の規模を正確に評価するだけの知性を、全人類共通のものとして保持し、つねに全人類の共同戦線をはれるような体制を準備していたとしたら——災厄に対する闘いもまた、ちがった形をとったのではないでしょうか？

「このウイルスが、いったいどこからもたらされたのかは知りません。どういうメカニズムで、突然このような凶暴なウイルスが生じたものかは、門外漢の私の知る所ではありません。しかし人類の科学は——これだけの高みにのぼりつめ、生産材消費材の自動大量生産をなしとげ、星にまでとどくロケットをうちあげ、世界の涯を語りあい、一挙に全人類を破滅させるにたるおそるべき武器をつくり上げた人類の科学は——まだウィルスのメカニズムとそれに対する特効薬さえ見つけていなかったのであります。かわりに——全世界の生産の数十パーセントにおよぶものは、人類相互の殺しあいをするための兵器に、つぎこまれていたのであります。

「戦争が科学の発達を——特に応用科学を促進したと、誰かはいいました。これこそ、残念ながら否定できない、戦争の文明に対する貢献だ、と。——戦争は、レーダーをうみ、ジェット機をうみ、ロケットをうみ、電子脳をうみ原子力を解放した、と……。だが——こんなバカげた理論があるでしょうか？　人類は、〝戦争〟あるいは〝軍備〟の名目においてしか、これらのすばらしい科学の発達をうながすような、大規模な開発投資ができなかったのでしょうか？　人類は、死神のスポンサーにたよる以外に、これらのすばらしいものを、もっと迅速に、能率よくうみ出すことができなかったのでしょうか？——死と闘いの神の息がかかったものは、すべて不吉で邪悪なものとなります。高速交通の安全を保つレーダーは〝敵〟の発見のための機械に、大宇宙をさぐるべき強力な道具ロケットは〝死〟をはこぶミサイルに、文明をあらゆる面にわたって革新する電子脳は〝作戦〟のために、化学は、火薬と毒ガスに、レーザーは殺人光線に。そして——人類にはてしないエネルギーを約束する原子力は、絶滅兵器に——かわってしまうのであります。

「いったいこれらの〝すばらしいもの〟は——はたして〝軍備〟や〝戦争〟の径路をおってしか、つくり出し得ないものだったでしょうか？　われわれ学者はそれを、〝文明の資本主義——功利主義段階の不可避的事態〟として、宿命として、うけいれてしまうだけで、未来に期待をかけるだけでよかったでしょうか？

「実をいえば——まさにこの点に、ナチドイツを追放されてアメリカに亡命し、マンハッタン計画を進言したアインシュタインやフェルミらを——ナチにのこったフォン・ブラウンやハイゼンベルクらを、弾劾すべき点があるのです。彼らは……いや、彼らのみではない、すべての科学者は、戦争に対して、そして二十世紀後半の国際政治に対して、微妙な道義的責任があります。彼らには、スポンサーをえらぶ洞察力がなかった。またスポンサーとは関係なく、自己の研究は独立した価値をもつものだと考えていた。あるいは自己の政治的能力を過信し、自分の研究のためにスポンサーを利用できると考えていた。——いや、もっと切迫した〝状況〟による不可避的撰択強制ということもあったでありましょう。ハイゼンベルク門下の俊秀を擁し、ノールウェー、リュカンの重水工場を手にいれたナチの能力を思えば、彼等が〝自由と平等と民主主義の勝利のために〟原爆製造をおしすすめざるを得なかったのは、当然ともいえましょう。しかもなお——彼らの道義的責任はのこる。いや、むしろ……そこからさきはわれわれ知識人全体、学者全体の歴史的責任こそ問われてしかるべきでありましょう。

「そうです——そこにこそ、いまや知識人全体の歴史的責任がたちあがってくるのです。……すべてを科学者の責任に帰すことは、絶対にできません。いや、そこからさきは——はなばなしい科学者にくらべて、今世紀はむしろ後景にかくれ、めざましい実績をあげ得なかった哲学者の責任であります。アインシュタインは、自身に一つの人間的限界をもっておりました。これは——それを〝小市民的限界〟とよぼうがよぶまいが——科学者としての彼の天才を、何一つ傷つけるものではありませんでしたが、しかし、それはまた、彼が終始一貫マッハ主義者であり、ハイゼンベルクの不確定性理論を最後まで信じなかった、ということもまた、微妙な照応をなしているようです。あたかもニュートンの限界が、敬虔なキリスト教徒としての心情的側面に、微妙に区切られているように……。

「いかなる天才も、万能ではあり得ません。——ルネッサンスの普遍人《ホモ・ウニウエルス》の概念は、素朴な精力崇拝の復活に裏うちされた自信にすぎませんでした。そして全人的という概念は、全人類的な、知性の総体という意味に考えなおさねばなりません。個々の知性は、それ自体で、自立的に普遍《ユニバーサル》的なのではなく、相互に相補的と考えるべきであります……。この考えは、万能の天才の迷信をしりぞけることによって、才能のますます分離細分して行く専門化をおしすすめるものではなく、また単に天才の失墜をもたらすものでもなく、むしろふたたび知識人や学者に、その専門をこえての対話と協同を恢復するものであったでしょう。——そしてそれはまた、知性、あるいは理解力に対するデカルト的信頼を通じて知識人と大衆とを、ふたたびつなぐものにさえなったでしょう。

「アインシュタインは、政治の専門家ではなかった。また認識論的な側面で、形而上学の領域に深くはいりこんでいたとはいえ、彼自身は哲学の専門家ではなかった――誰がそのことについて彼をせめられましょう？　むしろ哲学者こそ彼を助け、彼の巨大な発見を、大学の遠くはなれた研究室における別個の分野におこった理解しがたい事件としてかたづけず、進んで文明史上の事件として、自己の系にほんやくし、その人間的な意味を普遍化すべきでした……。

「――人はみな、陸《くが》の一片《ひとひら》、本土の一切れ……まこと、知性の大陸において、すべての事件は共通の運命にむすばれていました。――哲学者はそれを知っていたはずであり、その立場を常に更新すべき責任をになっていた……アインシュタインが、相対性理論の一般化を数学者の協力を得てリーマン空間の概念を導入することによってはじめて完成し得たように――彼の発見、彼のセオリィの文明的意味はまた、哲学者が彼に協力してやることにより、同時にまた、哲学者が、自己の充足されている専門領域から出ることをおそれず、その発見を新しい世界観の基礎として積極的にとりいれて行くことにより、よりいっそう普遍化されたのでありますまいか？――それはまた……世界および人類の根源的意味を――全人類集団の下意識の底にひそむ世界および人類のイメージを根底からかえ、それによって二十世紀の歴史を……文明を、根底からまったく新しい次元へと導くことも可能だったのではありますまいか？　あたらしい……宇宙像が……。

「……失礼しました……私は、どのくらい……失神しておりましたでしょうか？……あたらしい宇宙像が……あたらしいモラルを提示するのは、当然のことでありましょう。アリストテレスの……プラトンの……人間観、世界観は……モラルは……当時の科学によって知られた当時の宇宙像と、まったく不可分でありました。こんなことはいまさらいうまでもありません。プトレマイオスの宇宙と中世神学……あの〝天井のバラ〟と至天の御心の秩序も……また不可分だった。ならば自然科学の目ざましい発展を見せた二十世紀は、あのアインシュタインや、ハッブルの宇宙像から、いったいいかなる人間観を、世界観を、いかなるモラルを、提示すべきだったでしょうか？

「私は……私見によれば……われわれは近世末期と近代初期の間にたつ一人の巨人を……決して仰々しい予言者ぶったふるまいをせず、十八世紀に集大成された『理性』のみを信じて、一つのもっとも未来的な結論に到達した天才を――イマニュエル・カントの宇宙＝人間観こそが、二十世紀後半において、ふたたび、とりあげられねばならないものではなかったかと思います。――彼の批判者だったヘーゲル、さらにその批判者だったマルクスの二大天才は……カルル・レヴィットのいみじくも指摘した通り、その根底に救済論を――俗流化されたキリスト教的終末論《エスカトロジイ》をふくみ、彼等の認識の体系からその残渣を払拭し得なかったがために、かえって〝中世〟につながり、その先行者カントは、かえって現代へ、未来へとつながっていたのであります。――われわれの時代の巨峰ハイデッガーもまた……その存在論《オントロギィ》における巨大な労作と、実存主義の提示によってもっとも高く評価されてしかるべきであるにかかわらず……ヴォーヴナルグの言葉の通り、そのあまりに巨大なゴシック細密さによって、カントの命題ほどの単純さ、力強さをもって人類全体のものとはなっておりません……。

「私は……何をいおうとしていたのか……そろそろ、いそいで、結論を申し上げなければ――私の声が、まだきこえているでしょうか？……もはや、手足の感覚がなくなりました。暗い……まっ暗です……。

「結論を……申し上げれば、二十世紀において知識人が、なかんずく哲学者が……科学者と協力し……彼等が、権力、あるいは資本の僕《しもべ》となることを団結して防ぎ、その本来の主たる理性にのみ仕えることを可能にし……また大衆に直接うったえ、権力に対して、説得と暴露をもってのぞんでいたら――眼をおおいようもない、科学的認識のさししめす事実、真実をくりかえし提示し、その意味する所をくりかえしうったえ――すべての制度機構の矛盾と諸悪の、弾劾者、裁判官に、そして対立する諸勢力の調停者の役目をはたし得ていたら……。歴史はさらにかわったものになっていたでしょうに……。知識人が、もっと人間の知性について……断乎たる信念をもっていたら……。それは決して不可能なことではなかったでしょうに……。

「それは……むしろ、未来における課題であったかも知れません。知識人の信念が、組織的に対立するブルータルな勢力――軍人と、功利主義的資本家の人間としての核心にまでとどくほど強力なものでありさえすれば……いや、そうなりさえすれば……共産主義諸国に出現していた独裁と言論思想の自由の部分的統制を解除せしめ、一方では資本主義の諸矛盾諸悪を揚棄し、支配階級そのものに滲透することによって、資本主義およびその凶暴な帝国主義的要素を、大多数の説得によって、終結せしめ、変化せしめることができたかも知れない……。知識人がその力を得るチャンスは、いわば盲目的に全世界において推進されつつあった教育の普及にもあらわれていたはずでした。これら教育された大衆の厖大化こそ、人類の大多数を、単なる近代産業被雇傭者の位置から、明日の理性的人類へと飛躍せしめることを可能にし、それによって、資本主義と、その直接的対立物である独裁主義的あるいは戦闘的社会主義を、ともにこえる可能性をあたえるものでした。軍事的狂信者、帝王妄想を抱く独占資本家を、少数者たらしめることによって……。

「にもかかわらず……その可能性を予見し、実行にうつそうとしていたのは……というよりは、熱核戦争が人類絶滅戦争であるという事実認識から、いやおうなしに全地球的意識をもつことを余儀なくされていたのは……知識人ではなく、すぐれた個人ではあるが……現実的政治家でありました。われわれの時代に……それは強引に一歩をふみ出し、数多くの紆余曲折の危険を経て、それはいつか——達せられるはずでありました、にもかかわらず、知識人は沈黙していた。

「すべてが……短期間に一挙に破滅させられてしまった現在……こんなことをいって何になるか……しかし——私はやはり、残念であります。心から……残念でなりません。

知識人は……なかんずく哲学者は……自然科学の提示する宇宙と人間の姿を理解し得る立場にあったはずだ。彼等はそれの、人間にとって意味することを、大衆に……というのは全人類に翻訳し、つたえることができたはずだ。その認識をもって全世界に、現代を綜合的に超越せしめることが、できていれば……。

「だが事実は、われわれ人類は、そして人類の中で、知的操作の専門家であるはずの知識人は、その生存していた間において、ついに国家間の対立を、殺戮を、搾取を、不平等を、貧困と悲惨を、終結せしめることができませんでした。――思えばこの夏……そう…思い出しました。みなさん、今週――八月の第二週……順調にいっていれば、米英ソ三国の全面的核兵器廃止条約の調印がなされていたはずです……だがそれすら……おそすぎました。

「私は…残念です、みなさん…ただただ残念です…。われわれは、生きているうちに、それを達成できなかった。世界の――人類の内面的意識の統一さえ……なし得なかった。ただ生産力の増大と……あまりに長い闘いと、大量の犠牲に倦んだ全世界が……いわば一つの確率的な運命にしたがって、自動的に、その必要性の認識にむかうのを、手をこまぬいて待つばかりだった。――誰一人、立証したことのない〝歴史的必然〟を信ずる楽天家となるか、あるいはベルグソンをたてにとって、かすに時をもってせよ、と、後代のユートピアを確証ぬきで期待するか……なるほど、ベルグソンは理解というものは時間的経過を要するものだということを、砂糖の溶けるのを待つことにたとえました。

しかし、みなさん……砂糖はもっと早く、投ぜられてもよかったのであります！　早ければ早いほどよかった。――そうすれば……現在すでに人間は搾取と戦争の時代を脱しており、人間の精神的、知的、物質的生産力の総体を、より有効な、人類にとってより本質的なものに、ふりむけていたかも知れない。――この〝底知れぬ物質宇宙の、ちっぽけな孤島に偶然発生した知的生物群としての人類意識〟がもっと早く普遍化されていたならば……われわれ人類は、もっと早くその全人類的意識を獲得することによって、冥蒙たることをやめ…、相互殺戮の、侮辱や憎悪の、エネルギーを…真の人間のための闘い――貧困と飢餓と冥蒙と疫病に対する闘いに、そして認識のための闘いに…ふりむけていたかも知れない。それがまた、今度の不意打ちの終末、大災厄に対して、万に一つの、チャンスだったかも知れないのであります。――すなわち……終末戦争《アーマゲドン》の時代にあって、全人類の破滅を回避する唯一の途と同じく……今度の大災厄においても究極的チャンスは……もっと早く、もっと強力に全世界のものとされるべきだった〝理性と分別〟にあったかも知れないのであります……。

「まもなく……いやおうなしに……この最後の講義を終らねばなりませんが……、私は、はずかしいおもいに苛まれていることを告白しなければなりません。――学者としての自責や……こんな具合に人類が滅亡してしまうことの無念さにくわえて……私自身のもう一つの恥ずかしさを告白せずにはおられません。――これらの事が……学者として常日頃、漠然と考えていたこれらの事を……世界の終末にあたって、はじめて率直に訴える気になったということを……三か月前まで、私もまた、俗世間的生活に……あの卑小な日常性に、ひたっておりました。――このラジオ講座を……私はヨットの修理のため、またはこの秋の、妻との地中海旅行のためにと思って……ひきうけたのであります。私は数回でもって要領よく、古代オリエントから現代にいたる文明史をのべるつもりでありました。どうせ聞くものも大していないだろうからと、ごくお座なりの気持ちではじめたのであります。

「――最後の講義が、このような形になろうとは、夢にも思いませんでした。人類の終末にあたって――累々たる同胞の死骸の山を眼前にして……そしてまた、まもなく自分も死ぬという時になって……はじめて……語るべきことを語る気になったことに、その勇気のなさに、ほぞをかむ思いであります。――私は恥ずかしさのあまり……顔をあげられぬ思いであります。――私には……学者として、あらゆる機会を通じて、全人類に対して責任をとり、時に嘲笑を浴びようとも動じないだけの信念と勇気に欠けていたのであります。私は……みんなの仲間のようなふりをして、責任をのがれ、義務をおざなりにしました。――私は人類全体のためのこの無念さと……この悲嘆の上に……さらに私自身のまったく個人的な恥辱と痛恨を加えざるを得ません……私は、汚辱の念に苛まれつつ死ななければなりません……なんといういやな、わびしい苦しみにみちた死でありましょう？――三か月前――あの永遠の執行猶予の中にあった時、――快適な家と、新しいイタリア製のスポーツカーと、美しい妻と嘱望された未来と、応分に尊敬をうけ、他人より自分は少しは賢いという快適な自足の念にみたされていた時――自分がこんな……恥辱の思いにまみれつつ死ななければならないと、いったい誰が思ったでありましょう。――しかし、この人一倍の恥ずかしさにまみれた死こそ、私が学者として、知識人として、根源的に怯懦であったことに対する罰にほかなりません……

「講義を……終ります」

6　夏の終り

北半球の朝晩に、そろそろ秋のおとずれのきざしが見られるころ――五つの大陸から発せられる電波は、一つ、また一つと消えていった。たった一つ、最後まで長らく電波を出しつづけていたノヴォシビルスクの小さなステーションの電波がとまったのは、八月二十九日だった。

半年前には、ありとあらゆる喧騒にみちていた五つの大陸は、この瞬間完全な静寂にかえった。半年前――地表から二百マイル上空の電離層までの間の空間をみたしていた、おどろくべき喧騒は……長波、中波、短波、超短波の各電波、通信、電報、電信、国際無線電話、ラジオやテレビの放送電波、人工衛星や実験ミサイルの指令電波、天体観測用のレーザー、メーザー波、網の目のようにむすばれた路線を毎日とびかう旅客機、自家用、業務用の航空機、軍用機、哨戒機、毎日どこかでうちあげられるロケット、そのはるか上空をとびかう無数の人工衛星――電波にのせられた世界何億の人々のおしゃべり、息せききった緊急の通知、航空機にのって、地球の一点から他の一点へとびから無数の人々、そして地表には――空に摩すビルをつくる都市の人々、大工場のはき出す煙、ありとあらゆる交通機関が吐きちらす排気ガスや騒音……人々の息づく水蒸気や炭酸ガス、都会の騒音、どこかでうちならされる動力ハンマーの杭うちの音、どこかで爆発する原爆やTNT火薬のひびき……地球的規模からみれば、そんなものはほんのささやかなものかも知れない。――人間のつくり出すありとあらゆる喧騒は、地球をつつむ大気層の温度を、眼に見えるほどあげはしなかっただろう。だが――それでも三十五億の人間がつくり出していた喧騒は、やはり地球はじまって以来のやかましさだった。そしていま地球はふたたび人類発生以前の――というよりは、数万年前と同じ、静寂にかえった。

一か月前よりは、やや黄色味をおびた太陽が、それでもまだなごりの酷烈さをこめてじりじりと灼きつける浜辺には、いまや動くものの気配はなかった。――八月の終りだというのに、浜辺は真冬のように荒れはてていた。よしず張りの店や、無料休憩所の木造の建物は、とざされたままだったし、六月には、まだ準備するつもりではりめぐらしていた電線に、黒い電球のソケットや、やぶれた提燈が、風にあおられてブランブランゆれていた。

土用波の立ちはじめた海に、泳ぐものの姿はなかった。水平線にははるか南方海上に発生した猛烈な台風の兆しがはっきりあらわれていたが、もはやそれを観測し、一喜一憂するものの存在もなかった。どうん、どうん、と地鳴りの音をたててうちよせるさかまく波の背には、時おり、黒いブヨブヨの、くさったたたみのようなものがういており、何度目かの波が泡立つ舌先をのばす時、それはぬれた砂浜にうちあげられて、ひく波にごろごろところがされた。たいていはふくれ上った死体だった。

浜辺の松林の影や、やけて火を吐くような砂の上にも、ところどころ、黒い、ぐちゃぐちゃしたかたまりがあり、一部に白いものがむき出して光っていた。——手もつけられないほどの無数の金蝿が、灼熱の太陽に、毛むくじゃらの胴を金属のようにテラテラ光らせながら、気がくるったように、その塊りの上を踊りくるい、おおっていた。卵はすぐかえり、黒い塊りを斑入りに見せるほどびっしり表面をおおうこえ肥った蛆虫は、死体がまだ息づいているみたいに、うるうるとかさなりあって蠢めいていた。——端からボロボロとおちては、またはいよって……臓腑といわず肉といわず、すでに眼球のとけさった眼窩や耳の孔から脳髄の中まではいりこみ——彼等は炎暑が死体の水分をカラカラにしてしまわないうちに、できるだけくらい、できるだけふえておこうとするように、夢中になって、おしあいへしあいながらがつがつと食いちらした。……もはや彼等の歯のあわなくなったのこりかすは、腐敗菌の分解するにまかせた。

五つの大陸で、おなじような、蝿と蛋白分解バクテリアの大饗宴がひらかれていた。人間だけでなく、犬や猫や鳥の一部も——この声なき饗宴に供せられた。——都市の火の手は、すでにどこでも下火になっていた。しかし都邑から発した火のもえうつった自然は、消すものもないままなお炎々ともえつづけた。——中部アフリカの大草原の野火はいくつものジャングルをやきはらいながらすでに緯度を何度か横ぎりつつまだもえていた。——カナダやロッキーの森林火事も、もう一か月以上もえつづけていた。中東石油地帯では、何十万キロという砂漠全体が火の海で、炎熱のため、火はまだ拡大しつつあった。

何人かの人間は、この時まだ人里はなれた山の中や森の中に、生きのこってはいた。——アラスカエスキモーの一部落、アンデス山中の、ひどく排他的なインディオの部落、アマゾン奥地のヒバロの一支族、中部アフリカの狩猟民族の小集団、ヒマラヤ山中の奇妙な修行僧の小集団……それでも全世界をあわせて、数千人いたろうか？——だが、彼等は、外部のことについて、あまり関心をもたないし、おくればせの偶然が、彼等とウイルスとの接触をもたらせば、それまでだった。

その年の夏の終りに、「人類」は息たえた。——雪と氷と、酷烈の寒気の〝最終大陸《ザ・ラスト・コンチネント》〟に閉じ込められた一万人たらずをのこして……。

五つの無人の大陸に、風はやさしくかけめぐり、雲はさまざまの形をとって流れて行き、雨はかわりなく地上をぬらした。——太陽はやわらかい麦藁色をおびいつもの年とかわらぬ秋の気配がしのびよってきた。

無人の町々の周辺で、朝夕、虫は降るように鳴きたてた。——だがそれに耳をかたむけるものは、あかりの消えはてた都市に累々とおりかさなって、月光にぬれている白骨だけだった。

——みずみずしい地球は、その年みずからの上におこった短い惨劇も知らぬげに例年にちっともかわらぬ、着実な、だがやや年おいた足どりで、くるくるまわりながら秋分点へと近づきつつあった。

九月のなかば、大西洋、太平洋、北氷洋の海底にあった二隻のアメリカ海軍原子力潜水艦と、一隻のソ連原子力潜水艦が南極と電波の接触をもった。「南極最高会議」は議長名において、三隻の潜水艦に厳重な査問と指示をあたえた。——三隻は無疵であることがわかったので、途中絶対に浮上するなという厳命のもとに、南極圏まで南下し、パーマー半島に待機するよう指令が出された。——しかし、パーマー半島に接近中、時期的に一番あとから哨戒任務にはいった、アメリカの〝シーサーペント〟において、患者発生があった。

最高会議はのこり二隻に、シーサーペント撃沈の命令をひそかにくだし、ネーレイド号とT—232は南シェットランド沖で同艦を捕捉し、不意うちを加えて撃沈した。——しかし、ネーレイド号艦長マクラウド大佐は、同艦が自沈したといいはった。

インテルメッツオ

「南極」が新しい軌道にのるまで、すこし時間がかかった。

最初、もっとも危惧された、大災厄以後はじめての夏は、いちおう無事にすんだ。災厄のあれくるった北半球から、遠く回遊してくる動物たち――鯨やあざらしなどの海棲哺乳類が、病源体を南極へはこんでこないかと極度に警戒されたが、どういうわけか海棲哺乳類はほとんどこの病気にかかっていなかった。――このことは、南極が生きのびて行く上に、新しい希望をもたらすものだった。各国隊とも食糧は一年半乃至二年の備蓄があったが、それでもいずれはこれらの温血動物の「肉」にたよっていかなければならないことは自明だったからである。

しかし、最初のうちは、やはりこれらの動物への接近は、細心の注意のうちにおこなわれた。――さいわいなことに、人類絶滅の最後の瞬間、北米アマチュア・ハムＷＡ５ＰＳのおくってくれた情報により、南極の医師や科学者たちは、おそるべき病源体の実体を、かなり詳細に知ることができた。

ＷＡ５ＰＳ――死後、テープレコーダーで南極をまもる情報を送ってくれた、いわば南極の恩人――彼はＡ・リンスキイという医学者で、スローン・ケタリング研究所から、陸軍病院へ出向の形でつとめていた。彼はそこの精神病棟の患者から、偶然大災厄の「真の原因」と称するものをきき、軍事機密のワクの中で、研究所のウイルス研究班の連中と連絡をとり、できるだけ情報をあつめ、すでに混乱におちいっていた研究所の設備をフルに利用して死の寸前に、その病源体の奇妙な性質を、ほぼ完全につきとめていた。——だがつきとめた時は、すでに全人類をまきこんだ悲劇は終末にちかづこうとしており、彼自身も死の床によこたわっていた。ハムの資格のある彼は、この情報を、役にたつかたたないかわからぬまでも、もし生きのこる地域があるならば、その地域の人々に役だてようと思って、全世界にむかって、くりかえし流しつづける方法をとり、そして死んだのである。

A・リンスキイ——名もない四十代の研究者、南極にいたものの誰一人、彼をどんな男か、どんな顔をして、どんな人となりの人間かを知らなかった。にもかかわらず、彼の名は、その後南極の人々に、永遠にとどめられることになった。——死の瞬間に、絶望的な事態の中にあって、なお、自分の知識を死後の世界に役だてることを願った人……。

南シェットランド諸島の沖合に流れついた馬の死骸から、細心の警戒のすえ、南極最初の、あのいまわしいMM—八八が分離発見された時、最高会議は彼の名を記念するために、その奇妙な性質をもつ病源体を「リンスキイ・バクテリオウイルス」と命名した。そのウイルス——正確には「増殖感染する核酸」の、宿主となる奇妙な球菌は、「WA

5PS」——つまりリンスキイアマチュア無線局のコールサインの名が冠された。

食糧の方は、おかげでなんとか解決がつきそうだった。野菜類は、いずれ備蓄の底をつくことは眼に見えていたが、それでも氷の中にたくわえてある各国の貯蔵分を集計すると、最低の健康をたもつようにして、四年はもちそうだった。——ほかに医療品関係でビタミンC類が相当あったし、アメリカ基地のNASA関係者は、小規模なクロレラ培養タンクをもってきていた。これを大規模に増殖させるのは、わりと簡単なことだった。

それに日本隊の生物研究班が、プリンスハラルド海岸前進基地付近で発見した温泉の熱を利用して、小さな温室をつくり、バッテリー式の人工太陽燈と、全然太陽燈なしの、南極の自然光だけでの植物栽培をやっていた。その中に野菜がだいぶまじっており、種子も各種あったので、少し大規模にやれば、一部野菜の補充もできそうだった。——そのほか、南極圏の海藻や、プランクトンの利用も真剣に考えられた。

次に問題になるのは、動力だった。——原子力発電の規模は国によってまちまちだったが、ウラン燃料棒の予備を入れて、まず各国とも、平均四〜五年はもつとされていた。しかし、毎年夏の、本国からの補給がたえてしまったいま、原子力はできるだけ、ひきのばさなければならないことはあきらかだった。——燃料再装入《リチャージ》は、極地むけとして、どの動力炉も比較的簡単に遠隔操作でできるようになっていたが、あの危険きわまりない放射能の塊りである使用済み燃料棒を、再生処理できる装置はまだなかった。

同じ問題は、南極に帰属した、二隻の原子力潜水艦にもいえた。——今や、南極の唯一の外部への交通機関となった原子力潜水艦は、さいわいにも、どちらも燃料をとりかえたばかりだったが、それでも何年か先には、燃料つめかえをやらねばならず、T—232の方は特殊設備がなければつめかえ不可能、ただネーレイド号だけが、もう一回分の予備燃料棒と、緊急の場合の遠隔つめかえ装置をそなえていた。それにしても、厚さ十二インチという頑丈な加圧容器《プレッシャー・ヴェッセル》の中で、百二十数本の九二パーセント濃縮ウランでできている燃料棒《フューエル・ロッド》が、使用不可能の状態にまでもえつきてしまったら……。南極には、この危険きわまる燃料棒を「冷やし」、化学処理して分裂によってできる「死の灰」——核分裂生成物《フィッション・プロダクツ》を分離し、ウランをもう一度成形加工する設備はなかった。むろん巨大な遠隔操作工場ができるわけもない。古い大陸である南極の楯状地には、ウラン含有量四〇パーセントをこえるピッチブレンドが豊富に存在したが、これを精錬し、高純度にし、濃縮し、燃料棒に成形する大設備はもとめようもなかった。

もう一つ、南極は、原子力以上に化石燃料に——石油製品に依存していた。重油、軽油、ガソリンで動かされている数多くのダイナモ、ヒーター、車輛や航空機があった。基地に原子力発電施設をもっているのは数か国にすぎず、他の国の基地は燃料ストックをつかいはたしてしまえば、基地そのものを放棄しなければならなくなる。そして当然——南極の長い将来は、そこに固有の資源を、いかに活用して生きのびて行くかということにかかっていた。

石炭はすでに内陸部に大きな無煙炭の露頭部（といっても、あつさ数百メートルの氷の下だが）が見つかっており、ソ連隊が一部試掘をはじめていた。石油の方も、フランス、デュアビル基地のあるアデリーランドに、かなり有望な油田が見つかっていた。南極最高委員会は、各国の掘さく機械や、パイプ機械等の供出をもとめ、このポルト・マルタン油田の本格的開発を、当面の最重要施策にした。――石油は、比較的簡単な、よせあつめの施設で精溜ができる。クリントン万能バーナーを改良して熱源を原油にとった。――氷と雪と、おそるべき低温と……それに吹雪や短い作業期間という悪条件の中で、数名の犠牲者を出してやっと完成した、アデリーランド精油所が――それは南極の強風と酷寒を考慮に入れて、氷原の凹所にかたまる、背の低い、多列方式精溜塔をもった、奇妙な、ひどくまにあわせの感じのする工場だったが――最初のガソリンをつくり出したのは、翌年の夏だった。

だが、南極で生きて行くためには、さらにいくつかの条件が必要だった。――機械類や通信機械は？　衣料は？　住居は？――これらのものは、南極の苛烈な気候の中で、はるかに早く損耗した。金属製品は零下八十度の低温の中で、長期間使用をしていると、ひどく抗張力がおちた。プラスチック類は失透し、もろくなった。動力機械類は磨耗し、通信器は――半永久的な、トランジスター化された部分をのぞいて故障部品の補充がつかなかった。

南極はその時代のフロンティアであり、巨大な消費的大陸だった。それは、全世界の工業技術の粋でささえられており、それ自身はまだ何の生産もやっていなかった。生活のためのすべてのものは、他の世界からもちこまれ、消費された。大量の物資、機械、資料がもちこまれ、大量に消費されていた。

なんのために？

もしかつてそうきかれたら、南極の人々は、ちょっと照れくさそうに、あるいは逆にちょっとひらきなおって――というのは、あのひどくけちばった、「功利主義的世界」で、直接利益をうまない投資を獲得するために、何百遍となく、同じ意地悪げな質問をされ、それにこたえなければならなかったからだが――こうこたえただろう。

「科学のために――人類の知識拡大のために」

ある国では、むしろ奇妙とも思われる論理の方が、その国の要人や財界人に説得力をもった。

「世界中がやるんです。一流の工業国であるわが国もやらなければ、はずかしい――おつきあいでもいいから、やるべきです」

また、時には、あいまいな、見通しの全然たたない「南極の豊富な資源」や「南極の戦略的価値」が、いかにも重要で有望であるようにみせかける詐術もつかわなければならなかった。――しかし、「宇宙」とともに、二十世紀の「最後のフロンティア」としての南極は、次第にその本当の意味をあらわしつつあった。

南極は、一つの抽象的価値だった。

なに一つ実利的な意味をもたない、しかしそれゆえにこそ、「物質生産」と「精神」の完全に背反的な構造をあらわにし、人がパンのためにのみ生きるのをやめる——つまりパンが、石同然に豊富になってしまうので——明日の世界において、人間は何を目標にして生きるか、ということを暗示する存在だった。
だが、だれ一人、南極が突如として、おわされた、偶然の不幸な役割りを予想したものはなかった。

——人類が生きのこるために……

だから南極は、あらゆるフロンティアがそうであるように、苛烈で原始的な最低生活と、背後の世界からもちこまれた、文明のもっとも高度化したものとの、奇妙な混淆だった。そしてこの二つ——苛烈で原始的なものと、高度なものとのギャップは、他のいかなるフロンティアより大きく、十年や二十年では、このへだたりの間をつなぎ、再生産過程の輪をつなぎ出すことは不可能だった。

南極は豊富な資源をかかえながら、何一つ生産力を——特に工業生産力をもたなかった。修理用のわずかな工作機械のほかは……。特に、鉱山設備や金属精練設備を完全に欠いていることは致命的だった。——いわばジリ貧の縮小再生産の坂を、今後どこまでくだりつづけなければならないか？　現状でどの程度「生産」のための見とおしをたてるべきか？

この先何年、ここでとじこめられたまま、くらさねばならないのか？——緑茂り、太陽のほほえむ北方の地に、かえる日は——はたしていつくるのか？一日のうちに昼と夜とがおとずれ、陽の恵みにひたされたあのやさしい大陸に、ふたたびかえる日は？死の微生物の跳梁は、いったいいつまでつづくのか？　それとも、今この地に流離の身となった最後の人類は、このままずっと……。

南極は、しばらく惰性で動いていた。その間に海軍の作戦部にいたことのあるコンウェイ提督は、麾下の将校や各国の学者の協力をもとめ、二つのグループに二通りの計画を検討させた。一つは、このままずっと、一万人の人間が、南極にとじこめられていた場合どうすればいいか、もう一つは、ここ数年ののち、本土復帰が可能になる場合の生活計画——各国隊の資材類を洗いざらいリストしてもらい、南極の活用可能な資源類の開発見とおしをたて……二か月の作業ののち、二つのグループの計画が完成すると、今度はそれをもとにして、二つの場合の可能性を変数にし、資材配分のやり方を函数にとって計画を事態に応じてスライドさせる方程式をたてさせた。——計画の要素になる各数値が小さいし、マクマード基地の、極地電子計算機がフルにつかえたので、きわめて精密な計算ができた。それをもとにして、二十六種類の基本計画パターンをつくり、進行中の計画から即座に別の計画にきりかえる最も有効な方式をきめた。

軍人というよりも、計画者《プランナー》としてきわめてすぐれた能力と、長い実際的経験をもつコンウェイ提督は、ソ連隊最高責任者ボロジノフ教授の進言を即座に理解し、このキッチり精密にできあがった計画を、大筋をのぞいては、通常は単に緊急事態における参考にするにとどめ、ほとんどの場合、各国隊員みんなの話しあいと、提案と、自由裁量にまかせることにした。

「南極で生きのこるのは……」とコンウェィ提督は語った。「一万人の人間全員の生きようとする熱意と努力とこの二つにうらづけられた創意と工夫あるのみである」

人間的な問題はずっとあとから出てきた。――南極に派遣されている人々は、よりすぐられた人々ばかりだった。おどろくべき粘り、耐久力、忍耐、危機に対する闘争力、体力、困難な環境に対する適応性、おたがいに「うまくやっていく」能力、――それにくわえて、すぐれた知性と技能の持ち主ばかりだった。半年を夜と雪にとじこめられる生活が、たとえ、二年や三年つづいても平気な人々ばかりだった。

だがこの酷烈の土地に彼等をのこして、のこりの世界が絶滅したという事態、そして彼等が、当分帰れない、帰っても肉親や家族をはじめ、誰にもあうことができないということが、徐々に理解されてくるにつれ、一つのすさんだ感情が、しのびよりはじめた。一番はじめにまいったのは――全部が全部ではないが――南極に「特派」されていたジャーナリストたちだった。彼等は大てい、一年越冬のつもりで、南極の生活を「のぞきこんで」いただけだった。彼等の真の生き場所は、輪転機のうなりとフラッシュと、電話のベルと、号外の呼び声と、電波とゴシップと情報がごうごうと地球をかけめぐる、活気にみちた世界だった。山岳記者や、極地記者として、自分自身がこういう生活を好んでいる人は別にして、彼等の本質は旅行家であり、地球のはてからはてへ、移動するリポーターだった。彼等の生活は旅の回想になぐさめられる休息と、また未知へのいざないにかりたてられる旅立ちとからなっており、はてしれぬ閉鎖生活には、もともとむいていなかった。――彼等は世界の耳目にかわって、極地に来ていたのであり、眼と耳がうったえるのは、今は失われてしまった、やさしく、喧騒にみちた〝世界の心〟にむかってだった。

突然の、そして偶然の流離の当初、彼らは逆に活気にみちてみえた。何とかして世界の生きのこりと連絡をつけようと、無益な努力をつづけ、なんとか滅亡の状態を知ろうと必死になった。――原子力潜水艦にのって密航脱出しようとしたものもあった。それから大部分は南極の基本的生活にとけこんで行き、あるものは……

三年間に南極全体で十八名の精神異常者と、三名の自殺者が出た。――自殺者は、若い、都会的な記者が二人、コックが一人だった。それでも一万人の人間にくらべれば、おどろくべき、すくない数字だった。

もう一つ、最高会議が二年目から考慮しはじめた計画は――子孫に関するものだった。

南極には、米英ソ、それにノールウェーをふくめて全部で十六名の女性がいた。そしておそらく――ひょっとしたら――この十六名の女性が、人類にのこされた最後の女性かも知れなかった。この先、「温帯」に復帰できるにしても彼女らこそ、人類がふたたび人類として存続し得る最後のチャンスだった。十六名の女性は、さほど若くなかったが——最年少の女性は、二十六歳で、若干困ったことに、相当な美貌だった——みんなまだ受胎能力はもっていた。

この問題は、一万人の男性のセックスという、非常にデリケートな側面をふくむために、徐々に注意しながら説得をすすめて行くほかはなかった。——セックスの禁断による男性の凶暴化は、性的暗示さえあたえられなければ、さほど憂慮することはない、ということは、マクラウド大佐などはよく知っていたが、個々の人間におけるセックスに関する偏見の根の深さと、一万人対十六人という両性間の数のギャップのために、ことは慎重を要した。

この問題に関するかぎり、計画本部の意見はまっぷたつにわかれた。——一つは、問題の所在を、南極人全部にぶちまけ、その上で女性を全員隔離して、希望者を順番制で「ハレム」に送りこむ。また、補助的に、各国の持参したダッチワイフ——非常に精巧なものから、局部だけのものをふくめて、十八体ばかりであった——も供出共有し、また男色を奨励しないまでも黙過しろ。

「わたしは絶対反対だ！」とマクラウド大佐はいった。「そんなことをすれば、混乱はかえって大きくなり、痴情沙汰から殺人までおこる！」

もう一つの意見は、この問題をできるだけそっとしておく、というものだった。——

女性管理と、受胎操作は、秘密委員会をつくってその管轄下におき、委員会は秘密モニターをつかって、南極人のセックスストレスを監視させ、随時秘密裡に、ストレスを解消させてやる。

だが、臨時南極圏総指揮官であるコンウェイ提督は――彼はアメリカ人だからというわけでなく、各国最高責任者会議の互選の結果なったのだが――またもや、南極の生存者中最年長者であるボロジノフ教授の提案を採用し、どちらの意見にもくみしない、第三の方法をとった。

彼は事態を、女性をもふくめた全員にぶちまけた。そして、この問題が、本能の問題でなく、種族維持の全南極人にとってのきわめてシリアスな問題であることをうったえた。提督もまた、いざという時には、全員の理性を信頼する方に賭けるのが、最善の方法だということをよく知っていたのだ。不祥事の防止もまた、全員の相互監視と、相互の思いやり、説得、集団の民主主義的ルールにたよるほかはないと考えていた。――女性は今までどおり、みんなと一緒に働く。しかし、今後は、女性としてよりも、未来の母性として、いっそうの尊敬と、保護の念をもて。受胎は、基本的には、医者たちによって組織される、特別委に、その方法と人選をまかされる。しかし、どうしても――できるだけ我慢した上で、どうにもならないと思ったものは、こっそり申し出ろ。審理の上、特に女性の意思をきいた上で、考慮する。

「いいか、諸君、これからは……」と提督は大まじめで、マイクにむかってしゃべった。

「女性を見て、口笛を吹いたり、こっそりデートを申しこんではならん。女性に対しては〝ママ〟とか〝おッ母さん〟とよべ。自分の母親だと思えば、変な気もおこらんだろう」

みんなニヤニヤ笑った。

「提督、質問！」オーストラリア基地から、太い声がかえってきた。「順番に、公平に、お相手ねがえませんかね？一万人に十六人だ。二年たてば一度はまわってくる」

「それは女性に対して侮辱的だ。——女性側からはそれでもいいといった声が出ているが受胎管理を考えるとがまんできるものは、できるだけがまんしてほしい」

「どうしてもがまんできなかったらどうします？——申し出て、緊縛衣でも着せてもらうんですか？」

「そのときは……」提督は突然ニヤリと笑うと、南極中にきこえるようなでかい声でどなった。

「……マ、マスでもかいてろ！」

南極中の基地がどっと笑いくずれた。

こうして、南極は徐々に新しい軌道にのっていった。——地域的、国家的な集団が、次第に一つの集団にとけこんで行くのには、なお時間がかかったが、それでも少しずつ、共同作業を通じて、その方向へむかっていた。——祖国が失われた今、彼等はもはや何国人でもなかった。彼等はすべて、南極人であり、地球唯一つの社会の人間だった。

短い夏がおわり、太陽は水平線に半分沈んだままぐるぐるまわり、やがてまた冬が来て夏が来た。――夏のめぐるごとに、太陽に照らされた南極の氷は海にすべりおち、氷山となって北へ流れて行った。パックアイスもゆるみ、ペンギンたちやアザラシたちもかえってきた。夏のはじめには、北の海へ流れ去って行く氷を、夏の終りには、もっとあたたかい北にかえって行く動物たちを、人々はじっと見つめていた。――この暗く、冷たい氷のはて、はるか北方には……

二年目の秋、南極ではじめての赤ン坊がうまれた。よく肥った男の子だった。――南極中の男たちは、くすぐったいような、うれしいような顔をして、何かといえば頰をゆるめていた。一万人の男たちはみんな、自分がはじめての父親になったような気がした。――中には、二年前、北方の故郷でみんなといっしょに死んだ、幼い我が子の写真を出してじっとながめたり、時には壁をむいて、声もなくすすり泣いたりしているものもいた。赤ン坊の命名日には、南極中が作業を休んだ。名づけ親になったコンウェイ提督は、そわそわして、二度も聖水盤をひっくりかえし、ほっぺたをおずおずとさわって相好をくずした。

男の子は南極《アンタークティック》にちなんで、アントニオと名づけられた。

子供は、一万人の父親に、あらたな希望の灯をともした。――男たちは、何かといえば、用事にかこつけて、病院のあるマクマード基地を訪れ、用もないのに病院の界隈をうろうろし、おっぱらわれたり、長い順番をまったりして、やっとひと目、アントニオ坊やの顔をのぞきこむことができるのだった。

「こりゃりっぱな子だ！」男たちは一目見るなり、異口同音にさけんだ。「みろよ、すごくりっぱだぜ！　すごく強そうで、おまけにハンサムだ」

「本当だ！」と別の男も、たのまれもしないのにりきみかえる。「アントニオ坊やは、どこの赤ン坊コンクールに出しても、一等まちがいなしだぜ！　絶対に金賞もンだ。おれがうけあう」

　それから傍の母親にむかって、まぶしげに目をしばたたきほとんど敬虔といっていい調子で語りかける。

「おっ母さん、体を大事にしてくださいよ。うんと食べて、うんとおっぱいを出してください。アントニオ坊やに風邪をひかさないように……」

　いうことは、みんな大ていきまっていた。

　――子供は丈夫に育って行き、やがて別の母親たちにも別の子供たちができた。女の子もうまれて、ポーラ――極《ポーラー》にちなんで――となづけられた。誕生の知らせがあるたびに、南極中の仕事がストップしてしまうのだった。こればかりは、最高会議も、どうしようもなかった。――外洋に出ている潜水艦との通信も、用件以外はほとんど子供のことばかりだった。子供たちの姓は、みんな南極《アンタークティカ》とつけられた。アントニオ・アンタークティカ、ポーラ・アンタークティカ、イワン・アンタークティカ、ジョルジュ・アンタークティィカ、トール・アンタークティカ、そしてヨシコ・アンタークティカ……

子供のさわぎが、お祭りさわぎなりに、一つのパターンにしずんで行くと、南極の生活も、次第に着実なリズムに吸収されていった。——人々の間には、もはや喧騒も泣きさけぶ苦悩も、あまりあらわれなくなった。そのかわり、日常性の底に沈んだ憂悶、諦念と同じくらい、静かなものにかえられた希望と絶望、時おり胸の底をうずかせる、はげしい、しかし無力な懐郷の念と、死滅した世界に対するやる方ない哀惜などが、一人一人の胸に、深くきざみこまれていった。

そのころから、資材は眼に見えて不足して来だした。いくつかの、応急的で小規模な生産設備からつくり出すものは、不細工でもあったし、量的にとても不足をカバーできなかった。人々は、黙々と、一層原始的な生活に移行して行った。電燈のかわりに、アザラシや、ペンギンの脂肪でつくったロウソクがつかわれ出した。いくつかの小さな基地が放棄され、エスキモーのように、雪小屋《イグルー》をつかった生活もはじまった。銃をつかうより、手製の銛をつかっての猟がはやり出した。

長期生活の——最低の生活ではあったが——気がまえと準備は、南極全体に滲透していった。しかし、人々の眼は、燃えるような切ない希望にもえて、北方の海の、ガスにおおわれた水平線を見つめていた。

いつか、いつの日か……

しかし、毎年、七つの海に調査にのり出して行く、二隻の原子力潜水艦の報告は、あいかわらず「ノー」だった。——陸近辺の大気中は、依然として、不気味な球菌と球菌の胞芽に汚染され……一立方センチに……

四年たった。——人々はもう、あまり子供のことでもさわがなくなった。あのすさまじい悲劇と、南極の苛烈な長年月が人々の心を次第にかえていった。四年目の短い夏がすぎ、秋がきた。——今年も朗報はなく足どり重くネーレイド号とT—232が帰投してきた。

そして……。

第二部　復活の日

第一章　第二の死

——この火の池は第二の死なり——ヨハネ黙示録

1　レポートST三〇〇六

白一色の世界に、ただはげしく流れ、波うつ明暗の縞だけが動いていた。凍てついたぶあつい雪におおわれた、ザラザラの大地の上を、ジェット機の排気ガスのような勢いで白い煙のようなものが、吹きちらされて行く。

——風速三〇メートルのブリザードの中で、吉住は風に背をむけて立っていた。

むろん風にむかって立つことなどできない。防寒具を着て、雪眼鏡をかけ、マスクをして、かかとを凍った雪につっこんで、吹きつける雪に、背中をもたせかけるようにして立つ。粉雪は、防寒具のあらゆる隙間から吹きつけ、指先はたちまちこわばってくる。

——吉住はそれでもかまわず立っていた。冷気が、防寒具をとおして、しんしんとつたわってくる。眼をあげると、暗い空に、灰がまきちらされるような黒い粉が、うずまきながら吹きとばされて行く。——とつぜんその風景が、ボーッとぼやけそうになる。

「ヨシ！」

ごうごうとなる風音の底から、叫びがきこえる。——マクマード基地、中央電子計算機室のスティーヴ・ハサウェイの声だ。計算結果が出たのか？

「ばか……、このブリザードに……」

スティーヴの手が肩をぐいとつかむ。ふりむくと棒みたいに凍りついた腕がバリバリ音をたてる。

「………」

スティーヴは何かわめくが、風に吹き消されてきこえない。彼は、いきなり肩をもってグイグイおされるのを感ずる。――スティーヴにあとおしされ、二人の力をあわせて、やっと風にさからって、基地の建物にたどりつく。――さっきは十メートルしかはなれていないと思ったのに、いつのまにか二十メートル以上もはなれている。風におされてしまったのだ。

建物の二重ドアをあけて中にはいると、吉住は防寒衣をぬいで、頬や指先をこすった。――しびれていたのが、やっと感覚がかえってくる。

「なにをしていたんだ?」スティーヴが同じ動作をやりながらきく。「自殺するのかと思ったぞ」

吉住はだまって、せっせと指先をもみほぐした。――建物内の暖房で、睫毛に凍りついた涙がとけて、頬をつたった。

「ブリザードの中に立つのが、日本人の悲しみの表現かね?」スティーヴが、かるくからかうようにいう。「ネーレイドは日本によったそうだな……見なきゃよかった、と思うだろ?」

吉住は答えずに防寒衣をぬいで、スチームパイプの上につりさげた。——とけた雪が雫になって、パイプの上にたれる。

「計算カードは？」吉住は集計室への通路を歩みながらきいた。

「できた……」スティーヴはうなずいた。「ああ、それから——正確な結果がでたら、報告してほしいといっていた」

「地学委員会なら、中間報告を出しておいたが……」

「いや、そっちじゃない……行政委員会の方だ」

「行政委員会が？」吉住はたちどまった。「政治委員たちが、——地殻の変動に、どんな興味をもつんだ？　それもずっと北の方の……」

「なぜだかな……」スティーヴは肩をすくめた。「早く結果をまとめろよ。なぜだか知らないがおえら方は、君の報告にひどく興味をもっているらしい。——おれにもさっき電話がかかって、君がどこへ行ったかきいてたぜ」

スティーヴのいっていたことは、ほんとうだった。小型計算機が何台もうなりをあげている集計室へいってみると、彼の借りている小さなデスクの上に、でき上った計算カードの山と、何枚もの伝言メモが、ピンでとめられてあった。

「Y——へ。行政委員会事務局から電あり。総合観測本部地学委員会に提出したレポートST三〇〇六の件について、至急連絡してほしい、とのこと」

「ヨシズミ――最高会議のおえら方が探している。レポートの件を直接説明してもらいたい、といっていた。14°・30′――スリム……」

「ヨシズミ閣下――コンウェイ提督より、じきじきお電話ありました！――14°・42′」

最後のメモはこう書いてあった。

「計算結果の集計完成の時間を、行政委事務局に知らせてほしい。――臨時最高会議に出席し、委員に貴下提出の地学関係レポートST三〇〇六号について、詳細説明できるように、準備されたし――行政委事務局」

吉住は首をひねって、電話器をひきよせた。電話器の上には、計算用紙をひきちぎった紙片がはさんであり、乱暴な字で書いてあった。

「至急！　行政委事務局へＴＥＬ」

吉住は受話器をとりあげた。交換手は、彼の声をきいたとたんに、事務局へつないだ。

「吉住？」と乾いたロシア訛りの声がいった。「ポポフだ。待ってたんだぜ。――どこへ行ってた？」

「外の空気を吸いに……」と吉住はいった。「なんですか？」

「君は、なんでも集計中だそうだな」とポポフはいった。「その計算とやらは、いつできる？」

「カードの準備は、もうできてます。これから多重解析をやってその結果を、綜合報告書にまとめようと思って……」

「そのままじゃ、説明できんかね？」

「専門家ならわかりますが……、二、三補足因子をくわえると、非常にわかりやすくなります」

「じゃ、そうしてほしい。——科学者もいるが軍人もいる、専門外の人もいる最高会議で、よくわかるように、説明してほしいんだ」

「なぜですか？」吉住はいった。「あのレポートがどうしたんです？」

「どうしたのか、よくわからん」ポポフはいった。「とにかく、そうしてほしい、といっているんだ。——どのくらいかかる？」

「綜合報告書ですか？」

「いや、そんな大げさなものでなくても——説明できるようにまとめるに、だ」

「そうですね……」吉住は磁気インクの記号の列が、ぎょうぎよくならんでいるカードを見て、ちょっと考えた。「五時間あれば……」

「もう少し早くならんか？」ポポフはいった。「ちょうどいま、各国基地からえらいさんがあつまってるんだ。ブリザードが晴れたら、自分の基地へかえっちまうものがいる」

「コンピューターが二台つかえれば……」吉住は集計室の中を見わたした。「でも、いま一台しかあいていません」

「二台あれば、どのくらいでできるかね？」

「二時間半から三時間……」

「集計室の主任をよんでくれ」

吉住はちょうど通りかかった、主任に合図をした。――なにもかも細ながくできあがっているもと海軍の作戦技官だ。

「だめだよ、ポポフ――」主任は電話をきいて、どなった。「演算中のやつを、ストップさせるわけには行かん」

「プロセッシングの準備中のやつがありますぜ」

スティーヴが横あいから声をかけた。

主任は、よけいなことをいう、というふうに舌うちした。

「じゃ、その4号の準備をストップしろ」そういうと、主任は受話器を吉住にかえした。

「2号と4号だ。――それでいいかね？」

「それから――」と吉住は考え考えいった。

「天気図作製用のマルティプル・インティグレーターはあいてますか？」

主任はちょっとのびあがって部屋の一隅の大きな機械をみた。

「いまはつかってないな――自分でつかえるか？」

「だれか手つだってもらえれば……」

「スティーヴ！」主任はどなった。「こっちを手つだえ！――最大限の便宜をはかれとの、事務局のおたっしだ」

スティーヴは山とつまれたカードを、カード分類器にかけた。一段分類されたものを、おのおのの組ごとにまた別の分類方式にしたがって分類するので、大変だった。三段分類の終了したものを、今度は吉住の書き出した式にしたがって、磁気テープに記録してゆく。——吉住は、二つの計算機のプログラムをやった。2号からながれてくる計算の一部を4号へリニアにながし、一部に独立の計算をさせて、三つの回路がマルティプル・インティグレーターにはいるようにセットした。気象図製作用のインティグレーターはフィリップス—WE製で、マイクロモジュールを使った、非常に精巧なものだった。光化学を利用してやきつけられた分子回路は、トランジスターの何万分の一という容積で、同じだけの仕事をやった。米海軍気象観測部が、特に極地用に発注したもので、消費電力も小さければ、低温安定性が無類に高い。——主要演算部は、この計算センターの外をふかくほって、深さ数十メートルの氷の中にうめられており、室内の機械部分とはケーブルによってつながれていた。

吉住は、原板のストックの中から、めったにつかわれない北米大陸全図と、アラスカの拡大部をえらび気象図用の大版感光紙にやきつけた。それから、等圧線、等温線、風向をタイポグラフでうち出す、三次元スキャンナーをセットした。

スティーヴが、ホッと息をついて、むこうの方からOKのサインを送ってきた。吉住はちょっと時計をみた。——すでに一時間二〇分かかっていた。

セッティングの総点検をするのに、もう三〇分かかった。すべてがととのった時、吉住はスティーヴをふりかえった。スティーヴがスイッチをいれた。幅一インチ1/3の、広幅テープがおくられはじめ、三台の電子計算機のランプが、めまぐるしく明滅しはじめ、数分のち、スキャンナーがカタカタと音をたてはじめた。

2 〝われ、これをむくいん〟

一八〇〇——

最高会議のメンバーは、もと作戦室だった会議室にあつまっていた。——各国基地代表。それにくわえて、マクラウド大佐、ゾシチェンコ少佐、地学委員会責任者のヴィスコンティ教授、吉住の直接の上司である山内教授、それから顔だけ知っている二人のアメリカ空軍将校、NASAの職員二人、最後に見たこともない二人の男——一人はアメリカ人らしく、もう一人はロシア人らしい。

会議室は、粗末な大テーブル以外は、なんのかざりけもない、天井の低い部屋だった。正面に地図投影用のスクリーン、いくつもの電話器とインターフォン、テレビ電話一台、中継用のマイクと小さなミキサーテーブル、スクリーンの上には、「南極連合」の新しいマーク——これは国連のマークに似ていて、南極大陸を中心に、緯度経度をあらわす同心円と放射線をひいたものだった。その両横に、小さく、もと各国の旗がならんでいる。

「吉住君……」まだわかわかしい色つやのコンウェイ提督は、会議をはじめるあいさつもせず、いきなり話しかけてきた。「われわれは、偶然の機会に、君が今度のネーレイド号による北半球調査に参加し、君の専門分野における調査結果の概略をまとめて地学委員会に提出したレポートST三〇〇六号の内容を知り、君の推論につよい関心を抱いた。地学委のヴィスコンティ教授と、山内教授の意見をもとめると、両教授は、君が専門分野で非常に有能かつ独創的で、君の推論は常に高い確度で信頼できる、という返事をもらった。そこで——実は最高会議は、ある非常に重大な危険との関連において、君自身の口から、もっと正確な説明をききたいと思って、御足労ねがったわけだ」

吉住は、むこうの意図がわからないので、ちょっといらいらした。——慎重な表現だ。なにかが起こりそうで、それが彼の観測してきたことと関係がある。むこうはその関連性をたしかめたがっている。非常に重大な危険？——いったいなんだろう？　南極は、すべての大陸から遠くはなれている。ましてこれは、南極と、まさに対蹠点《アンティポディス》にある地域のことだ。どう考えても関係があるとは思えない。

「説明、たのみます」ボロジノフ博士が口をはさんだ。「簡単に、わかりやすく……」

「……まず」吉住は、どんな方向から説明するのが、むこうの要求にこたえるのかわからないまま、少しあがりぎみに、説明をはじめた。「もう御承知の通り、私の専門は地震学です」

みんなの顔が、一せいに少しひきしまった。吉住は、スクリーンの上に、たった今、計算機室でつくってきた、一枚の地図をはりつけた。

「地震学といっても、私のは、動態的地殻構造の研究が主で、地表の観測や予報は専門ではありません。特に南極にくる前は、地殻現象の統計物理的研究に主眼をおき、いろいろやっているうちに、偶然、いくつかのことなった現象の間に、ある函数関係を導入すると、それが非常に高い確度で地震予知に役だつことを発見し、四年前南極にくる直前に、日本の地震学会あてに論文を提出しておきました。しかし、それが大方の批判も検討もうけぬまに――あのような事態になったのは御承知の通りです。――しかしその後、南極のパーマー半島やグラハムランドの小地震、それにヴィスコンティ教授が二年前、T―232で観測されたチリ沖地震のデータなどで統計的修正をくわえ、現在では非常に高い確率で、地震の起こる地域、時期、地震の大きさ、震央の深さなどがかなりくわしい所まで、予測できるようになったと思います」

委員たちの眼は、二枚の地図にむけられていた。青くうき出た地図の上に、赤いタイポグラフで、渦まく線と、濃淡がうき上っていた。

「今回、北米大陸太平洋岸で――陸上は不可能だったので、海岸部の海底でしたが――観測したのは、実はこれまで観測されたいかなるものより、数値の大きい、相互関連のある異常現象でした」吉住は地図をさした。「この等圧線のようなものは、重力の変動と、地磁気の俯角、鉛直分角の変動とを、ある種の関係を導入して立体積分してみたものです。くわしい説明はさけますが、こうして得られたある数値――Eといたしますが――の、同じものをむすんだものです。濃淡であらわされたものは、このEの値から解析的にもとめられたものに、大陸塊質量その他の要素をいれて修正して得られた、地殻深部の動圧力をあらわしています……」

吉住は北米の地図から、アラスカの地図にうつった。

「今度観測された異常現象は、ほぼ北米太平洋岸一帯に起こったものです。——これはこの地帯全般に、ふたたび造陸活動が、短期的に活発化しつつある証拠だと思いますが——とくにアラスカ沖合の海底で観測された現象の数値は異常に大きなものでした。すなわち、地磁気、地電流の異常にはげしい攪乱と、わずか数か月をへだてて、はっきり計器によみとれるほどの大きな負の重力変動——質量欠損であります」

吉住はちょっと委員の方をふりかえった。——だれ一人、身動きしない。

「沿岸部の観測により、重力異常は、陸地にむかって急速にプラスにむかい、陸上部では、おそらくこれと見あう大きな正の重力異常が起こっていることが予測されました。——それをうらづけるように、アラスカ山脈中の、マッキンレーはじめ数多くの火山が、休火山をもふくめて、活発な活動をはじめているのが観測されました。——ごしょうちかと思いますが岩漿対流による正の異常帯は、火山活動帯とひじょうによく一致します」

吉住はことばを切って、一座を見まわした。無表情な、だがひどく緊張した顔は、はたして理解しているのか、それとも先を待ちうけているのかよくわからなかった。

「アラスカは、〝太平洋の火の環〟——つまり環太平洋地震帯の、中にあり、地震頻発地帯ではありますが、ごく短い期間に——二年前のヴィスコンティ教授の観測当時から現在までだけでなく、ネーレイド号回遊のわずか数か月をへだてた間にさえ、観測できるような、異様にはげしい変動を起したことは、まったく異常というほかありません。現にアラスカ沖合では、海底がぐんぐん沈んでおり、小規模な構造地震はしょっ中起っております」吉住はつづけた。「ヴェゲナーなどの説によりますと、北米大陸太平洋岸の大褶曲は、シマの上にういた大陸塊が、西にむかって移動する間に、非常に古く、冷却して固くなった太平洋のシマにぶつかって、移動圧のためにしわになったものだ、とされておりますが、北米太平洋岸海底部の重力欠損は、たとえばスマトラ＝ジャワ構造線外縁にそった、海溝部の質量欠損ほど著しいものではありませんでした。ところが、ここにわずかの間に、スマトラ＝ジャワによく似た、正負異常が、非常にせまい間隔で、平行した帯の形で、あらわれつつあります。これは大陸塊下部で、異常に急激な岩漿対流が起こり、下降分枝が沿岸海底部にそって出現したのではないかと思われます。――ごしょうちかとも思われますが、地盤内部では、重い超塩基性の岩漿が、地熱のために非常にゆっくり――通常年間一センチ程度ですが――対流しており、下降部ではそれが軽いシアル層におきかえられるために、質量欠損が起こって、重力が小さくなり、ここに海溝や地向斜ができます。上昇部では、逆に岩漿がもり上って、正の重力異常を起こします。――下降部の、海溝や地向斜は震源の、上昇部では褶曲山脈や火山の発生が見られます」

「それで……」とビョルンセン・ノールウェー代表が口をはさんだ。「地震が起こりそうかね」

「十中八、九……」と、吉住はいった。「別に私でなくても、これだけ顕著な異常が観測されれば、誰でも地殻の大変動が起こるとは予測できるでしょう」

「なぜ、そんなに急な、対流異常が起ったのかな」とブランショ・ベルギー代表。

「正直いって、わかりません」と吉住は首をふった。「まさか一九六四年のアンカレッジ大地震と関係があるとも思えませんが、ひょっとすると一九六四年から数年間にわたる、アラスカ地震群の最後のものかも知れません。――とにかく、北米、とくにアラスカ方面の地底では、なにか異常なことが起っています。非常に急激な造陸作用とでもいうべきものが……モホロヴィッチ不連続面はぐんぐん上昇して、わずか数キロメートルのところまで来ていますし、地下百キロメートルのアイソスタシー平衡面さえ、大きく波をうっているようです。岩漿対流のほとんど物性を無視したほどの急激な変化の原因など、ちょっとわかりません。――なにしろわれわれは地殻の上をちょっとひっかく程度しか知らないんですからね。大きな造陸運動の、内部要因など、類推するよりほかないんです」

居あわせた人々は、一瞬、床が地面をはなれてただよい出すような気分を味わった。うかびただよう大地――重いシマの海の上に氷山のようにうかび、地球の自転力によってゆっくり流れて行く軽いシアルの塊――大地のごとくゆるぎなき、とか、山のごとく不動の、とか、――人は永らく、大地をこの世の中でもっとも堅固で、重いものと思ってきた。だがその実――大地は岩漿の海に、ふわふわ浮いているものであり、ミルクにうくコーンフレークのかけらのようにただよい、流れ吹きよせられるものだった。岩漿の海は、海そのものの性質《さが》により、対流し、うずまく潮《うしお》の流れとなり、波だちさわぐ。うかぶ陸地は波のまにまに木の葉のごとくゆれ……ある時は、温かい牛乳の表《おもて》のうす皮のようにしわがより、ある時は朽葉《くちば》よりもろく砕け……。

人はその浮かびただようもろい朽葉《くちば》の上に住んでいた。大地の漂泊《さすらい》のかた時の間に、枯葉の上に生ずる黴《かび》のようにはびこり、聚落《コロニー》をつくり、やがて縦横に菌糸でむすび、高い胞子の塔をたて……文明を謳歌し、憎しみと争いをくりかえし、かたときそのまたかたときの間に、力を、知恵を、栄誉をほこりあった。

黴たち！

いまは陽の光が黴を枯死させるように、大地の殻の表面からぬぐいさられ、ほんの一塊りが氷と雪の水辺にのみ、かろうじてしがみつき、きびしい条件と闘いながら生きている。だが所詮、ただようものの上に生じたものであれば、大地の舟の遭難をどうすることができよう。

「それで……」バーンズ、イギリス代表がおもい口をひらいた。「地震の大きさや、起こる地域や、起る時間などはわかるのかね？」

「ほぼ確実に……」吉住はうなずいた。「むろん百パーセントとは行きません。しかし……」

「吉住君の、地殻異常現象群の解析的あつかいによる地震発生の予知方式は、非常に価値の高いものです」ヴィスコンティ教授が、しわがれ声でいった。「もし、世界があのまま存続していたら——彼の仮説は、学界に大反響をまき起こしたでしょうな。ひょっとしたら、ノーベル賞ものだったかも知れん」

吉住はふと苦笑した。——ノーベル賞……賞《プライズ》と栄誉と、ジャーナリズムのバカさわぎ——あのおまつりのさわぎの好きな世界がほろびてみれば、栄光とは、そもそもなんだったのか？

「今回のレポートも、数値的に検討してみました」山内教授はいった。「彼の結論は、ほぼ正確だと思います。また観測方法も、充分信頼できると思います」

「で、地震は？」コンウェイ提督がいった。「どこらへんで起こる」

吉住は指をのばして、アラスカの地図をさした。それから指で二つの線をひき、その交点をさした。

「ほぼこの地点……」と吉住はいった。「ここから半径百キロ以内に震災がくるはずです」

「陸上か？」

「ええ——」吉住はうなずいた。「本来ならば、海溝部が生じつつある、重力のマイナス変動の部分にそって起こるはずです。——ですが、今度の場合、おそらく深発性の造陸地震がひき金になって、大規模な構造地震が造発されると思われるので、ちょっと様相がかわりそうです」

「というと……」コンウェイ提督はいった。「二つの地震がかさなるというのかね？」

「まあ、そういうことです。――一つの震源は、地下百キロメートル以上の所にあるアイソスタシー平衡面上で起こり、もう一つは地下二、三十キロメートルの中深度で起こると思います」

「大きさと時期は？」

「アラスカ地塊の質量が、大づかみですからなんともいえませんが、強度《マグニチユード》8・6ないし9、時期は二、三か月後から、最大限一年以内……」

「強度《マグニチユード》8・6ないし9？」空軍将校の一人が、おどろいたようにつぶやいた。「それじゃ、歴史上観測された地震中最大じゃないか！」

「そうです――今まで観測されたもので、8をこえたのは、チリ地震ぐらいです――関東大震災で7・9でした」

「損害は……」コンウェイ提督はつぶやいた。

「地上建造物は、もっとも堅固なものをふくめて、ほとんどだめでしょうね。地下建造物も大部分……」と吉住はいった。「いままでこんな大きな地震はなかったといっても、地震観測の歴史は短いですからね――地殻変動においては、人間の記録にのこる千年二千年の間など、ほんの一瞬のものです。伝説上のアトランティスやムウなどの大陸が一朝にして海底に沈むような大地震だって、あり得ないとはいいきれません」

大地は裂け、海が切り裂かれた陸地のかけらをのみこむ……地ふるえ、もろもろの山は……蠟のごとくとけぬ。……吉住は、青ざめて、つくりつけの仮面のようにこわばっている一同の顔を見て、突然ふと、うずくようなこっけい感におそわれた。

地上建造物の損害？

だが、くだかれ、うちたおされるのは、すでに無人の廃墟、死の町々なのだ。恐れおののく人々も、女子供の阿鼻叫喚も、災害にたちむかう男たちの怒号もない、森閑とした無人の町に、突如大地の鳴動がおそいかかる。建物は一瞬にして、くずれおち、街は瓦礫の山と化す。――徐々にであれ、急激であれ、かつてありしものの営為の形体をとどめる廃墟もまた、いつの日か土にかえるのだ。いつかはまた、二足で立った知的生物の巣も、地上に痕跡をとどめなくなるのだ。――それは死せる人類の上にさらにふりかかる第二の死だ。

なんという皮肉！

吉住は、地震国にそだち、福井、新潟の地震を目撃し、地震の予知の研究に身をささげてきた。それは――ひとえに、人間にとって最後の不可測的な自然災害にいどみ、人々の上にふりかかる悲劇を、最小限にとどめるためだった。いまその闘いは、七分通り勝利をおさめた。――だが、人類にはかりしれぬ恩恵をもたらす研究ができた時、恩恵をもたらすべき人々はすでにいなかった。

「みなさん……」怒りとも、うずきにみちた笑いともつかぬ衝動にかられながら、吉住は皮肉をこめていった。「あまり深刻にならないでいただきたい。これは地球の反対側に起こる変動であって、南極には、若干の震動は感じられましょうが、なんの影響もありません。津波もおそってきません。そしてまた――数年前ならば、目をおおう大惨事となるべきアラスカの地も、現在は無人であります。――最大の惨事はすでに四年前に起こってしまったのです。私自身、このレポートをまとめながら、若干興奮はしました。しかし同時に〝それが何になる？〟とつぶやかざるを得ませんでした。――北緯六十度に起こる大変動は、南極とは無縁です」

だが――

みんなの表情はゆるまなかった。いや、むしろ――ますます重く、内部に沈潜して行くみたいだった。

「どうしたんです？」吉住はいった。「くりかえし申しますが、アラスカは無人地帯《ノーマンズランド》であり、また南極は無縁です」

「いや……無縁とはいえない」コンウェイ提督は、しわがれた声でいった。「北米大陸は無人ではあろうが――まだ生きのこっているものがある……」

「なんです？」吉住は思わずのりだした。「なにが生きのこっているんです？」

「人間の憎悪だ……」提督はいった。「憎悪の糸が、人類死滅後も無人の土地に生きのこり、それがアラスカの大地震を南極とむすびつけている」

「どういうことなんですか？」吉住は会議場を見まわした。「なぜ、アラスカが……」

「ばかばかしい！」突然、冷静なコンウェイ提督が立ち上って、テーブルをたたいた。

「まったくばかばかしいことだ。まるで球つきだ——球をつくのが、神の御手だとはいわん。私の知っている神は——神は存在するかも知れんが、それは人間のための神ではあるまい。神は、自然の法則をつかさどりはするが、人間のことなど眼にはいらないのだ。そしてまた——自然の法を災厄にかえるのも、人間だ」

「球つきって——いったい何です？」吉住は面くらいながらきいた。

「球つきのうまいものは、はるか遠くの球にあてるのに直接ねらわない。手前の球にあて、その反動で親玉をつぎの玉にあて、クッションを利用して、最後の球にあてる」

「おっしゃることがよくわかりません」

「君には全然はなしてないし、ここにいる最高委員の中にも全貌を話していないことがあるのだ」コンウェイ提督は、怒りをこらえた調子で、室内を見まわした。「まったくバカげたことだ。そして、このバカげたことの原因は、アメリカはじまって以来の、バカげた大統領——シルヴァーランドによってつくられたものだ……」

「前大統領の……」吉住はつぶやいた。

「そう——あいつは……ほとんど考えられないくらいの極右反動で、まるできちがいじみた男だった。南部の大資本家と称するギャングどもの手先で……二十世紀アメリカのアッチラ大王だった。憎悪、孤立、頑迷、無智、傲慢、貪欲——こういった中世の宗教裁判官のような獣的な心情を、〝勇気〟や、〝正義〟と思いこんでいた男だ。世界史の見とおしなど全然なく、六年前にはもう一度〝アカ〟の国々と大戦争をおっぱじめるつもりだった。——なぜ、こんな男を、アメリカ国民がえらんでしまったのか、いまだにわからない。私は軍人ではあるが、あの時ばかりは、アメリカの後進性に絶望した……」

「それで——そのシルヴァーランド大統領がどうかしたんですか？」

「〝復讐はわれにあり、われ、これをむくいん〟……」コンウェイ提督は憎悪をこめていった。

「これがやつのお得意の文句だったよ。——そしてやつは、ARSをつくった」

「ARS」

「カーター少佐！」とコンウェイ提督はいった。——ひょろりとした、見たことのない男が立ち上った。

「諸君、カーター少佐を紹介しよう。——彼は、もともと国防省の人間で、シルヴァーランド時代には、大したはぶりで、ARS計画にも参加した。次の大統領の時、左遷された恰好で、ここへやってきた。任務は——南極における諜報活動と、私を監視することだった。——だが、すでに五、六年前のことなど、どうでもいい。今は少佐から、ARSのことについてきこう。このシステムのことを、くわしく知っているのは、米国軍人の中でも、多くないはずだ」

「ARSというのは……」と、カーター少佐は抑揚のない声で語りはじめた。「いまからざっと八年前、当時の大統領シルヴァーランドと、当時統合参謀本部の腕ききといわれたガーランド中将のつくりあげた——全自動報復装置《オートマチック・リヴエンジ・システム》のことであります……」

3　グランド・スラム

「一九五〇年代後期から、アメリカの核防衛態勢はBMEWS（弾道弾早期《バリスティック・ミサイル・アーリー》警報組織《・ウォーニング・システム》）をはじめとする、いわゆる押しボタン戦争の段階に突入しました。——と同時に、北米を中心に全世界にはりめぐらされたレーダー網と、戦略空軍《サック》と、核弾頭をつけたICBM基地の、有機的瞬間戦争システムは、一つの内面的危機を、いやおうなしにうみ出しつつあった。内面的危機とはすなわち——極度に精巧な一種の自動機械としてくみたてられたシステムの中に、非常に不安定な要素、つまり要所要所に、動揺しやすい人間の判断がはさみこまれていたことであります」

カーター少佐は、淡々と、むしろシニカルにきこえる調子で語り出した。

「ご記憶の方も多いと思いますが、一九五〇年代の末期から一九六〇年代の初頭にかけて、〝核ノイローゼ〟が、防衛機構にたずさわる軍事委員の間で問題になり出しました。一九五七年、訓練中のB47が、東部ノースカロライナ州の上空で、水爆をあやまっておとすという事故がありました。この時は安全装置がかかっていて爆発しませんでしたが、あとで調査してみると、六つの安全装置のうち、五つまでがこわれていて、最後の一つで爆発が防がれたことがわかりました。——この時、非公式に討論されたことは、もしこの時、万一核爆弾が米本土上で爆発していたらどうなるか、ということでした。起り得る事態は二つでした。一つは防衛システムが、水爆投下にうろたえて、それがどこの国の飛行機によって投下されたかを確認するいとまもなく、全面的核攻撃の指令を出すことがありうるということ、もう一つは、たとえ自国の爆撃機であることが確認されても、中間責任者が——とくに好戦的な内面感情をもっている場合——責任を糊塗するために、核攻撃の指令を発することもありうる、と考えられた。——このころから、核戦略体制内の人間的要素が問題になりました」

きくものの胸に、なにか苦いものがこみあげてきた。核恐怖時代——絶滅戦争——飽和兵器、相互に破滅させるための、途方もない機械の網の目……「世界」の存在した当時の、遠い悪夢。世界がほろびさって四年しかたたない。——が、今それをきけば、いかにきちがいじみたものに思えることか！　結局世界と文明は天くだる劫火のもとにほろびず、足もとよりくさらせる、目にも見えないちっぽけな生物に食いころされ、野たれ死にしたのだが……。

「一九六一年、核兵器貯蔵庫勤務の一下士官が、精神異常をきたして、核兵器にむかってピストルをうとうとした事件がありました。また防衛システムに勤務する兵士が、攻撃指令ボタンを押しそうなノイローゼにおそわれて、辞任を申しでるというようなことがたびたびありました。軍部の調査で、防衛態勢にたずさわる人員のうち、一パーセントが、完全に危険な状態にあり、仕事から除外されるべきものとされました。また一〇パーセントが、情緒不安定その他の理由で、精密適性検査の要ありとされました——グリーンランドレーダー基地で、雲の中からの月の出をミサイルの来襲とまちがえて、緊急態勢にはいったり、アラスカ基地との故障による通信途絶から緊急出動《スクランブル》がかかったり——こういったメカニックな故障や誤認による偶発戦争の危険は、数段がまえのフェイル・セイフ・システムによって、何とか低下させることはできたものの、人間的要因による危険は増大するばかりでした」

みんなカーターという顔色の悪い男が、いったい何をいおうとしているのか、かたずをのんで見まもっていた。

「ケネディ時代にいろんなこころみがなされました。ミサイル発射は、五人の人間のもつキイがなければできないようにしたり、SACの最終攻撃は、大統領の直接指令によるようにしたりしました。しかし、いかなる安全確保のこころみも、結局は二つの選択に導かれるということを、最初に見ぬいたのはケネディでした。一つは偶発戦争の危険な道をあるきつづけ、結局は奈落におちるか、それともこのシステムを完全に解体してしまうか……」

みんなは、紀元前のローマで、カエサルのなした選択の話をきいているような気がした。ルビコンをわたるか、とどまるか——十年前の世界における政治家の、苦悩にみちた選択も、その高貴さや苦悩をささえていた世界が失われたいまは……。

「ケネディがえらんだ道を、シルヴァーランドは強引にひきかえしました。彼はむしろ、反対の道を極限まで行こうとしたのです。ソ連をたたきつぶすのだ、と選挙当時から公言していた彼が、全世界と、良識あるアメリカ人の茫然自失の中にホワイトハウスにはいった時、偶発戦争の危険は、自動的に増大しました。はっきりいって——核防衛組織の中ではたらいている軍人たちも、大部分は、職務ははたさねばならぬとは思っていても、内心は戦争をさけたいという感情を強くもっていたのです。——シルヴァーランド時代にはいるや、彼等の上に開戦の恐怖が強い精神的圧迫となってのしかかり、シルヴァーランド就任以来、人的原因による偶発戦争の危険は急激に上昇しました。そこで……彼は、軍部内極右として、彼の熱烈な崇拝者だったガーランド将軍を片腕にして、彼自身の、核戦略体制をつくることにしたのです。——ARSは、その体制の中の最終的な、極秘部分でした」

シルヴァーランド——悪名高い彼も、すでに故人だ。だが、しかし……吉住はいつの間にか、掌がじっとり汗ばんでいるのに気がついた。

「シルヴァーランドは、奇妙にまとはずれな、二つの恐怖を抱いていました」カーターはつづけた。「彼は豪放磊落をよそおっていましたが、あらゆる暴力政治家がそうであるように、彼の豪放さは、子供じみた恐怖心をさとられまいとするための仮面でした。——彼の性格には、南部人的な賭博師のそれがありました。賭博師は、結局いちかばちかにかける無謀な勇気の方が、理性より価値があると思っています。彼は暴勇がありましたが、彼の知性はみせかけで、究極的な所では、子供じみた判断からぬけ出せませんでした。——すなわち、たとえどんな卑劣なことをしてでも、最高の権力をにぎったものは、無条件にもっともえらい人間で、したがって最高の判断は、常に最高権力者のみがくだすべきだ、という暴君的な信条です」

「シルヴァーランド論はもういい！」コンウェイが、にがいものを吐き出すようにいった。「早くARSを説明しろ」

「ですが、彼の性格が、このシステムの性格を説明する上に重要なポイントになります」カーターはしずかにいった。「で――彼のまとはずれな恐怖というものは、次の二つでした。一つは、偶然戦争の危険ではなくて――彼自身としては、国際世論の手前、場合によっては偶然と見せかけて戦争をはじめる方法を、まじめに考えていたのですから、――むしろ、彼が命令をくだした場合、組織の中で彼に反抗する将士が出てきて、指令が完全におこなわれないのではないかということ、つまり彼は、暴君の常として、人間を誰一人信じられなくなっていたのです……それにもう一つは敵国から、警告なしに、毒ガス、あるいは細菌攻撃をうけはしないかということです」

「なるほど……」とバーンズが皮肉につぶやいた。「ギャングには、あらゆる人間がギャングに見えるというわけか」

「そこで彼とガーランドの考えた、新核体制というのは、まさかの場合、ホワイトハウスから、大統領自身の手で直接ミサイル発射できるようにきりかえられるシステムをつくることと――、〝ここに神の御手くだる〟……これも彼の好きな言葉でした。それともう一つ、彼の在職二年目に設置されたのが、このARS――完全自動報復システムです……」

「自動報復というと……」吉住は思わずつぶやいた。「つまり……」

「ええ、そうです。――たとえば、軍の叛乱がおこったり、ノイローゼによる事故がおこったりして、人間による防衛体制が麻痺している時でも、このシステムにきりかえておきさえすれば、ミサイル攻撃をうけた瞬間、自動的に報復ミサイルが発射されるのです。――シルヴァーランドは、マッカーシーの数倍の勢力で、赤狩り、スパイ狩りをやったのですが、それだけに、敵がミサイル攻撃をかけてくる前には、スパイ、あるいは潜入機による毒ガス、細菌攻撃で、防衛機構を麻痺させてからやるにちがいないと本気に信じていました。彼はこれを、〝私の愛国心の結晶だ〟といっていました。アメリカは、たとえ先制攻撃をうけても、自動的に報復できる――〝たとえわしがやられても、わしの屍から復讐の矢がとび出す〟と彼はいっていました。――きちがいじみたやり方だと思うでしょうが、ホワイトハウスのネロは最後まで自分の部下を信用できなかったのです。――大統領選にやぶれたら、軍部右翼とはかってクーデターをおこすつもりでいた男が、大統領になってみると、今度は叛乱をおそれたのです。彼は国防の職務をはたすのだといいながら、その実バクチうちの心境だったのでしょうね。〝見ていろ。最後の切り札一枚で、グランド・スラムだ〟といってましたからね」

「それで、そのシステムが――まだ生きているというのですか？」

「全システムの電力は、地下の無人原子力発電所から供給されます。ホワイトハウスの地下特別指揮室のかくしスイッチをいれさえすれば……全指揮系統は、防衛人員の手をはなれ――あるいは手がなくとも、ARS体制にはいります」

「しかし……」ロペス大尉が重い口をはさんだ。「シルヴァーランドは、次の大統領選挙でやぶれた。最後の大統領は、またケネディの衣鉢をついだ。――〝災厄の年〟の夏、一挙に全面核兵器廃止協定を実現させようとしていたリチャードソン大統領が、そのスイッチをいれたとは考えられないんじゃありませんか？」

「五分五分《フィフティ・フィフティ》で、生きている可能性があります」と、カーター少佐はいった。「シルヴァーランドは、なお勢力を残存させていた。ガーランドはひきつづき、将軍の位置にありました。――私が南極に派遣された時、すなわち〝災厄の年〟の前年の冬には、まだシステムは撤去されていませんでした。シルヴァーランド派の誰かが、破滅寸前の混乱に乗じて、ホワイトハウスに侵入して……」

「その可能性はある」コンウェイ提督はいった。「ホワイトハウスのリチャードソン大統領と――おそらく彼が死ぬ寸前――話したことをおぼえている。彼はシルヴァーランド一味が、あんな大混乱期に、彼に圧力をかけているといって、憤慨していた……」

「しかし……」吉住はいった。「たとえそれが……生きているとしても、それがアラスカの地震と、どんな関係があるんです？」

「まだわかりませんか？」カーターはいった。「あなたの示された地点は――アラスカレーダー基地密集地点です。大地震でもって、これらの基地が破壊されれば――ARS中央指令所は六分間の警告電波を発し、これに基地応答がなければ、核弾頭をつけた大陸間ミサイルが、自動的にソ連へむけて発射されます」

4　この神の御手……

場内にはしんとした空気がみなぎった。誰も身動きしようとはしなかった。——死滅した世界に、まだ生きながらえている憎悪のメカニズム……いま偶然の手が、そのひきがねをひこうとしている。

「しかし……」フランス代表のラ・ロシェル博士がおずおずと口をひらいた。「核ミサイルは無人のソ連へむけて発射されるだけでしょう。それが南極に関係をもってくるわけは？」

「私たちの国の高級将校が説明します」ボロジノフ博士がいった。「ソ連国防省の、ネフスキイ大尉です」

頭をみじかく刈った、ネフスキイ大尉は、白皙《はくせき》の顔をあげると、硬い、しかし正確で流暢な英語でしゃべり出した。

「実を申しますと……」とネフスキイ大尉は、拳をにぎりしめるようにいった。「ソ連にも、ARSとまったく同様なシステムが存在します……」

「なぜそんな！」ビヨルンセン教授が叫んだ。「ソ連にはシルヴァーランド反動時代のようなものはなかったはずだ」

「核軍事体制というものは、将棋のようなものです」ネフスキイ大尉は眉をしかめた。

「たとえのぞむとのぞまざるとにかかわらず、敵がある強力な新兵器をもったら、必ずこちらも、それと同じものをもたねばならない。——敵が駒を組みかえたら、攻撃にそなえて、こちらも駒組みをかえるのです。ソ連とアメリカは、戦後二十数年にわたって、こんなことをつづけて来ました。みなさんもよく知っておられるはずです。シルヴァーランド反動時代の到来は、まるで鏡のように、ソ連邦防衛体制にも反映しました。——こちらも極度に警戒したのです。ARSの構想は、そのスタート当初から、こちらにも手にとるようにわかっていました」

「あの恐怖時代によくスパイできましたな」バーンズ隊長がつぶやいた。

「恐怖政治は、必ず反動をよびます。——シルヴァーランドの政策は、国防省と国務省、それに軍隊の中にまで、〝平和のためのスパイ〟を無数にうみ出しました」

カーター少佐が苦い顔でうなずいた。

「その通りだ——あの時代ほど、国防機密が大量に海外に洩れた時代はない」

「われわれ軍人は、敵の攻撃方法と味方の攻撃方法、敵の恐怖と味方の恐怖とをいつもかさねて見る習慣がついています。ARSが、まず第一に、無色無臭の毒ガス攻撃に対する危惧からうみだされたとすると、これは実は、アメリカ側に、毒ガス、細菌攻撃の意図があるのだな、と判断しました。——恐怖というのは常に合わせ鏡ですからね。それに——ここにもとアメリカ軍の方がおられるので、申しあげたくないのですが——アメリカ軍隊は、第二次大戦後の世界において、毒ガス、細菌戦の前科がありましたからね」

カーター少佐は、なにかいいたそうにして、ぐっと言葉をのみこんだ。

「すると——ソ連にも、アメリカとまったく同じようなARSがあって、それが生きている可能性もあるんですな」キング・オーストラリア代表がいった。

「あります。やはり五分五分《フィフティ・フィフティ》で……」ネフスキイ大尉はうなずいた。「ソ連首相は、そんなきちがいじみたシステムの採用に、あまり賛成ではありませんでした。しかし、政治局の一部と、国防省、赤軍首脳がすすめました。青写真は、アメリカから頂戴したのをそのままそっくりつかって、大急ぎでこしらえたのですから……まったく同じようなシステムが存在し、そしてひょっとしたら——同じように生きているでしょう」

「アラスカの地震がひき金をひいて、無人のアメリカがうち、無人のソ連がうちかえす……」グレイン・ニュージーランド代表がつぶやいた。「で、南極は？」

「第一に、たとえ世界はすでに死滅していても、米ソの生きのこったミサイルが全面的にうちあえば、大量の——おそらくは致死量の放射性物質が大気中にばらまかれます。WA5PS菌の場合は、おそらく大洋と氷が防壁になったでしょうが——放射能の雲なら、大気循環により、南極が汚染される危険がないともいえません——だが、本当の危険は、それではないのです」ネフスキイ大尉は、青ざめて、ごくりと唾をのんだ。「ソ連ミサイルの何発かは、この南極をむいている公算が大きいのです」

今度こそ、一座の驚愕は雷にうたれたみたいだった。——人々の眼はむき出され、顔は紙のようになった。

「なぜそんな!」ビョルンセン教授が、顔を赤くして叫んだ。「ソ連はなぜ——南極を国際信義に反して、核紛争にまきこもうとしたんです」

「まってください……」ネフスキイ大尉は苦しげにいった。「ここにも、さっき申しあげた〝鏡の原理〟が適用するのです」

「アメリカが何をしようとしたというんです」NASAの職員が憤激したように叫んだ。

「宇宙実験基地をつくって、宇宙ロケットの実験をしようというのが、ソ連を刺戟したのですか?」

「NASAの実験にきりかえられる前に……」ネフスキイ大尉はいった。「シルヴァーランド時代に、アメリカ空軍は南極条約をふみにじり、南極を秘密のミサイル基地にしようとしていた」

「そんなバカな!」

「いや——それは本当だ」突然いままでだまっていた米空軍将校の一人が口をはさんだ。

「〝暗黒時代〟に、ここにIRBMがもちこまれていたことがある。シルヴァーランドは、ICBMももちこむ気だった。——大統領がかわり、極地派遣軍が全面的に更迭された時、つまりあなたが赴任する前に、本国に持ち去られたが……」

「それというのも……」カーター少佐がつぶやいた。「シルヴァーランドが、ここを秘密の基地にして、〝アフリカと南米の共産主義者どもをやっつける〟つもりだったからだ」

「で――数年前、発射装置類がNASA管轄に切りかえられて、非常に大型の――月ロケットをうちあげるほどのセントールロケットがもちこまれた時、これを遠く、思いがけぬ方向から虚をついて、ソ連領土をねらうICBMではないかと誤解したのも、無理はないと思いませんか？」

「とすると……」バーンズ隊長がつぶやいた。「アラスカに地震がおこれば、自動的に……」

沈黙が一座の上におちてきた。「自動的に」――無人のアメリカからミサイルがソ連へ発射され、ソ連は「自動的に」ミサイルをうちかえし、そのうちの何発かは「自動的に」――最後に生きのこった一塊りの人類が、ほそぼそと生きているこの南極の上におちかかる。――神の――いや、悪魔の球ころがし。

「シルヴァーランドなら……」NASAの職員はつぶやいた。「さだめし〝この神の御手〟とかなんとかいう所だろうな」

「〝エホバはねたみの神なれば……〟」バーンズがうけた。「彼は自分よりあとにまで生きのこるものを、ねたんだのだ。――六年前に怒りと失意のうちにホワイトハウスをおわれ、四年前に世界とともに死んだ彼の、復讐の手が――おれたちの上にまでのびている」

「そこで……」コンウェイ提督は席を見まわした。「ばかげた悪夢のようなことだが―

―南極にある確率で危険がせまっていると考えざるを得ない」

みんなはまだ半信半疑で、悪夢にひたっているような顔をしていた。

「米本土のARSが生きている――スイッチがいれられている可能性は五分五分といった。ソ連の例のシステムが生きている可能性も五〇パーセントとしよう。そしてミサイルの何発かが、まだ南極をねらっている可能性も五〇パーセントとし、これにミサイル発射システムの故障などの要素を考えても――なお、数パーセントの確率で、南極が危険にさらされていると考えねばならない。――諸君……われわれはどうすべきだろうか？　死滅した世界からねらいうたれて、生きのこりのわれわれも死ぬとなると、人類は、いわば、二度死ぬことになるのだ……」

第二章　北帰行

1　消防夫作戦《ファイアマン・オペレーション》

遺書を書こうと思いながら、出発の前までそのひまはなかった。あとにのこして行く研究関係のひきつぎや書類の整理におわれて、最後の最後までひまがなかったのだ。そして、いざ書こうとすると、今度は何も書くことがなかった。

吉住は便箋をひろげて、五分ほどにらみつけてから、のろのろと書きつけた。

「ヨシコ……みんなのいうことをよくきいて、丈夫な、かしこい子になってくれ……」

そう書いてから、自分が「南極の子」であるヨシコ・アンタークティカという一歳たらずの幼女をまだ見たことがなく——むろん、彼は南極にくる前は独身であり、南極へ来てからもまだ一度も女、つまり「ママたち」にふれたことがなかった——今まで関心をもったこともないことを思い出してふき出した。——人間というものは、死ぬ間際まで、いいかげんなものだ。それとも、いうべきことがありすぎて、結局いいかげんなことしか書けないのかも知れない。

遺品の分配は、辰野に依頼すると簡単に書きつけて、吉住は封をした。それから立ち上って、個室の外に立っている中西隊長にわたした。

「ああ……」中西博士は、老眼鏡の奥の、しわにかくれた眼をしばたたかせて、それをうけとった。「ほかになにか……」

「いえ、別に……」と吉住はいった。「どうも先生、長々お世話になりました」

「そんないい方をしちゃいかん！」老学者は、くぐもった声で、それでもきびしくいった。「プランは、君たちが生還するようになっているはずだろう？」

「ええ、ですが――」吉住はそういいかけて口をつぐんだ。

辰野が通路のむこうからやってきて、吉住の前に立つと、顔をそむけるようにしていった。

「雪上車がでるぞ……」

「ああ……」吉住はいった。「おい、辰野……」

「なんだ？」辰野は背をむけていった。「お前はバカだ。吉住……、お前みたいなやつが何も志願しなくても……」

「だけど志願して、くじであたったんだ。しょうがないさ」と吉住はいった。「むしろ、俺は運がいいんだ。――俺はぜひ行きたかったんだよ」

「お前はバカだ……」と辰野はくりかえした。「本当にバカだぞ」

「そういうなよ。俺が行かなけりゃ、誰かほかのやつが行くことになっていたんだし――誰が行っても同じことだと思うな」

「お前はバカだ……」辰野はつぶやきながら、行ってしまった。「志願なんかしやがって……」

すばらしく晴れた、南極の朝だった。南極中央気象台は、エンダービーランド一帯の二十四時間以上の快晴を通告してきた。──すでに五月もなかばをすぎており、やがてまた、太陽とわかれをつげて、長く、暗い冬がやってくる。

吉住は、昭和基地のドームの外へ出た。外の氷の上には、基地全員がくろぐろとならんで、彼を見おくってくれた。──彼は夜あけ前の白い光の中で、基地全員の一人一人の顔をのぞきこみ、肩をたたき、握手をした。みんなはあまり声をかけなかった。せいぜい「やあ……」とか、「気をつけて行けよ」というぐらいだった。──中には彼の手をにぎりしめて、何もいわずに涙ぐむものもいた。最後に彼は、もう一度中西隊長の前へきた。南極で五十をこえたこの碩学《せきがく》は、まるでわが子を送り出すように、ボロボロ涙を流していた。「かえってくるんだぞ……」と中西博士はいった。

「こんなお葬式みたいなことが、笑い話になっちまうようにするんだ」

「ええ、そのつもりです」と吉住はいった。「ワシントンの方はモスクワとちがって、接近が簡単なんです。──ポトマック河を溯行して、ホワイトハウスのすぐ近くまで行けるんですから……」

氷原の上で、すでにだいぶくたびれて、あちこち赤錆のういた、それでもすごく頑丈で性能はちっともおちていない雪上車が、エンジンを始動させていた。──吉住はもう一度みんなの方をふりかえって、手をふると、雪上車にむかって歩き出した。

その時、氷原の遠い地平に、まっ赤な太陽がちょっと顔をのぞかせた。氷原は一瞬、淡紅色《とき》にもえあがり、ならんで見送る隊長の、長い長い影が、氷の上をすべった。——雪上車にのりこむと、吉住はもう一度手をふった。キャタピラーの轟音をひびかせながら、雪上車は太陽を背にうけて、動き出した。——軽合金製の雪上車はみるみるスピードをあげ、四〇キロをこえると、キャタピラーの両脇にヒーターつき合金製の幅ひろいそりをつき出し、ブラッシュホイールにより滑走をはじめた。

昭和基地の、白い泡のようなドームが次第に遠ざかり、青空にはためく日章旗も小さくなり、長頭山にさしかかるころにはまったく見えなくなった。——雪上車は、六〇キロのスピードで、プレッシャーリッジやクレバスをたくみによけながら、プリンス・ハラルド海岸へむかった。

ベルギー隊ブレイド基地まで十時間かかった。そこからプリンセス・アストリッド海岸のソ連基地まで、コンバータープレーンの連絡があり、ソ連基地には、ツポレフ600型極地用ジェット輸送機が待機していた。快晴をのがさぬように、ウェッデル海をひととびにしてパーマー半島の尖端、ジョインヴィル一世島の潜水艦基地に着陸した。——もう一面浮氷《ドリフトアイス》におおわれた希望湾《ホープベイ》に、ネーレイド号とT—232の黒い姿が見えていた。このアルゼンチン、チリ合同基地に、「消防夫作戦《ファイアマン・オペレーション》」の人員が集結していた。——氷結したウェッデル海にのぞむ側の半島には、ラーセン氷棚《アイス・シェルフ》が、白々と押し出し、南極はすでに冬姿だった。そして雲のうずまく北方には、ブランスフィールド海峡をへだててキング一世島が、そしてドレイク水道をへだてて千キロ彼方に——南米ホーン岬がある。

アルゼンチン基地の建物は、鉄筋コンクリート製のひろやかなビルだった。——最高委員の一部と、作戦委員はすでに集っていた。吉住は、すでに死んだものをむかえるような人々の眼ざしにむかえられて、宿舎にはいった。——兵員室のような、かざりのない部屋の中央にストーブが燃え、木の机と木のベンチがならんでいた。

彼がはいっていくと、顔見知りのカーター少佐と、ネフスキイ大尉が部屋の隅と隅にはなれて坐っていた。

「やァ……」と若いネフスキイ大尉は笑顔をむけた。「またあいましたね。——まさかくじびきで、あんたが出てくるとは思わなかった」

吉住は、あいまいな微笑をうかべた。

もう一人、顔を知らないひげもじゃの大男がいて、ナイフで木をけずっていたが、彼の方をみて、ニャッと笑って、挙手の礼をしてみせた。

「マリウスだ……」と大男はいった。「モスクワ行きの組だ」

吉住はストーブの前に行き、手袋をはずして、かじかんだ指をもみほぐした。

「ヨシズミ……本当に地震はくるのかね？」

パイプをふかしていたカーターがきいた。

「きます……」と吉住は小さくいった。「それもひょっとすると、ぼくの予想より早いかも知れない」

「ほんとか？」

「ええ……」

そのことが気がかりで、彼は「消防夫作業」の志願をしたのだった。——計算には自信があったが、それでも陸上観測ができないために、ある部分は大雑把になっていた。精密計算をもう一度やりなおしてみると、不確定部分にもっと大きな幅があることがわかった。——むろん、そのことを、彼は作戦本部に通告した。しかし、自分の計算が、否応なしに何人かの男を死に追いやることを考えると、彼は矢もたてもたまらず、作戦要員に志願した。

最高会議のたてた作戦は、結局はただ一つだった。——南極が生きのびるためには——ただ一つの方法しかない。それにはあの狂気じみた「ＡＲＳ」のスイッチをオフにすることだ。

最初、最高会議のスタッフは、あまりに突拍子もない、ＡＲＳのことをなかなかまともに信ずる気になれなかったようだった。——それはあまりに子供じみた考え方にささえられているシステムだったからだ。しかし、彼等がかつて生きていた世界が——「押しボタン戦争」や、三十分間《ホット・ライン》で敵国を破滅させる核弾頭ミサイルや、クレムリンとホワイトハウスをつなぐ緊急電話という機構が、一歩さがって考えれば、おそらく子供じみた考えにささえられていたのだということに気がついた時、彼等もまた「死後の復讐」

システムの存在を信ずる気になった。

こうして――一方においてはばかばかしいという思いにたえず悩まされながら、万が一の南極の破滅をまぬがれる唯一の方法として、ワシントンとモスクワに、「決死隊」を派遣せざるを得なくなった。カーター少佐とネフスキイ大尉は、それぞれスイッチの位置を知っているために当然行くことにきまった。そして助手を一名ずつつけることにして、志願者を全南極人から募集した。――四千名の男たちが志願した。抽籤になって、吉住ともう一人がくじにあたった。消防夫《ファイアマン》たちの人選がきまった時、フランス隊の老学者は、はらだたしげに泣きながら、公言してはばからなかった。

「なんということだ！　なんというばかばかしいことのために、りっぱな男たちを死なせなければならんのだ！　人間が、こんなばかげたことのために、破滅させられるとは、なんて悲しいことだ！」

老学者の言葉は、モリエールの喜劇の、あの有名な一節のようにひびいた。

〝いったいぜんたい、またなンだってガレー船などにのりこみやがった？〟

すべての「南極人」は、そのことを知っていた。――死におもむく四人さえ、知っていた。長い氷の中の生活と、夭折した世界を思ってあれほど流された涙は、死を栄光でもってかざりたがる愚かな心情をあらいながしてしまっていた。えらばれた四人自身も、彼らの死に、栄光などないということを知っていた。彼らには、金ぴかの栄光を裏にちらつかせた「義務」の観念さえなかった。だれかがそれをやらねばならないから、やむを得ずそれをやるのだ。四人の男たちも、それを送るものたちも、彼らが英雄として死ぬのではないことを知っていた。——溺れる子をすくうために、冷たい水にとびこむものは、義務を果そうとする観念のためにとびこむのか？　栄光のためか？　英雄たらんためか？　大げさなりものいりの栄光や英雄は、死に行くものを道化にしたてるものではないか？——南極は科学者たちの共和国だった。軍人たちも、忠誠をつくすべき「国家」を失い、四年を彼らとともにくらしたことにより、あの滑稽な、杓子定規と化していた軍隊的な義務や責任の観念からときはなたれていた。同胞の世界の死と、氷の中の生活がいやおうなしに人々にもたらしたものは、あの老人の心で描き出された古典哲学の、どうしようもない明晰性だった。

で——彼らは、死を恐れもせず、したがって、それにたちむかうための、無理やりの感情の昂揚をもとめもせず、眉をしかめ、舌うちして死におもむいた。勇気は、それが比較の問題にならなくなった時に、はじめてその素朴な真の姿をあらわした。——誰かがやらねばならず、誰もが指名を拒否しないならば、だれがとりたててえらばれたものの勇敢さをうたうだろう？

えらばれたものと見送るものとの、共通の、そして唯一の心情は、悲哀とやり場のない腹立たしさだった。——残るものたちは、こんな奇妙な仕事のために仲間を死なせねばならない悲哀、死に行くものたちは、こんな奇妙な事のために、死なねばならぬ悲哀、そして――行くものも残るものも、ともに抱いていたのは、破滅したのちまでも、南極にこんな厄介事をおしつけた、愚かで、野蛮だった「世界」に対する、やりばのない怒りだった。

2　冬の最後の夜に

「出発は二十四時間後だ」コンウェイ提督が部屋の中にはいってきながらいった。――彼は、ここ一週間ばかりの間に、がっくり老いこんだみたいだった。彼のあとにつづく、三人の最高委員の顔も、一様にやつれていた。

「なにか――してほしいことはないか？」

「そう特別にあつかわんでください」とカーター少佐が笑いながらいった。「作戦なんて大げさですが、考えてみりゃ、子供でもできるみたいなことばかりです。――潜水艦ですぐそばまでいって、陸に泳いでいって、ボタンを押すだけです。ブリザードの最中に、外へ出ろといわれる方がよっぽどつらいですよ」

「そうはいうが――」ラ・ロシェル博士はつぶやいた。「モスクワの方は大変だろう」

「大丈夫です」ネフスキイ大尉はいった。「ゾシチェンコ艦長が、運河のコースをよく知ってますし……」

「通信はずっとつづけるんだぞ」コンウェイ提督はわきをむいていった。「それにしても——うまくやってくれ」

「ロス壇氷近辺の基地疎開は進捗していますか?」と吉住はきいた。

「小さい施設と——それからママと子供たちはすんだ。だが、あそこは米国隊の施設が集中してるので……」コンウェイ提督はむこうをむいたままいった。「まさか——と思うが……地震が早くなりそうだって?」

「ええ——計算しなおしてみると、期間の幅をもっと長くとらなければ……」

「その時は、しかたがない——ソ連のミサイルの数が少ないことと、弾着精度が高いことを祈るよりしかたがないな。せめてよその基地におちんように……」

「そんなことはないでしょう」ネフスキイ大尉がいった。「弾着精度は、二万キロとんで半径一・五キロ以内ですから……」

「一時間後に、大食堂で食事だ」バーンズ・イギリス隊長がいった。「コックが、材料がないといって泣いていたぐらいだから、大して期待せんでくれ。——どうせまた、オットセイにペンギンに鯨という所だろう」

「けっこう……」とマリウスはいった。「ペンギンなんざ、食いおさめになるでしょう」

「それから……」コンウェイ提督は、顔をそむけるようにして、四つの鍵をそっと机においた。

「これが今夜の君たちの寝室の鍵だ。すきなのをとれ」

そういうと三人は戸口に背をむけた。

「やれやれ、今夜は個室にねかしてくれるのかい？」マリウスは四つの鍵の中から、無雑作に一つをとって、大きな掌でもてあそんだ。「そういやア、この基地建物には、高級将校用の個人用寝室がたしか四つしかなかったぜ。——今夜は、おえら方は寝棚《バンク》にねるのかな」

主だったものがみんな集った正餐は、静かで、質素なものだった。酒だけは、各国隊の秘蔵分の寄贈があって豪華で豊富だった。みんなほどよく酔い、ほどよく食べた。——「南極のため」そして「消防夫たちのため」に、たびたび乾杯した。食後、マリウスはピアノを弾いた。意外にたしかなタッチで、フランクやダリウス・ミヨーをひいたのには、みんなおどろいた。きけば、彼はパリのコンセルバトワールを出て、一時は新進としてデビューしたのだが、失恋して酒におぼれ、志願して海軍にはいったという。

「むかしの話さ……」といって、マリウスは笑った。「パリ……青春……芸術……恋……いい世界だったな」

その世界が、もはや永遠に失われたのだという思いは、みんなの胸に重く沈んだ。マリウスは弾きがたりで、低く「パリに帰る《ルトルナール・ア・パリ》」をうたった。——静かに泣き出したのは、コンウェイ提督だけだった。カーターがマリウスをつついてやめさせようとすると、提督はしわ深い、涙だらけの顔をあげて制した。

「いいんだ……もっといろいろつづけてくれ。——だが、歌はやめてくれ。みんなが忘れようとしている歌を、思い出しはじめたら、あすの出発までうたいつづけても、終るまい」

マリウスはゆっくりと弾きつづけた。――ほろびた世界の、古くなつかしいいくつもの歌を……民謡や、恋の歌や、生活の歌や、青春の歌を……。世界のあらゆる国、あらゆる民の歌を……。歌がつぎつぎに進むにつれて、そのメロディの背後から、失われた人間の世界とそのもろもろの生活が、幽霊のように立ち上ってくるようだった。――地中海岸の青い海や山、アルプスの雪の夜のポルカ、セーヌの畔でいつまでも抱きあっていた恋人たち、ニューヨーク五番街の雑踏と喧騒、ワイキキの浜辺、東京の夜、ロンドンの夜会、ロシアの野にひびく農民の歌声、南米のパンパスをわたって行くガウチョの歌声、カリブ海の祭にひびく海洋民謡《マリネラ》、町の、村の、都市の昼と夜、その歓楽……。肉親や友だちや陽気な酔っぱらい、人々の顔にひとしおやさしさをくわえる黄昏の光、ネオンの洪水や、ローラーコースターや、メリーゴーラウンドのひなびたロンド……。

「……なぜ……あんなやさしい世界が……ほろびなければならなかったんだろう――カーター……」年おいたコンウェイ提督は――彼は第二次大戦に参加した、古い、ニューディラーの生きのこりだった。――今はまったく年寄りらしくみえ、体までひとまわり小さくなったように見え、寄るべもない、孤独な老人のように、声もなくすすり泣いていた。「そして、なぜ……なぜわれわれは生きのこらねばならんのだろうね？――われわれの世界が失われてしまったのちまでも……」

カーターは、そっと老人のそばによるとマリウスに目くばせした。

「さあ、もうねましょう」カーターはやさしくいった。「もうおそい……」

「最後にもう一度だけ乾杯しよう」老人は涙をはらって、グラスをとった。「ほろんでしまった世界と、生きのこった南極と……それから私たちのために死んでくれる、君たちのために……」

みんなはグラスをとりあげた。——だが、コンウェイ提督は、グラスをもったまま、いつまでものみほそうとしなかった。彼はじっと窓の方を見ていた。

「ごらん……」と提督はつぶやいた。「今夜のは、特にみごとだ」

汚れた窓ガラスの外に、カンカンに凍てついて、みごとにはれわたった南極の夜空いっぱいにすさまじく巨大な五彩のカーテンがはためいていた。赤に、青に、ピンクに……。


寝室のドアをあけると、中にあかりがついて、誰かがベッドにねていた。あわてて、ドアをしめようとすると、ベッドから声がかかった。

「いいのよ——おはいんなさい」

彼はあわてて、外へ出ようとした。——だが鍵を見ると、まちがいなかった。

「なにをしてるの？　ここはあんたの部屋よ」眠そうな女の声がいった。「早くはいってドアをしめて鍵をかけてちょうだい。かぜをひいちまうわ」

吉住はうろたえながら、いわれるとおりにした。——粗末な寝台の毛布をはねのけて、肥った、もうかなり年配の、金髪の女がおりてきた。——すっぽだかだった。

がよっていた。

「どうしたの？」女は呆然としている吉住を見て笑った。笑うと目尻と唇の両わきに何本ものしわがよった。眼の下に大きなたるみがあり、のどの皮膚も少したれさがっている。大きなたれさがった乳房がゆれ、腹には三本のしわがよっていた。

「私、イルマ・オーリック……。こんなおばあちゃんでがっかりした？　でも〝ママ〟たちの七人は妊娠してるし、五人は授乳中なの。若くって、ようすのいいのもきてるけど——あんたはくじびきで私にあたったの。がまんしなさいな」

吉住はしかたなしにほほえんだ。イルマは彼の肩をポンとたたいた。

「さあ、風呂であったまってきなさいな」

気温がさがりはじめており、古ぼけた風呂場の温度は四度Cだった。吉住はヒーターなしでふるえながら浴槽にひたった。出てくるとイルマは、電気をうす暗くして、寝台に腰かけ、じっと頭をかかえていた。肥った初老の女のくずれた体の線が、シルエットになってうかびあがっていた。——彼をみると、イルマは疲れたような微笑をうかべた。

「さあ……」とイルマは太い声でいった。「いらっしゃいな、ハンサムさん……なぜパンツなんかはいちまったの？」

彼は浴室の入口につったったまま、とつぜん猛烈になにかがほしくなった。——こういうなにか気づまりで、ばつの悪い場面にぜひ必要な、あればとても便利なもの……それが煙草だと気がつくのに、ものの二分以上かかった。煙草が南極中からなくなってしまってから、すでに一年半以上たっていた。吉住は苦笑して椅子に腰かけた。部屋の中はむんむんあつかった。イルマは寝台からちょっと立ってきて、力の強い指で彼の肩をおさえ、お座なりのような接吻をした。――白人女の強い体臭がムッとして、口の中にかすかにチーズのにおいがひろがった。それからすぐはなれて、寝台の上にどすんと大の字なりに寝た。――そのまましばらく沈黙がながれた。

「どうしたの？」イルマはいった。「こないの？」

吉住はだまっていた。――イルマは、また乳房をゆすって寝台の上に起きあがった。

「あんた、インポなの？　それともまさか――童貞じゃないでしょうね？」

「まさか！」吉住は苦笑した。「ぼくはもう三十五ですよ」

「奥さんはいたの？」

「いや……」

「三十五だって、そんなに見えないわね。日本人って若く見えるのね」イルマは溜息をつくようにいった。「ねたくないの？　私がおばあちゃんだから？」

「そうじゃないんです――わかってください」吉住は低くいった。

「おかしいわね。あなた、ずっと女を抱いてないんでしょう？　ママの誰かとねた？」

「いいえ……」

「白人の男たちは、いつも涙を流さんばかりよ。私は年をとって、こんなみっともないけど、そのかわり男のあしらいは若い娘よりもベテランだわ。だから若い人たちに評判がいいのよ。――本当に女としたくないの？　四年も五年もずっと女を抱かずに？　私よりもお人形さんの方がまし？　日本製のにはいいのがあるんですってね」

「そうですか？」

「こちらをむいてごらん……」ふいにふとく、幅広い、威厳のこもった声でイルマがいった。

吉住はイルマを見た。――斜め後からの逆光にふちどられたイルマの顔は、堂々として美しかった。女として、そしておそらくは母性として、長い経験をつんだ、威厳にみちた顔だ。

「あんたはあした出ていって――もうかえってこないんだね」イルマはかすかにくぐもった声でつぶやいた。

「ワシントンから手紙を出しますよ」

「こんないい若ものが死ぬなんて……」イルマの灰青色の眼がうるんだ。

「三十五億の人間が死にました」吉住はいった。「今度はまた最後に生きのこった一万人までが死のうとしています。――もうたくさんですよ」

突然イルマは顔をおおって泣き出した。――裸の肩の肉がぶるぶるふるえた。

「泣かないでください……」吉住はおずおずとイルマの肩に手をふれた。

「ごめんなさい――本当をいうと、私、つかれちまってるの」イルマはすすり泣きながらいった。

「〝ママたち〟の中で、私が一番年上なのよ。女ばかりでなく、ひげづらの男たちまでが、みんな私のところへくるの、毎日毎日……何人という男が……私はいつも、陽気なおばさんで、母親で、すいも甘いも、かみわけて、色の道にも通じた年増なの。疲れはてたり、絶望したり、ヒステリーみたいになってる男たちを……毎日毎日……はげましたり、体でなぐさめたり……聖なる娼婦みたいに、もういままで何千人って男を相手にしたわ――これから先も……いったいいつまで、こんなことがつづくのかしら？　こんな陰気な、一年の半分が夜の、氷と雪ばかりの世界で……」

吉住は泣きじゃくっているイルマの髪の毛をしずかになでた。

「すこしやすんだら……」と吉住はいった。

「あなたの方が、ぼくよりずっと大切な体です。これから先も……いつまでかかるかわからないが、ずっと……あなたに男たちをなぐさめ、はげましてもらわなけりゃならない」

「ごめんなさい。あなたの最後の夜をなぐさめなけりゃならなかったのに……」イルマはやっと涙をはらって顔をあげた。「坊やはほんとうに私とねたくないの？」

「セックスは、人間にとってそれほど本質的なものじゃないですよ、ママ……」吉住は笑った。

「セックスが人生の重大事みたいに考えるのは、小説家の冥蒙ですよ」

「あんたは、私の子供みたいにしゃべるわ」イルマは泣きながら笑った。「私が海軍勤務で南極にくる時、カレッジにはいったばかりでえらそうな口をきいたのよ」

「おねがいがあるんですが……」と吉住は口ごもりながらいった。

「なんなの？」

「ぼくの父は早く死にましたが、母はまだ健在で、いなかに兄夫婦とすんでました」吉住は突然自分でもこみあげそうになって、あわてて咳ばらいした。「ぼくはしょっ中、長い旅行にばかり出かけていて、たまにかえると母の肩をもんであげました。母はそれをたのしみにしていました」

イルマは眼をあげた。——泣きはらした灰色の眼が、何ともいえぬ光をたたえていた。

「やさしい子……」とイルマはつぶやいた。「日本人って、みんな親孝行なの？」

「あんたの肩をもませてくれませんか？」吉住は心をこめていった。「最後のおねがいです」

イルマはじっと吉住の顔を見つめていたが、いきなり身をなげるようにして寝台にうつぶせになった。枕におしあてた顔から嗚咽がもれた。

吉住は、イルマの背中にちかづくと、しずかに、やさしく肩をもみはじめた。金色の生ぶ毛でざらざらした、しみやそばかすや吹き出もののいっぱいある、白い、紫がかったぶよぶよの肉は、母のうすい小さな肩とはおよそちがっていたが、それでも彼は心をこめてもんでいった。——それは奇妙な光景だった。オーロラのはためく、凍てついた南極の夜——鍵のかかった部屋の中に裸の男女が二人……明日死ぬ若い男は、醜くふとった年配の女の裸を、やさしく、ていねいにもんでいた。——イルマは枕をぬらしたまま、かるい鼾をたてはじめた。涙で化粧のはがれた小じわだらけの顔には、額に一本、深か深かとしたたてじわがよっていた。

3　死都にかえる

翌日正午ちかく、氷結しはじめたパックアイスをかきわけて、霧の一面にたちこめる希望湾《ホープベイ》を、二つの黒い影が北を目ざして音もなく泳ぎ出た。——やがてはじまる長い冬と、半年の夜をあとにして……。崖にたって見おくるものたちの黒い影に、霧が吹きつけ、ウエッデル海の奥には鉛色の重い雪がふりつづけていた。寒気と夜にとざされた白一色の世界をあとにして、陽光と緑したたる世界におもむくものは、本来歓びがあるべきなのに、いまはすべてが逆になった。見送るものは葬列の柩を見送るような重くるしい憂愁にとざされ、北におもむくものは、悲しげにうなだれていた。——人々のほろび去ったあとになお生きつづけ、無人の地に君臨し、血をもとめつづける、むごたらしい神への四本の犠牲《いけにえ》をのせた二つの柩は、湾を出はずれたあたりですぐに渦まく霧にのみこまれて見えなくなった。ただ、人々への別れと、潜水をつげる二つのサイレンだけが、霧のかなたから鋭く、ものがなしくひびきわたり、氷棚や氷山にこだました。——崖の上の人々は、サイレンの余韻がうすれ、消えてしまったあとも、おしだまったまま、黒々と立ちつくしていた。——冬の訪れをつげる低い太陽が、氷海の彼方にちょっと顔を出し、あわただしくかくれてしまったのちまでも……。

南極圏を出はずれた所で、二隻の潜水艦はまたサイレンをよびかわし、針路をわけた。

――ネーレイド号は南米大西洋岸を北上し、赤道を横ぎり、北米へ達すればいいのだが、モスクワをおそうT―232は、さらに北上して英仏海峡から北海へはいり、デンマーク半島をまわりこんでバルト海へ、さらにフィンランド湾の奥、レニングラードから運河でラドガ湖、オネガ湖、リビンスク人造湖と南下し、ボルガ河上流カリーニンから運河でヴァルダイ丘陵の一部を横断して、やっとモスクワにはいるので、航程がはるかに長くなる。

――そこでT―232は、速力をはやめ、二十七ノットの水中スピードで先行していった。

「あんなにスピードを出して行くと、T―232は、かえりの燃料があぶないんじゃないかな……」水中レーダー盤上に遠ざかり行く輝点を見つめながら、スリムがつぶやいた。

「燃料、ぎりぎりいっぱい……」非番で、スリムの後にいたミハイロヴィッチがつぶやいた。「おれ――あの型の潜水艦よく知ってる。原子炉の型、ネーレイドと同じ軽水加圧型。だけど全力運転をつづけると、廃棄物のたまり方うんと早くなる」

「すると――T―232はかえれないかも知れないじゃないか」

「ゾシチェンコ艦長知ってる……」ミハイロヴィッチは頭をかかえたままつぶやいた。

「おそらく乗組、みんな知ってる。誰もいわないだけ……」

あの長い、退屈な、幽閉の航海がはじまった。まもなく艦内の温度があがりはじめ、エア・コンディショナーが加熱から冷却にきりかわった。ブランコ岬をまわって、針路を北北東から北北西に転じ、艦は赤道をこえ、北半球へとはいっていった。二人の犠牲《いけにえ》——吉住とカーター少佐は艦内のお客さんだった。二人とも別々の個室をあたえられ、お互い同士も、乗組員とも、ほとんど顔をあわすこととなく、とじこもったまますごした。カーター少佐は何をやっているかわからないが、吉住はポータブル型の電子計算機を個室にもちこみ、くる日もくる日も計算をつづけていた。——つづければ、つづけるほど、ある焦燥がふくれあがってくるのだった。

小アンティル諸島の東方を通過し、まもなく北回帰線をこえるというころ、吉住は、ド・ラ・トゥール博士の訪問をうけた。医者で微生物学者の博士は、彼のせまい個室の椅子にすわって、長い間うつむいたまま、指をもみしごいていた。

「なんですか？　博士……」とうとうたまりかねて吉住はいった。「なにか内密の話でもおありですか？」

「実はそうなんだ」と博士は顔をあげてつぶやいた。「まだ実験期間がひどく短いし——君たちは、特攻隊なので……どうもいい出しにくかったのだが……」

「なんでしょう？」

「リンスキイウイルス——というのは正しくない。リンスキイ核酸のことだが……」博士は、口ごもった。「この間の航海から、たった一か月の間にやったことなんで、あまり自信はもてんが——宿主菌ＷＡ５ＰＳもろとも、一種の変成体ができた」

「リンスキイ核酸のですか？」

博士はうなずいた。

「変成体なら、いままで何種類もできている——だが、ものの役に立ちそうなやつはなかった。これがウイルスなら、化学薬品で殺したり、あるいは毒性をうすめて、ワクチンにすることができる。だけど増殖性の核酸となると、蛋白抗体のこさえようがないからね」

「それで？」

「核酸の化学変成体をつくり出そうと思っていろいろやってみたが、どうもうまくない。なにしろ南極には、微生物研究のための設備が乏しいのでね——まるで手さぐりだった。今度のことだって、まったくあてずっぽうだった……」

「どういうことなんです？」

「核酸変成体をつくるのに、中性子線をつかってみたんだよ」ド・ラ・トゥール博士は、急に眼をかがやかした。「いままでも、細菌やウイルスの変異種をつくり出すのに放射線をつかっていたんだが、これは大てい、ガンマ線とかX線とか、電磁波系統ばかりだった。——電磁波が手にはいりやすかったからだな。粒子線といっても、せいぜい電子線——β《ベータ》線どまりで、陽子や中性子など重粒子線をつかった実験はあまりなかった」

「中性子線源は原子炉ですか？」

「そう——そうなんだ。われわれの研究でも、コバルト60を線源にしたガンマ線照射はたびたびやってきたが、大したものはえられなかった。ところが、この細菌と核酸はまったく妙なやつで——かなり高密度の高速中性子をぶつけてやると、奇妙な変種が出てくるんだ。むろん高速中性子なんてものをあてられたら、ほとんどが死んじまう。しかし執念ぶかく生きのこったやつの中には、ちょっと面白いやつがある」

そういうと、ド・ラ・トゥール博士は、急に声をひそめた。

「熱中性子――つまり低速中性子や、中速中性子はだめなんだ。シャックルトン基地の増殖炉《ブリーダー》をつかって、やってみたんだ」

「おかしな奴ですね……」吉住も相槌をうった。

「まったくおかしなやつだ。高速中性子なんて――宇宙空間ならどうか知らんが、天然には、まったくないんだからね」

「電磁波系放射線がだめで、重粒子線なら変化を起こすなんて――どういうわけでしょう？」

「わからん――生物系は、化学変化だけにとどまるから、化学反応をおこす純度の放射線なら、どれでも同じだと思ったんだがな。分子生物学から、そろそろ原子生物学にまですすまんといかんかな……」と博士はつぶやいた。「たとえば――核酸の中で中性子を吸収したある元素が不安定な放射性同位元素になり、短い元素崩壊を起こして他の元素になるためじゃないかね？」

「で――どんな変種ができるんです？」

「つまり――今まで、増殖性の核酸だったやつが、急にウイルスらしくなっちまうんだよ」博士は体をのり出した。「核酸の周囲に、キャプソメアという蛋白小体が、少しくっつくようになるんだ。――生物としてのウイルスと、裸の核酸の間というところだな。そしてこいつは――もう人体細胞を侵さず、ただのバクテリオファージになっちまう」

「人体細胞を侵さないんですって？」

「ああ……リンスキイ核酸は、WA5PS菌が無機系の中で増殖している間は、いわばプロファージの形で、菌染色体の中にかくれている。菌が、異質蛋白をとりいれて増殖をはじめると、それが刺戟になって、菌をくいころしてとび出してくる。そして、人間の神経細胞をおかすのだ。――菌と人体の相互的な抗体、抗原構造が、核酸がでてくる唯一の刺戟になるんだろう。――ところが、リンスキイ核酸変成体は、ふつうのファージのように、WA5PSのみを破壊して、組織培養された人間の細胞中ではほとんど増殖しない」

吉住はいつのまにか自分がギュッと拳をにぎりしめているのに気がついた。

「すばらしい発見です。先生……」吉住はかすれた声でいった。「で、その変成ウイルスはふつうの菌も殺しますか？」

「単なる無機増殖サイクルでも、プロファージからバクテリオファージをとび出させるごく簡単な刺戟――つまり紫外線なんかがあたるとどんどん食い殺すよ」ド・ラ・トゥール博士はうなずいた。

「ただ――こいつが、人体内でリンスキイ核酸増殖を、あるいは、人体内での宿主細菌の増殖分裂を、すこしでもおさえてくれたらいいんだがね――はっきりしていることは、リンスキイ核酸合成因子を染色体に組みこんでいるふつうのWA5PSも、この変成ウイルスに感染すると、自己分解の時に、変成ウイルスの方をつくってしまって、リンスキイ核酸はつくり出さない」

「とすると――」吉住はつぶやいた。「その変成ウィルスが、人間の体内に充分の濃度で存在すれば、ある程度リンスキイ核酸をおさえられるわけですか？」

「わからん――変成ウィルスによって人体内にできた抗原は、核酸そのものの増殖を、ある程度おさえるようだがね――WA5PSは、とりあつかいが危険すぎて、まだ南極で一度も、動物実験をやっていない。もっとも、WA5PSは、マイナス二十五度をこえると、無機増殖もとまってしまうがね。ただし、低温ではなかなか死なない」

「で、ぼくに……」吉住はいった。「あちらで生体実験をやれというのですね」

「すまない――いくらなんでも、人間をモルモットがわりにつかわせてくれなんて、いえなかったんだ。――変成ウィルスそのものの性格だって、よくわかっていないんだから」

「喜んでやりますよ」

とつぜん個室の入口で声がした。――いつのまにか、カーターが来て立っていた。

「ジェンナーだって、ヒデヨ・ノグチだって自分自身や自分の肉親の体を実験台につかった。どうせ死ぬんだから、なんだってやります」

「それなら……」博士はふるえ声でいった。「出発する時に、注射する。――できれば南極と連絡できるぐらいの短波通信器をもっていかせてくれるように、艦長に話そう」

「持って行く品物の中にはいっています」と吉住はいった。「死ぬまで報告してあげますよ」

ネーレイド号はいよいよバーミュダ島をすぎ、ヴァージニア州に近づいた。ハッテラス岬を北へすぎると、もうチェサピーク湾だった。——前の晩、艦内で、ふたたび別れの晩餐がひらかれた。その晩はマクラウド大佐が、いちばんよっぱらった。

暁方——艦の当直は、海底鎮座しているネーレイド号の船殻に、異常震動が感じられたと報告してきた。どこか遠い所の地震らしかった。そのことが出発の予定を一時間ほどくりあげさせることになった。

浅い湾奥を、注意して最徐行しながら、徐々にポトマック河口へむかった。——動いているのかいないのかわからない数分間がすぎたのち、艦底にかすかなショックがあって艦はとまった。

「諸君……」マクラウド大佐は、一同をふりかえって、のどにひっかかった声でいった。「ワ、シ、ン、ト、ン、だ……」

ド・ラ・トゥール博士の注射をすませた二人は、すでにゴム製の潜水服《ダイブ・スーツ》をつけ、アクアラングをつけて立っていた。艦長の言葉をきくと、二人は居あわせたものとだまって握手をかわした。

「さよなら……」艦長は固い、ゴツゴツした手で、しっかりと二人の手をにぎった。—

―それから何かいいたそうに、しわだらけののど仏がゴクリと動いたが、結局顔をそむけてしまった。

「できるだけ長く生きてくれ……」ド・ラ・トゥール博士は、まっさおな顔で声をふるわせながらいった。「つらいことかも知れないが……返信、ずっとたのむ。熱や、脈搏や、気分も……」

二人は手をふって、脱出用の円筒にはいっていった。――背後で、あの生きのこりの世界と彼等とをへだてる最後の扉が、音をたててしまった。シュッとどこかバルブのあく音がした。

「さて……」まだ呼吸用のマウスピースをはなしたままのカーター少佐が、水中眼鏡の奥でニヤリと笑っていった。「これで、この世とも南極ともおさらばだ。――気分は？」

「いそいだ方がいい……」と吉住は大声でいった。「さっきの地震が気にな……」

最後の言葉は、頭上からどっとなだれおちてきた水にかきけされてしまった。

脱出ハッチから、艦外海中に出た二人は、艦橋のそばの物入れの蓋をあけ、防水袋につめこんだ資材をつんだ、ゴムのいかだをひっぱり出した。空気ボンベのコックの糸を一つひくと、筏は半分ふくらみ、浮上し出した。水面近くになると、第二のボンベの圧力コックが自動的にひらいて筏は矢のように水面におどり上った。

水面に浮び上ると、二人はもう邪魔なマスクをむしりとり、アクアラングをすて、筏によじのぼって漕いでいった。

六月はじめのすばらしい朝だった。ぬけるような青空に白い雲がうかび、河波はおだやかに、チャプチャプとゴムボートの底に音をたてた。——森閑としずまりかえったワシントンの街は、目にしみるような緑におおわれていた。ポトマック河畔の桜並木は、すでに濃い葉をしげらせていた。二人は束の間、漕ぐ手をとめて、長い間氷の世界にとじこめられていた眼にとっては、あまりに鮮やかな、あまりに色彩にあふれた世界を見まわし、さわやかな、あたたかい空気を胸いっぱいに吸いこんだ。——おそるべき〝死〟にみちみちた空気を……。あちこちに赤さびた船舶や、たたきつけられ、半分しずんだ艀がうかんでいた。ポトマック公園は草ぼうぼうになっており、鉄道の鉄橋わきの駐車場には、風雨にさらされて、灰色になった自動車が、草むら中から顔を出していた。左岸のアーリントン地区に、国防省《ペンタゴン》の建物が見えた。——かつて、世界最大、最強の軍隊を統べた建物もいまは廃墟だった。

ロカンボウ記念橋をくぐり、ジョージ・メイスン記念館の美しい、白いドームが見えた。タイダル湾《ベイシン》にボートをこぎいれると、正面にそそり立つ、あのワシントン市のシンボル——ワシントン記念碑の尖塔《オベリスク》が、鋭い稜線をいまもなお——見上げる人もなくなった今もなお、その孤独な尖端を青空にむけてつったてていた。ワシントンは、緑の中につつまれた白堊の街だった。夏を思わせる明るい光の中で、それはほんの一ときの間、眠りこけているにすぎないかのように見えた。しかし、気がつくと、おそろしいばかりの吸収性の静寂はかつての合衆国の首都が、いまや完全に「死」によって占領されているのをものがたっていた。

白堊の尖塔が、くっきり影をおとす美しい水のほとり、おいしげる夏草の間から、ぼろをまとったいくつもの白骨がのぞいていた。西ポトマック公園のほとりにボートをつけ、まっすぐ北へ走る街路を見わたすと、しらじらとした舗装道路に、のりすてられた自動車やバスが、いくつもとまっているのが見えた。その間に、なかば泥とほこりにうもれて、累々たる白骨の列が通りの北のはずれ、Kストリートとコネティカット街との交叉点まで、ずっとつづいている。——二人はゴムボートを水ぎわにひきあげ、黙々と防水袋をといた。

袋の中には、食糧と、衣料と、短波通信器がはいっていた。——通信器を中継用につかって、それぞれ携帯無線器を肩にとりつけると、カーターは、ポトマック河口の水中にいるネーレイド号に短く通信した。

「こちらカーター、無事上陸、ただちにホワイトハウスにむかいます……」

袋の底に、なにかゴトゴトするものがはいっていた。吉住がつかみ出してみると、二丁の自動拳銃が出てきた。

「身をまもるためか、それとも自殺しろという謎かな？」カーターは低くつぶやいて、しばらくその、三二口径を掌にのせ、重みをはかるようにしていたが、やがていった。

「行こう……」

気はあせっていたのだが、ひとあしごとに二人の歩みをにぶらせるものがあたりにみちみちていた。——緑の木々がそうだった。汗ばむ陽ざしと、すずしいと感じられる風がそうだった。四年——いや、五年ぶりにふむ「温帯」の大地だった。二人は公園の中の道をまっすぐ北へぬけていった。東西にのびた美しい木陰道だったそのあたりは、今は草むす叢林になっていた。はるか右手に、白い、巨大な頭蓋骨のような、国会議事堂がみえた。

コンスティチューション街の交叉点のまん中では、バスとトレーラーが衝突してひっくりかえっていた。燃えたらしく、塗料は黒焦げになって赤錆びの、ねじまがったボディにこびりついていた。横たおしになったバスの、こわれたフロントグラスの間から、額の部分が、卵の殻のようにぐしゃぐしゃにこわれて、穴のあいた頭蓋骨がのぞいており、骨につきささった鋭いガラスの破片が、あかるい陽ざしにキラキラと輝いていた。——ほこりまみれの街路を歩く二人のぬれたゴム底靴の足音は、いやに高く、ピチャッ、ピチャッとひびいた。咳ばらい一つすれば、それは街路という街路から、都市全体に吸われて行くみたいだ。

一足ごとに、死の雰囲気はひしひしと二人をしめつけた。——道ばたに、うつろにひらいた窓に、建物の石段に腰かける恰好で……いたる所に白骨があり、無数の骸骨たちは、雨水のたまったうつろな眼窩の底から二人を見つめ、くやしげに食いしばったり、がっくり下顎のたれさがったむき出しの歯なみから、歩み行く二人にむかって、声のない批難をあびせているようだった。

「お前たち、ここへ何をしに来たのだ？——ここはおれたちの都だ。生ける物が、この道を歩むことをやめてから四年の間、一人として温い血をもち、しめった息を吐くものが、この道を歩んだことはない。お前たちは、このおれたちの国の掟をやぶろうというのか？」

洪水でもあったのか、歩道の横の小みぞに泥がたまり、そこに雑草がはえしげっていた。なにやら動くものがあって、ハッと目をこらすと、風が朽ちてぼろぼろになった紙を吹きちらしているのだった。雑草には小さな花が咲き、蠅や、名も知らぬ小さな羽虫がとびまわっていた。――コンコラン画廊《ギャラリイ》の前まで来た時、カーターは突然たちどまった。――車道におちた街路樹の大枝がせきとめた泥のたまりに顔をつっこむようにして、小さな、ほんの一メートルそこそこしかない子供の骸骨があった。細い脚の骨の先に、かたっぽうだけの色のさめた小さな靴があった。黒いかたまりに見えるほど泥にまみれていたが、化繊のためくちなかったのか、はっきり横じまのジャンパースカートとわかる布を、その小さな白骨はまとっていた。木の枝に、ほんの一つまみの金髪がまきついている。

「ベス！」カーターはしぼり出すような声でうなった。「ベッシイ……」

カーターは、憑かれたように小さな骨のそばにひざまずいた。

「カーター！」吉住は青くなってカーターの腕をつかんだ。「いそぐんだ！　ぐずぐずしていられないぞ！」

カーターがひざまずいた瞬間に、吉住は、ふとなにかが血の中をすばやく走るのを感じた。それが足もとの大地のかすかなふるえであったか、それとも一種のカンであったかはわからなかった。――ただその時、美しい青空に、鋭い鳥の鳴き声が走った。生きのこっていた鳥類がいたのか、と考えるひまもなく、死の静寂にみちた都の、木という木、森という森から、嵐のような羽音とともに、名も知らぬ鳥の群れがいっせいにとびたった。

「くるぞ！　カーター」吉住は叫んだ。「いそげ！　五分以内に……」

カーターは、骨からはじけるようにとびはなれるといっさんに走り出した。――ホワイトハウスは、もうすぐそこだった。国務省の建物の裏にまわると、カーターは衛兵の制服をきた骸骨をガラガラとけとばした。吉住もMPのヘルメットを小意気に斜めにかぶった髑髏にのりあげてころびかけた。

大統領官邸の内庭にあったみごとな芝生は、夏草が一面にぼうぼうとおいしげる、葉深い野原になっていた。その草原の一番おくに、吉住も写真で見たことのある、あの有名なホワイトハウスの柱廊玄関《ポルティコ》が見えた。カーターは草むらをがさがさかきわけて走った。

「気をつけろ！」カーターは、あとにつづく吉住にどなった。「噴水があるから、足をとられるな！」

草むらは所によって背よりも高くなっていた。時々草がピュッとはねかえって、顔にぴしゃっとあたり、大きな、美しい黄と黒の蜘蛛が足をふんばっている巣のまん中につっこんだりした。

「ワッ！」と突然カーターが悲鳴をあげた。

何かをよけるように、高くふりあげた手首に草むらから黒い棒のようなものが、ピュッととび出してかみついた。カーターはそいつを草むらにバサッとたたきつけた。

「蛇だ！」カーターの声と同時に、すぐ目と鼻の先で草にこもった銃声がひびき、白い硝煙が草の間から吹きつけてきた。「蝮《バイパー》だ。ふむなよ。いっぱいいるぞ！」

吉住の目の前の草の中を、茶色の長いものが、ぬるぬるとうねって通りすぎた。陽の光が、一瞬その脂切ったなめらかな腹を、燐光のように光らせた。吉住は二匹目の、平べったい頭を拳銃でぶっとばした。

「カーター！」吉住は先を走って行く姿によびかけた。「手あてしろよ！　腕をしばれ……」

「急げといったのは、お前じゃなかったかい？」カーターは走りながら、それでも手首をチウチウ吸っていた。

（ああ走っちゃ、毒がまわる）と思いながら吉住も走った。――十メートルほど先で、カーターがポルティコにぴょんととび上るのが見えた。その足もとから、ふりつんだほこりをかきわけてすごく大きな蛇が、はい出して草むらへはいりこんだ。

（あのほこり高い大統領官邸が、まるで幽霊屋敷だ）と吉住は思った。

幽霊屋敷といってもおかしくない。――天井の高い、由緒の深い建物はひどいほこりで、廊下の片隅や、豪華な、しかし色あせて、ほこりまみれの調度の部屋には、骸骨がいくつもたおれていた。カーターを見うしなって、迷いこんだ黄金さん然とした部屋には、三体の骸骨があった。一体は正面テーブルの椅子に、一体ははなれた床の上に……。

シャンデリアから長い線ぼこりのぶらさがるその部屋の戸口の上に、PRESIDENTS' ROOMの文字をよんだ時、廊下のむこうからカーターの声がきこえた。

「こっちだ！　吉住……」

カーターはエレベーターの扉をこじあけようとしていた。左手首がいたそうだった。

「あと何分ある？」カーターは荒い息をつきながらきいた。

「さっきのが初期微動だとすると……」吉住はいった。「アラスカまで四千五百キロあるとして……あの時から六分ほど前にアラスカで初動が起っている」

「もう四分以上たっちまったぜ」

「まだ可能性はある」吉住はいった。「ARSは、無人レーダー基地が破壊されてから、五分間呼出し信号を発しつづけるはずだろう？」

カーターはもう一度ドアにとびついた。ドアがやっとあくと、ぽっかりと暗い、底なしの空間が口をあけた。

「エレベーターはおりてる」カーターが底をのぞきながら硬わばった声でいった。「一番下――地下九階までだ。誰かがおりたんだ」

「階段は？」

「うんざりするほど非常ドアがあるから、かえってのぞみうすだ」

「カーター！」吉住は、暗がりの奥に光っているケーブルにむかって身がまえたカーターに叫んだ。「その手で地下九階まで大丈夫か？」

「手に布をまけ！」カーターはいった。「すべるなよ」

吉住は、自分が一生のうちに、こんな活劇を——南極を核兵器からすくうために、死のむらがる土地に上り、無人の大統領官邸の、エレベーターのケーブルをつたって地下九階までおりるなどという冒険活劇さながらのことをやるようになる、などと想像したことがあるだろうか、といぶかりながら、ケーブルにとびついた。手はたちまち熱をもち、するどい痛みがはしった。一か所ケーブルがけば立っている所があり、潜水衣のゴムがずばっと裂けた。

九階にとまっているエレベーターの屋根の上におりたって、足場の悪い所で、八階のドアをあけるのにまた手まどった。やっとこじあけて八階にはいのぼると、今度はまっくらな廊下で、九階へおりる階段をさがすのにまた手まどった。——その時吉住は、足もとに再び今度こそはっきりかすかな震動を感じた。地下に深くつきささった、鉄とコンクリートの塊りの中で、である。吉住は必死になって頭の中で計算した。——今来たのが、本当にＰ波か？　それとも……震央部に近い所でも、地震の最大振幅は、初期微動のあと数分後にくる。——アラスカの無人基地が完全破壊されるのは、その時だ。そしてアラスカとワシントンではＰ波（地震で一番最初につたわる波動）で六分かかる。するとら今から六分前にアラスカで初動が起り……数分後に大震動が来て基地が破壊され、ＡＲＳはその瞬間から六分間、時をきざみ……。

「吉住、かくれろ！」

カーターが廊下をすっとびながら彼の肩をつかんで、あいてる部屋におしこみ、ドアをしめた。——つづいてドアの傍の壁ぎわに、ひきずりたおすようにした。

「階段は？」

「見つかったが、シャッターがおりていた。手榴弾を二つつかった……。伏せて口をあけろ！」

とたんにすさまじい轟音がして、ドアがバタンとひらいた。火薬くさい熱風がどっと吹きこんだ。「エレベーターの穴から爆風がぬけてくれなかったら、いまどき二人とも肺が破裂してるところだな……」

ごうごうと、暗い廊下の建物の中を、いつまでも反響しつづける爆音の中で、カーターはいった。

二人は半インチ鋼板の、めくれあがった裂け目から、やっとはいこんだ。

「まだまにあうか？」階段をかけおりながらカーターが、まるで熱のない声でいった。

「わからん……」吉住は体中が火のようにあつくなるのを感じながら上ずった声で叫んだ。

「祈るなら今だ！」

九階の長い廊下で、二人は骸骨につまずいてもつれあってころんだ。暗黒の廊下の一番奥で、まっかな光の点がたった一つ明滅していた。「あれだ！」カーターは叫んだ。

「あいつだ！」

二人は起き上って走り出し、またもや骸骨にからんでしたたかころんだ。──骸骨たちは、笑うような顔をして、足もとの暗がりにひそみ、その骨だけの手をからめて、死と寸秒をたたかうものの足をひっぱっているようだった。──やっとはねおきた時、吉住はカーターが、声のない叫びをあげるのを感じた。

「！」

はっと目を見はると、今まで明滅していた赤い光はふっと消え、かわって明るい、オレンジ色の光がかがやいた。

「やった！」とカーターは叫んだ。

もつれあうようにして部屋にとびこんだ時、オレンジ色の明りは緑にかわった。ひき出された長椅子の後の、緑のランプのかがやく円型の壁のくぼみに手をのばそうとすると、カーターが、息をはずませながら、低いしわがれた声でいった。

「もうおそいよ……ミサイルは発進した」

それでも、その赤ぬりのスイッチをオフにしようとした吉住は、くぼみのへりにかかっている白骨化した手の指にふれて、思わず手をひっこめた。──骨は手指だけでくぼみにぶらさがり、肱の関節ではずれて、壁のすぐそばに軍服を着た骸骨がころがっていた。

「ガーランドだ」骸骨をランプで照らしながら、闇の中でカーターが、息のもれるようにつぶやいた。「かつての俺の上司だ……とうとうやったな。お前とシルヴァーランドの……」

「ネーレイド号、どうぞ！」吉住は肩にぴったりついた携帯無電機のスイッチをいれて叫んだ。

「こちら吉住――緊急事態A、全ミサイル発射されました。――まにあわずに申しわけありません。至急湾外退避。南極へ警報ねがいます」

「了解……」かすかな声が答えた。――ポトマック河口に鎮座した艦内で、あわただしい騒ぎがまき起こっているのがわかった。

「それから……」吉住は、もう相手がきいていようがいるまいが、かまわないという調子で送話器にむかってしゃべった。「ド・ラ・トゥール博士におつたえください。――せっかくの〝実験〟ができなくなって残念です、と。以上《オーヴァ》……」

「さて……」闇の中でカーターがつぶやくのがきこえた。「これでなにもかもおしまいだ」

「ああ……」吉住も低い、がっくり気落ちした声でいった。「おしまいだ……」

カーターが椅子に腰をおろすらしいドサッという音がきこえた。――吉住は、ライトを下にむけて、壁に輝いている、またたきもせぬグリーンの光を見つめていた。「ソ連ミサイルがくるまで、何分かかるかな？」と吉住がつぶやいた。

「さあ……」弱々しい声でカーターがいった。「こちらのミサイルがソ連上空に達するまで三十分ばかりかかるから……」

「そうすると往復一時間？」

「いや――CIAの連中の話だと、むこうのARSシステムはもっとすすんでいるそうだ。大量飛行物体をレーダー網で見つけて、それがミサイルだと電子脳が判断すれば、自動的に……」

カーターの声が、ばかに低い所からきこえてくるので、思わずライトをむけると、彼は椅子の上に坐っているのではなく、床にあおむけにたおれているのだった。

「カーター！」吉住は思わずひざまずいた。カーターの左手首は、ゴムスーツがくいこむぐらいはれ上り、顔半分も紫色にはれ上っていた。――毒蛇にかまれたまま、あんなに動きまわって、いままでもったのが不思議なくらいだ、と吉住は思った。手をにぎってやると、カーターははれ上った顔でかすかにわらった。

「おれたちの一生懸命やったことはみんなむだになったんだな……」とカーターはいった。「まにあわないとわかってたら、あんなに走るんじゃなかった……よせよ」

ナイフでスーツを切り裂き、モルヒネをうってやろうとした吉住を、カーターは右手をふってとめた。

「苦しいか？」吉住はきいた。

「ああ――だけどどっち道、四十五分後には二人とも死ぬんだ」

「ソ連のミサイルはワシントンをねらうかね？」

「こっちもクレムリンをねらってるんだ。――くるにきまってるさ……」カーターは大きな息をした。「だけど、四十五分か……長いな」

「壁の方にむけておいてくれ……」

「ちょっと明りをむこうにむけてくれ……」カーターはいった。「壁の方にむけておいてくれ……」

「カーター……」

「四十五分……長すぎる——人間って最後まで苦しみながら死ぬのか？」

カーターは首をふった。

「水をのむか？」

カーターが苦しげにうめきながら、身動きしているのがわかったが、吉住は動かなかった。

「妙なもんだな……」カーターはつぶやいた。

「あんたとは、ろくに話もしなかった。あんたのことをまるっきり知らないんだからな——そのあんたが、俺が死ぬ時に傍にいるなんて——考えもしなかった」

「ぼくもだ」吉住はいった。「妙なもんだな」

「明りをむけるな！」カーターが鋭い声で叫んだ。つづいてかすかに「ベス……」とつぶやく声がすると、闇の中に轟音がとどろき鋭い朱色の閃光が走った。コルダイト火薬の臭いがツンとした。——明りをむけると、カーターは、拳銃で頭をうちぬいていた。

（カーター……）と声に出さずに吉住はつぶやいた。それからどくどく流れるあたたかい血に手をひたし、カーターの両腕を胸の上にくみあわせてやった。

これでみんなおわった。——と吉住は思った。全身にどっと疲労がおそってきて、立っていられない気持だった。椅子をさがして、腰をおろすと、突然滂沱として涙があふれ出した。緑色のランプは、あいかわらずつきっぱなしだった。その巨大な爬虫類の眼のような明りを見つめながら、彼はあわただしかった三十五年の生涯をふりかえって見ようとした。

――ところが何一つ思いうかばず、ただ、とうの昔に人々の死にたえた故郷の家で、今ごろはあのそびえたつ藁屋根の横に、泰山木の大きな白い花が咲きみだれているはずだ、ということだけが思いうかんできた。それから人魂のような緑の光にわずかに半面を照らされて、横たわっているカーターをながめ、今から千年後、あるいは二千年後にこの地下室を発掘する学者は、大昔の米国元首公邸の地下九階に、軍服を着た骸骨と潜水衣を着て頭をうちぬかれた骸骨、それに同じように潜水衣を着て、明らかに日本人とわかる骸骨を発見して、この謎をどうとくだろう、と思ったりした。――しかし、その考えがおかしいことはすぐわかった。千年後に学者が――人間が、生きのこっているかどうか、まったくわからないのだ。まもなく核ミサイルにおそわれる南極で、いったい何人が生きのこるだろう？

暗がりの中にじっと坐っていると、時間がはてしなく長く感じられた。時計を見るとミサイルが発射されてからまだ十分しかたっていなかった。

あと三十五分……

吉住は立ち上った。――急に外の世界のことを思い出し、あの青空と、雲と、陽光と、緑の木々と、廃墟になった美しい建物をもう一度見たいと思ったのだった。無人の街を、子供のように胸をときめかせて歩きまわりながら、紺碧の空の一点にポッンとあらわれた銀色の点が、次第に近づいてくるのを——生涯おそらくただ一度の核ミサイルの落下の瞬間をこの眼で見たいと思ったのだ。——あのケーブルをつたって、地上まで上れるかどうかわからなかったが、とにかくやって見ようと思った。しかし戸口の方へ行く時、カーターの死骸にちょっとつまずき、その拍子に胸に組んであった手がパタンと床になげ出された。それをじっと見ていた吉住は、やさしい、静かな声でいった。

「やっぱりここにいるよ、カーター」彼は、もう一度カーターの手を胸にくみあわせてやった。

「君一人で、こんな暗がりにいるのは、さびしいだろうからね……」

それから、もう一度椅子に腰をおろし、ライトを消して、死のような緑色のランプを浴びながら、じっとうずくまって、待った。

エピローグ　復活の日

ある年の春、北米大陸の、むかしはサウスカロライナ州とよばれていた地域を走る、無人の白いアスファルト道を南へむかって歩きつづける一人の男がいた。男は着物らしい着物もほとんど身につけておらず、髪もひげもぼうぼうで、足にはボロ切れをまきつけていた。――両側を草におおわれ、見わたすかぎり動くもののかげとてない国道を、男はとぼとぼと歩きつづけた。

「南へ行くんだ……」男は時おり、太陽を見上げてそうつぶやいていた。

行く手に時たま人のすまぬ巨大な都市の廃墟があらわれたが男はなぜか都市に近よろうとしなかった。夜はたいてい野宿、空腹になれば木の実を食べた。妙な種類の齧歯《げっし》類《るい》の群れが、恐れげもなく道路上に群れているのを見つけた時、男はのろのろした動作で、やっと一匹か二匹をつかまえ、大きなナイフで切りさいて食べた。川があれば、何時間も努力したあげく、何匹かの魚をつかまえ、生のまま食べた。雨の時は道ばたのこぼれた建物で寝、時には建物の中でカン詰めを見つけることもあったが、あけ方を知らないらしく、長い間ながめては、悲しげに首をふって投げすてた。――いったんフロリダの袋小路にまよいこみ、どうにか夏のさかりには、テキサスのはずれまで来ていた。陽にやけ、ガリガリにやせこけた男は、ここで病気になり、長い間一軒の家の中で苦しんでいた。——夏の終りになると、男はまたつぶやいた。

「おれは南へ行くんだ……」

熱にうかされたような、その眼には、とうの昔に正気がうせていた。——それでも彼は歩きつづけた。

その年の冬、彼はパナマ地峡で死ぬほどの病気になった。苦しみがおそってくると、男は手ばなしで涙をながし、ただ力なく、「ああ……ああ……」というばかりだった。

パナマ運河をどう横ぎったのか、翌年の春、男はもとコロンビアとよばれていた国の海岸を歩いていた。——だがそこから先、男がよく利用した赤さびた長いレールの道もなくなり、道もわかりにくくなった。男はアンデスにまよいこみ、上ったりおりたり、また病気になったりした。男の行く手には、廃墟と化した街がつぎつぎにあらわれ、無数の白骨がむかえたが、そんなものには何の興味ももたないようだった。三年目の秋、男はもとアルゼンチンの大平原を見おろす丘陵地にたって、空とぶ鳥の群れにむかって、手をふりまわしながらどなっていた。

「おれは南へ行くんだ！」男は丘陵をおりる草におおわれた鉄道線路の上で、足ふみならした。

「南には仲間がいるんだぞう！」

気候はずんずん涼しくなり、やがて寒くなった。しかし男はなおも南へあるきつづけた。

「災厄の年」からかぞえて九年目の年があけようとするころ——南のはての氷でおおわれた地の長い半島の先端から、一隻の不細工な手づくりの小さな帆船が北へむかって舟出した。大部分はありあわせの木材をつかい、ある所は合板、あるところはプラスチックの板をつかっていた。あまり役に立ちそうもない補助エンジンをつけたその船には、十五人の人間がのりこんでいた。おどろくべき幸運に見まわれて、ホーン岬海流の荒波をのりきった船は、陸地につくと七人の人間と食糧をおろし、また南極へひきかえしていった。七人は粗末な無電機をもっており、それで半島と連絡をとっていた。年があけるとまもなく、もう一隻の、これは少しはましな船がやってきて、十人の人間をおろした。——長い冬が来て、南極は冬眠し、十七人の人間は、陸地の上をあちこちと歩きまわった。

その年の十二月になると、三隻の船が南極から陸地へやって来た。一回で百人あまりの人間が上陸し、船隊は三度往復して、三百人の人間を上陸させた。——三度目の便には、若々しい顔の少年や、女もまじっていた。

女たちの一隊が岸をふんだ時、上陸地点のはずれにある岩かげをまわって、ひょっこり異様な人物の姿があらわれた。——みんな驚きの眼を見はってその人物を見つめた。

髪もひげものび放題で、すりきれたラマの毛皮をまとったその姿は、原始人か土人のようで、南極から来た人々の仲間でないことはたしかだった。——一群の人々と、一人の異様な男とは、一瞬、むかいあっていた。その時、人々の群れの中から、鋭い女の叫びがあがった。

「ヨシズミだわ！」

ころげるように走り出た白髪の老婆は、イルマ・オーリックだった。その瞬間、すべての人々は、そのやせこけた垢まみれのひげづらの奥にはっきり七年前、彼らのもとを去っていった四人の男のうちの一人の面影を見た。

「ヨシズミ……おお、ヨシズミ……」イルマは蓬髪の、しらみだらけの男の頭をしっかり胸にかかえ、しわぶかい顔を涙にぬらしながら叫んだ。「生きていたのね……わたしの息子……六年間も……あの水爆や細菌にやられずに……六年間も……よくまあワシントンからここまで……」

男の汚ない顔が、イルマの涙でぬれた。男の眼も、涙にあふれた。——しかし、その眼の失われた光はついにもどってこず、イルマの胸にかきいだかれたまま、ただ嬰児のように、「ああ……ああ……」と叫ぶばかりだった。

＊

アンリ＝ルイ・ド・ラ・トゥール博士の手記

「吉住は生きていた。それればかりでなく、彼は、北米ワシントンから、南米の南端、リオガレーゴスまで、歩いてきたのだ。いったいどうやって？　彼はワシントンのホワイトハウスで、あのミサイル爆発の中を生きのこり、リンスキイ核酸菌原種の感染をうけ、なお生きのこっていた。あり得ぬことだ！　だが、事実として彼は、今ここに、われわれのもとにいる。イルマはつききりで看病して手もとからはなさない。――彼はどうして、生きのびられたのか？

「私が六年前――あのネーレイド号で彼と最後のわかれをつげる時注射した、WA5PS変成菌の免疫効果があったのか？――七年前はあの変成菌も見つけたばかりで現在ほど、効果が顕著ではなかった。しかし――おそらくそうだろう。ミサイルについては、地上落下した核弾頭の七〇パーセントがそうであったごとく、ワシントンをおそったのも中性子爆弾であったと考えれば、納得が行く。もしミサイル落下の瞬間、彼がホワイトハウスの地下九階にいたとしたら……彼はメガトン水爆による蒸発をまぬがれ、中性子の致死量もあびなかったろう。――ただ、彼の精神障害は、脳に若干の中性子照射をあびたためではないかと思われる。もしそうだったら――気の毒だが彼はもはや恢復の見こみはあるまい。しかし結局はその方がいいのかも知れない。――私たちのために、南極のために、死地におもむき、そこでついに目的をはたさなかった怨みをこめて死んでいった人々に、結局ソ連ミサイルは一発も南極へむいていなかった、ということがわかったら――どんな思いを味わわせることになるだろうか？――冷静に考えてみれば、ソ連はそれほど非常識な国ではなかったはずだ。ただ、われわれは何一つ情報をもたず、したがって何百分の一の可能性の幻影におびえていたのだ。その何百分の一の危惧のために、自ら死地におもむき死んでいってくれた人たちのことを……われわれはどう思ったらいいのか？

「それにしても、米ソで発射された核ミサイルの七〇パーセントが、中性子爆弾だったとは、なんという奇妙な皮肉だろう！——中性子爆弾は、〝破壊をともなわず、ただ人命だけを殺傷する核兵器〟として、非人道的兵器の極致といわれていたものだ。戦略施設や武器を破壊せずに手に入れることができ、味方陣営も全世界をも破滅にまきこむ〝死の灰〟も出さない〝洗練された核兵器！〟——これが、世界をおおうリンスキイ核酸禍をすくうことになろうとは！

「リンスキイ核酸を変成体ウイルスにする——いいかえれば、宿主細菌のWA5PSそのものの変異種をつくるには、本来ならば生命体をすべて破壊するほどの高速中性子照射が必要だ、ということは、七年前にほぼつかんでいた。——こんなに放射線に強い細菌といえば、ひょっとしたら地上種ではなくて、もともと宇宙空間にでもいたものかも知れない。もっとも十七、八年前、ユーゴスラビアでウラニウム鉱石の中で生きている細菌が発見されているから、地上にもいるかも知れない。——いずれにせよ、WA5PSに高速中性子をあててやれば、生きのこったものの中に、数パーセントのド・ラ・トゥール変種ができ、この変種内から簡単な刺戟でひき出されるリンスキイ核酸変性ウイルスは、原種も、ド・ラ・トゥール変種も非常ないきおいでくいつくしてしまう。——

これを利用して、私はやっと数年前、ド・ラ・トゥール・ワクチン（正確にはワクチンではなく、異種菌平衡で増殖をおさえたのだが）をつくり出した。しかし、天然には、高速中性子など絶対存在しない。だから、こんなことになるとは思ってもみなかったのだ。――ド・ラ・トゥール・ワクチンは製造がむずかしく、接種が微妙だ。南極には実験動物もほとんどいない。やっと二十人分つくるのに、三年かかった。こうしてド・ラ・トゥール・ワクチンを最初に接種した十七人が、災厄の年以来十年ぶりに、南米大陸の土をふむべく出発した時、私の胸はどんなに不安におののいたか！　そして第一回調査隊の無電報告で、南米大陸には、陸上哺乳類が復活し、WA5PSが無機増殖する土壌近辺の空気中にも、原種はみつからず、ただ私のつくったものと非常によく似た、無害の変種のみがみとめられると知った時、私はどんなにびっくりしたろう！

「だが考えて見れば、まぬけな話だった。――いまさらいってもはじまらないがちょっと考えれば、こういう事態はすぐ類推できたはずだ。そうすれば、温帯復帰も、もっと早かったかも知れないのに――原子炉と同じぐらいの高速中性子が、大量に放出される場合といえば、核兵器の爆発、特に中性子爆弾の爆発以外にないからだ。中性子爆弾は、水爆の十四倍ないし十七倍の、中性子を放出する。むろん非常に高速の……とすると、すでに人の死にたえた新旧両大陸の上で爆発した何千発もの中性子爆弾によって、大量のWA5PSが死滅するとともに、中性子照射によって、WA5PSを食いころすウイルスを離したド・ラ・トゥール変種が大量にできたのではないだろうか？　ド・ラ・トゥール変種の繁殖力は、原種をかなり上まわるから、ここに新種細菌が、原種細菌を絶滅させるという、皮肉な事態が起こったのではあるまいか？　変異種が原種より強い場合は、よくあることだ。——類推の域を出ないし、確かめる方法とてないが、もしそうだとしたらこれほど皮肉な話はない。

「なぜなら——あの南極防疫の恩人A・リンスキイは明示をさけたが、もともとWA5PSが、細菌戦用に開発されたものらしいということは、彼の放送をきいた軍人が常々いっていたことだ。もしそうなら——本来人類を死と疫病からすくうために生まれてきた医学が三十五億の人類を絶滅させ、そのあと、人類を絶滅さすだけの目的でつくりあげられた核ミサイルが、皮肉にも人類を救ったということになるからだ。

「これが事実なら、もはや私はいうべき言葉をもたない。——運命の皮肉というには、あまりにも奇妙なこの事態に、私は一切のものが、その基盤をはなれて浮き上り、ただよい出すような、胸悪い感じを覚える。人類は結局——巨大な宇宙の偶然にもてあそばれるひとひらの塵にすぎなかったのではないか？　短い一生しかもたない人間にとっては、永遠と思える繁栄の歴史も瞬時の破滅も、すべて宇宙の偶然の一こまの裏表にすぎないのではないだろうか？

「この認識は、決して人間の精神を無力な、ペシミスティックなものにしないだろう。〝物〟に、〝自然〟に、〝宇宙〟に施された運命のはかなさの認識は、かえって人間のもっとも人間的なるもの——俗世間的なものでなく、圧倒的な〝物質存在〟と峻別されてある〝人間存在〟――精神の姿を、よりいっそう明瞭にするものではあるまいか？　物質と対決し、偶然と闘うことを宿命づけられた人間精神の姿が明瞭になれば――闘うべき相手は、同胞ではないということが時代の普遍的認識となれば、それは一切の人間対人間の骨肉相はむ争いをおわらせ、かわって〝物質〟と対決すべき連帯がうまれるのではないか？　人間が人間を苦しめ、傷つけ、殺し、〝物質〟に還元しようとするすべてのこころみに、終止符をうつことができたのではないか？――すくなくとも、〝世界〟があるうちに、この認識が普遍化されていたら！

「だが、いまとなってはいうも詮ないことである。――人間は永遠に手いたい試行錯誤によってしか、物事を知ることができないものなのだろうか？――とはいえ、今この事を書きしるしておくのは、はるかに遠い未来、ふたたび人類が、〝大災厄以前〟の繁栄を手にいれた時のためかも知れない。――人は、のどもとすぎれば、たやすく熱さを忘れる。一にぎりの南極人の間に普遍化されたこの認識は、あとにつづく困難な数世代にはうけつがれるかも知れない。だが、小康の世代がくれば、またたやすく忘れられるであろう。――考えて見れば、大災厄以前の年月にあって、いくつもの大戦争を経過しながら、われわれもまた、それをくりかえしてきたのだ。〝戦争を終らすための戦争〟という皮相な闘いを、くりかえしたのだ。――しかし、人間は子孫に追憶をおしえることができ、記憶をつたえることができる。いきいきとした事実を――才能ある人々の手によって――再現し、それを通じて、〝南極人〟の認識を、生きたものとして教えて行けるだろう。ぜひ、そうしなければならないのだ。子孫がふたたび繁栄と俗事におぼれ、三十五億の人類を失って得た教訓を見失い、再び同じ愚をくりかえさないために。

「今日、南米の南の端に、われわれの最初の集落、最初の街ができた。――思えばあの災厄の年から数えて満十年目である。明日、私をふくむ奥地探検隊が北へむかって出発する。人類が氷の大陸に流刑されたものをのぞいて絶滅してしまって以来、その本来の発生地である〝土の大陸〟に復活する最初の日である。――しかし、最初の日ではあっても、復活の日そのものではない。人類は動物相《フォーナ》の中でも、圧倒的劣勢種族になりさがってしまった。三十五億の人口が、たった一万人あまりになってしまったのだ。――種の保存と、増殖は、あらゆることに先行する。人間こそ、人類にとって、アルファであり、オメガであるのだから――十年前の世界が、われわれの〝種の保存と増殖〟を第一線にした社会組織を見たら、おどろきのあまりひっくりかえるだろう。

「だが――本当の意味での人類の〝復活の日〟は、いつくるのだろうか？　五千年にわたって蓄積された文明が一挙にほろびたとはいえ、われわれの条件はたしかに石器人よりはるかに有利なことはたしかだ。死滅した世界は、その一切の施設をそのままのこしているし、われわれには教育がある。しかし、大災厄以前と同じような、活気にみちた繁栄をとりかえすには、まだまだ途方もない時間がかかるだろう。施設や機械は復旧できても、それを動かす人間の数が、お話にならないほど不足なのだ。――しかも行く手にはまだ、疾病はじめもろもろの未知の危険がまちかまえているだろうし、人数がふえて行けば、〝人の心〟もまた危険となるだろう。――あの大災厄以前の世界のように、人類がふたたび〝地にみちる〟時は、いったいいつだろうか？

「いや――復活されるべき世界は、大災厄と同様な世界であってはなるまい。とりわけ〝ねたみの神〟〝憎しみと復讐の神〟を復活させてはならないだろう。――しかし、それとて……何百年後になればわからないことだ。あの〝知性〟というものが、確率的にしかはたらかず、人間同士無限回衝突したすえにようやく、集団の中に理性らしきものの姿があらわれるといった、きわめて効率の悪いやり方をふたたびくりかえすことになるかも知れない。――その迂回路を少しでも短くする責任は――一番最初の責任はわれわれにあるのである。

「明日の朝、私たちは北へむかってたつ。〝死者の国〟にふたたび生をふきこむべく――。北方への道は、はるけく遠く、〝復活の日〟はさらに遠い。――そして、その日の物語は、私たちの時代のものではあるまい」

初版あとがき

人工衛星がはじめてとんだ時、ジョルジュ・デュアメルはつぶやいたという。

「それがいったいどうしたというのだ……」

それから五年後のキューバ危機の時、バートランド・ラッセルはフルシチョフとケネディに手紙を出して、地球的な危機の認識についてうったえた。――ラッセルの証言によると、フルシチョフは、その意味をよく理解していたという。この二人の知識人の態度のどちらに、われわれは語の素朴な意味での「知性に対する誠実さ」を見出せるだろうか?


核ミサイルの時代になって、「惑星的な危機」が現実の問題になった時、われわれはもう一度世界と人間とその歴史に関する一切の問題を「地球という一惑星」の規模で考えなおす必要にせまられていると思う。このために、文学もまた、自己の専門領域にとじこもってばかりおらず、なりふりかまわず他の一切の領域について、自分なりの考察をひろげる必要がある。十数年前、サルトルは「人間的な問題を、硫酸槽《バス》につけるように、星雲や、永遠の時間にとかしこんでしまうことはできない」といった。――大戦直後の世界において、すぐれてモラリスティックだったこの発言は、しかし、文学に対する絶対的なタブーとして考えることは危険であろう。そしてまたその根底にある大戦下フランスの抵抗《レジスタンス》や戦後の革命への「参加」に対するサンチマンについても、考慮をはらう必要がある。すでにこの発言のあった時点において、熱核兵器は人間的な問題を腐蝕しはじめていた。サルトルの世代は、彼自身の発見した「世界の、おそろしい根本的偶然性」や「不条理《アブシュルディテ》」から、モラルの地平にかえってくることが可能だったかも知れないが、時代そのものは、逆にその地点からさらに前へ進み、われわれは「星雲や宇宙的時間」による、人間性の腐蝕をいやおうなしにうけいれさせられた。――人類全体が世界の「惑星的な運命」を掌中ににぎった時、われわれもまた、「惑星的な規模」で、人類とその歴史を考察することを余儀なくされた。その地点において、もう一度、人間の理性やモラルが、一つの宇宙的な輪郭をもって、恢復《かいふく》してくるのを予見できないだろうか？ 人類とその文明の存在は、人類自身にとってと同様、この宇宙にとって、絶対的なチャンスであるということが理解された時、われわれはこの認識において、人類の「理性」に対する呼びかけをなす根拠を――人間の人間に対する搾取《さくしゅ》、機構的な貧困、階級的人種的な差別、闘争と殺りくを「理性的に」放棄することを要請する、絶対的根拠を得るのではないだろうか？ ソビエトのある作家は、理想社会が実現した時、人間の有限性が文学の問題になると考えているという。しかし、逆に、人間の有限性の認識の一般化が、理想社会の実現をうながす有効な圧力となるような可能性はないだろうか？

書きはじめる前から、私は、自分がこういった問題の考察に対して、いかに非力であるかということをよく知っていた。私の中にあるのはただ一つの「図式」――「世界の根底的な偶然性」に対する、私なりの図式があるだけだった。だが、私の中に影をおとしている「客観的な」世界像、一つの確率に支配される世界を描くためには、これで充分だといえないこともない。――偶然に翻弄《ほんろう》され、破局におちいる世界の物語を描いたところで、私が人類に対して絶望していたり、未来に対してペシミスティックであると思わないでいただきたい。逆に私は、人類全体の理性に対して、――特に二十世紀後半の理性に対して、はなはだ楽観的な見解をもっている（それはおそらく現代作家の誰にも共通のことだと思う）。さまざまな幻想をはぎとられ、断崖《だんがい》の端に立つ自分の真の姿を発見することができた時、人間は結局「理知的に」ふるまうことをおぼえるだろうからである。

なお細菌戦の知識に関しては、読売新聞社加藤地三氏の著書『人類絶滅戦――見えざるCBR兵器』（サラリーマンブックス）を参考にさせていただく所が大きかった。――むしろ同書にあらわれた、氏の情熱につき動かされた点も多い。執筆中、のぞみながらついに拝顔の機会にめぐまれなかったが、同氏とその著書に、心からの謝意を表しておきたい。

昭和三十九年八月　　小松　左京

解説

小《こ》松《まつ》実《さね》盛《もり》

『日本沈没』とともに小松左京《さきょう》の代表作とされる、『復活の日』は今から半世紀以上前の一九六四年八月に描きおろし作品として早川書房から出版されました。

小松左京は、一七の長編小説、二六九の中短編、一九九のショートショートを執筆したとされていますが、『復活の日』は、同じ年の三月に出版された初長編『日本アパッチ族』に続く長編第二作にあたる作品です。

発表から一六年経った一九八〇年には、当時の金額で二五億の製作費をかけた超大作として深作欣二《ふかさくきんじ》監督により映画化。劇場映画世界初の南極ロケが行われ、デビューまもない草刈正雄《くさかりまさお》さん、またオリビア・ハッセーなどハリウッドスターが多数出演する話題作となりました。

この『復活の日』が、どのような背景で書かれ、今どのような意味を持つのかを小松左京の遺稿や資料などから検証し、ご紹介したいと思います。

なお、物語の核心に触れる点もあるので、本編読了後にお読みいただくことをお勧めします。

「福島さん、いよいよ来年から、日本SF作家の長篇書きおろしシリーズをはじめるつもりらしいんですが……」

「ほう……」私はちょっと考えた。「日本長篇SFシリーズですか。――福島さん、自信があるのかな……」

「それで福島さんの伝言なんですがね。――そのシリーズのトップバッターを、ぜひあなたにひきうけてもらいたい、というんですよ」

そうきいて、私は一瞬絶句した。――こりゃ責任重大だな、という思いがのしかかってきた。

角川文庫『復活の日』（一九八〇年版）あとがき

東京オリンピックを翌年に控えた一九六三年、創立まもない日本SF作家クラブの懇親旅行でのできごとです。

福島《ふくしま》さんとは初代「SFマガジン」編集長で後にSF作家となる福島正実《まさみ》先生です。

小松左京のデビューからその才能を認め、ずっとバックアップしていました。

「日本SFシリーズ」は、まだ幼年期といえる日本SFが、確固たる地盤を固めるための重要なプロジェクトであり、その先陣を切る作品を任されたのですからプレッシャーは大変なものであり、一方、光文社の依頼による初の書き下ろし長編『日本アパッチ族』がほぼ完成しており、この事も心に引っかかっていたようです。

途方もない犠牲者をだした第二次世界大戦。この戦禍の時代に思春期をすごした小松左京は、本土決戦で命を落とす覚悟をしていました。

思いがけず無事に終戦を迎えることが出来、ようやく平和な時代が訪れるかと期待を持ちますが、それを裏切るように一九五〇年には朝鮮戦争が勃発《ぼっぱつ》、また、一九五四年には、広島、長崎の原爆を遥《はる》かに凌《しの》ぐ威力の水爆実験がビキニ環礁で実施され、第五福竜《だいごふくりゅう》丸《まる》が死の灰を浴び死者が出るほどの被害を受け、地球規模の深刻な大気汚染、海洋汚染につながりました（この事件が映画『ゴジラ』誕生のきっかけにもなっています）。

さらに、一九六二年には、米ソが核戦争の火ぶたを切る一歩手前まで進んだキューバ危機が勃発。第三次世界大戦は絵空事でなく現実に起こりうると考えられていた時代でした。

日本SFシリーズの準備のために、様々な文献をあたり、アイデアをノートに書きつけ、構想を練りながらも、まだ物語の形は見えていませんでした。そんな矢先、福島編集長から確認の電話があり、次のようなやりとりとなったのです。

「破局テーマで行きます。――ええ、細菌戦もの……」

とこたえてしまった。――〝核戦争以外の破局テーマ〟という事で、頭の隅に何かあったのかも知れない。
「いいでしょう……」と福島さんはいった。「で、題はきまりましたか?」
「ええと……〝復活の日〟としておいてください」

角川文庫『復活の日』(一九八〇年版)あとがき

この電話がかかるまで、作品のテーマもタイトルも決まっていなかった小松左京の代表作『復活の日』が、産声をあげた瞬間でした。

本作品は、最新の生物学、軍事情報などが溢《あふ》れんばかりに盛り込まれ、南極を含む世界各地がリアルに描写されています。けれど、当時の小松左京は、まだ一度も海外旅行の経験はなく、当然、インターネットなど影も形もない時代でした。物語に関する情報は、普通に入手した書籍や雑誌に加え、大学、研究所関係の図書館にも入れてもらい、関係文献や研究資料、レポートなどを閲覧し、さらにアメリカ文化センターで、「サイエンス」や「サイエンティフィック・アメリカン」といった雑誌にも眼を通すことで蓄えたようです。

アメリカ文化センターは、元々はGHQが一般市民に英文図書や雑誌を公開するために設置したもので、小松左京は取材のために、ここで海外文献を書き写していたところ、係の米国人が書籍を取り上げ、ごく初期のコピー機で複写し渡してくれた時の驚きを自伝などで語っています。

このように『復活の日』は、インターネットもなく、コピーも普及しておらず、海外渡航もままならない時代に書かれた作品だったのです(ソファーで寝そべりながら、この解説の参考になる情報をインターネットから入手していると、何だか申し訳ない気分になってきました)。

先行した初長編『日本アパッチ族』ですが、光文社から長すぎるから短くするよう要求され、結果、『復活の日』の執筆と『日本アパッチ族』の削除作業が同時進行で進められました。

『日本アパッチ族』は一九六四年三月に出版されますが、一〇万部を目指し大々的に宣伝をうったものの結果は七万五〇〇〇部に終わります(実は、その責任を取る形で書いたのが『日本沈没』でした)。

一方、『復活の日』は同じ年の八月に出版されますが、福島編集長は、日本SFシリーズの幕開けを小松左京初の書き下ろし長編でとの想いがあったので、『日本アパッチ族』の先行出版に随分立腹されたようでした(本人はあくまで『日本アパッチ族』はSFではなく風刺小説であると主張していましたが……)。

『復活の日』は、一九七二年にハードカバーとしての新たな装いを得、その際に小松左京はある運命的な出会いをすることになります。

それを手にした時、私は興奮のあまり、すぐ早川書房に、当時はまだ、南山宏さんがSFの責任者だったと思うが、電話してきいた。

「あの絵、描いた人、日本の人？　うそだろう？　外国のSF画家じゃないの？」

電話を切っても、いよいよ日本にも、迫力のある、プロのSF画家がでてきたぞ、と興奮さめやらず、本の腰帯をひきむしり、本のカバーをひろげ、すみからすみまで、もう一度なめるように見入ったものだった。

これ以来、生頼さんの絵には、とりつかれてしまった。

「日本語版スターログ」（一九七九年）より

小松左京が一目見てほれ込み、以後、様々な作品の表紙を依頼するきっかけとなった生頼範義《おおらいのりよし》先生による『復活の日』の表紙は、物語要素を見事なまでに描き切った素晴らしい絵でした。

さらに、一九八〇年に角川書店により映画化された際には、海外スタッフとのイメージ共有のためのストーリーボードを二五枚も描き、映画ポスターや文庫本の表紙含め、その後のキービジュアルを全て手掛けられました。

本書籍の表紙を飾るのは、その際の一枚です。

生頼先生のご長男で画家のオーライタローさんは、ストーリーボードが出来上がった時の様子を、以下のように話されています。

二十数点の絵を描き上げたあとに、よほど上機嫌だったのでしょう。滅多に仕事を持ち込むことのない茶の間で、まるで紙芝居のように一枚一枚絵をめくりながらストーリーを語ってくれました。

一九八〇年、小松左京の原作をもとに、生頼先生のストーリーボードを先導役として、数多くのハリウッドスターや様々な国のスタッフを交え、木村大作《きむらだいさく》カメラマンによる劇場映画初の南極ロケまで実現させた、深作欣二監督の超大作映画『復活の日』が完成します。

『日本沈没』など、いくつかの小松左京作品が映画化されていますが、本人は「一番好きなのは『復活の日』」と語っていました。

うん、よくあそこまでやってくれた。だから映像の方がすごいと思ったのは『復活の日』だけなんだ。チャンスがあったら今のSFの若い連中に大型スクリーンで、しかもいいサウンドで見せてやりたいんだな。

『小松左京自伝』より

『復活の日』における最も重要な点は、たかが風邪で人類が滅亡の淵《ふち》まで追い詰められる事態をいかにリアルに描くかでした。この点に関して、細菌学の歴史からメカニズム、さらに生物兵器まで含め、小松左京の同人誌「小松左京マガジン」において、福島県立医大の下村健寿《しもむらけんじゅ》教授が二〇〇八年から二〇〇九年にかけて四回の連載で考察されています（連載当時はオックスフォード大学の研究員をされていました）。
今回、一部掲載の許可を特別にいただきました。

「『復活の日』から読み解くバイオロジー」より

● 通常の黄色ブドウ球菌をMM菌と一緒に培養すると、黄色ブドウ球菌もMM菌と同様の強い増殖能を有するようになる。

● MM菌の培養に用いた培養液を濾過し、その濾過液（電子顕微鏡にて感染性因子が存在していないことは確認されている）を通常の黄色ブドウ球菌の培養液に添加すると、黄色ブドウ球菌は、やはりMM菌と同様の強い増殖能を獲得する。

● MM菌は生体内に侵入（感染）すると、約二時間で跡形もなく溶解し消失してしまう。しかし、感染から二十四時間から七十時間以内に感染動物の約七十パーセントが急性心筋梗塞を発症して死亡し、残りも多臓器不全、全身性の神経障害を発症し死にいたる。

こういった特性を有するMM菌は、生体内に侵入するとすぐに溶解してしまうため抗生物質は無効となる。しかも、病原性の本質はこのMM菌ではなく、その内部にひそむ未知の因子であることになる。物語の中盤以降でその未知の因子とは宿主（ホスト）細胞の遺伝情報の中に組み込まれた病原性を持つ核酸そのものであることが明らかになる。

物語の中で、断片的に明らかになってゆく謎の病原体の正体を明解に解説されています。

次のエピソードは驚くべきものでした。

一九七九年四月初旬、モスクワの東千四百キロに位置する人口百二十万の大都市スベルドロフスク（現在のエカテリンブルグ）において奇妙な病気が発生した。はじめのうちは軽い風邪のような症状を呈していたにもかかわらず患者はみるみるうちに重症化し、次々と呼吸困難に陥って死にはじめた。四月四日から病院には次々と重症患者が運び込まれた。患者たちは治療の甲斐もなく次々と命を落としていった。わずか十日程度の間に死者の数は実に四十四人に膨れ上がった。

まるで『復活の日』の一場面のような、実際に起きたアウトブレイク（感染症集団発生）を下村教授が紹介したものです。ソビエトの軍事施設から杜撰《ずさん》な管理で流出した研究用の炭疽菌《たんそきん》による悲劇でした。

一九七九年、映画『復活の日』の製作が行われていた時期に、映画と同じような出来事が実際に起きていたのです（死者の数は、これを上回るとの説もあります）。細菌兵器の「開発・生産・貯蔵」を禁止した生物兵器禁止条約は一九七五年に発効されていました。

ソビエトの件は事故ですが、二〇〇一年、炭疽菌はテロリストに殺戮《さつりく》を目的に使用され、アメリカで実際に死者が出ています。

生物兵器禁止条約、核拡散防止条約、完全な実行力はなくとも、人類の大量殺戮を防ぎたいとの想いから結ばれた条約です。しかし、一方で各国間の思惑、疑心暗鬼により、これらの理念を裏切るような事態は、今も進行中です。

小松左京は、本書にも掲載された一九六四年版の『復活の日』のあとがきで、次のように語っています。

——偶然に翻弄され、破局におちいる世界の物語を描いたところで、私が人類に対して絶望していたり、未来に対してペシミスティックであると思わないでいただきたい。逆に私は、人類全体の理性に対して、——特に二十世紀後半の理性に対して、はなはだ楽観的な見解をもっている（それはおそらく現代作家の誰にも共通のことだと思う）。さまざまな幻想をはぎとられ、断崖の端に立つ自分の真の姿を発見することができた時、人間は結局「理知的に」ふるまうことをおぼえるだろうからである。

このあとがきから半世紀以上が経ちました。我々が生きる二一世紀前半の理性にも、楽観的な見解を持ってよいのでしょうか？

ウィルス感染症を予防する手段としてはワクチンが有効です。ワクチンを通じて、あらかじめ体内の免疫機構がそのウィルスの特徴を知ることで抗体を準備し、侵入したウィルスの増殖を抑え込みます。

『復活の日』から半世紀以上経た現時点でも、人々の疑心暗鬼による大量殺戮という悪性ウィルス的な可能性はまだはびこり続けています。この物語をよく出来た話として読んでいただくとともに、このようなことも起こりうると心の片隅に残してもらえれば幸いです。

多くの人が、恐るべき事態が起きる可能性を意識することこそが、現実の危機に対抗する抗体の形成に繋《つな》がる筈《はず》だからです。

小松左京が意図したように、『復活の日』というフィクションが、危機の迫る世界においてワクチンの役割をなし、人類が断崖に追い詰められる前に、そのような事態を回避する一助になることを願っています。

本書は、一九七五年十月刊行の角川文庫を改版したものです。

なお本書中には、き（気）ちがい、水夫、エスキモー、めくら、後進（国）、女史、情夫、部落、つんぼ桟敷、オールドミス、狂（くる）った、看護婦、百姓、不治の病気、人夫、狂気、不可触賤民、精神異常（者）、ダッチワイフ、土人といった現代の人権擁護の見地に照らして不当・不適切と思われる語句や表現がありますが、著者自身に差別的意図はなく、また著者が故人であること、作品自体の文学性、芸術性を考えあわせ、原文のままとしました。（編集部）

復活《ふっかつ》の日《ひ》

小松左京《こまつさきょう》

昭和50年 10月30日　初版発行
平成30年 8月25日　改版初版発行
令和2年 4月5日　改版3版発行

発行者●郡司 聡

発行●株式会社KADOKAWA
〒102-8177　東京都千代田区富士見2-13-3
電話　0570-002-301(ナビダイヤル)

角川文庫 21091

印刷所●株式会社KADOKAWA
製本所●株式会社KADOKAWA

表紙画●和田三造

ISBN978-4-04-106581-5　C0193

JASRAC 出 1809048-003

◆◇◇

角川文庫発刊に際して

角川源義

第二次世界大戦の敗北は、軍事力の敗北であった以上に、私たちの若い文化力の敗退であった。私たちの文化が戦争に対して如何に無力であり、単なるあだ花に過ぎなかったかを、私たちは身を以て体験し痛感した。西洋近代文化の摂取にとって、明治以後八十年の歳月は決して短かすぎたとは言えない。にもかかわらず、近代文化の伝統を確立し、自由な批判と柔軟な良識に富む文化層として自らを形成することに私たちは失敗して来た。そしてこれは、各層への文化の普及滲透を任務とする出版人の責任でもあった。

一九四五年以来、私たちは再び振出しに戻り、第一歩から踏み出すことを余儀なくされた。これは大きな不幸ではあるが、反面、これまでの混沌・未熟・歪曲の中にあった我が国の文化に秩序と確たる基礎を齎らすためには絶好の機会でもある。角川書店は、このような祖国の文化的危機にあたり、微力をも顧みず再建の礎石たるべき抱負と決意とをもって出発したが、ここに創立以来の念願を果すべく角川文庫を発刊する。これまで刊行されたあらゆる全集叢書文庫類の長所と短所とを検討し、古今東西の不朽の典籍を、良心的編集のもとに、廉価に、そして書架にふさわしい美本として、多くのひとびとに提供しようとする。しかし私たちは徒らに百科全書的な知識のジレッタントを作ることを目的とせず、あくまで祖国の文化に秩序と再建への道を示し、この文庫を角川書店の栄ある事業として、今後永久に継続発展せしめ、学芸と教養との殿堂として大成せんことを期したい。多くの読書子の愛情ある忠言と支持とによって、この希望と抱負とを完遂せしめられんことを願う。

一九四九年五月三日

角川文庫ベストセラー

幻想の未来　筒井康隆

放射能と炭疽熱で破壊された大都会。極限状況で出逢った二人は、子をもうけたが。進化しきった人間の未来、生きていくために必要な要素とは何か。表題作含む、切れ味鋭い短篇全一〇編を収録。

きまぐれ星のメモ　星新一

日本にショート・ショートを定着させた星新一が、10年間に書き綴った100編余りのエッセイを収録。創作過程のこと、子供の頃の思い出——。簡潔な文章でひねりの効いた内容が語られる名エッセイ集。

きまぐれロボット　星新一

お金持ちのエヌ氏は、博士が自慢するロボットを買い入れた。オールマイティだが、時々あばれたり逃げたりする。ひどいロボットを買わされたと怒ったエヌ氏は、博士に文句を言ったが……。

ちぐはぐな部品　星新一

脳を残して全て人工の身体となったムント氏。ある日、外に出ると、そこは動くものが何ひとつない世界だった（「凍った時間」）。SFからミステリ、時代物まで、バラエティ豊かなショートショート集。

きまぐれ博物誌　星新一

新鮮なアイディアを得るには？　プロットの技術を身に付けるコツとは——。「SFの短編の書き方」を始め、ショート・ショートの神様・星新一の発想法が垣間見える名エッセイ集が待望の復刊。

角川文庫ベストセラー

角川文庫ベストセラー